Die Welt in den Fängen des Monddrachen – ein teuflischer Plan …

Kurz vor der US-Präsidentenwahl werden hochrangige Politiker aus den USA, aus China und Indien bei einem geheimen Treffen entführt. Der Präsident beauftragt Robin Monarch und sein Team damit, sie aus der Hand der Geiselnehmer zu befreien. Allerdings muss er mit den beiden Agenten aus China und Indien kooperieren – kann er ihnen trauen?

Schnell bekennt sich die bis dahin unbekannte Terrororganisation »Sons of Prophecy« zu der Entführung und bringt mit einer Serie weiterer Anschläge das Gleichgewicht der Welt ins Wanken. Dahinter steckt der Monddrache, der mächtigste Boss der chinesischen Mafia. Doch was will er wirklich – und kann Robin Monarch es verhindern? Eine Jagd quer durch Asien beginnt …

*Mark Sullivan* ist Journalist und wurde bereits zweimal für den Pulitzer Prize for Investigative Reporting nominiert. Der Autor lebt nach Stationen in Boston, Agades/Westafrika, Washington, D.C., und Vermont heute mit seiner Familie in Montana.

*Weitere Informationen, auch zu E-Book-Ausgaben, finden Sie bei www.fischerverlage.de*

Mark Sullivan

# Der Monddrache

## Ein Robin-Monarch-Thriller

Aus dem Amerikanischen
von Irmengard Gabler

FISCHER Taschenbuch

MIX
Papier aus verantwortungsvollen Quellen
FSC® C083411

Erschienen bei FISCHER Taschenbuch
Frankfurt am Main, Oktober 2014

Die Originalausgabe erschien 2013
unter dem Titel ›Outlaw‹ bei Minotaur Books, New York

Published in agreement with the author,
c/o BAROR INTERNATIONAL, INC.,
Armonk, New York, USA


Satz: Pinkuin Satz und Datentechnik, Berlin
Druck und Bindung: CPI books GmbH, Leck
Printed in Germany
ISBN 978-3-596-66101-5

# PROLOG

## Ein Taifun braut sich zusammen

## *Sonntag, 28. Oktober, 19.30 Uhr, Ortszeit Hongkong*

In einem privaten Speisezimmer über einer belebten Straße auf der dichtbesiedelten Halbinsel Kowloon löffelte der Monddrache erlesene Teeblätter in einen Topf aus gebranntem Ton und prüfte dabei aus dem Augenwinkel, ob sein Gast irgendein Anzeichen von Besorgnis erkennen ließ.

»Sind Sie sicher, dass alles geregelt ist, Mr Farley?«, fragte er auf Englisch, während er aus exakt fünfzehn Zentimetern Höhe kochendes Wasser aus einem gläsernen Kessel in den Tontopf goss.

Farley, ein Exil-Brite Mitte vierzig, strahlte Kompetenz aus, als er erwiderte: »Wie Sie es verlangt haben, Mr Long.«

»Ich verlasse mich darauf«, entgegnete Long und lehnte sich zurück, um den Tee ziehen zu lassen.

Long Chan-Juan war Anfang fünfzig und bei bester Gesundheit. Er trug einen tadellos sitzenden blauen Anzug von Hermès, ein gestärktes weißes Hemd, eine Seidenkrawatte aus Paris, handgenähte Schuhe und eine seltene Uhr von Cartier, die ihm seine Frau geschenkt hatte. Seine rechte Hand zierte ein goldener Ring, dessen Siegel eine Mondsichel und eine geflügelte Echse aufwies: eine bildhafte Darstellung seines Namens, der im Kantonesischen »Monddrache« bedeutete.

Der Monddrache spielte mit dem Ring und fragte: »Sind sämtliche Belege über die Transaktionen gelöscht?«

»Natürlich, Sir«, sagte Farley. »Ich lege grundsätzlich großen Wert auf Diskretion.«

Long beugte sich vor und goss mit präzisen, anmutigen Gesten den frisch gebrühten Tee in Farleys Tasse.

»Dann habe ich ein Geschenk für Sie, Mr Farley«, sagte der Monddrache. »Ich habe ihn eben vom Festland erhalten, einen sehr seltenen *Pu-Erh*. Eintausend Dollar die Unze.«

Farley sah zu, wie Long sich selbst eine Tasse eingoss und sie anhob. »Auf die Zukunft: Möge sie lang und profitabel sein.«

Der Brite reckte das Kinn vor, hob ebenfalls die Tasse und sagte: »Sehr, sehr lang und sehr, sehr profitabel, Mr Long.«

Der Monddrache lächelte, atmete das Aroma ein und nahm einen Schluck Tee, wobei er den einprägsamen Duft und Geschmack des ersten Aufgusses auf sich wirken ließ. Farley gönnte sich zwei längere Schlucke und schloss genießerisch die Augen.

Long stellte seine Tasse zurück auf den Tisch und wandte sich wieder seinem Gast zu. Als dieser die Augen aufschlug, fragte er: »Schmeckt er Ihnen, Mr Farley?«

»Ausgezeichnet, Sir«, sagte Farley fast atemlos. »Der erlesenste Tee, den ich jemals kosten durfte.«

»Mit dem zweiten und dritten Aufguss wird er raffinierter«, antwortete der Monddrache. »Wirklich bemerkenswert. Und er gehört Ihnen. Die gesamte Unze.«

Farley war sichtlich erfreut. »Wie aufmerksam von Ihnen«, sagte er.

»Das Mindeste, was ich tun konnte, angesichts der Umstände«, erwiderte Long mit einer Verneigung.

Farley trank seine Tasse leer und hob an: »Wirklich köstlich, Mr Long, aber ich habe noch eine Verabredung, die ich …«

Er verstummte, blinzelte, musste husten. Er blinzelte erneut, langsamer diesmal. Die Teetasse glitt ihm aus der Hand und landete auf dem Bambusfußboden.

Angsterfüllt starrte Farley auf den Monddrachen, versuchte zu sprechen, brachte aber kein Wort heraus. Er beugte sich vor, stützte sich auf die Ellbogen und schnappte nach Luft.

»Es tut mir leid, Mr Farley«, sagte Long und erhob sich. »Doch meine Freunde und Verbündeten legen Wert auf klare Verhältnisse. Sie mögen keine losen Enden, über die man am Ende stolpern könnte.«

Fasziniert von den Krämpfen und Zuckungen, die das Gift verursachte, beobachtete der Monddrache den Briten. »Sie waren ein tüchtiger Kurier. Nur leider wissen Sie zu viel und könnten die Ereignisse der kommenden Tage allzu leicht mit uns in Verbindung bringen. Sie hätten ahnen müssen, dass wir einen Verrat Ihrerseits nicht riskieren dürfen. Das verstehen Sie doch?«

Farleys Augen rollten nach hinten. Er versuchte, seine Zunge zu schlucken, und sank neben der Teetasse zu Boden.

»Nur noch wenige Augenblicke«, sagte Long zu Farley, der jetzt röchelnd mit dem Tode rang, »und Sie begegnen Ihren Vorfahren. Möge es ein freudiges Wiedersehen sein.«

Er begab sich zu einer Gegensprechanlage an der Wand und drückte auf einen Knopf. Wenige Augenblicke später trat ein Mongole ins Zimmer, der fast ebenso breit wie lang war, und sagte: »Ja, Monddrache?«

»Zieh ihm die Kleider aus, Tuul«, antwortete Long. »Dann schaffe ihn heute Nacht nach Macao, beschwere ihn und wirf ihn ins Meer. Den Rest besorgen das Salzwasser und die Haie.«

## *Montag, 29. Oktober, 19 Uhr, Ortszeit Indochina*

Nacht und Wolken bissen Scharten in den feuerroten Horizont, bis nur noch Schwärze blieb jenseits des Aluminiumscheins, den die *Niamey* warf, ein 125 Meter langer, spezialgefertigter Öltanker, der mit sechs Knoten durch die tiefen, einsamen Gewässer des Südchinesischen Meeres schnitt, mit Kurs auf Dung Quat, eine Raffinerie an der vietnamesischen Küste im Norden von Ho-Chi-Minh-Stadt.

Unterhalb der Brücke stand Agnes Lawton an der Reling und spürte den in der drückenden Hitze aufkommenden Sturm. Sie hatte den Sonnenuntergang in Äquatornähe beobachtet und auf den legendären grünen Blitz gehofft, der angeblich zu sehen war, wenn in den Tropen Tag und Nacht aufeinanderstießen. Sie hätte ihn als ein positives Vorzeichen gewertet und fragte sich nun, da er ausgeblieben war, was die Zukunft für sie bereithalten mochte.

Agnes Lawton, Anfang fünfzig, attraktiv, mit scharfem Verstand und einer imposanten Persönlichkeit, hatte mit einem Mal Angst, ihrer gegenwärtigen Aufgabe nicht gewachsen zu sein. Sie senkte den Kopf und sprach ein Gebet. Doch bevor sie es beendet hatte, hörte sie die Tür im Schott knarzen und Josh Reynolds sagen: »Die Herren plädieren dafür, die Besprechung auf morgen zu vertagen.«

Sie drehte sich zu ihrem Assistenten um, der deutlich jünger war als sie, und erwiderte: »In neun Tagen wird gewählt. Ein wenig frische Luft, und es kann weitergehen.«

»Die Männer sind erschöpft«, protestierte Reynolds.

»Und Sie auch. Eine Mütze voll Schlaf wirkt wahre Wunder.«

Agnes Lawton wollte widersprechen, doch dann fügte sie sich. »Lassen Sie mich noch ein paar Worte sagen, bevor wir uns alle zurückziehen.«

Fünfzehn Minuten später, im Konferenzraum, hielt sie in ihrer improvisierten Ansprache inne, um ihre Gedanken zu sammeln. Ihr Blick ruhte auf den müden Gesichtern der beiden Männer – ein Chinese und ein Inder –, die ihr gegenübersaßen und dreinsahen, als trügen sie die Last der ganzen Welt auf ihren Schultern.

»Sie wissen genau, dass Ihre Länder mindestens so gefährdet sind wie das meine«, fuhr Agnes Lawton fort. »Diese Tatsache dürfen wir nicht aus den Augen verlieren.«

Beide Männer nickten ernst, standen auf und schüttelten ihr die Hand; dann verließen sie den Raum, ihre Berater im Schlepptau.

Während sie ihre Unterlagen einsammelte, warf sie einen Blick auf ihren Assistenten, der ihr lautlos Beifall klatschte. »Genau der richtige Ton, finde ich«, meinte er lächelnd.

»Das hoffe ich. Sollte es zum Schlimmsten kommen … nicht auszudenken!«

Ihr Berater neigte den Kopf ein wenig zur Seite. »Möchten Sie etwas essen? Soll ich Ihnen eine Kleinigkeit auf die Kabine schicken lassen?«

»Ich bin nicht hungrig«, sagte sie, ließ ihren Aktenkoffer zuschnappen und ging hinaus in den schmalen Flur. Zwei Männer in Zivil, beide mit Maschinenpistolen von Heckler & Koch bewaffnet, bewachten eine Luke am Ende des Flurs. Der größere der beiden öffnete sie.

Bevor Agnes Lawton in ihre Kabine ging, bat sie noch: »Wecken Sie mich um fünf, Bill.«

»Jawohl, Ma'am«, sagte der größere Wachmann. »Schlafen Sie gut.«

Sie sah zu, wie er die Tür hinter ihr schloss. Sie sperrte ab, zog sich aus und legte sich im Dunkeln in die Koje. Angeblich zog ein Unwetter auf, und noch im Einschlafen bat Agnes Lawton Gott um eine friedliche Nacht.

Drei Decks über Agnes Lawtons Kabine, auf der Kommandobrücke des Öltankers, saß Kapitän Jim O'Hara am Computer und plante die Route. Plötzlich tönte ein abscheulich unmelodischer Singsang aus dem Kurzwellensender, der über dem Steuermann an der Decke befestigt war.

O'Hara zuckte zusammen. Die Stimme jaulte wie eine kranke Katze, ohne einen Ansatz von Melodie, in einer ihm unbekannten Sprache. Der Sänger kreischte noch ein paar Takte weiter, ehe der Kapitän irritiert nach oben langte und leiser drehte. Er wandte sich an den Mann am Steuer.

»Verstehen Sie das Gejaule, Manu?«, fragte er. »Sie sind doch aus der Gegend hier?«

Der Steuermann nickte: »Er singt auf Indonesisch, Kapitän. Er behauptet, dass alle Malaien es gern mit Hunden treiben. Aktiv und passiv.«

»Klingt hitverdächtig«, spottete eine tiefe Männerstimme hinter O'Hara.

Sie gehörte einem kräftigen Amerikaner, der gut sichtbar eine Pistole im Schulterhalfter trug. Neben ihm standen ein deutlich kleinerer Chinese mit einer Shotgun und ein schläfrig dreinschauender Inder mit einer Pistole im Gürtel.

»Ihr könnt nach unten gehen und schlafen«, sagte Kapitän O'Hara zu dem Inder. »Vermutlich werden wir später Sturm kriegen, aber noch sind wir auf Kurs.« Er warf einen kurzen Blick auf den Radarschirm neben dem Steuermann. »Nächstes Schiff zwei Seemeilen entfernt. Vermutlich ein Fischkutter.«

Der Amerikaner nickte und sagte: »Geht ruhig. Ich übernehme die erste …«

Er verstummte, als er vor dem Fenster einen huschenden Schatten bemerkte. Gleich darauf schwebten vier Männer, an Fallschirmen baumelnd, aus der Dunkelheit in den Aluminiumschein des Schiffes. Sie waren von Kopf bis Fuß schwarz gekleidet und trugen Einsatzwesten, die mit Handgranaten, Messern und Munition bestückt waren. An den Hüften hatten sie AK-47-Gewehre baumeln, die mit Dreipunktschlingen in der Waagerechten gehalten wurden.

»Wir kriegen Besuch«, brüllte der Amerikaner und griff nach seiner Waffe.

Der Kapitän schnappte sich das Mikro und drehte den Empfang lauter. Der Sänger kreischte noch immer seine obszönen Lieder.

Der Kapitän schaltete das Mikro ein und versuchte ihn zu überschreien: »*Mayday! Mayday*! Dies ist die *Niamey*. Unsere Position –«

O'Hara warf einen Blick auf das GPS-Display über dem Steuer. Doch bevor er die Längen- und Breitengrade angeben konnte, warf sich der Steuermann flach auf den Boden, während der Amerikaner, der Chinese und der Inder auf die Tür zu rannten und dabei über Funk von unten Verstärkung anforderten.

Ein fünfter Angreifer bewegte sich in weniger als drei Metern Entfernung an der Kommandobrücke vorbei. Er hatte den Kolben seiner Kalaschnikow in die Hüfte gestemmt und feuerte, was das Zeug hielt. Der Amerikaner wurde in den Rücken getroffen, der Chinese und der Inder ebenso. Der Kapitän griff sich die Shotgun, die der Chinese hatte fallen lassen, um den Männern, die ihnen von unten zu Hilfe kämen, Feuerschutz zu geben. Doch er kam nicht mehr dazu.

Er hörte eine Explosion und dann nie wieder etwas.

Der Steuermann senkte die Pistole, die er dem toten Amerikaner abgenommen hatte, holte ein Funkgerät aus der Tasche und sagte in seinem Dialekt: »Er kann aufhören zu singen. Die Brücke ist klar, das Deck unter Kontrolle. Ich setze jetzt SHIPLOC außer Betrieb.«

Agnes Lawton hörte die Gewehrschüsse, obwohl sich ihre Kabine zwei Ebenen unterhalb der Brücke befand. Sie war gerade dabei gewesen, einzuschlafen, doch jetzt war sie wieder hellwach und schlüpfte eilig in einen Jogginganzug.

Jemand klopfte laut an ihre Tür, und ein Wachmann rief: »Mrs Lawton?«

Sie öffnete ihm. »Wir werden attackiert«, sagte der Wachmann.

»Von wem?«, fragte Agnes Lawton erschrocken.

»Unklar. Sie haben das Schiff geentert. Mit Fallschirmen. Und unseren Funk blockiert. Wir haben oben einige Leute verloren, aber Verstärkung angefordert.«

»Haben Sie …?«

Schüsse auf einem der oberen Decks unterbrachen sie.

Mit versteinerter Miene sagte der Wachmann: »Öffnen Sie diese Tür unter keinen Umständen einem anderen als mir.«

Bevor sie etwas erwidern konnte, stieß er die Kabinentür zu. Sie blieb mit wachsender Panik allein und verfluchte zum einen die strengste Geheimhaltung ihrer Mission, zum anderen ihre Entscheidung, kein Satellitentelefon mit in die Kabine genommen zu haben.

Nachdem sie die Tür verriegelt hatte, wandte sich Agnes Lawton ihrem Laptop zu, der aufgeklappt auf der Koje lag. Sie versuchte, ins Internet zu gehen, erhielt aber keine Verbindung. Sie starrte auf das Netzstatussymbol. Es hatte noch vor zehn Minuten einen starken Empfang angezeigt.

Eine Explosion draußen im Flur erschütterte den Raum. Hätte sich Lawton nicht bereits hingesetzt, wäre sie umgeworfen worden. Die Druckwelle, die durch die Tür pulsierte, betäubte sie und raubte ihr die Orientierung.

Wie war das möglich? Niemand wusste, dass sie hier war. Nun ja, bis auf eine Handvoll Personen, aber die hatten ein noch größeres Interesse an diesem Treffen als sie, der Chinese oder der Inder.

Der Lärm im Flur hatte sich gelegt, hinterließ bei ihr jedoch ein Klingeln im Ohr. Draußen bellte eine Männerstimme in einer ihr unbekannten Sprache Befehle. Wenn dieser Mann für die Schüsse verantwortlich war, dann waren ihre Leibwächter –

Sie schaute wild um sich, entdeckte den Feuerlöscher und ein kleines Beil in einer Wandvertiefung in ihrer Nähe. Da hörte sie, wie sich ein Schlüssel ins Schloss schob.

Sie packte das Beil, holte aus und hackte auf den Computer ein, bis Gehäuse, Bildschirm und Festplatte in Trümmern lagen.

Eine raue Männerstimme hinter ihr rief in verwaschenem Englisch: »Fallen lassen!«

Sie erstarrte, klammerte sich an das Beil wie an eine wackelige Leiter.

»Fallen lassen! Oder ich schieße!«, befahl der Eindringling.

Agnes Lawton legte das Beil auf das Bett, zu den Trümmern ihres Computers. Sie hatte in ihrem langen, außergewöhnlichen Leben schon viele missliche Lagen bewältigen müssen, doch aufgegeben hatte sie nie. Kein einziges Mal. Und sie würde auch jetzt nicht aufgeben. Sie streckte die Schultern durch und wandte sich ihrem Angreifer zu.

Er war schweißnass unter der Sturmmaske und atmete schwer, während er sie über den Lauf eines angelegten

Maschinengewehrs hinweg anfunkelte. Er trug eine grüne Baumwollhose, schwarze Springerstiefel und ein ärmelloses Hemd. Er hatte ausgeprägte Muskeln, Tribal-Tattoos, und seine Haut war rötlich braun, wie vom Saft dunkler Beeren gefärbt.

Doch am meisten irritierten Agnes Lawton seine Augen: weit aufgerissen, feurig und fiebernd, die Iris schwarz wie die Nacht. Worin auch immer seine Mission bestand, er war ein Fanatiker. Sie wusste es auf den ersten Blick und hätte beinahe Angst gezeigt.

»Umdrehen!«, bellte er. »Hände auf Rücken.«

Er tat einen Schritt auf sie zu.

Agnes Lawton funkelte den Mann wütend an. »Wissen Sie eigentlich, wen Sie vor sich haben? Können Sie sich vorstellen, was für ein Albtraum auf Sie zukommt?«

Blitzschnell, so dass ihr keine Zeit blieb zu reagieren, zog er ihr mit dem Gewehrkolben eins über. Er traf ihr Kinn mit voller Wucht, und sie taumelte rückwärts zu Boden.

Benommen spürte Agnes Lawton, wie er sie an den Armen packte, wieder auf die Beine stellte, unsanft herumwirbelte und ihr die Handgelenke hinter dem Rücken fesselte.

»Sie wissen wohl nicht, wer ich bin?«, protestierte sie.

Er drehte sie wieder um und sagte: »Natürlich wir wissen das. Du wurdest prophezeit.«

Dann holte er ein Streichholzheftchen aus der Hosentasche und schnippte es in die Ecke. Mit dem Daumen lupfte er die Sturmmaske, entblößte ein bärtiges Kinn und spuckte aus. Eine widerliche, rote Pampe klatschte gegen die Wand.

# TEIL I

## Ein Dieb, ein Schurke, ein Prophet und ein König

# 1

## Dienstag, 30. Oktober,
## 1.00 Uhr, Ortszeit Ostküste USA

Die Marine One umrundete das Washington Monument und landete weich auf dem südlichen Rasen des Weißen Hauses.

In dem blau-goldenen Hubschrauber saß ein großer, gutaussehender, athletisch gebauter Mann und löste unter Gähnen den Gurt. Mit dem marineblauen Anzug, dem gestärkten weißen Hemd und der silbergrauen Krawatte hätte er alles sein können, vom ausländischen Ehrengast bis hin zum privilegierten Großspender.

»Sind Sie bereit?«, fragte Dr. Willis Hopkins, ein kleiner älterer Mann mit schwarz geränderter Brille und einem Tweedsakko, das eher an einen Mathematiklehrer denken ließ als an den gegenwärtigen Chef der Central Intelligence Agency.

Die Seitentür der Marine One ging auf, und die Treppe wurde ausgefahren. »So bereit man nur sein kann für einen Auftrag dieser Art«, erwiderte der größere Mann und folgte Dr. Hopkins aus dem Helikopter.

Eigentlich hätte er erschöpft sein müssen; schließlich hatte er sieben Stunden Flug in einer F-16 von seinem Haus in Patagonien zum Luftwaffenstützpunkt in Maryland hinter sich. Doch nach den fünfzehn Minuten in der Marine One war er wieder vollständig wach, wie nach einer Überdosis Koffein. Er hatte sich selten so munter gefühlt. Andererseits war er auch noch nie zuvor zum Präsidenten der Vereinigten Staaten gebeten worden.

Zwei bewaffnete Marineinfanteristen standen am Fuß

der Treppe, als er in die frostige Herbstnacht hinaustrat und hörte, wie die Rotorblätter über ihm an Schwung verloren. Auf dem Rasen wartete eine Blondine im dunkelblauen Business-Anzug, mit Perlenhalskette und schwarzen Pumps. Sie sah ausgezehrt aus, und ihr Atem roch nach Pfefferminz – ein Versuch, den Zigarettenrauch darin zu vertuschen.

»Gut gemacht, Dr. Hopkins«, sagte sie. »Der Präsident ist hocherfreut, dass Sie unseren Gast in so kurzer Zeit aufspüren und hierherbringen konnten.«

»Das Mindeste angesichts der Umstände, Cynthia«, sagte Dr. Hopkins.

Sie wandte sich dem anderen Mann zu und musterte ihn mit großer Neugier, als wäre er ein exotisches Tier. Er hörte fast ihre Gedanken: Ende dreißig, eins neunzig, etwa 95 Kilo, olivfarbener Teint, ein Gesicht, in dem sich viele Rassen und Ethnien vermengten, ein Mann, der sich in fast jede Umgebung einfügen konnte.

»Der berüchtigte Robin Monarch«, stellte sie fest.

Dr. Hopkins rückte seine Brille zurecht und sagte: »Darf ich vorstellen, Robin: Cynthia Blayless, Stabschefin des Weißen Hauses.«

Sie streckte ihm die Hand hin. Monarch schüttelte sie, fand sie feucht. Dessen ungeachtet sagte er: »Sehr erfreut, Ms Blayless. Dr. Hopkins meinte, ich würde hier gebraucht.«

»So ist es«, erwiderte sie und wies auf das Weiße Haus. »Sie werden bereits erwartet. Man wird Ihnen alles erklären.«

Während sie auf den Rosengarten zugingen, sagte Blayless: »Ihr Ruf eilt Ihnen voraus, Mr Monarch. Bemerkenswert, wie Sie die Green-Fields-Affäre im letzten Jahr gelöst haben.«

»Ich hatte eine Menge Unterstützung. Hören Sie, Ms Blayless, ich fühle mich geehrt, aber ich arbeite nicht mehr für die CIA. Ich sehe mich daher eigentlich nicht verpflichtet …«

»Der Präsident weiß das. Wir alle wissen es«, unterbrach ihn Blayless ungeduldig. »Und wir sind froh, dass Sie zumindest gekommen sind, um sich unseren Vorschlag anzuhören. Er ist durchaus verlockend.«

Monarch war hin und her gerissen. Seit nunmehr vier Jahren hegte er ein tiefes Misstrauen gegen Regierungsbeamte, und zwar gegen alle, und er hatte sich fest vorgenommen, sie um jeden Preis zu meiden. In den vergangenen neun Monaten hatte er ein einsames Leben auf einer entlegenen Ranch in Patagonien geführt. Er hatte auf unbestimmte Zeit dort bleiben wollen, doch dann hatte ihn Dr. Hopkins' Anruf erreicht.

Zwei bewaffnete Marineinfanteristen standen am hinteren Ende des Säulengangs vor einer geschlossenen Flügeltür. Blayless öffnete sie und trat ein.

Monarch war selten eingeschüchtert, doch als er das Oval Office betrat, erfasste ihn eine gewisse Verunsicherung. Er sah zwar sofort, dass der Präsident nicht anwesend war, erkannte aber die vier Personen, die sich unter Abraham Lincolns wachsamem Auge versammelt hatten, dessen Bildnis über dem Kamin hing.

Der lange, drahtige Mann mit dem Riesenschädel, der hinter dem Sofa stand, war der gegenwärtige Vizepräsident Kenneth Vaught, den seine Partei zum Präsidentschaftskandidaten bestimmt hatte. Vor ihm, auf dem Sofa, thronte Elise Peck, die nationale Sicherheitsberaterin, eine hellhäutige Rothaarige mit der Haltung einer Tänzerin.

Peck gegenüber, jenseits des Kaffeetisches, klopfte Richard »Ricky« Jameson, der aus Louisiana stammende, rotgesichtige Minister für Innere Sicherheit, ein Päckchen Süßstoff in seinen Tee. An Jamesons Seite durchblätterte Admiral Philip Shipman, der Vorsitzende des Vereinigten Generalstabs, den Inhalt einer Aktenmappe.

Monarch ging auf die vier Personen zu, die ihn mit nüchternen Mienen so eindringlich musterten, dass er sich fast zu einer albernen Bemerkung hätte hinreißen lassen, der Versuchung jedoch widerstand.

»Das ist Robin Monarch«, sagte Stabschefin Blayless. »Dr. Hopkins und der Präsident hielten es für angebracht, ihn zu Rate zu ziehen.«

»Worum geht es eigentlich?«, fragte die nationale Sicherheitsberaterin in die Runde. »Wer ist der Mann?«

Blayless und Hopkins zögerten.

Monarch räusperte sich und antwortete: »Ich bin ein Dieb.«

# 2

Die Reaktionen, die sich in den vier Gesichtern abzeichneten, schwankten zwischen Erstaunen und Entrüstung.

»Ein Dieb?«, sagte Admiral Shipman und besah sich Monarch genauer.

»Und ein Schurke, und in beiden Eigenschaften überragend, wie ich höre«, meldete sich mit seiner unverwechselbaren Tenorstimme Präsident Robert Sand zu Wort.

Präsident Sand trat links von Monarch aus seinem Privatbüro. Sand, ein kleiner, aber äußerst fotogener Mann mit dunklen Locken, trug eine Windjacke mit dem Siegel des Präsidenten, eine Sporthose und Laufschuhe. Er ging auf Monarch zu, ergriff seine Hand und sagte: »Danke, dass Sie gekommen sind, Robin. Ich weiß, Sie hatten eine lange Reise und wenig Vorbereitungszeit.«

Monarch schüttelte dem Präsidenten die Hand. Er hatte Sand in den knapp acht Jahren seiner Amtszeit schon tausendmal im Fernsehen gesehen, doch erst jetzt, da er ihm persönlich gegenüberstand, sah Monarch die Erschöpfung in seinen Augen und spürte die Bürde, die auf ihm lastete, und er empfand mehr als nur eine Spur Mitleid.

Sand stammte aus Oklahoma. Er war ein Reformer, der in seiner achtjährigen Amtszeit nicht viel hatte verändern können. Und nun, am Ende seiner zweiten Amtszeit, fühlte er sich wie die lahmste aller lahmen Enten, wie ein Anführer, dem die Zügel der Macht bereits zu entgleiten drohten.

Sands Regierung war von zwei Kriegen und einer angeschlagenen Wirtschaft ausgezehrt. Nach Monarchs Ansicht hatte der Präsident nie wirklich eine Chance gehabt, das Versprechen einzulösen, das er den Wählern gegeben hatte, nämlich sich für das Wohl des Landes einzusetzen. Stattdessen –

Ein zweiter Mann kam hinter dem Präsidenten aus dem Büro. Er war Ende fünfzig, sah ernst und mitgenommen aus, trug eine Khakihose und einen marineblauen Pulli über einem weißen Hemd mit offenem Kragen. Monarch hatte keine Ahnung, wer er war, doch die Übrigen kannten ihn offensichtlich.

»Bill?«, sagte die nationale Sicherheitsberaterin Peck verwirrt.

Vizepräsident Vaught reagierte ungehaltener. »Was haben Sie hier zu suchen?«, entfuhr es ihm, und er wandte sich an den Präsidenten. »Soll das ein Witz sein? Was wird das hier?«

Sand winkte ab. »Du wirst es gleich erfahren, Ken.« Er wandte sich wieder an Monarch und sagte: »Unserer Nation ist etwas sehr Wertvolles abhandengekommen, Robin, und Sie sollen es für uns zurückholen.«

»Verstehe«, sagte Monarch und ließ sich die allgemeine Überraschung – die Bill, wer immer er war, nicht zu teilen schien – auf der Zunge zergehen. »Was haben Sie verloren, und wo haben Sie's verloren?«

Der Präsident zögerte und blickte auf seine Stabschefin, die sagte: »Die Einzelheiten besprechen wir besser im *Situation Room*.«

Sand nickte.

Doch Jameson, der Minister für Innere Sicherheit, zog eine Grimasse und sah auf die Uhr. »Mr President, in fünf Stunden bin ich mit den Übergangsteams verabredet, und ich hatte noch keine Minute Schlaf.«

»Dann lass dich vertreten, Ricky Lee«, sagte Sand und ging auf die Tür zu.

»Einen Augenblick!«, rief Vizepräsident Vaught und

deutete auf den Mann, den Monarch nicht kannte. »Sie nehmen einen von der Gegenseite mit in den *Situation Room*?«

Der Fremde funkelte Vaught wütend an und zischte: »Meine Beteiligung in Senator Burkhardts Wahlkampf ist seit einer Stunde offiziell beendet.«

»Sie wurden entlassen?«

»Ich bin zurückgetreten.«

»Also ab nach unten«, sagte der Präsident.

Fünf Minuten später versammelte sich dieselbe Gruppe um den Konferenztisch im *Situation Room*, der Kommandozentrale des Weißen Hauses. Sand bestand darauf, dass Bill zu seiner Linken und Monarch zu seiner Rechten Platz nahmen, feindselig beäugt von den übrigen Anwesenden, Dr. Hopkins ausgenommen. Der CIA-Chef stand neben einem großen Bildschirm am hinteren Ende des Raumes. Darauf erschien das Foto eines Öltankers.

»Das ist die *Niamey*«, begann Hopkins. »Der amerikanische Tanker ist in Liberia registriert und transportiert zweihunderttausend Fässer Rohöl von Bohrinseln vor dem südlichen Indonesien nach Dung Quat, eine Raffinerie nördlich von Ho-Chi-Minh-Stadt.«

Der Bildschirm wechselte zur Satellitenaufnahme eines gewaltigen Tropensturms. »Dieser Taifun fegt gerade über das Gebiet, in dem der Tanker sein letztes Funksignal abgesetzt hat, ungefähr 330 Meilen südöstlich von Vietnam im Südchinesischen Meer, zwischen Thailand, Malaysia, Borneo, Singapur und Sumatra.«

»In der Gegend wimmelt es von Piraten«, warf Monarch ein.

Der CIA-Chef räusperte sich und sagte: »Nun ja. Seit gut dreiundzwanzig Stunden ist das SHIPLOC-Ortungssignal der *Niamey* tot. Kurz davor hatte der Kapitän über Kurzwelle folgenden Funkruf abgesetzt.«

Ein malaiischer Singsang schallte durch den Kontrollraum. Dazu, kaum hörbar, die gequälte Stimme von Kapitän O'Hara: »*Mayday. Mayday.* Dies ist die *Niamey*. Wir sind –«

Maschinengewehrfeuer unterbrach ihn. Man hörte ihn schreien, und Monarch blickte betreten zu Boden.

»Wir haben die letzten Koordinaten des Schiffes kurz vor Ausbruch des Taifuns erhalten«, sagte Dr. Hopkins. »Fast zur gleichen Zeit haben wir das Satellitensignal verloren.«

»Wann war das?«, fragte Monarch.

»Vor zwölf Stunden. Es ist ein riesiger Sturm, der sich nur langsam weiterbewegt.«

Monarch wandte sich an Sand. »Um eines klarzustellen, Mister President: Sie wollen, dass ich diesen Tanker finde und zurückhole?«

»So ungefähr«, sagte Sand.

Monarch wies auf den Bildschirm. »Mit Verlaub, Sir, wer auch immer die *Niamey* gekapert hat, der hat vermutlich das Öl abgepumpt und sie dann im tiefen Wasser versenkt, um keine Spuren zu hinterlassen. Möglicherweise noch während des Taifuns.«

»Er hat recht«, sagte Sicherheitsberaterin Peck. »So etwas geschieht alle Tage. Was geht das uns an, Mr President?«

Sand musterte sie irritiert und erwiderte: »Es geht um die Personen, die an Bord dieses Schiffes waren, als es angegriffen und gekapert wurde.«

Minister Jameson und Vizepräsident Vaught beugten sich vor und sahen Präsident Sand so lange erwartungsvoll an, bis dieser ihnen die unausgesprochene Frage beantwortete: »Lin Hao Fung, Außenminister der Volksrepublik China.«

»Fung?«, rief die nationale Sicherheitsberaterin verblüfft.

»Außerdem Tarrant Wali, der indische Außenminister«, fügte Dr. Hopkins hinzu.

Der Präsident räusperte sich. »Und die Außenministerin der Vereinigten Staaten, Agnes Lawton.«

# 3

## Dienstag, 30. Oktober, 14.00 Uhr, Ortszeit Mittelindonesien

Ein lautes Geräusch und eine schlingernde Bewegung holten Agnes Lawton langsam aus der Bewusstlosigkeit zurück. Die amerikanische Außenministerin bemerkte zunächst den Geruch nach Meerwasser und Fäkalien. Dann spürte sie die drückende, feuchte Hitze und den harten, nassen Boden, auf dem sie lag. Sie hörte Wasser gegen Holz klatschen und das lästige Summen von Moskitos.

Agnes Lawton hatte Kopfschmerzen. Als ihr bewusst wurde, dass sie einen Knebel im Mund hatte, dass ihre Augen verbunden und ihre Handgelenke vor dem Körper gefesselt waren, erinnerte sie sich vage an die Spritze, die man ihr verpasst hatte. Ihre letzte Erinnerung war der Anblick ihrer toten Leibwächter im Flur. Dann war ihr schwarz vor Augen geworden.

Wie lange war das her? Einen Tag? Zwei? Was war mit Josh Reynolds? War ihr Berater ebenfalls tot? Oder war er irgendwo in der Nähe? Und wo waren Fung und Wadi? Agnes Lawton hatte keine Ahnung.

Sie bewegte ihr Bein, spürte etwas Schweres um den rechten Knöchel und eine unangenehme Nässe um die Hüften. Jemand hatte ihr eine Windel umgelegt. Sofort war sie hellwach und wütend. Wie konnten die es wagen, wer auch immer sie waren! Wie konnten die es wagen!

Die Außenministerin rang um Selbstbeherrschung, versuchte sich einzureden, dass ihre momentane Befindlichkeit unwichtig war. Sie musste überleben, nur das zählte. Sie musste ihren Mann, ihre Kinder und Enkel wiedersehen, das war von Bedeutung. Und sie musste die Männer, die sie entführt hatten, zur Rechenschaft ziehen.

Kaum hatte sie diese Gedanken zu Ende gedacht, hörte sie Schritte, die immer näher kamen, bis der Betreffende direkt neben ihr stand und sie seinen ranzigen Schweiß roch. Er befreite sie von Knebel und Augenbinde. Agnes Lawton lockerte ihren Kiefer und blinzelte benommen. Wie lange trug sie ihre Kontaktlinsen schon? Eine Woche?

Die Ministerin blinzelte erneut, und der Nebel vor ihren Augen lichtete sich ein wenig. Das Licht war trübe, sie befand sich unter Deck, in einer Art Boot. Über ihr hockte, eine Plastikflasche in der Hand, derselbe Mann, der sie aus ihrer Kabine gezerrt hatte. Er trug noch immer seine Sturmmaske, doch die Tattoos auf seinem Bizeps waren unverwechselbar.

»Wasser?«, fragte er.

Sie schüttelte den Kopf, sagte: »Ich möchte die Toilette benutzen. Ich will keine Windel tragen.«

Sie sah, wie sich seine Augen hinter der Maske zu Schlitzen verengten, doch dann wies er mit dem Kinn auf einen Eimer, einen Meter von ihr entfernt. »Los, mach, nimm Windel ab.«

Da er zweifellos die Absicht hatte, sie zu demütigen, sagte sie: »Erst wenn Sie weg sind.«

Seine Augen weiteten sich. »Du hast jetzt andere Sorgen. Trink! Wasser gibt Kraft. Die du wirst brauchen.«

Die Ministerin war von der feuchten Hitze am ganzen Körper nassgeschwitzt und sah ein, dass er recht hatte. Sie musste genügend trinken. Sie nahm also die Flasche in die gefesselten Hände und linste zweifelnd hinein.

»Abgekocht«, knurrte er.

Die Ministerin zögerte, doch dann trank sie in gierigen Zügen und hatte in diesem Moment das Gefühl, nie etwas Köstlicheres geschmeckt zu haben.

Als die Flasche leer war, stellte sie sie ab und fragte: »Wer sind Sie?«

»Nenn mich Captain Ramelan«, erwiderte er mit blitzenden Augen. »Ramelan bedeutet ›der Prophezeite‹. Die Frau vom Monddrachen sagt, ich bin prophezeit.«

Ministerin Lawton starrte ihn an, bemerkte wieder den fanatischen Gesichtsausdruck, der ihr schon auf der *Niamey* aufgefallen war. *Bring ihn zum Sprechen*, dachte sie. *Je mehr du erfährst, desto besser.* »Um was zu tun, Captain Ramelan?«

Er hob den Rand seiner Sturmmaske an, entblößte die rötlichen Zähne und spuckte aus. »Um die Welt zu verändern.«

Bevor sie ihn fragen konnte, wie er sich das vorstellte, stopfte er ihr wieder den Knebel in den Mund. Sie wehrte sich. Er drückte ihr ein Knie in den Rücken und legte ihr die Augenbinde um. Doch dann löste er ihre Fußfessel und zerrte sie barsch auf die Beine. Die Ministerin fühlte sich wackelig und schwach, doch es gelang ihr immerhin, aufrecht zu stehen. Was mochte er mit ihr vorhaben?

Der Kidnapper packte sie am Jackenkragen und schob sie vor sich her. Als sie über ein Spant im Schiffsrumpf stolperte, hielt er sie auf den Beinen. Dann wurde sie von vielen Händen nach oben gezogen, und es wurde hell hinter ihrer Augenbinde. Sie spürte die Meeresbrise und hörte das Kreischen der Möwen. Die Luft roch nach dem Rauch eines Holzfeuers und nach gegrilltem Fisch. Kaum wurde ihr bewusst, wie hungrig sie war, wurde sie auch schon vorwärtsgestoßen, eine Art Rampe hinunter.

Agnes Lawton betrat festen Boden, rutschte aus und wäre beinah gefallen. Hände zerrten sie weiter, und durch die Augenbinde sah sie das Licht schwinden. Der Duft von Holzrauch wich dem Geruch nach moderndem Grün, nach Dschungel und Erde. Ranken griffen nach ihren Händen und ihrem Gesicht. Schlamm sog an ihren Joggingschuhen. Und ringsumher hörte sie eine Symphonie aus dem Singen und Kreischen von Vögeln, dem Brüllen von Affen und dem Summen von Insekten. Sie blieben stehen. Sie hörte eine Tür knarzen und wurde gleich darauf in ein schwüles Halbdunkel gestoßen. Hände packten sie an den Schultern, drehten sie herum und drückten sie nach unten.

»Hinsetzen«, befahl Ramelan.

Ministerin Lawton sank auf einen roh zusammengezimmerten Stuhl. Die Augenbinde wurde ihr abgenommen, aber der Knebel verblieb im Mund. Ihr gegenüber steckte auf einem Stativ ein einfaches Handy, das mit einem Laptop verbunden war. Dahinter stand ein Mann mit nacktem Oberkörper und weißer Kapuze.

Agnes Lawton wandte den Kopf und entdeckte links und rechts von ihr den chinesischen und den indischen Außenminister, ebenfalls gefesselt und geknebelt. Die Kleidung der beiden war stark verdreckt. Wadi hatte eine böse Wunde über dem linken Auge. Fung wirkte etwas weggetreten, als sei er sich seiner misslichen Lage nicht recht bewusst. Wie schlimm mochte sie selbst aussehen?

Jemand reichte ihr eine Zeitung über die Schulter.

»Halten«, befahl Ramelan.

Die Außenministerin zögerte, doch dann sah sie ein, dass Widerstand im Augenblick zwecklos wäre. Sie nahm die Zeitung in die gefesselten Hände. Ihr Kidnapper sagte etwas in einer ihr unbekannten Sprache. Der Vermummte hinter der Kamera schaltete eine helle Lampe ein und richtete sie auf sie.

Die Außenministerin weigerte sich, dem grellen Licht auszuweichen. Sie wusste, worauf Ramelan aus war, und beschloss, Nutzen daraus zu ziehen. Sie starrte in die Kamera, wohl wissend, dass sie gefilmt wurde, und betete zu Gott, sie möge stark und trotzig wirken.

Doch dann fing Captain Ramelan hinter ihr an, in barschem Ton englisch zu sprechen, und sofort wich die wilde Entschlossenheit, die sie eben noch verspürt hatte, einem ersten Anflug von Panik.

# 4

»Agnes?«, stammelte Vizepräsident Vaught und sah zu Bill hinüber, der trostlos ins Leere starrte. »Meine Güte, Mann, es tut mir leid. Ich hätte nie –«

»Moment, wie kann das sein?«, meldete sich Peck zu Wort, die nationale Sicherheitsberaterin. »Sie ist doch auf Tahiti, um sich vor ihrer Abschiedstour noch eine Auszeit zu gönnen.«

Bill schüttelte mutlos den Kopf. Monarch zählte eins und eins zusammen. Bill Lawton war der Ehemann der Außenministerin, ein schwerreicher Lobbyist und Rechtsanwalt, der ab und zu auf CNN politische Kommentare abgab. Monarch erkannte ihn aus einem Artikel im Time Magazine über Powerpärchen in Washington, D.C. Die Lawtons gehörten wie James Carville und Mary Matalan unterschiedlichen Seiten des politischen Spektrums an, liebten einander aber heiß und innig.

Präsident Sand schaute ernst. »Tahiti war ein Täuschungsmanöver«, sagte er. »Agnes hatte dieses geheime Treffen schon vor Monaten geplant. Sie hielt es für wichtig, sich im Vorfeld der Präsidentschaftswahlen zu einem inoffiziellen Gespräch mit den Chinesen und Indern zusammenzufinden. Da sie mittlerweile unsere beiden größten Handelspartner sind und außerdem geopolitische Schwergewichte, wollte sie ihnen nochmals die Kontinuität der amerikanischen Handels- und Außenpolitik beteuern, ganz gleich, wie die Wahlen ausgehen würden.«

Bevor irgendjemand dazu Stellung nehmen konnte, fuhr Sand fort: »Doch als das Treffen näher rückte, änderte sich die Lage drastisch. Willis?«

Der CIA-Chef rückte seine Brille zurecht und sagte: »In den vergangenen sieben Wochen haben wir – die NSA und meine Agentur – diverse Hinweise auf eine Bedrohung abgefangen, die –«

»Bedrohung? Moment mal«, protestierte die nationale Sicherheitsberaterin. »Ich habe nichts dergleichen gehört.«

»Lassen Sie den Mann ausreden, Elise«, befahl der Präsident.

Peck wirkte leicht gekränkt, nickte aber.

Dr. Hopkins sagte: »Die ersten Gerüchte, auf die wir stießen, deuteten auf einen Staatsstreich in Indien hin. Wir informierten die dortige Regierung und erfuhren dabei, dass der indische Geheimdienst Hinweise auf einen möglichen Aufstand in den chinesischen Provinzen an der südwestlichen Grenze zu Indien abgefangen hatte. Daraufhin informierten uns die Chinesen, dass eine Terrororganisation eventuell plane, die Wahlen zu sprengen.«

»Welche Wahlen?«, fragte Vizepräsident Vaught.

»Na, unsere«, erwiderte der Präsident lakonisch.

»Und Sie hielten es nicht für nötig, mir das zu sagen?«

»Noch sind Sie nicht Präsident, Ken«, schoss Sand zurück. »Und den Umfragewerten zufolge besteht durchaus die Wahrscheinlichkeit, dass Sie es auch nach der Wahl nicht sein werden. Deshalb hielten wir es nicht für nötig, nein.«

Vaughts Miene verdüsterte sich. »Glauben Sie nicht, dass *Ihre* Umfragewerte etwas damit zu tun haben könnten? Die Leute fressen mich da draußen bei lebendigem Leibe, beschimpfen mich als ›Ihren Klon‹.«

»Ich bitte tausendmal um Entschuldigung«, entgegnete der Präsident ironisch.

Sichtlich verwirrt fragte Lawton: »Worin genau besteht denn die Bedrohung für unsere Wahlen? Wäre es nicht besser, Senator Burkhardt einzuweihen?«

»Wir haben den Senator aus demselben Grund nicht eingeweiht, wie wir es beim Vizepräsidenten nicht getan haben: nämlich weil die Nachricht unklar war«, erwiderte Dr. Hopkins. »Diverse Anzeichen lassen darauf schließen, dass eine Gruppe Terroristen auf irgendeine Weise versuchen könnte, die Wahl zu verhindern, vermutlich durch einen Anschlag. Doch was noch wichtiger ist: Offenbar ist an allen drei Fronten – USA, China und Indien – gleichzeitig Gefahr im Verzug, und so müssen wir davon ausgehen, dass es sich, nun ja, um koordinierte Aktionen handelt.«

»Worauf wollen Sie hinaus?«, fragte der Vizepräsident. »Dass irgendjemand vorhat, die Weltherrschaft an sich zu reißen?«

»Ich würde es folgendermaßen ausdrücken: Jemand will die Weltordnung in den Grundfesten erschüttern«, versetzte Dr. Hopkins. »Denken Sie nach: Wer drei Supermächte aus dem Gleichgewicht bringt, der macht den Planeten gefährlich, anfälliger für Unruhen aller Art.«

»Und was genau bringt Sie zu der Annahme, dass die drei Aktionen miteinander in Verbindung stehen könnten?«, fragte Monarch.

»Der Staatsstreich, die Rebellion und der Anschlag auf unsere Wahlen sollten im Abstand von wenigen Tagen stattfinden, und zwar noch vor dem Monatsende, wobei unsere Wahl an erster Stelle kam. Deshalb hielt Agnes es für unerlässlich, die Angelegenheit mit den Vertretern Indiens und Chinas zu besprechen.«

»Ich war derselben Meinung«, erklärte der Präsident. »Indien und China ebenso.«

Der CIA-Chef sagte: »Vorgestern setzte ein Hubschrauber die Ministerin daher in Begleitung von sechs Leibwächtern – allesamt erfahrene Agenten des Diplomatic Security Service – auf der *Niamey* ab. Der chinesische und der indische Außenminister trafen ebenfalls mit gut ausgebildeten Personenschützern dort ein.«

»Offenbar waren die Angreifer in der Übermacht«, stellte Admiral Shipman fest.

Monarch pflichtete ihm bei. »Wurde das Schiff in Echtzeit satellitenüberwacht?«, wollte er wissen.

»Nein«, gab der Präsident nach kurzem Zögern zu.

»Warum nicht?«, fragte Admiral Shipman. »So etwas gehört doch zur Standardprozedur.«

»Tut es ja auch«, erwiderte Sand. »Um jedes Aufsehen zu vermeiden, haben Agnes und ich im Einvernehmen mit China und Indien beschlossen, die Vorschriften zu umgehen.«

Bill Lawton musste dringend Dampf ablassen: »Mit Verlaub, Mr President«, protestierte er, »damit haben Sie meine Frau in Gefahr gebracht. Sie persönlich tragen dafür die Verantwortung.«

Der Präsident sah drein, als hätte man ihm einen Schlag in die Magengrube verpasst. »Sie haben recht, Bill, aber ich verspreche Ihnen, dass wir sie finden.« Er wandte sich mit aschgrauem Gesicht an Monarch und sagte: »Und hier kommen Sie ins Spiel, Robin.«

»Ein Dieb?«, knurrte der Admiral ungläubig. »Sie wollen also die Rettung unserer Außenministerin einem Kriminellen überlassen?«

»Er ist kein Krimineller«, sagte Dr. Hopkins, »eher ein Gesetzloser, aber im Sinne des Gemeinwohls.«

Monarch lächelte beinahe. Ihm gefiel, wie das klang.

Der Vizepräsident knurrte: »Wie auch immer, die Sache ist –«

Der Admiral fiel ihm ins Wort: »Mr President, binnen zwanzig Stunden hätten wir SEAL-Team 6 vor Ort. Hier sind Profis gefragt, nicht irgendwelche Gesetzlosen«

»Ganz meine Meinung.« Der Ehemann der Außenministerin pflichtete ihm bei.

»Monarch hat acht Jahre in einer Eliteeinheit gedient und war an Spezialeinsätzen beteiligt, unter anderem auch für die SEALs«, entgegnete Dr. Hopkins. »Außerdem leitete er sieben Jahre lang ein Sondereinsatzkommando der CIA. Wer, glauben Sie, hat die Kriegspläne des Irak für uns gestohlen, bevor wir dort einmarschiert sind? Und wer hat Green Fields zerstört?«

Monarch war auf beide Heldentaten nicht sonderlich stolz, doch es tat ihm gut, dass der innere Kreis um den Präsidenten so große Stücke auf ihn hielt.

»Aus diesem Grund habe ich Mr Monarch hinzugezogen. Die Situation erfordert Fingerspitzengefühl«, sagte Sand.

»Da haben Sie verdammt recht«, polterte Vizepräsident Vaught. »Falls die Sache schiefgeht, ist die Wahl beim Teufel, und meine Kandidatur war für die Katz!«

»Wie schön, dass Sie als Erstes an Agnes denken, Ken«, sagte der Präsident.

Bill Lawton wandte sich Monarch zu. »Werden Sie meine Frau finden und … sie retten?« Er zögerte. »Falls sie noch am Leben ist?«

Monarch hielt seinem Blick stand. »Ich kann es versuchen, Sir.«

Pecks Blick verriet ihre Zweifel. »Wenn er nicht in offizieller Funktion für uns arbeitet …«

Der Präsident ahnte, worauf sie hinauswollte. »Seine Handlungsbefugnisse sind nur auf diesen Auftrag beschränkt.«

»Bezahlen wir ihn auch?«, fragte sie schelmisch.

»Und ob.«

»Wie viel soll er denn bekommen?«, wollte der Admiral wissen.

Der Präsident wandte sich Monarch zu. »Wie viel verlangen Sie?«

Monarch überlegte und sagte: »Sie zahlen die Spesen für mich und ein Team meiner Wahl, nicht mehr als vier

Leute. Wenn wir die Ministerin finden und zurückbringen, zahlt die US-Regierung eineinhalb Millionen Dollar an jedes Mitglied meines Teams und zehn Millionen an mich. Im Höchstfall fünfzehn Millionen.«

Der Präsident überlegte kurz. »Einverstanden«, sagte er schließlich.

»Mr President!«, protestierte Admiral Shipman.

»Ich sagte einverstanden, und damit basta!«, blaffte Sand und wandte sich wieder Monarch zu. »Was benötigen Sie?«

»Ich möchte, dass Sie über dem gesamten Südchinesischen Meer Satelliten zum Einsatz bringen«, antwortete Monarch. »Wir müssen diesen Tanker finden, sobald der Taifun sich verzogen hat. Jemand soll den Gezeitenverlauf und die Koordinaten des Tankers analysieren und so das Suchgebiet eingrenzen. In einem Szenario gehen wir davon aus, dass die *Niamey* noch über funktionierende Maschinen verfügt, in einem anderen, dass sie Wind und Wellen preisgegeben wurde. Und ich brauche Gloria Barnett im Team, so schnell wie möglich. Außerdem Tatupu, Chávez und Fowler.«

Barnett war Monarchs Koordinatorin bei der CIA gewesen. Sie war ein Genie in Sachen Logistik, Materialbeschaffung und Datenauswertung. John Tatupu hatte mit Monarch bei den U.S. Army Rangers gedient und war mit ihm im selben CIA-Team gewesen. Chanel Chávez war die beste Scharfschützin, die er kannte, und Abbott Fowler war bei der Delta Force, einer Spezialeinheit der U.S. Army, sowie immer wieder mal für die CIA tätig gewesen.

»Ist das alles?«, fragte der Präsident.

»Ich brauche außerdem den schnellsten Jet, den Sie haben«, erwiderte Monarch.

»Im Stützpunkt Langley steht eine F-22«, sagte der CIA-Chef. »Die soll Sie nach Clark auf den Philippinen fliegen. Alle weiteren Transportmittel organisiert Barnett vor Ort.«

Monarch wandte sich an den Vorsitzenden des Vereinigten Generalstabs, der immer noch finster dreinblickte. »Admiral Shipman, ich brauche auch *Ihre* Unterstützung.«

Misslaunig entgegnete dieser: »Inwiefern?«

»Entsenden Sie zwei vollzählige SEAL-Teams in die Region«, sagte Monarch. »Falls wir die Ministerin finden, benötigen wir früher oder später Verstärkung.«

Shipman wurde ein wenig versöhnlicher. »Das lässt sich arrangieren.«

»Sind wir dann hier fertig?«, fragte der Präsident mit einem Blick auf seine Stabschefin.

»Ja, Mr President«, antwortete Cynthia Blayless, die bisher weitgehend geschwiegen hatte. »In zehn Minuten lege ich Ihnen einen Entwurf unserer Vereinbarung mit Mr Monarch zur Unterschrift vor.«

»Eines noch, Sir«, sagte Dr. Hopkins. »China und Indien werden jeweils einen ihrer Topagenten beauftragen, sich an der Rettungsaktion zu beteiligen.«

Monarch schüttelte den Kopf. »Ich arbeite nur allein oder mit handverlesenen Leuten.«

»Die Chinesen und Inder kooperieren mit uns«, sagte Dr. Hopkins. »Sie wissen natürlich, dass wir besser ausgerüstet sind als sie. Doch um das Gesicht zu wahren, müssen sie uns zumindest unterstützen.«

Ehe Monarch protestieren konnte, fragte ihn der Präsident: »Wie wichtig ist Ihnen die Bezahlung?«

»Sehr wichtig«, sagte Monarch nach kurzem Zögern.

»Dann müssen Sie sich mit den ausländischen Agenten abfinden.«

Monarch sah ein, dass jeder weitere Einwand zwecklos war, und nickte.

»Mr Monarch«, sagte Bill Lawton, der bereit schien,

sich an jeden Strohhalm zu klammern. »Bitte finden Sie meine Frau. Sie ist ein wunderbarer Mensch, die Liebe meines ...«

Die Stimme versagte ihm, und er verstummte.

# 5

## Dienstag, 30. Oktober, 3.15 Uhr, Ortszeit Ostküste USA

Etwa zwanzig Minuten nachdem Monarch an Bord der Marine One gegangen war, um zum Luftwaffenstützpunkt Langley zu fliegen, verließ ein schwarzer Buick das Gelände des Weißen Hauses über die südwestliche Zufahrt. Der Fahrer lenkte den Wagen durch die nahezu leeren nächtlichen Straßen der Landeshauptstadt und über die Roosevelt Bridge nach Arlington, Virginia.

Der Buick bog in östlicher Richtung auf die Interstate 95 und dann nach Süden, bevor er Kurs auf den Prince William Forest Park nahm, der an das Trainingslager Quantico des US Marine Corps grenzte. Auf einer verlassenen Anhöhe nördlich des Camps schaltete der Fahrer die Scheinwerfer aus. Er ließ den Wagen ausrollen, bis er eine bestimmte Meilenmarkierung erreicht hatte, und bog unmittelbar dahinter auf einen alten Saumpfad.

Der Fahrer zündete sich eine Zigarette an. Hinter dem Wagen standen die Bäume dicht genug, um ihn vollständig vor Blicken zu schützen. Etwa eine Meile tief im Wald befand sich ein Dschungel aus Satellitenschüsseln, das Hochsicherheits-Kommunikationszentrum des Marinestützpunkts und der FBI Academy. Die vielen Funkwellen, die hier pulsierten, machten das Areal zu einem berüchtigten Störgebiet für den Mobilfunk. Selbst die Abhörexperten der National Security Agency empfingen hier kein Signal.

Der Fahrer ließ das Fenster herunter, schnippte die Zigarette hinaus und holte dann ein selten benutztes, aber äußerst leistungsstarkes Satellitentelefon aus dem Handschuhfach. Eilig schloss er es an einen Laptop und aktivierte Skype.

Der Fahrer wartete, bis das blinkende Netzsymbol ihm anzeigte, dass eine Internetverbindung hergestellt war, und gab dann die Nummer eines Prepaid-Handys ein. Es klingelte dreimal, bevor ein Mann mit leichtem Südstaatenakzent sich meldete: »Wie kann ich helfen?«

»Wir haben ein Problem«, antwortete der Fahrer.

»Sie meinen wohl eine Herausforderung, nicht wahr?«, konterte der Mann.

»Der Strandmann hat einen Joker benutzt«, insistierte der Fahrer. »Er hat einen Söldner engagiert, einen ehemaligen CIA-Spitzel. Der Typ ist außerdem ein Dieb, offenbar ein sehr guter. Unser Freund im Osten sollte das wissen, meine ich.«

Nach einer Weile sagte der Mann: »Also gut, ich ruf ihn an.«

»Ich kann das selbst erledigen.«

»Wir wollen die Angelegenheit nicht unnötig verkomplizieren«, entgegnete der andere und legte auf.

# 6

## Dienstag, 30. Oktober, 20.10 Uhr, Ortszeit Hongkong

Long Chan-Juan war geradezu zwanghaft um seine persönliche Sicherheit besorgt. Er wusste, wer er war und wie Dutzende machthungriger Männer in ganz Asien über ihn dachten. Trotz extremer Vorsichtsmaßnahmen war der Monddrache ein potentielles Anschlagsziel. Daran gab es nichts zu deuteln.

Und weil Long das wusste, hatte er sämtliche Außenfassaden seines Hauses mit Kameras bestückt und mit einem ausgeklügelten Sicherheitssystem versehen, das Bewegungs- und Drucksensoren beinhaltete. Mindestens drei Wachleute patrouillierten rund um die Uhr vor dem Haus. Erst im vergangenen Monat hatte er sich für 150 000 Dollar einen kugelsicheren Mercedes der S-Klasse gekauft.

Tuul wäre es lieber gewesen, wenn der Monddrache den Weg zwischen dem Mercedes und seinem Haus durch die Garage zurückgelegt hätte. Doch diese wurde gerade ebenfalls nachgerüstet und mit bombensicheren Wänden und Türen ausgestattet. Aufgrund der Bauarbeiten war Long gezwungen, die Villa von außen zu betreten, durch die Vordertür, wo er eine Zeitlang von der Straße aus zu sehen war. Tuul und drei seiner Männer pflegten daher die Umgebung nach Heckenschützen und dergleichen abzusuchen, ehe Long aus dem Wagen stieg.

So saß der Monddrache auch an jenem Herbstabend auf dem Rücksitz seines kugelsicheren Mercedes und wartete auf grünes Licht. Dabei lauschte er aufmerksam der schleppenden Stimme seines anonymen Freundes mit dem Südstaatenakzent.

»Wir bekommen Gegenwind«, sagte der. »Unser gemeinsamer Freund meinte, Sie sollten es erfahren.«

»Besser, man weiß, dass ein Dieb unterwegs ist, als dass man es nicht weiß«, versetzte der Monddrache.

»Ist das eine von euren Chinesenweisheiten?«, fragte sein Freund und lachte verhalten.

»Schon möglich«, antwortete Long nüchtern.

»Wie auch immer, ich habe Sie jedenfalls gewarnt«, sagte der Freund. »Er soll gut sein, und zwar richtig gut.«

»Irgendwelche Vorschläge?«

»Ihre Hemisphäre, Ihre Angelegenheit. Ach ja, wie geht es Ihrem kleinen Enkel?«

»Ausgezeichnet«, sagte der Monddrache und spitzte die Ohren. »Und Ihrem?«

»O Mann, der Junge rennt so schnell, dass sein Opa keine Chance hat, ihn zu fangen.«

»Das Privileg der Jugend.«

»Nun gut, ich will Sie nicht länger aufhalten. Sie gehen ins Haus zu Ihrem Enkel und rufen mich an, sobald Sie es für angebracht halten. Ich warte.«

Er legte auf. Long starrte kurz auf das Telefon, öffnete dann die Rückseite des Handys, entfernte zuerst die SIM-Karte und riss dann das gesamte elektronische Innenleben heraus. *Ein Dieb?*, dachte er.

Der Monddrache mochte keine Diebe. Für den einen oder anderen Job waren sie unverzichtbar. Aber er hatte auf die harte Tour erfahren müssen, dass diesen Leuten nicht zu trauen war. Sie hatten keinen Funken Ehre im Leib. Sobald sich die Gelegenheit bot, fielen sie einem in den Rücken. Immer.

Doch was konnte ihm und seinen Verbündeten ein einzelner Dieb schon groß anhaben? Er musste fast lachen, so absurd fand er den Gedanken.

Long war jedoch nicht so weit gekommen im Leben, weil er besonders vertrauensselig war. Diebe konnten hinterhältig, verschlagen und äußerst gewieft sein. Die Tatsache, dass dieser Robin Monarch außerdem ein erfahrener und raffinierter Geheimagent war, wurmte ihn noch, als Tuul auftauchte und ihm die hintere Tür seines kugelsicheren Mercedes öffnete.

»Die Luft ist rein, Boss«, sagte der Leibwächter.

Der Monddrache nickte, stieg aus und begab sich zu seiner großartigen Villa, die weit oben in den Hängen des Victoria Peak auf der Insel Hongkong stand. Long öffnete die Eingangstür. »Anna!«, keifte tief im Inneren des Hauses seine Frau, Madame Long.

Das Trippeln kleiner Füße. Der Monddrache sah eine schmächtige Filipina in einer grauweißen Uniform aus der Küche ins Wohnzimmer am anderen Ende der Eingangshalle hasten. Long blieb vor einem Tisch im Flur stehen und blätterte den Stapel Post durch.

»Madame?«, hörte er die Angestellte Anna sagen.

»Du hast den Staub dort auf dem Stuhl übersehen, Mädchen«, monierte Madame Long kalt.

»Ich kümmere mich sofort darum«, erwiderte das Mädchen schüchtern.

»Hoffentlich«, entgegnete ihre Arbeitgeberin und fuhr nach kurzer Pause fort: »Ach ja, ich weiß, dass dir von Gesetzes wegen ein freier Sonntag zusteht, aber ich verlange, dass du rechtzeitig zu Hause bist. Neulich bist du zu spät gekommen.«

»Nur ein paar Minuten nach neun, Madame«, sagte Anna.

»Zwanzig Minuten, außerdem warst du betrunken und hast nach einem Mann gestunken.«

Der Monddrache runzelte die Stirn, legte die Post beiseite und ging den Flur entlang, bis er in den prächtigen Wohnbereich blicken konnte. Seine Frau, hochgewachsen und grobknochig für eine Chinesin, hatte einen blassen Porzellanteint, weil sie ihr Leben lang die Sonne gemieden hatte. Madame Long trug bestickte Pantoffeln, eine schwarze Chanel-Hose, einen eleganten schwarzen Hausmantel und einen achthundert Jahre alten Jadeschmuck um den Hals. Sie hatte sich drohend vor ihrer winzigen Angestellten aufgebaut, die den Kopf gesenkt hielt.

»Glaubst du, ich habe dich nicht beschatten lassen?«, fragte Madame Long, der nicht bewusst war, dass ihr Mann die Szene beobachtete, und die die Verlegenheit ihrer Angestellten sichtlich genoss. »Du glaubst wohl, ich weiß nicht, dass du an Sonntagnachmittagen im Poseidon Club in Wan Chai abhängst? Und dass du Whiskey trinkst und dich an den Erstbesten verkaufst, der dir gefällt?«

Anna sagte nichts, aber ihre Wangen glühten vor Scham.

»Lass dir das eine Lehre sein, wenn du weiterhin in diesem Haus beschäftigt sein willst.«

Anna verneigte sich, fast zitternd. »Ja, Madame.«

Die Angestellte zog sich zurück, bemerkte den Monddrachen und verneigte sich noch tiefer. Anna war erst Anfang dreißig, doch vorzeitig gealtert. Sie hatte große braune Augen und eine Gaumen- und Lippenspalte, die sie zumeist hinter der linken Hand verbarg.

Als sie gegangen war, kam Long ins Zimmer und sagte: »Meine Mutter meinte einmal, dass ein Mensch, den man lange genug wie einen Hund behandelt, einen irgendwann beißt.«

Madame Long sah ihren Mann böse an und fauchte: »Betrunken in aller Öffentlichkeit? Wahlloser Sex mit Fremden? Sogar deine Mutter würde sie wie die missgestaltete Hündin behandeln, die sie ist.«

Der Monddrache hütete sich, einen Streit mit seiner

Frau zu riskieren. Er leitete mehrere erfolgreiche Unternehmen und war insgeheim der Anführer des Verbrechersyndikats Shing-Tun, der mächtigsten Triade in Hongkong und Südchina, deren Einflussbereich ganz Südostasien umfasste. Doch hier im Haus hatte seine Frau das Sagen. Er hob beschwichtigend die Hände.

Madame Long nickte zufrieden. »Dein Geschäftsfreund von neulich«, fragte sie neugierig. »Hatte das Buch recht?«

Long nickte. »Mr Farley hat in der Tat eine lange Reise angetreten.«

Madame Long fühlte sich bestätigt: »Das Buch lügt selten.«

Wie so oft, wenn er eine Entscheidung zu treffen hatte, trat der Monddrache ans Fenster, zog die Vorhänge auf und blickte hinaus. Die Aussicht war atemberaubend.

Ein Dschungel aus Neonreklamen leuchtete weit unter ihm in den Ortsteilen Wan Chai und Causeway Bay. Die Fähren, Schiffe und chinesischen Dschunken im Victoria Harbor erinnerten an Glühwürmchen. Dahinter lag Kowloon, die am dichtesten besiedelte Stadt auf Erden, wo die funkelnden Lichter sich häuften wie eine massive Sternenkonstellation.

Long war in Kowloon geboren und aufgewachsen. Dort war das Leben weitaus härter und chinesischer als in Hongkong mit seinem nachklingenden britischen Einfluss. Er dachte daran, wie weit er es gebracht hatte, wie rücksichtslos er hatte sein müssen, um nicht nur zu überleben, sondern auch ein reicher Mann zu werden. Und *wie* reich er war! War er nicht mit jedem Jahr mächtiger und einflussreicher geworden?

Doch der Kurs, den der Monddrache neuerdings eingeschlagen hatte, stand auf einem gänzlich anderen Blatt als alles, was er zuvor unternommen hatte. Er machte ihm Angst, und Long war keiner, der leicht Angst bekam. Binnen Tagen wäre überall auf der Welt Chaos gesät und Chinas Zentralregierung im Wanken begriffen. Damit wäre seinen Plänen Tür und Tor geöffnet, und er besäße endlich so viel Macht und Geld, wie er es sich immer erträumt hatte. Ganz Asien läge ihm zu Füßen.

Falls aber etwas dazwischenkam … falls dieser Dieb …

Während er aus dem Fenster sah, fühlte sich der Bandenführer nicht mehr von den grellen Neonlichtern Hongkongs angezogen. Er starrte in die tintenschwarze Dunkelheit des Hafens und dachte daran, welche Tücken sich darin verbergen mochten.

Madame Long trat neben ihren Mann. »Du bist beunruhigt?«

Der Monddrache zögerte. Er sprach mit seiner Frau selten über sein Leben außerhalb des gemeinsamen Heimes. Er hielt es für besser, wenn sie keine Einzelheiten erfuhr. So ahnte sie zwar, dass er ein Geheimleben führte, hegte vermutlich auch den einen oder anderen Verdacht, kannte aber nicht das genaue Ausmaß dieses Lebens. Madame Longs Prophezeiungen schienen außerdem treffsicherer zu sein, wenn er sie über seine Angelegenheiten im Dunkeln beließ.

»Ich nähere mich einer schwierigen Phase«, verkündete er.

Madame Long sah ihn an, berührte seinen Arm. »Und jetzt möchtest du wissen, was der morgige Tag für dich bereithält?«

Long neigte den Kopf. »So ist es.«

Seine Frau nickte und wandte sich vom Fenster ab. Long folgte ihr in die Privaträume, am Schlafzimmer vorbei in einen Raum mit weißen Wänden, einem hellen Bambusfußboden und einem sechseckigen Fenster mit Blick nach Osten, in die Morgendämmerung. Der Raum war leer, bis auf den Panzer einer alten Meeresschildkröte auf einem Podest genau in der Mitte des Zimmers, wo er verkehrt herum in einem aus Kampferholz gezimmerten Gerüst hing.

Madame Long trat vor den Schildkrötenpanzer wie vor eine höhere Macht. Vor sieben Jahrhunderten waren vierundsechzig Quadrate in den Bauchpanzer der Schildkröte geritzt worden. Jedes Quadrat enthielt ein Hexagramm, sechs waagerechte Linien. Einige Linien waren durchgehend, andere unterbrochen. Keines der Hexagramme war exakt wie das andere.

Aus einem seidenen Beutel, der in der Mitte des Schildkrötenbauchs in einer Mulde lag, nahm Madame Long drei Goldmünzen. Wie der Schildkrötenpanzer waren die Münzen alt und ein wohlgehüteter Schatz ihrer verstorbenen Mutter, die ihn wiederum von ihrer Mutter empfangen hatte und immer so weiter, über zehn Generationen.

Die Ehefrau des Monddrachen schnippte die drei Münzen über den Bauch der Schildkröte. Sie warf zweimal Zahl und einmal Kopf. Kopf zählte drei Punkte, Zahl zwei, was insgesamt sieben ergab. Gebannt von dem Vorgang griff Long nach einem Stift, um sich die Zahl Sieben auf einem Blatt Papier zu notieren. Seine Frau warf die Münzen weitere fünf Male. Er hielt die Ergebnisse nacheinander fest: 7, 6, 9, 7, 7, 7.

Madame nahm ihm Stift und Papier aus der Hand und zeichnete neben jede Zahl eine Linie, unterbrochen, wenn die Zahl ungerade, durchgehend, wenn sie gerade war. Sechs und Neun waren die Zahlen des Wandels, so dass deren Linien sich in ihr Gegenteil verkehrten. Madame Long zeichnete neben der Sechs eine durchbrochene und neben der Neun eine durchgehende Linie.

Madame Long betrachtete die oberen drei Linien – durchbrochen, durchbrochen, durchgehend – als Einheit: »Die ›Dschen‹-Trigramm-Regeln«, sagte sie mit Genugtuung. »Dschen reflektiert die Entfesselung großer Kräfte, wie wenn ein Sturm sich anbahnt.«

Den Monddrachen überlief ein kalter Schauer. Das *I Ging*, das *Buch der Wandlungen*, war eine der ältesten prophetischen Schriften der Welt, und seine Frau wusste die Orakel zu deuten wie niemand sonst. Madame Long hatte ihr ganzes Leben damit zugebracht, das *I Ging* zu studieren. Auch ihre Vorfahren waren berühmte Deuter der Schrift gewesen, seit der Schildkrötenpanzer in den Besitz der Familie gelangt war.

Und nun sagte sie ihm, dass er gleichsam einen Taifun entfesselt hatte, eine der größten Naturgewalten überhaupt! Und war es nicht so? Derzeit fegte ein entsetzlicher Sturm über das Südchinesische Meer.

Madame Long tippte mit dem Fingernagel auf die drei unteren Linien, allesamt unterbrochen, und sagte: »Das Kun-Trigramm. Es spiegelt die empfangenden Kräfte von Natur und Erde.«

Long nickte, fühlte sich in seinem Handeln bestärkt. »Und das Hexagramm als Ganzes?«

Auf dem Schildkrötenpanzer fand Madame Long das gesuchte Hexagramm, bei dem »Dschen« über »Kun« stand. Sie ließ die Finger über die Einschnitte gleiten, als lese sie Blindenschrift.

»Hexagramm 16«, lächelte sie. »›Yü‹, die Begeisterung.«

»Ah ja?«, sagte er und wartete auf ihre Deutung.

Madame Long erklärte: »Laut dem *I Ging* ist ›Begeisterung‹ die größte Kraft, die ein Führer zu wecken vermag, wenn er vor einer gewaltigen Herausforderung steht.«

Long blinzelte, versuchte, diese Aussage für sich zu deuten.

Seine Frau sah seine Verwirrung, legte die Hand auf seinen Arm und sagte mit strahlendem Lächeln: »Begreifst du denn nicht, Gemahl, was für ein großes Glück du hast? Dem *Buch der Wandlungen* zufolge ist es die Begeisterung, die einen König befähigt, Armeen auszusenden.«

*Ein König*, dachte er, *der Armeen aussendet.*

Er lächelte, dankte seiner Frau für ihre bemerkenswerte Gabe und küsste ihr die Stirn. »Lo-Lo?«

»Schläft«, erwiderte Madame Long. »Er hatte einen langen Tag.«

»Ich sehe nach ihm«, sagte der Monddrache.

Er durchquerte sein Heim, ohne auf die edlen Antiquitäten zu achten, die Teppiche und seidenen Wandbehänge, die es anfüllten. *Ein König*, dachte er, *der Armeen aussendet.* Das *I Ging* sieht wirklich alles!

Ermutigt öffnete Long behutsam die Tür zu einem Zimmer im hinteren Teil der Villa. Dort lag auf einem niedrigen Bett ein sechsjähriger Junge, den Daumen im Mund, und schlief. Dem Monddrachen wurde einige Grade wärmer ums Herz, als er den leisen Atemzügen des Jungen lauschte. Sein Enkel Lo-Lo war die Zukunft. Lo-Lo war sein Ein und Alles.

*Ich werde ein König sein,* dachte Long, *und du eines Tages auch.*

Er schloss leise die Tür, begeistert von der Vorstellung, und spürte in sich die Kraft von zwanzig Taifunen. Dann erinnerte er sich an den Dieb, Robin Monarch, und wusste, was er zu tun hatte. Der Monddrache würde in sein Büro gehen und handeln wie ein Kriegerkönig: Er würde seine Feinde täuschen und eine weitere Armee aussenden.

# TEIL II

## Das Südchinesische Meer

# 7

## *Zwischen den Zeitzonen, irgendwo über dem Pazifik*

Ein Schlagen von Metall gegen Metall riss Monarch aus dem Schlaf. Er öffnete die Augen und wurde sich allmählich bewusst, dass er eine Sauerstoffmaske trug, eine Pilotenkluft und einen Helm samt Visier. Er sah vor sich den Schein, der von den Instrumenten des Tarnkappenflugzeugs F-22 ausging, und hörte das Geräusch erneut. Nur klang es diesmal, als hätten zwei Metallteile sich aneinandergekoppelt und wären eingerastet.

Er blickte benommen durch die Glashaube nach oben, sah die klobige Silhouette eines Tankflugzeugs und verstand. Die Strecke zu den Philippinen war lang, sogar für einen Jet, der mit einer konstanten Reisegeschwindigkeit von elfhundert Meilen pro Stunde unterwegs war. Er musste kurz daran denken, welchen Riesenjob er erledigen musste, um sich den in Aussicht gestellten Lohn zu verdienen. Bislang hatten die Entführer weder eine Frist gesetzt noch Lösegeld gefordert. Trotzdem ahnte er, dass es viel Mühe kosten würde, die Außenministerin aufzuspüren und zu retten. Vergiss nicht, was du mit diesem Geld bewirken kannst und für wen es bestimmt ist, sagte er sich immer wieder.

Sie hieß Schwester Rachel Diego del Mar, war Ärztin und Missionarin und betrieb außerhalb von Buenos Aires ein Waisenhaus für Straßenkinder. Außerdem leitete sie eine Klinik in Villa Miseria, dem übelsten Slum der Stadt, wo sie vor Jahren auch Monarchs junges Leben gerettet hatte.

Monarchs Eltern – die Mutter eine argentinische Trickbetrügerin, der Vater ein amerikanischer Fassadenkletterer – waren ermordet worden, von Polizisten erschossen, nachdem sie einen entfernten Verwandten der Familie Perón betrogen hatten. Die grausame Rache der Peróns hatte Robin im Alter von dreizehn Jahren zum Waisenkind gemacht. Er hatte sich vor der Polizei verstecken und im sogenannten *Ano*, der Müllhalde in Villa Miseria, nach Essensresten stochern müssen. Nach einer Weile hatte ihn eine Straßengang mit Namen *Fraternidad de Ladrones*, Bruderschaft der Diebe, aufgenommen. Vier Jahre später war er bei einem Messerkampf mit dem Chef der Bande schwer verwundet und mit Stichverletzungen und kollabierter Lunge in Schwester Rachels Klinik gebracht worden.

Schwester Rachel hatte ihn operiert und gesund gepflegt. In diesen Monaten hatte sie sein Denken in eine neue Richtung gelenkt, ihm beigebracht, mehr sein zu wollen als ein kleiner Straßenganove. Auf ihren Vorschlag hin war er in die Armee der Vereinigten Staaten eingetreten, wo man seine unorthodoxen Fähigkeiten zu nutzen wusste, und hatte Buenos Aires, die Straßengang und die Slums weit hinter sich gelassen.

Monarch hatte jedoch nie vergessen, was Schwester Rachel, die sich nach wie vor für verwaiste Straßenkinder einsetzte, damals für ihn getan hatte. In den vergangenen zwei Jahren, seit er die CIA verlassen hatte, um seine Dienste dem Meistbietenden zur Verfügung zu stellen, hatte er sie mit Geld versorgt, einem Haufen Geld. Mit seiner finanziellen Unterstützung hatte sie die Unterkünfte im Waisenhaus renovieren und erweitern und neue Klassenräume bauen lassen. Wenn es ihm gelänge, die Außenministerin zu befreien, würde Rachel auch dieses Mal den Löwenanteil seines Lohns erhalten.

»Rogue?«

Bei den Special Forces hatte man Monarch den Spitznamen *Rogue,* Schurke, verpasst.

»Rogue, alles klar?«

Er fuhr auf, erkannte, dass er wieder eingedöst war und dass es nicht die Stimme des Piloten war, die da aus dem Kopfhörer kam, sondern die einer Frau.

»Gloria?«, fragte er.

Gloria Barnett seufzte erleichtert. »Da bist du ja, Robin. Tut mir leid, wenn ich deinen Schönheitsschlaf störe, aber ich wollte dich rechtzeitig wecken, damit du dich auf die Landung einstellen kannst. Nur zur Erinnerung: Du hast soeben 8600 Meilen zurückgelegt, und das in weniger als acht Stunden. Vor ein paar Meilen hast du außerdem einen Tag verloren. Während du geschlafen hast, ist die *Niamey* an der Westküste Borneos gesichtet worden. Sie ist dort auf einer Sandbank auf Grund gelaufen. Ich habe einen Hubschrauber organisiert, der dich zum Schiff bringt. Und von Dr. Hopkins habe ich eben erfahren, dass es eine weitere Entwicklung gegeben hat. Er wird uns auf dem Laufenden halten, sobald du gelandet bist.«

»Uns?«, fragte er und schüttelte den Kopf, um die Müdigkeit loszuwerden. »Wo *bist* du?«

»In Clark«, erwiderte sie. »Ich war in einem Spa bei Chiang Mai in Thailand. Dort hat Hopkins mich aufgespürt und vor etwa fünf Stunden hier einfliegen lassen.«

»Tut mir leid, dass wir deine Schlammbäder unterbrechen mussten«, sagte Monarch.

»Eigentlich hab ich mich energetisch behandeln lassen, aber egal. Bis gleich.«

Bevor er ihr antworten konnte, tauchte der Tarnkappen-Jet in dicke Sturmwolken über der Insel Luzon. Nach einigen Turbulenzen waren sie durch, und er konnte die Lichter von Angeles City und mehrere Landebahnen ausmachen.

Während der Landung besah sich Monarch den einstigen Stützpunkt der amerikanischen Luftwaffe. Clark war mittlerweile ein geschäftiger internationaler Flughafen, dazu Freihandelszone und Sitz der philippinischen Luftwaffe PAF. Zu Monarchs Erleichterung erloschen die Lichter auf der Militärlandebahn fast im selben Moment, als sein Pilot die Geschwindigkeit drosselte und den Jet ausrollen ließ. Es war nicht sinnvoll, mehr Aufmerksamkeit auf sich zu ziehen als nötig.

Der Pilot lenkte den Jet in einen dunklen Hangar und stoppte die Maschinen. Nachdem sich das Tor hinter ihnen geschlossen hatte, ging das Licht an. Als die Cockpithaube nach hinten klappte, schlug Monarch zu seiner Überraschung nicht etwa der Geruch nach verbranntem Treibstoff entgegen, sondern die Luft der Tropen, die nach Regen, feuchter Erde und modernden Blättern duftete. In Argentinien dagegen, Welten entfernt vom Oktoberende in Washington, D.C., hatte er den Frühling erlebt.

Monarch in seinem Pilotenanzug geriet sofort ins Schwitzen, als er sich anschickte, aus dem Cockpit zu klettern. Durch monatelanges Wandern und Skilaufen in den Anden war sein Körper zwar gut trainiert, aber seine Beine waren ziemlich steif nach dem langen Flug. Er klopfte dem Piloten beiläufig auf den Helm und sagte: »Danke für den Flug.«

»Was denn, kein Trinkgeld?«

»Tut mir leid, die Brieftasche durfte ich nicht mitnehmen«, entgegnete Monarch grinsend, bevor er die Leiter hinunterkletterte. Auf der einen Seite bemerkte er einen Offizier der philippinischen Luftwaffe, der ihn mit unverhohlener Abneigung musterte. Monarch winkte ihm zu. Der Offizier erwiderte die Geste nicht.

Auf der letzten Sprosse hörte er Schritte, die sich näherten, und drehte sich um. Es war Gloria Barnett, hochgewachsen und dünn wie ein Kranich, Anfang vierzig, mit einer wilden roten Mähne. Sie trug einen schwarzen Regenmantel und schleppte einen Seesack. An einer Kette um ihren Hals baumelte eine Lesebrille. Wie gewohnt erinnerte die beste Koordinatorin, die er kannte, eher an eine verhuschte Bibliothekarin.

Monarch umarmte sie wie seine Lieblingsschwester und fragte: »Tats und Chávez?«

»Unser geliebter Samoaner war dabei, seine Mutter in einem Altenheim in San Diego unterzubringen, dürfte aber mittlerweile hierher unterwegs sein. Chávez hat mir zunächst abgesagt, weil man bei ihrer Schwester Regina Brustkrebs diagnostiziert hat. Doch als ich ihr erklärte, wie viel Geld für sie herausspringen würde, hat sie sich überreden lassen. Sie kommt mit einem Transportflugzeug von San Antonio nach Pearl Harbor.

»Dumme Sache, das mit Regina«, sagte Monarch.

»Kann man wohl sagen«, pflichtete Barnett ihm bei. »Sie ist erst 25. Und Fowler fliegt von Anchorage nach Pearl Harbor.«

»Wie steht's mit den Agenten aus Indien und China?«

Sie nickte. »Die verspäten sich. Wegen des Sturms.« Mit einem Blick auf den philippinischen Offizier murmelte sie: »Hopkins will mit uns reden.«

Der Filipino schien anzunehmen, dass Barnett über ihn herzog, und schaute noch finsterer drein. Barnett ging den Weg zurück, den sie gekommen war, und Monarch folgte ihr. »Was hat er denn?«, murmelte er.

»General Garcia ist sauer, weil wir die Filipinos, vor allem ihn, mit Fragen gelöchert haben, im Gegenzug aber kaum Informationen herausrücken wollten.«

»Lässt sich manchmal nicht ändern«, seufzte Monarch. Barnett öffnete die Tür zu einem Büro.

»Ich weiß«, sagte sie, ging hinein, schloss die Tür und griff in ihren Seesack. Sie holte zwei nagelneue iPads, ein iPhone mit stoß- und wasserfester Hülle, zwei Reservebatterien und zwei kleine Bluetooth-Headsets heraus.

Ein iPad und ein Headset behielt sie für sich, alles Übrige überließ sie ihm.

»Bei dir hat man immer das Gefühl, es ist Weihnachten, Gloria«, scherzte Monarch.

Sie zwinkerte ihm zu und sagte: »Am Flughafen in Bangkok gibt's 'nen großartigen Duty-free. In Anbetracht der Größe unseres Einsatzgebietes brauchen wir, wie ich meine, ein effizientes Kommunikationssystem, damit auch wirklich alles klappt.«

Sie wandte sich ab und tippte etwas in ihr iPad. Einen Moment später hörte Monarch den CIA-Chef fragen: »Haben Sie ihn hier, Barnett?«

»O ja, Sir«, sagte sie und drehte den Bildschirm auf Monarch. Dr. Hopkins blickte sie über eine sichere Verbindung an und wirkte reichlich erschöpft.

»Robin, mittlerweile haben wir eine Lösegeldforderung, eine Frist und ein Bekennervideo«, sagte der CIA-Chef. »Moment, gleich ist es so weit.«

Eine Sekunde später wechselte das Bild zu einem MPEG-Video, das Agnes Lawton und die Diplomaten aus China und Indien zeigte. Sie saßen gefesselt und geknebelt auf roh zusammengezimmerten Bambusstühlen in einer Art Blockhütte. Grelles Scheinwerferlicht war auf sie gerichtet. Lawton hatte eine Ausgabe der *South China Morning Post* vom Vortag in der Hand. An der Wand hinter ihr prangte ein Banner mit der Aufschrift »SOP«, darunter waren in englischer und arabischer Sprache die Worte »Sons of Prophecy«, Söhne der Prophezeiung, zu lesen.

Davor stand, den Kopf weiß vermummt, ein drahtiger Bursche in weißem Hemd und weißer Hose und richtete eine Kalaschnikow auf die Geiseln. Fung und Wadi wirkten mitgenommen, schmutzig und erschöpft. Nur Agnes Lawton blickte unverwandt, fast trotzig in das grelle Licht.

Der Vermummte ergriff das Wort: »Wir, die Söhne der Prophezeiung, werden unsere Geiseln freilassen, sobald jedes der betroffenen Länder ein Lösegeld von fünfhundert Millionen Dollar entrichtet hat. Außerdem verlangen wir die Freilassung sämtlicher politischer Gefangener in diesen Ländern.

Stichtag ist der 4. November, Ablauf der Frist 19 Uhr US-Ostküstenzeit. Andernfalls werden die Geiseln enthauptet. Jeder Versuch, sie aufzuspüren und zu retten, wird ebenfalls mit ihrer Enthauptung bestraft.«

Der Bildschirm wurde dunkel. Dann erschien wieder das Gesicht von Dr. Hopkins.

Der CIA-Chef sagte: »Dieses Video wurde vor etwa zwei Stunden an die Pressestelle des Weißen Hauses gesandt. Unsere Experten bei der NSA sagen, sie hätten noch nie etwas von dieser Gruppierung gehört.«

Monarch überlegte und fragte schließlich: »Sie halten uns auf dem Laufenden?«

»Natürlich«, versprach der CIA-Chef. »Wohin geht es jetzt?«

»Zur *Niamey*«, sagte Monarch. »Gloria hat mir bereits einen Flug organisiert.«

»Was ist mit den Agenten aus China und Indien?«

»Vom Sturm aufgehalten«, erwiderte Monarch. »Ich kann nicht auf sie warten.«

Es war Dr. Hopkins anzusehen, dass er lieber etwas anderes gehört hätte. Trotzdem nickte er.

Der Bildschirm wurde schwarz. Monarch fragte: »Wo ist dieser Hubschrauber?«

»Bei der Wartung, etwa zehn Kilometer von hier«, sagte sie. »Keine Sorge, nur ein Routine-Check. Ich habe mit dem Piloten gesprochen. Der Vogel ist erst vor kurzem überholt worden. Eine Bell, ähnelt den Jayhawks der Küstenwache. Sehr stabiles Gerät.«

»Reichweite?«

»Mit vollem Tank 1600 Kilometer«, sagte sie. »Und ihr fliegt nur zu den Spratly-Inseln.«

»Da soll es zu dieser Jahreszeit besonders reizvoll sein«, sagte Monarch, während sie sich zum Ausgang begaben.

Barnett öffnete die Tür, die auf einen verregneten Parkplatz führte, und sagte: »Es sei denn, sie werden von Stürmen heimgesucht.«

»Für dich ist das Glas immer halb leer, kann das sein?«

»Auch solche Leute braucht ein Team.«

Sie stiegen in einen Landrover. Barnett übernahm das Steuer. Sie ließ den Motor an, schaltete die Scheinwerfer ein und stieß rückwärts aus der Parklücke. Der General der philippinischen Luftwaffe stand unter einem Vordach und schaute ihnen kalt hinterher.

»Der Typ gefällt mir nicht«, sagte Monarch.

»Sein Ego ist ein wenig angekratzt«, meinte sie. »Das vergeht.«

Monarch jedoch behielt den Mann im Auge, bis sie fast außer Sicht waren. Dabei fiel ihm auf, dass der General ein Handy zum Ohr führte.

# 8

## *Mittwoch, 31. Oktober, 4.40 Uhr, Ortszeit Hongkong*

Der Monddrache lauschte in sein Handy und hörte den philippinischen General sagen: »Sie fahren in einem weißen Landrover auf das Tor zu. Dahinter warten meine Männer. Gleich haben Sie sie auf dem Schirm.«

»Ausgezeichnet, General Garcia. Sie erhalten den Bonus, über den wir gesprochen haben, weil Sie das Ganze so kurzfristig arrangiert haben. Rufen Sie die nächste Nummer auf der Liste an und bestätigen Sie«, sagte der Monddrache und klappte sein Handy zu. Er reichte es Tuul, der es sofort unter dem Absatz zermalmte.

Long Chan-Juan fühlte sich energiegeladen. Er stand auf und durchmaß die Räume seiner Import-Export-Firma in einer alten Fabrikanlage tief im Herzen Kowloons. Er stieß die Läden auf und lehnte sich aus dem Fenster. Noch zwei volle Stunden bis Sonnenaufgang, und die Straßen unter ihm waren bereits voller Leben: Händler auf dem Weg zum Fischmarkt, alte Männer, die die Gehwege fegten, und eine Gruppe Bäcker, die hinter ihrer Backstube auf der anderen Straßenseite rauchend beieinanderstanden und mit ein paar Betrunkenen scherzten, die nach einer langen, verlorenen Nacht nach Hause wankten.

Der Monddrache liebte Kowloon, die leuchtenden Farben, die berauschenden Düfte, die vielen Geschäfte, und am meisten das Getümmel der Menschen. Während er aus dem Fenster sah, dachte Long an seine Kindheit, an die Armut und das Elend um ihn her, an das Zimmer, in dem er mit den Eltern und den drei Geschwistern gelebt hatte und unerreichbaren Träumen nachhing. Damals hatte er sich geschworen, niemals mehr zu hungern, wenn er erst erwachsen wäre, und alle Träume wahr werden zu lassen.

*Und jetzt seht mich an*, dachte er. *Ich bin der Drachenkönig in seiner erhabenen Höhle, der Herrscher der dunklen Seite von Kowloon, Hongkong und dem südlichen China bis hinauf nach Shanghai. Und schon in wenigen Tagen wird der Drachenkönig mächtiger sein, höher fliegen und mehr Feuer speien denn je. Festlandchina wird –*

»Boss«, unterbrach Tuul seine Gedanken. »Sie haben einen Anruf. Außerdem sind die Filipinos auf dem Bildschirm.«

Der Monddrache zog den Kopf ins Zimmer zurück und eilte an seinen Schreibtisch. Im Vorbeigehen nahm er von Tuul das Handy entgegen.

»Ja?«, meldete er sich mit einem Blick auf den Bildschirm seines Laptops. Er sah eine Nachtszene mit sturmgepeitschten Palmen, außerhalb der philippinischen Air Force City.

»Sie haben den Tanker gesichtet«, sagte sein Südstaatenfreund. »Die *Niamey* liegt in vietnamesischen Gewässern südlich der Spratly-Inseln auf Grund.«

Dahin also war Monarch unterwegs. Kein Zweifel: Das Schiff war ja auch der Tatort.

»Gut zu wissen«, sagte Long. »Ich danke Ihnen.«

»Keine Ursache«, erwiderte sein amerikanischer Freund und legte auf.

Auf dem Bildschirm sah man einen weißen Landrover auf das Tor zu fahren. Auf den Vordersitzen waren die Silhouetten eines Mannes und einer Frau zu erkennen. Ihre Papiere wurden überprüft, und das Tor öffnete sich. Der Landrover bog nach rechts und fuhr in nördlicher Richtung weiter.

Jetzt hörte man Motorradlärm und sah, im Abstand von etwa hundert Metern, die Rücklichter des Landrovers.

Der Monddrache gestattete sich ein feines Lächeln und sagte zu seinem Leibwächter: »General Garcia hat seine Schuldigkeit getan. Sieh zu, dass er noch vor Sonnenaufgang seinen Lohn erhält.«

Tuul nickte und holte sein eigenes Handy aus der Tasche.

Unterdessen verfolgte der Triadenführer auf dem Computerbildschirm weiterhin die Rücklichter des Landrovers. *Leb wohl, du Dieb*, dachte der Monddrache, riss den Mund weit auf und hauchte auf den Bildschirm, als spucke er Feuer.

# 9

## Mittwoch, 31. Oktober,
## 4.49 Uhr, Ortszeit Philippinen

»Schon was gegessen?«, fragte Barnett, als sie durch das Haupttor und dann weiter in nördlicher Richtung fuhren. Sie hatte die Gruppe Motorradfahrer auf der anderen Straßenseite zwar bemerkt, aber der Anblick war in Südostasien nicht ungewöhnlich, nicht einmal zu dieser trostlosen Stunde.

»Nein«, antwortete Monarch.

Er hatte sich angewöhnt, auf Langstreckenflügen zwar viel Wasser zu trinken, aber nur wenig zu essen. Diese Gepflogenheit half ihm dabei, möglichst schnell den normalen Biorhythmus wiederzufinden.

»Im Seesack hinter dir findest du etwas zu essen«, sagte sie. »Dazu Wasser, mehrere Pässe und eine wasserfeste Uhr plus Notrufsender. So kann ich dich in Echtzeit orten, falls wir uns irgendwie aus den Augen verlieren. Der Knopf unten rechts sendet einen SOS-Notruf. Ich hab auch eine Glock 19 Kaliber .40 und 50 Schuss Munition besorgt. In der kurzen Zeit konnte ich leider keine H&K .45 auftreiben.«

*Schade,* dachte Monarch. Er mochte die Stoßkraft einer .45er und die Art und Weise, wie die H&K-Selbstladepistole in der Hand lag, sagte aber: »Du bist einfach die Beste, Gloria. Hat dir das schon mal jemand gesagt?«

»Ja, recht oft sogar«, antwortete Barnett, und fühlte sich nach wie vor geschmeichelt. »Ach ja, hab ich dir schon erzählt, dass neben der *Niamey* zwei weitere Schiffe in der Region überfallen wurden?«

»Nein.« Monarch langte nach hinten und ertastete den Beutel mit der Verpflegung.

»Sieht nach einem Cluster-Überfall aus«, sagte Barnett, »und nach einem großen Raubzug.«

Monarch holte Trockenfleisch, eine Flasche Wasser und eine verschließbare Tüte mit gedörrten Mangoscheiben aus dem Beutel und wiederholte: »Cluster-Überfall?«

»Das ist in den letzten Jahren offenbar der Modus Operandi der Piraten im Südchinesischen Meer«, erklärte sie. »In einem Zeitraum von zwei bis drei Tagen nehmen sie mehrere Schiffe ins Visier, die sie entern und plündern. Anschließend tauchen sie unter und bleiben für gewöhnlich zwei bis drei Wochen in Deckung.«

»Wurden jedes Mal Geiseln genommen?«, fragte Monarch.

»Nicht, dass ich wüsste«, sagte sie. »Aber bei den Piraten handelte es sich ausnahmslos um schwerbewaffnete Männer, die den Besatzungen Geld abpressten, ihnen die elektronischen Geräte abnahmen und anschließend verschwanden.«

»Willst du damit sagen, dass es sich auch um ein Gelegenheitsverbrechen handeln könnte?«, fragte Monarch. »Dass diese Piraten rein zufällig die *Niamey* gekapert und die Außenminister entführt haben?«

»Schon möglich«, entgegnete Barnett. »Nehmen wir an, die Geiselnehmer sind Piraten. Sie gehen an Bord, erkennen, wen sie vor sich haben, und beschließen, die Leute zu entführen und Lösegeld zu fordern. Vielleicht ist dieses ganze Terroristengehabe nur eine Erfindung der Piraten.«

Monarch antwortete nicht. Er blickte hinaus in den strömenden Regen und den stürmischen Wind. Der ehemalige Luftwaffenstützpunkt, von dem ein Großteil während des Pinatubo-Vulkanausbruchs von 1999 zerstört worden war, prägte die Gegend immer noch deutlich. Die

Straße, auf der sie fuhren, war breit, gepflegt, militärisch gerade und auf beiden Seiten von bescheidenen Bungalows gesäumt.

»Hast du die GPS-Koordinaten des Tankers?«, fragte er schließlich.

»So ungefähr. Von oben müsste er zu sehen sein«, erwiderte sie.

»Gibt es Hinweise auf ausgeströmtes Öl?«

Barnett schien überrascht. »Keine Ahnung.«

»Wer hat ihn entdeckt?«

»Ein französisches Schiff. Angeblich war er hell erleuchtet und wirkte verlassen.«

»Und wie haben wir davon erfahren?«

»Die Franzosen haben den Besitzer des Tankers ausfindig gemacht, eine Firma mit Namen Deep Horizon oder so. Diese wiederum setzte sich mit dem Außenministerium in Verbindung, um herauszufinden, zu welchem Land die umliegenden Inseln gehören. Schließlich musste die Bergung organisiert werden.«

»Zu welchem Land gehören die Inseln?«

»Zu Vietnam, soweit ich weiß«, antwortete sie. »Insgesamt erheben mindestens fünf Länder einen gewissen Anspruch auf die Spratly-Inseln. Sie bilden ein lockeres Archipel aus –«

Plötzlich tauchten hinter ihnen starke Scheinwerfer auf. Sie kamen unerbittlich näher, strahlten unangenehm grell in die Fahrerkabine. Monarch blickte sich um und wurde kurzzeitig von drei Lichtern geblendet. Eines davon zog auf die rechte Seite des Pick-up.

»Tipp kurz auf die Bremse und gib dann Gas«, rief Monarch.

Barnett gehorchte, ohne zu zögern, und im Schein der roten Bremslichter sah Monarch drei Motorräder. Eines davon, rechts neben ihnen, hätte beinah das Heck des Wagens gerammt. Es war so nah, dass Monarch den Fahrer im Poncho und dessen Sozius ausmachen konnte, der eine abgesägte Schrotflinte hielt.

»Die sind bewaffnet!«, rief Monarch.

Er sah, wie der Scheinwerfer sich immer näher heranschob, und zog den Kopf ein. Da barst auch schon das Fenster auf seiner Seite.

Glasscherben und Projektile fetzten durch die Kabine und streiften Barnetts Hinterkopf und Schläfe. Sie riss das Steuer scharf nach rechts, und der Wagen schlitterte über nasses Laub und wäre beinah umgekippt. Doch Barnett, aus kleinen Schnittwunden blutend, konnte ihn durch geschicktes Gegenlenken wieder einfangen.

»Die Waffe?«, rief Monarch.

»Im Hubschrauber!«, rief Barnett, den Blick fest auf die Straße gerichtet.

Die Schleuderbewegung des Wagens nach dem Schuss hatte die Motorräder einige Meter zurückfallen lassen, doch jetzt hörte Monarch das Aufheulen ihrer Motoren und sah ihre Scheinwerfer wieder näher kommen.

»Fahr Slalom«, sagte er.

Barnett vollführte träge Schlangenlinien auf der glitschigen Straße. Die Motorräder setzten immer wieder zum Überholen an, doch Barnetts Fahrstil hielt sie in Schach.

Monarch duckte sich und rief: »Jetzt wieder geradeaus, schneller, und auf mein Kommando trittst du voll auf die Bremse!«

Barnett nickte tapfer, obwohl ihr das Blut in den Nacken tropfte, zog den Kopf ein und beschleunigte. Das Motorrad mit dem Schützen, der durch das Seitenfenster gefeuert hatte, wurde ebenfalls schneller. Monarch sah die beiden im Außenspiegel näher kommen und rief: »Jetzt!«

Barnett stieg heftig auf die Bremse. Monarch stieß die Tür auf, erwischte den Vorderreifen des Motorrads, das heftig ins Schlingern geriet. Fahrer und Sozius wurden abgeworfen und segelten durch die Luft. Das Motorrad blieb liegen und drehte sich wild im Kreis. Ein zweites Motorrad fuhr mit voller Wucht dagegen, und beide Passagiere wurden bei 80 Stundenkilometern mit den Köpfen voran über die Lenkstange geschleudert.

Das dritte Motorrad gab nicht auf, jagte weiter hinter ihnen her. Maschinengewehrfeuer verwandelte die Heckscheibe in ein Spinnennetz. Wie durch ein Wunder wurden weder Barnett noch er getroffen.

Monarch sah, wie sich der Scheinwerfer des letzten Motorrads an Barnett herantastete. Ohne nachzudenken, warf er sich auf die Rückbank und rief: »Lass das hintere Fenster auf deiner Seite herunter.«

In geduckter Haltung wartete er, bis sich die hintere Scheibe senkte. Als er hörte, wie das Motorrad zum Überholen ansetzte, brüllte er: »Tritt ein wenig auf die Bremse, dann wirf das Lenkrad schnell nach links und wieder nach rechts!«

Als das Motorrad mit dem offenen Fenster auf gleicher Höhe war, tat Barnett, was er ihr geraten hatte. Das Fahrzeug wurde langsamer und brach nach links aus. Im selben Moment beugte er sich weit aus dem Fenster und griff in den strömenden Regen.

Sein Brustkorb drückte gegen den Fensterrahmen, doch er ignorierte den Schmerz. Das Motorrad schob sich an ihm vorbei und auf Barnett zu, keinen halben Meter entfernt. Der Schütze auf dem Sozius hatte das Gewehr im Anschlag und versuchte zu zielen. Monarch packte ihn am Kragen und riss ihn vom Motorrad.

Barnett verstand dies als Stichwort, um das Steuer wieder nach rechts zu reißen. Monarch knallte mit den Rippen ein zweites Mal gegen den Fensterrahmen und ließ den Schützen los. Bevor dieser mit Rücken und Kopf auf dem Asphalt aufschlug, drückte er den Abzug. Die verirrten Kugeln trafen den Motorradfahrer in den Rücken.

Die Maschine kam von der Straße ab und knallte gegen einen Banyanbaum.

Monarch kämpfte sich in den Wagen zurück und verzog vor Schmerz das Gesicht. Er merkte, wie der Landrover langsamer wurde, und hörte Barnett mit zitternder Stimme sagen: »Wo hast du gelernt, den Wagen als Waffe zu benutzen?«

»Vor ein paar Jahren, in meiner Freizeit«, antwortete er, während er behutsam seine Rippen abtastete.

»Sollen wir zurückfahren und nachsehen, ob noch jemand am Leben ist?«, fragte sie.

»Und uns mit der philippinischen Polizei anlegen?«, erwiderte Monarch. »Kommt nicht in die Tüte. Wir müssen zusehen, dass wir den Hubschrauber kriegen.«

»Aber irgendjemand wusste, dass wir hier sind, und hat diese Killer auf uns angesetzt«, entgegnete Barnett.

»Das war vermutlich dein Freund General Garcia«, sagte Monarch. »Fragt sich nur, ob er von ganz alleine drauf gekommen ist oder ob jemand ihn beauftragt hat.«

»Ich statte ihm einen Besuch ab, sobald ich dich abgesetzt habe«, sagte Barnett.

Monarch nickte und erstellte in Gedanken eine Liste mit allen Personen, die wussten, dass er vor kurzem hier angekommen war. Sie beinhaltete auch die Namen derer, die sich mit ihm im *Situation Room* befunden hatten, dazu diverse namenlose Funktionäre, die an der Aussendung der indischen und chinesischen Agenten beteiligt waren. Außerdem bestand die Möglichkeit, dass General Garcia mit den Sons of Prophecy in Verbindung stand.

Bevor er weiter darüber nachdenken konnte, setzte Barnett den Blinker und bog nach rechts auf eine schmale Straße. Monarch erblickte flüchtig ein Hinweisschild, das etwas mit Flugzeugen zu tun hatte, bevor sie in üppiges, regennasses Grün eintauchten, das über dem Fahrzeug hing wie tropfende Lumpen.

Sie erreichten eine Lichtung, auf der ein Hangar stand, um einiges kleiner als der von vorhin. Davor wartete auf einer Startrampe ein großer roter Bell-Transporthubschrauber.

»Wie steht's mit einer Seilwinde?«, fragte Monarch.

»Gerade in Reparatur, leider«, antwortete sie und kramte ein Tuch aus ihrer Tasche, um sich das Blut aus dem Haar zu wischen.

Ein Mann erschien im Tor zum Hangar.

»Ist das der Pilot?«

»Sympathischer Typ«, sagte sie, während sie das Tuch zusammenknüllte und auf die größte Schnittwunde presste. »Aus Neuseeland. Ist dir schon mal aufgefallen, dass die Leute da unten ausnahmslos nette Typen sind?«

»Liegt vermutlich am naturnahen Leben dort und an der Tatsache, dass natürliche Raubtiere fehlen«, überlegte Monarch und griff sich den Seesack. »Rede mit Garcia, und halt mich auf dem Laufenden.«

»Robin?«, hielt sie ihn auf, während er ausstieg.

Monarch drehte sich zu ihr um.

»Pass auf dich auf«, sagte sie.

»Tu ich doch immer«, antwortete er. »Na ja, fast immer.«

# 10

## Mittwoch, 31. Oktober, 5.05 Uhr, Ortszeit Hongkong

Der Monddrache starrte finster auf den Bildschirm seines Computers. Man sah einen von einem Scheinwerfer erleuchteten Banyanbaum, die Rinde abgeschält, weil ein Motorrad dagegen gekracht war, und hörte jemanden stöhnen.

Diese Idioten! Da hatten sie die Amerikaner unbewaffnet vor sich und schafften es trotzdem nicht, sie zu erledigen!

Er hätte den Computer am liebsten gepackt und gegen die Wand geworfen. Stattdessen versuchte er seine Gefühle im Zaum zu halten, indem er im Zimmer auf und ab schritt und seine Position im Spiel gründlich überdachte. Schließlich galt es herauszufinden, ob das Entkommen des Diebs ihn auf irgendeine Weise in Gefahr brachte. Nach mehreren Minuten versuchte er sich selbst davon zu überzeugen, dass Robin Monarch, obwohl die Amerikaner die *Niamey* geortet hatten, im Grunde nach drei Stecknadeln in einem gigantischen Heuhaufen suchte: eine schier unlösbare Aufgabe.

Der Monddrache warf einen Blick auf den Kalender an der Wand. Weniger als sechs Tage bis zur Öffnung der Wahllokale in Amerika. Weniger als fünf Tage bis zum Ende des Ultimatums. Konnten die Diplomaten in diesem Zeitraum gefunden werden? Würde der Dieb das bewerkstelligen?

In einer Anwandlung von Besorgnis spielte Long mit dem Gedanken, einen seiner Südstaaten-Verbündeten anzurufen, verwarf ihn aber sogleich wieder. Er war durchaus imstande, seinen Teil des Abkommens zu erfüllen, und seine Freunde mussten sich um ihre eigenen Rollen und Probleme kümmern, wenn alles reibungslos funktionieren sollte. Außerdem wäre die Sachlage schon morgen um diese Zeit eine völlig andere und Südostasien nicht mehr im Zentrum der Aufmerksamkeit.

Da Monarch jedoch zum gestrandeten Öltanker unterwegs war, fragte sich der Triadenführer, ob er die Ereignisse etwas beschleunigen oder lieber erneut versuchen sollte, den Dieb zu eliminieren. Wieder blickte er aus dem Fenster. Während er die verschiedenen Optionen gegeneinander abwog, bemerkte er, wie der Himmel über Kowloon allmählich heller wurde, der Lärm in den Straßen zunahm und die Luft sich mit den Düften von Jasminblüten und Ingwerwurzeln füllte, aus denen ein Händler unten auf der Straße Tee bereitete.

Sowohl als auch, beschloss er am Ende. Er würde beides tun.

An Tuul gewandt sagte er: »Setz dich mit unserem Kontaktmann beim vietnamesischen Militär in Verbindung. Lass ihn wissen, dass ein Ausländer, ein amerikanischer Spion, bald in den vietnamesischen Luftraum eindringen und versuchen wird, südlich der Spratly-Inseln einen gestrandeten Öltanker zu entern.«

»Sofort, Boss«, versprach Tuul.

»Bevor du das tust, muss ich ein paar Worte mit dem Piraten wechseln.«

Der Mongole nickte, trat an den Computer, schloss ein Headset an und tippte Befehle ein. Währenddessen entwarf Long in Gedanken Pläne und kalkulierte deren Auswirkungen auf mehreren Ebenen, als wäre er drüben in Macao und spielte Mah-Jongg an einem Dutzend Tische gleichzeitig.

Fünf Minuten später – mittlerweile war es draußen

hell geworden – glaubte Long zu wissen, was zu tun war. Er wollte gerade seine Frau bitten, das *Buch der Wandlungen* für ihn zu konsultieren, um seine Zukunftsvision bestätigen zu lassen, als Tuul meldete: »Er ist online.«

Als Long an den Schreibtisch trat und in den Bildschirm blickte, begrüßte ihn das verschwitzte Gesicht Ramelans, der ihn aus wilden Augen anstarrte.

»Captain«, sagte der Triadenführer und neigte den Kopf. Auf diese Anrede hatte der geisteskranke Pirat bei der ersten und einzigen persönlichen Begegnung mit ihm eigens bestanden.

Ramelans Augen irrten unstet umher, ehe er sich ehrerbietig dem Monddrachen zuwandte: »Mr Long.«

»Wie geht es Ihren Gästen?«, fragte Long.

Ein Lächeln belebte das Gesicht des Piraten und entblößte seine vom Betelkauen roten Zähne. »Schwitzen, fühlen sich schlecht und haben Leben satt.«

»Gut«, sagte der Triadenführer. »Mittlerweile hat man das Schiff entdeckt. Es liegt an der Westküste Borneos auf Grund. Ich dachte, wir hätten vereinbart, die *Niamey* mit gesetztem Anker zurückzulassen.«

»Heftiger Sturm, keine Kontrolle«, sagte Ramelan, und sein Lächeln verflog. »Erzählen Sie mir von Zukunft.«

Innerlich seufzte der Monddrache. Doch da er wusste, dass die Stimmung des Mannes von einer Sekunde zur nächsten umschlagen konnte, beschwichtigte er: »Wie ich sagte, Captain, Sie sind uns vor langer Zeit prophezeit worden, Sie sind also zweifellos ein Sohn der Prophezeiung.«

Der Indonesier Ramelan war dem Triadenführer vor einigen Jahren aufgefallen. Damals jagte der Pirat in den Gewässern vor Java und Südchina nach Beute, verfügte über acht Hochgeschwindigkeitsboote, sechzig trainierte Männer, ein großes Waffenarsenal und stand im Ruf, absolut keine Skrupel zu kennen, um an seine Beute heranzukommen. Er litt außerdem an den bleibenden Auswirkungen einer Syphilis, die nahezu achtzehn Monate unentdeckt geblieben war. Seitdem hatte der Captain einen gewaltigen Dachschaden und neigte zum Größenwahn. Long hatte Ramelan schon früh durchschaut und seine Schwächen schamlos für sich ausgenutzt.

»Ihre Mutter wusste es auch und gab Ihnen den passenden Namen«, fuhr der Triadenführer fort. »›Jener, der prophezeit wurde‹. Ihre Aktionen werden die Welt verändern.«

Ramelans Lächeln verpuffte, und seine Stimme hatte einen gefährlichen Unterton, als er sagte: »Aber Welt kennt mich nicht. Ramelan war im Internet. Niemand weiß etwas.«

Der Monddrache tat erstaunt: »Vielleicht sind *Sie* ja der Prophet«, erwiderte er. »Sie sind mir voraus, Captain. Es ist in der Tat an der Zeit, dass die Welt von Ihrer Großtat erfährt. Nehmen Sie ein neues Video auf und schicken Sie es an unseren Freund in Kuala Lumpur. Er stellt es online und zeigt der Welt, was Sie für die Freiheit geleistet haben.«

Der Pirat strahlte, wischte sich mit dem fettigen Handrücken über den Mund und sagte: »Das ich kann tun. Fange sofort an.«

»Nichts würde mich glücklicher machen«, sagte der Monddrache, beendete das Gespräch und wandte sich an Tuul. »Jetzt die Vietnamesen.«

# 11

## *Dienstag, 30. Oktober, 18.43 Uhr, Ortszeit Ostküste USA*

## *Mittwoch, 31. Oktober, 5.43 Uhr, Ortszeit Westindonesien*

Monarch hatte eine Zeitzonen-App auf seinem iPhone installiert, um die Frist im Auge zu behalten, die ihm von den Sons of Prophecy gesetzt worden war. Er hatte exakt 120 Stunden und 15 Minuten, um die Außenministerin aufzuspüren und zu retten.

»Noch zwanzig Minuten«, sagte der Hubschrauberpilot und tippte auf das Display des GPS.

Monarch musterte den Neuseeländer verstohlen von der Seite. Er war ein As. Das Wetter war zunächst sehr stürmisch gewesen, doch er hatte die Lage souverän gemeistert. Ob der Kiwi wohl ein paar tausend Dollar zusätzlich akzeptieren würde, um seine Rückkehr nach Luzon aufzuschieben, fragte sich Monarch. Dadurch würden sich die Agenten aus China und Indien zusätzlich verspäten, während ihm selbst genügend Zeit bliebe, sich auf dem gestrandeten Öltanker gründlich umzusehen. Sein offizieller Befehl lautete zwar, mit den beiden zusammenzuarbeiten, aber was konnte er dafür, wenn ein Taifun den gesamten Flugverkehr in Südostasien lahmlegte?

Am Ende kam er zu dem Schluss, dass es im Grunde auf dasselbe hinauskäme. Bis der Pilot die Rundreise beendet hätte, hätte Monarch mindestens fünf Stunden auf dem Tanker zugebracht, vielleicht sogar mehr.

Bei Tageslicht erwies sich die See als graublau und aufgewühlt von dem Sturm, der über sie hinweggefegt war. Hier und da entdeckte Monarch kleine unbewohnte Inseln und dann, im Süden vor ihnen, einen größeren Flecken Land.

»Die Spratly-Inseln?«, fragte Monarch.

Der Pilot nickte und flog einen großen Bogen. Vierzig Minuten später stand die Sonne über dem östlichen Horizont und schien auf seichtes Wasser, trübe von dem Schlamm, den der tosende Taifun von den Sandbänken aufgewühlt hatte. Monarch bemerkte als Erster das Glitzern der Sonne auf dem Ruderhaus der *Niamey*.

Der Öltanker war, wie beschrieben, auf eine breite Sandbank aufgelaufen und neigte sich stark nach Steuerbord. Der Hubschrauber umkreiste ihn. Kein Ölfilm war auf dem Wasser zu sehen. Entweder war das Öl abgepumpt worden, oder es war wie durch ein Wunder während des Auflaufens nichts davon aus dem Tank gesickert. Die Decks waren menschenleer, aber Monarch sah deutlich die zersprungenen Glasfenster der Kommandobrücke und die Einschüsse an der Außenwand.

»Können wir landen?«, fragte Monarch.

Der Neuseeländer schüttelte den Kopf. »Ich kann höchstens über dem Dach des Ruderhauses stehen. Die letzten Meter musst du springen.«

Monarch nickte, auch wenn ihm diese Option gar nicht gefiel. Er nahm die Kopfhörer ab und öffnete den Gurt. Dabei spürte er seine geprellten Rippen. Er steckte die Glock ins Schulterhalfter und griff sich den imprägnierten Seesack mit der Ausrüstung, die Barnett für ihn besorgt hatte. Monarch lud ihn sich auf den Rücken, während der Pilot ein zweites Mal das Ruderhaus umrundete, und zog sich dann ein Paar lederne Schutzhandschuhe an.

Er hielt sich am Türgriff fest und blickte aus dem vorderen Fenster, während der Pilot das Fluggerät gekonnt über die schief stehende Brücke des Öltankers steuerte. Satellitenschüsseln und Antennen ragten aus dem Dach des Ruderhauses.

»Tiefer geht's nicht, Kumpel«, sagte der Pilot.

Monarch öffnete den Ausstieg. Er trat hinaus auf die Strebe, suchte nach einer Lücke zwischen den Antennen und sprang. Nach einer unsanften Landung verlor er auf der steilen, glatten Oberfläche sofort den Halt.

Monarch fiel auf den Bauch, und während der Hubschrauber abdrehte, schlitterte er das Dach des Ruderhauses hinunter, auf dessen Kante zu, zwanzig Meter über dem Meer. Monarch ruderte wild mit den Armen, suchte nach Halt, griff jedoch zunächst ins Leere und rutschte langsam über die Kante. Zunächst ragten nur seine Stiefel in die Luft, dann die Knie, die Hüfte und schließlich auch der Oberkörper. Im letzten Moment bekam er dann mit der Rechten eine schwere Stabantenne zu fassen. Sie bog sich, und er rutschte weiter. Er packte auch mit der Linken zu und baumelte über dem Wasser, das viel zu seicht war, um einen Sturz aus dieser Höhe abzufedern.

Keuchend reckte er den Hals nach allen Seiten. Schräg unter ihm, etwa einen Meter entfernt, befand sich das Seitenfenster des Ruderhauses, vollständig zerschossen. Er strampelte mit den Beinen, betete zu Gott, die Antenne möge nicht abbrechen, schaukelte kräftig vor und zurück, um Schwung zu holen, und ließ los. Er bekam den Fensterrahmen zu fassen, krümmte sich zur Seite und brachte einen Fuß nach oben. Mit letzter Kraft hievte er seinen Körper ins Ruderhaus und glitt schweißüberströmt an der Wand entlang nach unten. Der Hubschrauber war jetzt nur noch ein fernes Brummen.

Monarch roch das ranzige Blut, bevor er es sah. Der gesamte Fußboden war davon verschmiert. Er blickte nach rechts. Dort lagen eng nebeneinander drei männliche Leichen, die Bäuche schon etwas aufgetrieben.

Links neben ihm lagen leere Patronenhülsen. Er hob sie auf. 7.62 mm. Demnach hatte eine AK-47 die drei Männer getötet. Einen Moment lang überlegte Monarch, was dies bedeuten könnte. Die AK war die Standardwaffe in diesem Teil der Welt. Wer genügend Geld besaß, konnte sich ohne weiteres eine beschaffen.

Monarch tastete sich voran wie in einem Gruselkabinett, den einen Fuß an der Wand, den anderen auf dem Boden, um den Durchgang zu erreichen, der zu den unteren Decks führte. Er brauchte einen Moment, um auf der steilen Wendeltreppe sein Gleichgewicht zu halten, doch dann gelangte er schnell auf die nächsttiefere Ebene.

Er erreichte einen Treppenabsatz, von dem aus eine geschlossene Tür mit Bullauge auf einen Balkon unterhalb der Brücke führte. Monarch spähte durch das Bullauge auf den Balkon und das tiefer gelegene Deck. Im selben Moment drückte sich die Mündung eines Laufes an seinen Hinterkopf.

# 12

## 7.20 Uhr, Ortszeit Mittelindonesien

Mit gefesselten Fußknöcheln und an die dicken Holzbohlen einer strohgedeckten Hütte gekettet, dazu schmutzig wie noch nie im Leben, starrte Agnes Lawton auf die geschlossene Tür und lauschte in die fremde Welt, die dahinter lag. Sie hörte Hühnergegacker, Hundegebell und in einiger Entfernung gedämpfte Männerstimmen. Sie roch Kaffee und gegrillten Fisch und stöhnte vor Hunger und Durst.

Augenbinde und Knebel lagen neben ihr auf dem Boden. Trotz ihrer Handfesseln war es ihr am Abend zuvor geglückt, die Windel herunterzureißen. Jetzt musste sie dringend Wasser lassen. Zudem waren exponierte Hautpartien von Insektenstichen übersät und juckten. Die Plagegeister hatten ihr nach Sonnenuntergang unentwegt zugesetzt.

Sie hatte diese grauenhaften Umstände nur ertragen, weil sie an ihre Lieben gedacht hatte. Inzwischen wussten sie alle Bescheid. Was mochte ihnen durch den Kopf gehen? Wie hatten sie die Sache aufgenommen? Sie dachte an ihren Mann Bill. So unwahrscheinlich es für einige Leute gewesen war, sie hatte sich auf den ersten Blick in ihn verliebt. Bill war von Anfang an ihr größter Fan gewesen, ihr Fels in der Brandung. Bestimmt war er am Boden zerstört. Vor ein paar Monaten hatten sie heftig gestritten, und als sie daran dachte, wie sie sich damals verhalten hatte, bekam sie ein schlechtes Gewissen.

»Es ist mein Job«, hatte sie insistiert. »Du wusstest genau, was auf uns zukommen würde, als ich mein Amt annahm.«

»Ich hatte nicht damit gerechnet, dass du ganze acht Jahre unterwegs sein würdest«, hatte er unwirsch erwidert.

»Es gibt durchaus Dinge, die mir an deinem Job missfallen, aber ich akzeptiere sie trotzdem.«

»Zum Beispiel?«, hatte er mit trotzig verschränkten Armen gefragt.

»Einige von euren Klienten zum Beispiel, das, wofür sie stehen«, hatte sie gesagt.

»Ich wusste nicht, dass ich jeden Auftrag, den ich übernehme, erst von dir absegnen lassen muss«, hatte er entgegnet, offensichtlich gekränkt. »Und weißt du was? Meine Arbeit hat uns ein angenehmes Leben beschert, als du noch für ein Butterbrot in Georgetown unterrichtet hast.«

Damit hatte er ihr den Rücken gekehrt und war wütend aus dem Zimmer gerauscht.

Sie hatten sich natürlich wieder versöhnt, aber hier, in der brütenden Hitze, musste Agnes Lawton sich eingestehen, dass vieles von dem stimmte, was Bill gesagt hatte. Sie war oft unterwegs gewesen, seit sie vor fünfundzwanzig Jahren in die Politik gegangen war. Sie hatte auch nie viel Geld verdient. Ohne ihn und seine Firma hätten sie weitaus bescheidener gelebt.

Sie dachte an ihre Söhne Ethan und Kenneth und fragte sich, ob die häufige Abwesenheit ihrer Mutter ihnen womöglich geschadet hatte. Bill und eine Reihe exzellenter Kindermädchen hatten sie großgezogen. Ihre Jungs waren mittlerweile nette Männer und gute Väter. Sie hatten wunderbare Frauen und gesunde Kinder. Aber kannte sie sie wirklich?

Jetzt, da sie gezwungen war, sich mit ihrem Leben auseinanderzusetzen, beschlich Agnes Lawton ein Gefühl der Sorge, wenn sie an ihre Familie dachte …

Sie wusste nicht recht, wie sie es ausdrücken sollte – es war ein Gefühl, als habe sie sich verlaufen. Plötzlich wünschte die Außenministerin verzweifelt, sie hätte in all den Jahren mehr Zeit mit ihrem Mann verbracht, mit ihren Kindern und Enkeln.

Der Wunsch belastete sie den gesamten Morgen. Es war schon eine Weile hell, aber noch war niemand gekommen, um sie mit Nahrung oder Wasser zu versorgen oder zur Toilette zu führen. Es war, um genau zu sein, überhaupt niemand mehr gekommen seit dem gestrigen Abend. Mit jeder Minute gewann die Sonne draußen an Kraft, wurde die Luft in der Hütte schwüler und der Druck auf ihre Blase quälender. Um sich von den negativen Gedanken und der Hitze abzulenken, schaute sie sich um. Fung, der chinesische Außenminister, saß etwa drei Meter links von ihr. Er döste mit dem Kinn auf der Brust. Der indische Diplomat war drei Meter zu ihrer Rechten. Wadi schien Fieber zu haben, und obwohl das Licht in der Hütte dämmrig war, kam es ihr so vor, als habe sich die Wunde auf seiner Stirn eitrig entzündet.

»Wie geht es Ihnen?«, fragte sie.

»Besser als demnächst ohne Kopf«, antwortete der Inder sarkastisch.

»Sie brauchen ärztliche Versorgung, mein Freund. Und die werden es nicht wagen, uns zu töten.«

»Sagen Sie das unserem geschätzten Gastgeber«, sagte Wadi und lachte müde und traurig. »Agnes, ich habe von klein auf versucht, nach dem Gesetz des Karma zu leben. Es besagt, dass all unser Tun Folgen hat und dass gute Taten die Zukunft günstig beeinflussen.«

»Ich habe Sie immer für einen aufrichtigen Menschen gehalten«, sagte Agnes Lawton. »Für einen offenen, verlässlichen Verbündeten.«

»Ja, und was hat es mir gebracht?«, blaffte der Inder. »Ich versuche, mich für mein Land einzusetzen, es zu beschützen, und ende nun hier in dieser Urwaldhütte, in den Fängen eines Irren, der glaubt, er sei prophezeit worden, und der mir aus unerfindlichen Gründen den Kopf abschlagen will. Hab ich Ihnen erzählt, dass meine jüngste Tochter nächsten Monat heiraten wird? Wer soll sie dem Bräutigam übergeben, wenn …?«

Die Außenministerin spürte seine wachsende Verzweiflung, doch ihre Gedanken blieben an einer anderen Aussage hängen, die er gemacht hatte. Trotz Hunger und Durst, trotz der juckenden Haut, obwohl sie sich schmutzig fühlte und dringend auf die Toilette musste, blieb ihr lebhafter Geist daran haften, und alle möglichen Fragen schossen ihr durch den Sinn.

»Ich bin sicher, Sie werden rechtzeitig bei ihr sein«, sagte sie. »Aber auch ich verstehe nicht, was diese Terrorgruppe eigentlich von uns will.«

»Ich nehme den Mann beim Wort«, konstatierte Fung, der aufgewacht war und sie aus müden, wässrigen Augen ansah. »Ramelan will Geld und die Freilassung politischer Gefangener, genau wie er sagte.«

»Er kann doch nicht ernsthaft glauben, dass er damit durchkommt, nicht wahr?« entgegnete die amerikanische Außenministerin skeptisch. »Er muss doch wissen, dass unsere Regierungen in solch einer Lage weder Lösegeld zahlen noch Gefangene freilassen.«

»Wir haben es mit einem Irren zu tun«, gab der indische Diplomat zu bedenken.

»Vielleicht ist er gar nicht so verrückt«, entgegnete sie. »Und es gibt doch ein Motiv.«

Der chinesische Außenminister zuckte die Schultern. »Ich glaube, Sie machen sich etwas vor. Es sei denn, Sie wissen mehr als ich.«

Die Außenministerin antwortete nicht. Stattdessen ging sie sämtliche Fakten durch, die sie kannte. Die Nachrichtendienste ihrer drei Nationen hatten auf einen koordinierten Plan bestimmter Kräfte hingewiesen, der darauf abzielte, die indische Regierung zu stürzen, einen

Aufruhr in China anzuzetteln und die amerikanischen Präsidentschaftswahlen zu sprengen. Aus diesem Grund hatten die Außenminister der drei Nationen beschlossen, sich im Geheimen auf der *Niamey* zu treffen.

Moment, das stimmte nicht ganz. Die Außenministerin hatte schon Monate zuvor auf ein Treffen gedrängt. Sie hatte Fung und Wadi vorgeschlagen, noch einmal im Privaten Gespräche zu führen, ohne das förmliche Drumherum eines offiziellen Staatsbesuches. Vielleicht, so ihr Gedanke, kam man noch vor dem Regierungswechsel zu einer gemeinsamen Lösung. Nach gründlicher Überlegung hatte sie einen Verdacht. Bevor sie ihn jedoch äußern konnte, hörte sie Schritte näher kommen.

Ein Riegel wurde zurückgeschoben. Die Tür ging auf. Captain Ramelan kam herein, das Gesicht vermummt, die Augen fanatisch funkelnd. »So. Ihr redet jetzt mit euren Regierungen. Die sollen unsere Forderungen erfüllen.«

Agnes Lawton erstarrte. »Ich sage kein Wort.«

»Ach ja?«, knurrte Ramelan. »Ist das so?«

Er ging zu ihr hinüber und versetzte ihr einen Tritt gegen den Oberschenkel. Ein heftiger Schmerz durchzuckte sie. Doch sie biss die Zähne zusammen und weigerte sich, Angst zu zeigen oder nachzugeben.

»Du tust, was ich sage!«, brüllte er.

»Ich denk nicht dran!«, brüllte Lawton zurück. »Sie geben uns weder zu essen noch zu trinken. Nicht einmal die Toilette dürfen wir benutzen! Also werde ich auch nicht für Sie sprechen, Captain!«

Eine Sekunde lang befürchtete sie, er würde sie zusammenschlagen oder auf der Stelle töten. Doch dann lächelte er: »Also, wir lassen euch essen, trinken, pissen, vielleicht kacken, dann ihr redet? Ja?«

Mit einem Blick auf ihre Mitgefangenen, vor allem den indischen Außenminister, sagte Agnes Lawton: »Zuerst reinigen Sie Mr Wadis Wunde und bringen ihm Medikamente. Antibiotika. Er braucht eine Salbe und Tabletten.«

Ramelan begann zu lachen. »Was glaubt ihr, wo ihr seid? Wir säubern Wunde. Alles Übrige – Gottes Wille. Allahs Wille.«

Die Sache gefiel ihr nicht, doch als sie Fung und Wadi ansah, nickten sie beide. Wieder dachte sie an ihren Verdacht und beschloss, ihn Washington nahezubringen, und zwar auf dem einzigen Weg, der ihr offenstand.

»Abgemacht, Captain«, sagte sie. »Ich spreche in Ihre Kamera.

# 13

## 8.40 Uhr, Ortszeit Westindonesien

»Eine Bewegung, und Sie sterben«, sagte eine Frau mit fester Stimme und versetzte ihm mit der Waffe einen sanften Stoß gegen den Hinterkopf.

Sie hatte sich unbemerkt von hinten an ihn herangepirscht, noch dazu auf einem Untergrund aus Metall. Wie war das möglich?

Im Bullauge tauchte ein zweiter Bewaffneter auf, der ihn vom Balkon aus mit einer Glock 17 in Schach hielt.

»Hände hinter den Kopf!«, fuhr die Frau ihn an.

»Ich dachte, eine Bewegung, und ich sterbe«, entgegnete Monarch und musterte den Mann durchs Bullauge. Seine Hautfarbe erinnerte an Ochsenblut, sein stämmiger Oberkörper steckte in einem blauen T-Shirt, und seine Augen waren so schwarz wie sein welliges Haar.

»Hände hinter den Kopf!«, fauchte die Frau erneut, und Monarch erhaschte eine Spiegelung ihrer Silhouette im Fensterglas. Sie war groß, so groß, dass er es für sinnvoll hielt, ihr zu gehorchen. Sie griff in sein Halfter, um ihm die Pistole abzunehmen. Er spürte nicht einmal einen kleinen Ruck. Dieser Umstand machte sie in Monarchs Augen zu einer höchst gefährlichen Gegnerin.

»Treten Sie zwei Schritte zurück. Dann gehen Sie auf die Knie!«, befahl sie.

Monarch wich zurück und machte Anstalten, auf die Knie zu gehen, als der Begleiter der Frau sich abwandte, um die Tür zu öffnen. Das war seine Chance. Er trat nach hinten aus. Sein Stiefel traf ihren Unterleib, und er hörte sie aufstöhnen.

In der Gewissheit, dass der Tritt ihr die Luft genommen hatte, wirbelte er herum und warf sich auf sie. Sie stand vornübergebeugt, das Gesicht von Überraschung gezeichnet, versuchte aber trotzdem, beide Waffen auf ihn zu richten. Monarch versetzte ihr mit der Linken einen Handkantenschlag auf den rechten Unterarm, der bewirkte, dass sie ihren Griff lockerte und die Waffe – seine Waffe – fallen ließ. Gleichzeitig vollführte Monarch mit der Rechten eine Bewegung gegen den Uhrzeigersinn, hakte sich bei ihr ein und sprang dabei schräg hinter sie. Die Linke um ihren Hals gelegt, ging er in die Knie und bog sie nach hinten, bis sie gänzlich außer Gefecht gesetzt war und ihre eigene Waffe in seinen Schoß fallen ließ. Das gesamte Manöver hatte kaum zwei Sekunden gedauert.

Im nächsten Moment stieß ihr Kumpan die Tür auf. Monarch benutzte die Frau als Schutzschild und richtete ihre Waffe mit der Laserzielvorrichtung auf die Stirn des Mannes.

»Nicht schießen«, sagte der Mann, senkte langsam die Arme und ließ die Waffe fallen.

Monarch schob die Frau vor sich her, bis er seine eigene Pistole unter dem Stiefel spürte. Erst jetzt sah er sie an. Sie war in der Tat sehr groß und athletisch, und mit ihren exotischen Zügen, besonders den mandelförmigen Augen und dem glänzenden, tiefschwarzen Haar, ausgesprochen attraktiv. Er inspizierte zunächst ihre Waffe, eine QSZ-92, dann die ihres Begleiters und hatte begriffen.

Angewidert stieß Monarch die Frau von sich. Sie stand auf, stolperte, fing sich wieder und sah sich zu ihm um.

»Ich bin enttäuscht«, sagte Monarch, »tief enttäuscht, weil ihr meiner Regierung gegenüber behauptet habt, ihr würdet mich in Clark treffen und wir würden gemeinsam hierher fliegen. Stattdessen zieht ihr mich über den Tisch, fliegt früher hierher und haltet mir eine Pistole an den Kopf. Behandelt man so einen Verbündeten?«

Die Schultern des Inders entspannten sich, und er lächelte fast. Die schöne Chinesin dagegen sah noch finsterer drein. »Hast du gedacht«, fauchte sie, »wir lassen uns von einem Amerikaner herumkommandieren, der uns sagt, wann und wie wir nach unseren Politikern suchen dürfen?«

»Genauso lautete die Abmachung«, sagte Monarch.

»Das hast du falsch verstanden«, entgegnete sie. »Wir brauchen dich nicht.«

»Tja, aber ich bin nun mal der mit den Waffen«, lächelte Monarch. Er betrachtete voller Genugtuung die Pistole in seiner Hand. »Diese hier gehört dir, nicht wahr?«

Sie kämpfte einen Moment mit sich und geiferte: »*Du* hast *uns* hintergangen! Du bist von den Philippinen allein hierhergekommen. *Du* hast nicht gewartet.«

»Das ist doch Haarspalterei!«, regte Monarch sich auf. »Wenn ihr eure Außenminister zurückhaben wollt, dann tut gefälligst, was ich euch sage.« Er wandte sich an den Inder. »Ist das klar?«

Mit einem Blick auf die Frau zuckte der Agent ergeben die Schultern und sagte: »Von mir aus. Solange du dich nicht aufführst wie ein Riesenarschloch.«

»Ich und ein Riesenarschloch?«, erwiderte Monarch und mimte den Beleidigten. »Niemals. Na ja, selten.« Er wandte sich an die Frau. »Wenn ich dir die Knarre wiedergebe, versprichst du dann, mich nicht zu erschießen?«

Sie sah ihn eine Weile böse an, doch dann nickte sie. Er entriegelte das Magazin, holte die Patronen heraus und hielt ihr die Pistole hin. Sie nahm sie und steckte sie ins Halfter, wütend über sich selbst, weil sie sich hatte entwaffnen lassen.

»Wie heißt ihr?«, fragte Monarch. »Und für wen arbeitet ihr?«

»Warum fragst du?«, entgegnete die Chinesin und strich sich das Haar aus dem Gesicht. Dabei kam eine helle Narbe zum Vorschein, die mehrere Zentimeter ihrer linken Schläfe einnahm.

Monarch, der sie bemerkt hatte, sagte: »Ich frage das grundsätzlich jeden, dem ich Staatsgeheimnisse preisgebe.«

Nach kurzem Zögern lenkte sie schließlich ein: »Song Le. Chinesisches Ministerium für Staatssicherheit.«

Monarch war beeindruckt. Das MSS war Chinas allmächtiger Geheimdienst, dessen Mitarbeiter sowohl im Inland wie auch im Ausland eingesetzt wurden. MSS-Agenten waren in vielen Bereichen tätig, einschließlich der Spionageabwehr, der Rekrutierung neuer Spione, der Industriespionage und der Verfolgung von Dissidenten. Dass das Ministerium für Staatssicherheit ausgerechnet diese Frau beauftragt hatte, den chinesischen Außenminister aufzuspüren, sprach Bände.

Er wandte sich dem Inder zu, der sagte: »Bashir Rhana. NIA. Sag einfach Bash.«

Indiens Geheimdienst NIA, National Intelligence Agency, war 2008 nach den Bombenattentaten in Mumbai gegründet worden, um im In- und Ausland den Terrorismus zu bekämpfen. Monarch hatte noch nie mit einem seiner Agenten zusammengearbeitet.

»Erfahrung im Bereich Geiselrettung?«, fragte Monarch.

Bash nickte. »Beim britischen SAS und den Gurkha. Doch meine Spezialität sind Ermittlungen unter heiklen Bedingungen.«

»Meine auch«, sagte Monarch und wandte sich wieder Song Le zu. »Was ist dein Spezialgebiet? Revolution oder Terror?«

Song Le erwiderte mit ausdrucksloser Miene: »Geh einfach davon aus, dass ich zu allem fähig bin. Und du? Für wen arbeitest du? Und wie heißt du?«

»Ich heiße Monarch«, antwortete er. »Ich arbeite für mich selbst.«

»Soso«, stellte die MSS-Agentin stirnrunzelnd fest. »Die USA schickt also einen Söldner aus?«

»So was in der Art«, antwortete er.

»Und was bist du genau?« Sie gab nicht auf.

»Ein Dieb«, antwortete Monarch auf Mandarin.

Ohne Song Les Reaktion abzuwarten, wandte Monarch sich an Bash: »Wir teilen uns auf und suchen nach Spuren. Die unübersehbaren zuerst. Jeder informiert sein Land. Ich lasse ein Einsatzteam einfliegen –«

»Bereits geschehen«, fiel der Inder ihm ins Wort. »Meine Leute sind schon hierher unterwegs, und sie haben ihr Training bei Scotland Yard absolviert.«

»Ausgezeichnet«, sagte Monarch und steckte die Pistole ein. Er warf noch einen Blick auf Song Le, die nach wie vor genervt dreinsah, und ging unter Deck.

Binnen einer Stunde hatte Monarch den gesamten Tanker untersucht, sich in jedem Winkel umgesehen und dabei zu rekonstruieren versucht, was in der Nacht der Entführung passiert sein musste. Die zerschossenen Fenster der Kommandobrücke ließen darauf schließen, dass das Schiff vermutlich aus der Luft attackiert worden war, was wiederum bedeutete, dass es sich hierbei nicht um gewöhnliche Piraten oder Terroristen handelte. Die Sons of Prophecy waren gut ausgebildet, außerordentlich dreist und bestens ausgerüstet, verfügten also über ausreichend Geldmittel.

In einem tiefer gelegenen Flur fand Monarch Einschusslöcher und die Überreste einer Blendgranate. Der Gestank dort war kaum zu ertragen. Vier Agenten des amerikanischen Diplomatic Security Service lagen tot im Flur und faulten in der äquatorialen Hitze. Schmeißfliegen hatten sich bereits eingefunden.

Monarch zog sein Hemd aus, hielt es sich vor den Mund und stieg über die Leichen in die Passagierkabine.

Im Schrank fand er die formelle Kleidung einer Frau, auf dem Bett ein Beil und die Trümmer eines Computers und schloss daraus, dass es sich um Agnes Lawtons Kabine handelte, aus der sie entführt worden war.

Monarch hatte in der Vergangenheit sogenannte *Renditions* vorgenommen – von der Regierung angeordnete Entführungen terrorverdächtiger Personen. Bei Entführungen lief seiner Ansicht nach fast immer irgendetwas schief, und diese hier stellte offenbar keine Ausnahme dar. Sollten die Sons of Prophecy es auf die streng geheimen Informationen abgesehen haben, die vermutlich auf Agnes Lawtons Festplatte gespeichert gewesen waren, hatten sie Pech gehabt.

Er war der Außenministerin nie begegnet, aber ihr Mut imponierte ihm. Wenn einem Granaten um die Ohren fliegen und die eigenen Personenschützer unmittelbar vor der Tür ermordet werden, muss man schon sehr hartgesotten und engagiert sein, um jeden Selbsterhaltungstrieb auszuschalten und nur noch zum Wohl des eigenen Landes zu handeln. Er blickte sich erneut um und bemerkte eine verkrustete, rote Substanz, die an der Wand klebte. Er ging in die Hocke, um sie zu inspizieren, und entdeckte kleine Nuss- und Pflanzenpartikel darin, als hätte jemand ausgespuckt.

Song Le räusperte sich, bevor sie die Kabine betrat, und fragte ironisch: »Hast du etwas Wichtiges entdeckt?«

Monarch wies auf den Fleck an der Wand und sagte: »Einer der Geiselnehmer kaut Betelnüsse.«

»Das kannst du doch nicht wissen.«

»Du glaubst also, dass unsere Außenministerin Betelnüsse kaut?«, fragte er, während er sich aufrichtete.

»Nein«, entgegnete sie. »Aber wer weiß, wie lange das Zeug schon da klebt.«

Er schüttelte den Kopf. »Die übrigen Wände sind tadellos. Dieser Fleck hier ist nicht zu übersehen. Jemand hat ein arrogantes Zeichen gesetzt.«

»Piraten kauen tatsächlich Betelnüsse«, räumte die chinesische Agentin ein. »Aber das tun hier eine Menge Leute, und zwar in mindestens zehn Ländern Südostasiens.«

»Sogar in einigen Teilen Indiens«, pflichtete Bash ihr bei, der sich zu ihnen gesellt hatte.

»Ist mir gleich, woher er stammt«, sagte Monarch. »Wer hier ausgespuckt hat, hat seine DNA hinterlassen, und die will ich haben.«

Song Le zuckte die Schultern, als wollte sie sagen: »Mach doch, was du willst.«

»Hast du etwas gefunden?«, fragte Monarch den indischen Agenten.

»Das Öl ist noch an Bord.«

»Die gesamte Ladung?«, fragte Monarch überrascht.

Bash nickte. »Ich hab den Ölstand mit dem Eintrag im Logbuch verglichen. Die Mengen stimmen überein.«

Das kam Monarch ausgesprochen merkwürdig vor. Der Tanker hatte Rohöl im Wert von mehreren Millionen Dollar geladen. Als Pirat enterte man das Schiff wegen des Öls und ohne zu ahnen, dass sich die Außenminister dreier Nationen an Bord befanden. Warum ließ jemand, der mindestens zehn guttrainierte, schwerbewaffnete Personenschutzer außer Gefecht gesetzt und anschließend die Diplomaten als Geiseln genommen hatte, diese Ladung unangetastet zurück?

Wer so viel Öl klauen wollte, stand natürlich vor einem gewaltigen logistischen Problem. Dennoch fand Monarch es fragwürdig, dass ein Pirat auf potentielle fünfzehn Millionen Dollar verzichten sollte.

»Raucht die Ministerin?«, fragte Song Le und unterbrach damit Monarchs Gedanken. »Deswegen, siehst du?«

Die Chinesin deutete hinter ihn auf den Boden. Er drehte sich um und sah ein Zündholzheftchen dort liegen, unterhalb der Koje. Mit behandschuhten Händen hob er es auf. Auf dem Deckel stand: »Apocalypse Now Bar. Saigon.«

So einen Ort gab es?

Monarch drehte es um, sah Telefonnummer und Adresse darauf gedruckt: 2C Thi Sach Street, Ho-Chi-Minh-Stadt, Vietnam. Er öffnete das Heftchen und entdeckte Schriftzeichen, die jemand mit einem Kugelschreiber hingekritzelt hatte und die er nicht entziffern konnte.

»Könnt ihr Vietnamesisch?«, fragte er Song Le und Bash.

»Ausreichend«, sagte die Chinesin.

Er reichte ihr das Heftchen. Sie studierte es kurz und erklärte dann: »Das ist Indonesisch. Hier steht: ›31.10., 23.00 Uhr. Hier‹.«

»Heute Nacht um elf?«, fragte er.

»Sieht so aus«, meinte Bash.

»Fragt sich nur, wo dieses *Hier* ist?«, sagte Monarch.

»Liegt das nicht auf der Hand?«, schnaubte Song Le. »*Hier* ist diese Bar.«

Es war doch ziemlich seltsam, dass jemand dieses Streichholzheft ausgerechnet in Agnes Lawtons Kabine vergessen hatte, noch dazu mit Datum und Adresse, obwohl die Kabine diverse Kampfspuren aufwies. Vielleicht war einer der Kidnapper –

Irgendwo weiter oben war ein klirrendes Geräusch zu hören. Monarch griff nach seiner Waffe und sagte: »Klingt, als hätten wir Gesellschaft bekommen.

Sie befanden sich in einem engen, begrenzten Raum. Wer enge, begrenzte Räume verteidigte, der war ein leichtes Ziel für Granaten und andere Sprengkörper.

Die Agenten aus Indien und China schienen ähnliche Befürchtungen zu hegen, weil sie ihm hinterhereilten, an den faulenden Leichen vorbei den Flur entlang und die Treppen hinauf. Auf dem Deck unterhalb der Kommandobrücke erreichte Monarch eine Tür. Er spähte durch das Bullauge nach draußen, sah aber nichts. Also stieß er die Tür auf, trat hinaus und schaute sich um, sah aber noch immer nichts. Song Le und Bash folgten ihm.

Monarch entdeckte den ersten Mann, als dieser die Vorderseite der Brücke erreichte: Er stand auf dem Hauptdeck, mit einer Pistole bewaffnet, und trug eine Offiziersuniform: dunkle Hose, hellblaues Hemd und Schirmmütze. Er bückte sich, um eine Patronenhülse aufzuheben. Da bemerkte Monarch etwa zehn weitere Männer, die ähnlich gekleidet waren wie der Offizier und sich auf dem schief stehenden Deck unbeholfen hin und her bewegten. Sie trugen Kalaschnikows.

Einer der Soldaten entdeckte zunächst Monarch, dann auch die Chinesin und den Inder. Er schlug Alarm. Plötzlich waren zehn Maschinenpistolen auf sie gerichtet, und der Offizier brüllte ihnen auf Vietnamesisch zu, sie sollten die Waffen fallen lassen.

# 14

## Dienstag. 30. Oktober,
## 22.30 Uhr, Ortszeit Ostküste USA

## Mittwoch, 31. Oktober,
## 9.30 Uhr, Ortszeit Hongkong

Hoch auf dem Victoria Peak schritt Long Chan-Juan hinter den Fenstern seiner Villa auf und ab und beobachtete, wie ein Tropensturm über Hongkong hinwegfegte. Dabei beschäftigte ihn die Nachricht, dass Monarch und die beiden anderen Agenten nach Ho-Chi-Minh-Stadt gebracht und befragt worden waren. Aber wie lange konnten die Vietnamesen sie dort festhalten?

Obwohl der Monddrache leidenschaftlich daran glaubte, dass ihm das mächtige *I Ging* bereits den richtigen Weg gewiesen hatte, war er geneigt, es ein zweites Mal zu befragen. Vielleicht hatte seine Frau das Hexagramm neulich ja falsch ausgelegt? Die Tatsache, dass dieser Dieb zur gleichen Zeit aufgetaucht war wie der zornige Zyklon, mehrte das Unbehagen des Triadenführers.

Niemand, nicht einmal seine Frau, wusste, dass Long Taifune und Zyklone hasste, dass er eine geradezu krankhafte Furcht hegte vor ihrer unberechenbaren Wut. Er hasste sie, konnte aber kaum den Blick von ihnen wenden. Hatte nicht auch ein Sturm den Tod seines Vaters begleitet? Und was war mit seinem Schwiegervater? Und mit seinem Sohn? Auch er –

»Großvater!«, rief Lo-Lo mit wehleidiger Stimme und kam ins Zimmer getrottet.

Die Augen des Monddrachen lösten sich von dem

Sturm und von seinen Ängsten und wandten sich seinem Enkel zu. Er lächelte. So war es immer. Lo-Lo war die Zukunft, die Zukunft von allem. Um das zu wissen, brauchte der Triadenführer keine Prophezeiung. Seiner Meinung nach war sein Enkel eine perfekte Kombination von Trigrammen, eine klingende Prophezeiung, die von der aufsteigenden Macht seiner Familie kündete.

»Ich will in den Zoo«, schmollte Lo-Lo. »Aber es regnet.«

»Das sehe ich«, entgegnete Long.

»Und Großmutter sagt, ich darf erst ins Internet, wenn Mr Woo hier ist«, murrte er, womit er seinen Hauslehrer meinte.

»Na komm«, sagte Long.

Lo-Lo kletterte zu seinem Großvater aufs Sofa und lehnte den Kopf an seine Schulter. »Erzähl mir eine Geschichte«, bat er. »Von meinem Vater.«

Der Triadenführer verspürte einen Stich. Noch jetzt, nach sechs Jahren. Er blickte auf seinen Enkel hinunter und erkannte in dessen Gesichtszügen seinen toten Sohn.

»Dein Vater war groß, stark und sehr klug«, begann Long. »Er konnte einfach alles, was er sich in den Kopf gesetzt hatte, genau wie du.«

»Das ist doch keine Geschichte«, schmollte der Junge.

»Nein«, sagte sein Großvater lächelnd. »Vermutlich nicht.«

Er beugte sich vor, nahm das Glöckchen vom Kaffeetisch und läutete mit einer knappen Handbewegung. Augenblicke später waren trippelnde Schritte zu hören, und Anna kam hastig ins Zimmer.

»Ja, Mr Long?«, sagte Anna und verneigte sich vor ihrem Arbeitgeber.

»Bring uns Tee«, befahl der Monddrache.

»Und Kekse?«, fragte Lo-Lo.

Anna lächelte, wobei sie mit der Hand ihre Lippenspalte bedeckte. Long musterte das Mädchen. Es war natürlich nötig, dass Lo-Lo mit Anna kommunizierte, doch schien seiner Frau zu missfallen, dass ihr Enkelsohn und die Filipina offenbar Freundschaft geschlossen hatten.

»Das Mädchen ist verunstaltet und minderwertig«, hatte Madame Long mehr als einmal geäußert. »Sie sollte nicht so viel Einfluss haben auf einen Jungen, der einmal in deine Fußstapfen tritt.«

Der Monddrache wusste der Argumentation seiner Frau nichts entgegenzusetzen. Doch was sollte er tun? Schließlich brauchten sie ein Kindermädchen, nicht wahr? Jemanden, der seiner Frau ein wenig zur Hand ging mit dem Jungen? Und die Gaumenspalte? Was konnte die Ärmste dafür?

»Bitte, Großvater?«, sagte Lo-Lo.

Nach einigem Zögern nickte Long. »Bring uns auch einen Teller Kekse.«

Anna verneigte sich und eilte davon.

»Erzähl mir von der Zeit, als mein Vater sieben war, wie ich jetzt«, bat Lo-Lo.

Die Bitte traf den Triadenführer unvorbereitet. Aufgewühlt richtete er den Blick auf eine alte chinesische Dschunke. Er hatte nicht geplant, seinem Enkel jetzt schon diese spezielle Geschichte zu erzählen, aber der Junge hatte ihn gefragt, und er fühlte sich genötigt, ihm zu antworten.

»Als dein Vater sieben war, da war er sehr tapfer«, sagte Long und spürte einen Kloß im Hals. »Das musste er auch sein.«

Der Monddrache erzählte seinem Enkel, dass sich sein Urgroßvater, Madame Longs Vater, nachdem er die Handelsmarine verlassen hatte und in den Ruhestand getreten war, eine alte chinesische Dschunke gekauft und restauriert hatte. Im Alter von sieben Jahren war Lo-Los

Vater mit seinem Großvater in diesem Segelboot hinaus aufs Meer gefahren.

»Wie aus dem Nichts kam ein Sturm auf, genau wie dieser«, erzählte Long und wies auf den Wind und den Regen draußen. »Das Boot kenterte, und dein Urgroßvater, dein Vater und zwei Matrosen wurden ins Meer geschleudert. Der Einzige, der lebend geborgen wurde, war dein Vater. Er hatte sich am Rumpf der Dschunke festgeklammert.«

Lo-Lo machte große Augen. »Er war wirklich tapfer.«

»Genau wie du«, sagte der Monddrache. »Als deine Eltern bei dem Zugunglück ums Leben kamen, hast du überlebt, Lo-Lo. Du warst noch ein Baby, aber du warst tapfer und stark, genau wie dein Vater.«

Lo-Lo strahlte. »Und meine Mutter? Wie war meine Mutter?«

Long zögerte einige Sekunden, ehe er zugab: »Ich habe sie nie kennengelernt.«

»Was? Das ist doch –«, begann Lo-Lo und unterbrach sich, als er die Schritte des Mädchens hörte, das mit dem Tee und den Keksen zurückkam.

Anna setzte das Tablett ab, und die tote Mutter war vergessen. Stattdessen stürzte sich Longs Enkel auf die Leckereien. *Gut so*, dachte der Monddrache. Sollten die Toten ruhen! Kekse dagegen gehörten zum Leben.

Er trat ans Fenster, blickte hinaus in den Sturm, und seine Gedanken kreisten wieder um den Dieb Robin Monarch. Obwohl dieser gerade in ein vietnamesisches Militärgefängnis gebracht wurde, befiel Long ein tiefes Unbehagen. Er hätte seine Frau gern gebeten, für ihn die Münzen zu werfen und herauszufinden, was das *I Ging* derzeit im Universum erspürte. Doch Madame Long war ausgegangen. Er würde gewisse Entscheidungen allein treffen müssen.

Longs unsteter Geist wanderte zu all den skrupellosen

Aktionen der kommenden Tage. Er hielt es für das Klügste, das Tempo zu verschärfen, die Feinde noch mehr unter Druck zu setzen, indem er ringsum Chaos schuf.

Zu diesem Zweck begab sich der Triadenführer in sein Büro und schloss die Tür ab. Er griff sich ein weiteres Prepaid-Handy und wählte eine Nummer aus einer Liste, die er in einer Schublade seines Schreibtisches aufbewahrte.

Sein Freund aus den Südstaaten meldete sich: »Womit kann ich dienen?«

»Ich sorge dafür, dass das zweite Video früher als geplant ins Netz gestellt wird.«

Am anderen Ende der Leitung blieb es eine Weile still, als überdenke der Mann sämtliche Konsequenzen dieser Entscheidung, ehe er sagte: »Dann ist es vermutlich an der Zeit, dass wir auch hier grünes Licht geben. Ist es das, was Sie mir sagen wollen?«

»Ja, und zwar einen Tag früher als geplant«, sagte Long, dem beim bloßen Gedanken an die nächsten Schritte eine Gänsehaut über den Rücken lief. »Geben Sie den Startschuss.«

»Mitgefangen, mitgehangen, wie ich immer sage«, erwiderte sein Freund gutmütig. »Geben Sie gut acht, Sie werden einen Shitstorm von epischem Ausmaß erleben.«

# 15

## Mittwoch, 31. Oktober,
## 2.00 Uhr morgens, Ortszeit Ostküste USA

## Mittwoch, 31. Oktober,
## 15.00 Uhr, Ortszeit Indochina

Neunhundert Meilen weiter südlich funkelte Monarch den vietnamesischen Hauptmann wütend an, der ihn hinter einer verspiegelten Pilotenbrille amüsiert musterte. Sie befanden sich in einem Armeehubschrauber aus der Sowjetära, der über das offene Meer auf die vietnamesische Küste zusteuerte.

Der Offizier saß auf einem Klappsitz. Monarch, Bash und Song Le mussten mit dem harten Stahlboden vorliebnehmen, während ihnen von draußen der heiße Wind ins Gesicht blies. Ihre rechten Handgelenke waren an Metallösen im Rumpf des Hubschraubers gekettet. Die Waffen hatte man ihnen abgenommen. Ebenso ihre Handys, Kreditkarten und Pässe.

»Hauptmann Su«, sagte Bash. »Noch einmal: Bitten Sie Ihre Vorgesetzten, mit unseren Regierungen in Kontakt zu treten. Durch Ihr Zögern verlieren wir kostbare Zeit.«

Das ironische Grinsen des Offiziers verschwand. Stattdessen knurrte er: »Sie sagen uns, was Sie an Bord dieses Schiffes zu suchen hatten, bewaffnet und ohne Visa, dann rufen wir vielleicht die Nummern an, die Sie uns gegeben haben. Und was soll das heißen, Sie verlieren Zeit?«

»Wir sind nicht befugt, Ihnen darüber Auskunft zu

geben«, erwiderte Monarch ungehalten. »Ich sagte es bereits.«

Nachdem sie beschlossen hatten, sich nicht auf eine Schießerei mit dem vietnamesischen Militär einzulassen, hatten sie sich ergeben. An Bord der *Niamey* und noch einmal auf den Spratly-Inseln waren sie bereits ausführlich verhört worden, wobei die Gespräche immer gleich verlaufen waren. Der Offizier hatte Fragen gestellt, aber keine Antworten erhalten. Am Ende hatte der Hauptmann ihnen mitgeteilt, man werde sie nach Ho-Chi-Minh-Stadt bringen, das frühere Saigon, und seitdem nicht mehr viel gesprochen.

An Song Le gerichtet sagte Monarch: »Versuch du es.«

Die chinesische Geheimagentin erklärte Hauptmann Su ihr Anliegen auf Vietnamesisch. Monarch, der diese Sprache nicht beherrschte, erfasste nur das Resultat der Unterhaltung. Der Offizier ließ nicht mit sich reden. Monarch warf einen Blick durch die Tür und sah, dass unter ihnen nicht mehr das Meer war, sondern ein ausgedehntes Marschland, das schon bald von dichtem Urwald und schließlich von leuchtend grünen Reisfeldern abgelöst wurde.

Er war nie in Vietnam gewesen, und da sie nur etwa 70 Meter hoch flogen, hatte er einen guten Panoramablick. Er sah die gebeugten Rücken und spitzen Hüte der Bauern, die in den Reisfeldern arbeiteten, und dazwischen immer wieder kleine, reich verzierte Gebäude, die er für Grabmäler hielt. Nach zwanzig Minuten wichen die Felder den Siedlungen, die an Ho-Chi-Minh-Stadt grenzten. Monarch sah Bauten aus der französischen Kolonialzeit, moderne Einkaufszentren und jene wuchernden, wabernden Ansiedlungen, wie sie in allen Entwicklungsländern weit verbreitet sind.

Doch das ehemalige Saigon ließ die Energie einer wachsenden, lebendigen Stadt erahnen. Sie war überall zu spüren, besonders in den Straßen, wo Millionen Motorroller sich flink durch das Verkehrschaos schlängelten. Monarch hatte noch nichts Vergleichbares gesehen.

Der Hubschrauber landete vor einer Militärbaracke in Flughafennähe. Monarch, Song Le und Bash mussten einen Transportlaster besteigen. Dieser schob sich zwischen die knatternden, hupenden Motorroller auf den Straßen der Stadt. Einige der Fahrzeuge hatten nur einen einzigen Passagier, ein Hinweis auf die wachsende Mittelschicht in Vietnam. Andere trugen ganze Familien – Mutter, Vater, Kinder, die über dem Hinterrad schaukelten, während das Kleinste auf dem Lenker saß. Ein Bursche balancierte geschickt eine dreistöckige Hochzeitstorte auf dem Sozius.

Vor einer roten Ampel kamen mit ausgestreckten Händen drei verdreckte, zerlumpte Kinder an die Ladefläche des Lastwagens, um zu betteln. Eines davon, ein Mädchen, hatte eine blau angelaufene Abschürfung auf der Stirn, als wäre es unlängst verprügelt worden. Einer der Soldaten stieß mit dem Gewehrkolben nach den Kindern, und sie ergriffen die Flucht. Monarch musste unwillkürlich an seine Zeit als Straßenkind in den Slums von Buenos Aires denken und an Schwester Rachel, die sich unermüdlich für solche Kinder einsetzte, für Ausgestoßene wie ihn.

Und er fragte sich, ob er trotz der Verzögerung noch Gelegenheit hätte, sich die fünfzehn Millionen Dollar zu verdienen. Wie groß war die Wahrscheinlichkeit, dass drei Agenten, und seien sie noch so talentiert, in ganz Südostasien ausgerechnet *den* Ort aufspüren würden, an dem man die Diplomaten gefangen hielt?

Monarch wusste, dass ihre Erfolgschancen verschwindend gering waren. Andererseits war es nicht seine Aufgabe, solche Berechnungen anzustellen. Er musste in Bewegung bleiben, weitersuchen, bis –

Die Lkw-Bremsen quietschten und rissen Monarch aus seinen Gedanken. Er hörte, wie sich knarzend ein Tor öffnete. Dann ging es weiter, an einer hohen Mauer entlang, die oben mit Stacheldraht gesichert war.

»Wo sind wir?«, fragte Monarch Hauptmann Su.

»TC2«, sagte der vietnamesische Offizier, wieder belustigt. »Militärischer Nachrichtendienst. Hier kümmert man sich um Spitzel wie euch.«

Bewaffnete Soldaten empfingen sie und bewachten ihren Weg auf eine Laderampe.

»Ihr werdet getrennt«, ließ Hauptmann Su sie wissen. »Damit ihr redet.«

Monarch verspürte plötzlich den unwiderstehlichen Drang, dem Mann ein paar kräftige Ohrfeigen zu verpassen, wusste aber, dass er sich lediglich einen Schlag mit dem Gewehrkolben einhandeln würde. Ein zu hohes Risiko. Er musste fit bleiben, auch wenn er Handschellen trug und unter Bewachung stand. Die Gelegenheit zur Flucht konnte sich jeden Moment ergeben. Er wusste, dass seine Armbanduhr noch immer via GPS seinen Standort übermittelte, und hoffte, dass Gloria Barnett ihm zu Hilfe kommen würde.

Auf dem Weg in das TC2-Gebäude schweiften seine Gedanken zu Agnes Lawton. Steckten etwa die Vietnamesen hinter der Geiselnahme? Zeigten sie sich deshalb so unkooperativ? Die Sachlage wäre eine andere, wenn die Entführung der Außenministerin kein Staatsgeheimnis wäre. Monarch wusste, dass es politisch von Vorteil war, besonders für den Wahlkampf des Vizepräsidenten, wenn der Überfall auf die *Niamey* möglichst lange vertuscht würde. Doch aus seiner Sicht hatte Lawtons Recht auf Unversehrtheit Vorrang. Präsident Sand sollte die Welt über das Verschwinden der Außenministerin in Kenntnis setzen. Er war es ihr schuldig, fand Monarch. Aber er war auch kein Politiker.

Während er den vietnamesischen Soldaten tiefer in das TC2-Gebäude folgte, regte sich in Monarch plötzlich ein

Bedauern. Er hätte diesen Auftrag nicht annehmen sollen. Er war schließlich aus der CIA ausgeschieden, weil er es satthatte, zum Spielball der geheimen Pläne anderer zu werden. Und allmählich beschlich ihn das Gefühl, dass auch hier irgendetwas faul war.

Monarch musste vor einer Stahltür stehen bleiben, die in Kopfhöhe einen kleinen quadratischen Durchguck aufwies. Er wusste, was auf ihn zukam, und als einer der Soldaten die Tür aufsperrte, schloss er die Augen und atmete tief ein, um sich zu wappnen. Er hatte schon des Öfteren lange Inhaftierungszeiten und sogar Folter erlebt und wusste, dass es einer besonderen Geisteshaltung bedurfte, um so etwas zu überstehen.

Der Raum stank nach Pisse und war leer, bis auf eine dünne Matratze, ein übelriechendes Klo und ein schmutziges Waschbecken. Einer der Soldaten richtete von der Tür aus sein Gewehr auf Monarch. Der andere wies ihn an, sich auf die Pritsche zu setzen und die Arme vorzustrecken. Während man ihm die Handschellen abnahm, witterte Monarch den Funken einer Chance. Fast hätte er seinen Instinkten nachgegeben und die Handschellen als Waffe benutzt, um den Burschen, der ihn von den Fesseln befreite, zu überwältigen und auf den Soldaten mit der Waffe zuzustoßen. Allerdings war die Sache nicht sonderlich vielversprechend. Vielleicht setzte er die beiden Wachen außer Gefecht, vielleicht fing er sich eine Kugel ein. Da ihm Letzteres wahrscheinlicher erschien, behielt er die Hände bei sich, als ihm der Soldat die Handschellen abnahm und dann rückwärts die Zelle verließ.

Er legte sich auf die Matratze und schloss die Augen. »Trautes Heim, Glück allein«, seufzte er.

# 16

## *Mittwoch, 31. Oktober, 4.45 Uhr, Ortszeit Ostküste USA*

*Washington, D.C.*

Präsident Sand fuhr aus dem Schlaf, als eine Hand ihn wach rüttelte. Er schlug die Augen auf, sah auf die Uhr neben seinem Bett und wusste, die Sache verhieß nichts Gutes. Immer, wenn er in den vergangenen Jahren auf diese Weise geweckt worden war, hatte sich irgendetwas Tragisches ereignet.

»Mister President?«, flüsterte eine Stimme.

Er wandte den Kopf und war überrascht, Cynthia Blayless zu sehen. Sie blickte mit erschütterter Miene zu ihm herunter. Sofort war er hellwach. Für gewöhnlich weckte ihn in unruhigen Zeiten sein persönlicher Assistent. Es war das erste Mal, dass Blayless diese Pflicht übernahm.

Der Präsident nickte, stahl sich aus dem Bett, um die First Lady nicht zu wecken, griff sich einen Morgenmantel und folgte seiner Stabschefin in den Flur.

»Was ist?«, fragte er, nachdem er die Schlafzimmertür geschlossen hatte.

»Die Söhne der Prophezeiung sind an die Öffentlichkeit getreten, Sir«, sagte Blayless. »Allmählich ist da draußen der Teufel los.«

Sand schloss kurz die Augen. Er hatte das Gefühl, als verzehnfache sich die Last auf seinen Schultern. Er hatte natürlich geahnt, dass es so kommen würde. Trotzdem hatte er sich der völlig irrationalen Hoffnung hingegeben, dieser Monarch werde Agnes Lawton noch rechtzeitig retten …

Der Präsident öffnete die Augen. Dieses Hirngespinst war ausgeträumt. Er musste sich mit den harten Fakten abfinden und zunächst einmal die volle Verantwortung übernehmen.

»Wie konnte das passieren?«, fragte er.

»Sie haben eine Website aufgebaut, Mr President, und es gibt ein weiteres Video.«

»Agnes?«

»Sie ist zum Glück am Leben und sieht auch besser aus als die beiden anderen«, sagte die Stabschefin. »Ich war so frei, ein Krisenteam einzuberufen. Es besteht größtenteils aus den Leuten, die gleich nach der Entführung im *Situation Room* waren. Außerdem habe ich FBI-Chef Riggs dazugenommen.«

Das leuchtete ihm ein. Sand nickte kommentarlos, trat an seinen Schrank und schlüpfte in den Jogginganzug, den er zum Training im Fitnessraum des Weißen Hauses trug. Als er das Oval Office erreichte, warteten dort schon sieben seiner Top-Leute, einschließlich Vizepräsident Vaught, des Ministers für Innere Sicherheit Jameson, CIA-Chef Hopkins, Admiral Shipman und der nationalen Sicherheitsberaterin Peck.

FBI-Chef Fred Riggs, ein untersetzter rothaariger Mann mit geradlinigem Auftreten, war ebenfalls anwesend. Riggs und die übrigen Berater starrten auf einen Bildschirm mit der Homepage der Sons of Prophecy. In der Mitte der Seite war ein Videoclip von YouTube.

»Sehen wir uns die Sache an«, sagte der Präsident, als der Clip startete.

Wieder stand der vermummte Gewehrschütze hinter den Diplomaten. Agnes Lawton befand sich in der Mitte des Bildes, flankiert von Fung und Wadi. Alle drei sahen erheblich schlimmer aus als auf dem Lösegeldvideo des Vortags. Der Inder trug einen Kopfverband, der Chinese wirkte benommen und hatte sichtlich Schwierigkeiten, wach zu bleiben. Die amerikanische Außenministerin dagegen schien ungebrochen.

Agnes Lawton begann zu sprechen. »Die Söhne der Prophezeiung, in deren Gewalt wir uns befinden, werden uns töten, falls die 500 Millionen Dollar nicht gezahlt und die politischen Gefangenen nicht freigelassen werden. Wir beschwören Präsident Sand und die Staatsoberhäupter von Indien und China, Mitleid mit uns zu haben und die Forderungen der Geiselnehmer zu erfüllen.«

Das Bild fror ein und hinterließ die Ministerin mit geschlossenen Augen.

Auch Sand hätte am liebsten die Augen zugemacht, aber das durfte er nicht, und so wandte er sich an seine Berater.

Der Vizepräsident hob resigniert die Hände. »Mich brauchen Sie nicht anzusehen.«

Der Vorsitzende des Generalstabs warf einen Blick in die Runde und sagte: »Sir, ungeachtet meiner persönlichen Gefühle für Agnes muss ich Ihnen dringend raten, auf keine der Forderungen einzugehen.«

»Ich stimme dem zu«, brachte sich die nationale Sicherheitsberaterin Peck ein. »Unser Land darf sich im Augenblick keinerlei Schwäche erlauben …«

Es klopfte, und die Tür zum Vorzimmer des Oval Office ging auf. Eine Angestellte, Mitte zwanzig, steckte den Kopf durch die Tür.

»Es tut mir sehr leid, Sie zu stören, Mr President, aber Mr Lawton hier ist ziemlich besorgt und hätte Sie gern gesprochen.«

Sand zögerte zunächst, sagte dann aber: »Bring ihn rein, Betty.«

Einige Minuten später kam der Ehemann der Außenministerin herein, aschfahl im Gesicht, die Wangen unrasiert und der Anzug so knitterig, dass man annehmen musste, er habe darin geschlafen.

»Werden Sie die Forderungen erfüllen?«, fragte er.

»Bill«, sagte der Präsident, während er auf den Mann zuging und ihm offen in die Augen sah. »Seien Sie versichert, dass wir alles tun, was in unserer –«

»Ich bin ganz und gar nicht Ihrer Meinung, Bob«, fiel Lawton ihm wütend ins Wort. »Sie tun eben nicht, was in Ihrer Macht steht, um meine Frau zu finden. Wenn dem so wäre, hätten Sie keinen Dieb beauftragt, sie zu suchen. Sie hätten längst dreihundert FBI-Agenten nach Südostasien geschickt, und eine Kriegsflotte dazu, und dann hätten Sie die betreffenden Länder informiert, dass wir eines nach dem anderen nach Gutdünken mit Tomahawk-Marschflugkörpern beschießen, bis irgendjemand das Versteck der Bande preisgibt und meine Agnes freikommt!«

Alle Anwesenden schwiegen betreten.

Sand konnte sich nicht daran erinnern, wann ihn zuletzt jemand so offen attackiert hatte. Doch er bewahrte die Fassung und sagte leise: »Sie wissen genau, dass ich unschuldige Menschen nicht einfach mit Raketen beschießen kann, Bill.« Er ließ den Mann stehen und wandte sich FBI-Chef Riggs zu. »Die Agenten schicken wir los, außerdem verstärken wir den politischen und diplomatischen Druck.«

»Und die Forderungen der Geiselnehmer?«

»Die kann und werde ich nicht erfüllen«, antwortete der Präsident.

»Sie lassen sie also sterben? Ist es das, was Sie hier andeuten?«, fragte Lawton, Tränen in den Augen.

»Ich deute nichts dergleichen an, Bill«, antwortete Sand mit fester Stimme. »Wir haben noch viereinhalb Tage Zeit, und die werden wir nutzen.«

Lawtons Unterlippe zitterte. Er wischte sich die Tränen mit dem Anzugärmel fort. »Ich ... ich weiß nicht, was ich ohne Agnes tun soll.«

Der Präsident legte ihm die Hand auf den Oberarm und sagte: »Ich ebenso wenig. Die ganze Nation braucht sie.«

Zustimmendes Gemurmel ringsum.

Lawton senkte den Kopf und murmelte kleinlaut: »Tut mir leid ... das von vorhin.«

Sand strich ihm erneut über den Arm und sagte aufrichtig: »Ich habe vermutlich keine Ahnung, was Sie gerade durchmachen.« Dann wandte er sich an seine Berater. »Was wissen wir über die Website? Woher kommt sie? Wer steckt dahinter?«

»Sie ist vor etwa neunzig Minuten aufgetaucht, Mr President«, sagte Riggs. »Ich habe in Quantico ein Team darauf angesetzt. Heute Abend dürften wir schon mehr wissen.«

Sand wandte sich an die Stabschefin. »Cynthia, ich möchte stündlich informiert werden. Ich brauche Ihre Hilfe, um eine Stellungnahme zu formulieren. Informieren Sie die Medien, dass ich heute früh um acht eine Presseerklärung abgeben und Fragen beantworten werde.«

»Na toll«, stellte der Vizepräsident genervt fest. »Nur zu, verbrennen Sie die Millionen Dollar, die schon im Wahlkampf stecken! Die Stimmen der weiblichen Wähler bin ich jedenfalls los!«

Der Präsident konnte Vaught zwar nicht sonderlich leiden, hatte aber durchaus Mitleid mit ihm. Schließlich konnte er ihm nachfühlen, unter welchem Druck er stand. Der Mann sah sämtliche Felle davonschwimmen, und das sechs Tage vor der Wahl.

»Ich verschiebe die Pressekonferenz auf den Mittag, Ken«, lenkte Sand ein. »Hilft Ihnen das?«

Der Vizepräsident schaute in die Runde und nickte dann. »Das hilft.«

Der Präsident wandte sich wieder an FBI-Chef Riggs. »Schicken Sie Ihre Leute so schnell wie möglich los.«

Riggs nickte. »Ich verlege gleich heute Morgen den Großteil unseres Büros in Honolulu nach Südostasien.«

»Schön«, sagte Sand. »Das hätten wir.« Im Klartext hieß das: *Jetzt alle Mann raus hier! Ich brauche Zeit zum Nachdenken.*

Einer nach dem anderen verließ das Oval Office, bis nur noch Cynthia Blayless und Dr. Hopkins übrig waren. Letzterer sagte: »Mr President? Kann ich Sie kurz unter vier Augen sprechen, Sir?«

Sand war irritiert. Ständig versuchte irgendjemand, ihn unter vier Augen zu sprechen, und dann lief es fast immer auf eine Art Machtspiel hinaus. Doch der CIA-Chef war noch nie auf diese Weise an ihn herangetreten, und so wandte sich der Präsident an seine Stabschefin und sagte: »Geben Sie uns fünf Minuten?«

Blayless warf Hopkins einen strengen Blick zu, nickte dann aber und verließ das Oval Office durch eine andere Tür.

»Haben Sie etwas von Monarch gehört?«, fragte Präsident Sand.

»Nicht, seit er zum Öltanker unterwegs war«, antwortete der CIA-Chef. »Die Sache hat nichts mit Monarch zu tun. Es geht um die Außenministerin.«

»Ach so?«

»Haben Sie ihr Zwinkern gesehen?«

Sand war überrascht. »Nein.«

»Sie hat Morsezeichen gezwinkert«, erklärte er. »Sehen Sie sich das Video noch einmal genauer an, dann bemerken Sie es auch.«

»Was wollte sie uns mitteilen?«

Dr. Hopkins sagte es ihm und vergrößerte damit die

Last, die der Präsident zu tragen hatte. Der hatte plötzlich das Gefühl, als wanke der Boden unter ihm. Er schüttelte den Kopf und wand sich unter der Bürde. »Gott steh uns allen bei!«, stieß er aus.

# 17

## Mittwoch, 21. Oktober, 19.40 Uhr, Ortszeit Indochina

In seiner Gefängniszelle tief im Gebäudekomplex des vietnamesischen TC2 war Monarch in einen schweren Schlaf gefallen, der bald von lebhaften Träumen abgelöst wurde, in denen jene Straßenkinder eine Rolle spielten, die er vom Lkw aus gesehen hatte. Die Kinder liefen vor ihm davon. Je mehr er sich abmühte, sie einzuholen, desto größer wurde die Entfernung zu ihnen. Und mit jedem seiner Schritte wurden es mehr, die zerlumpt und hungrig die Straße bevölkerten, bis –

Jemand schob den Riegel an seiner Zellentür zurück, und er fuhr aus dem Schlaf. Etwas benommen blickte er um sich, ehe er begriff, wo er war. Er sah auf die Uhr und fragte sich, wie viel Zeit er bereits verloren hatte.

Die Tür flog auf. Davor stand ein älterer Offizier, den Streifen nach ein vietnamesischer Armeegeneral. Er sagte knapp: »Wir haben einen schrecklichen Fehler begangen, Mr Monarch. Sie dürfen gehen.«

»Gut«, versetzte Monarch und setzte sich auf. Die Rippen taten ihm weh. »Wer sind Sie?«

»Generalmajor Han«, antwortete der Offizier. »Leiter des militärischen Nachrichtendienstes in Saigon.«

»Sehr erfreut, General. Es tut mir leid, dass wir uns unter diesen Umständen begegnen. Ich schlage vor, Sie sprechen ein ernstes Wort mit Hauptmann Su. Der Mann ist ein Idiot.«

»Das ist uns allen bekannt«, antwortete der hochrangige Offizier und trat hinaus auf den Flur. »Aus diesem

Grund wurde er auf die Spratly-Inseln versetzt. Wir dachten, dort könne er keinen Schaden anrichten.«

»Wer ist er, der Sohn irgendeines Oberbonzen?«

Der Offizier presste die Lippen aufeinander. »Hauptmann Su ist mein Schwiegersohn.«

»Autsch«, sagte Monarch.

»Man muss ihm zugutehalten, dass er die Anweisungen seines Vorgesetzten befolgt hat. Und der ist zuweilen ein unglaublicher Esel.« General Han presste die Lippen noch fester aufeinander. »Wir wissen, in welcher Lage sich Ihre Außenministerin befindet. Die Geschichte kursiert bereits in den Medien.«

Monarch fragte sich, wie das passieren konnte. »Hat meine Regierung Sie kontaktiert?«

»Kurz nachdem wir von der Geiselnahme der drei Diplomaten erfahren hatten«, erwiderte der General. »Wie können wir helfen? Müssen Sie auf den Tanker zurück?«

»Nein, alles erledigt. Wo sind die übrigen Agenten?«

»Die essen gerade«, sagte General Han und wies in den Flur. »Darf ich Ihnen ebenfalls etwas anbieten?«

Monarch verließ die Zelle, ohne sich noch einmal umzusehen. Seine Gedanken liefen bereits auf Hochtouren, während er überlegte, wie sich der freundliche General Han am besten instrumentalisieren ließ. Der führte ihn in einen Speisesaal, in dem sich bereits mehrere vietnamesische Offiziere eingefunden hatten. Sie musterten ihn, die einen mit großer Neugier, die anderen mit unverhohlener Verachtung.

An der einen Wand hing ein Fernseher, der CNN übertrug. Bash und Song Le saßen seitlich an einem Tisch und verfolgten die Sendung, wobei sie gierig aus dampfenden Schüsseln Pho in sich hineinlöffelten, ein vietnamesisches Suppengericht. Bash nickte ihm zu. Song Le ignorierte ihn völlig. Monarch hatte seit Stunden nichts mehr gegessen, und während er mit einem Auge die Nachrichten verfolgte, machte er sich heißhungrig über die Schüssel her, die man ihm hinstellte.

Monarch erfuhr, dass seit ein Uhr nachts US-amerikanischer Ostküstenzeit über YouTube ein Video online war, das die entführten Diplomaten zeigte. Seitdem war der Clip millionenfach aufgerufen worden und die Website der Sons of Prophecy mittlerweile schon ein Renner.

Reporter belagerten das Weiße Haus, verlangten nach Aufklärung. Dasselbe galt für die Journalisten in Indien und Peking. In Asien und Europa hatten die Märkte schnell auf die Nachricht von der Geiselnahme reagiert. Sie waren abgestürzt, da erschrockene Investoren ihre Aktien verkauft hatten und stattdessen auf Gold setzten. An der Wall Street rechnete man im Laufe des Tages mit einem ähnlichen Tumult.

Dann brachte CNN das beunruhigende Video. Monarch sah sehr genau hin, als Agnes Lawton redete, bemerkte etwas Seltsames in ihrer Mimik und begriff plötzlich, dass sie Morsezeichen zwinkerte, subtil zwar, aber durchaus erkennbar. Von diesem Zeitpunkt an blendete er aus, was sie sagte, und entzifferte stattdessen ihre Botschaft. Die vier Worte, die sie zwinkerte, waren zunächst wie ein Schock. Dann sah er die Logik dahinter und erkannte, dass sie wahrscheinlich recht hatte. Die Außenministerin war eine kluge Frau. Daran bestand kein Zweifel.

Nachdem der Film zu Ende war, sprachen die Moderatoren über die möglichen Auswirkungen dieser Geiselnahme auf die amerikanischen Präsidentschaftswahlen. Jeder der Experten interpretierte das Ereignis als katastrophal für die Kandidatur des Vizepräsidenten und gab mehrere Gründe dafür an.

Monarch achtete nicht weiter auf das Geschwätz. Stattdessen aß er und versuchte dabei auszumachen, ob vielleicht einem seiner beiden Mitstreiter aufgefallen war, dass Agnes Lawton Morsezeichen vermittelt hatte. Falls ja, war es ihnen nicht anzumerken.

»Habt ihr eure Regierungen kontaktiert?«, fragte er.

Sie schüttelten die Köpfe.

»Wir brauchen drei abhörsichere Leitungen, um uns auf den neuesten Stand zu bringen«, sagte Monarch zu General Han.

Der vietnamesische General traf schnell die nötigen Vorkehrungen. Einige Minuten später unterhielt sich Monarch über Skype mit Dr. Hopkins in Washington, D. C.

»Haben Sie ihr Zwinkern bemerkt?«, fragte er.

»Ich dachte, es sei nur mir aufgefallen«, antwortete Hopkins. »Falls die Presse davon Wind bekommt, könnte es der Tropfen sein, der das Fass zum Überlaufen bringt. Wie Sie sich denken können, ist schon jetzt der Teufel los. Journalisten und Kongress werfen dem Präsidenten alles Erdenkliche an den Kopf, von grober Fahrlässigkeit bis hin zur Inkompetenz.«

»Gehen Sie der Sache nach?«

»Alles andere wäre kriminell!«, schnaubte Dr. Hopkins. »Ich habe den Präsidenten informiert. Was er damit anfängt, ist seine Sache. Ach ja, falls Sie's noch nicht wissen, Sand hat zweihundert FBI-Agenten in die Region entsandt. Auch Team 6 der SEALs wird mobil gemacht.«

»Gute Idee«, antwortete Monarch.

»Sand muss zumindest den Anschein erwecken, dass sich etwas rührt«, sagte Hopkins in einem seltenen Anfall von Zynismus. »In der Zwischenzeit durchforscht die NSA sämtliche Kommunikationsnetzwerke nach den Sons of Prophecy. Sie sind offenbar ein völlig neues Phänomen, denn erst seit uns die Nachricht von der Entführung erreichte, sind sie allgegenwärtig. Plötzlich tauchen so viele Recherchen, Texte und Tweets auf, dass es schwierig wird, das Echte vom Falschen zu unterscheiden. Es ist wie ein Lauffeuer.«

»Habt ihr den Server lokalisiert, der ihre Website hostet?«, fragte Monarch.

»Davon gibt es Dutzende«, sagte der CIA-Chef. »Klone, und stündlich werden es mehr.«

»Von wo aus wurde das Video bei YouTube eingestellt?«

»Ein Internetcafé in Kuala Lumpur.«

»Dasselbe Café wie das erste?«

»Nein. Am anderen Ende der Stadt.«

»Barnett?«

»Unterwegs nach Kuala Lumpur, um Nachforschungen anzustellen. Die übrigen Mitglieder Ihres Teams stoßen dort zu ihr. Oder sollen sie nach Ho-Chi-Minh-Stadt kommen?«

Monarch überlegte und sagte: »Ich weiß nicht, wie lange ich bleibe. Es könnte auch ein Zufall sein, dass die *Niamey* in vietnamesischen Gewässern gefunden wurde. Womöglich sind die Entführer längst an einem ganz anderen Ort, weit weg von hier. Ich melde mich wieder.«

Als auch Song Le und Bash mit ihren Regierungen gesprochen hatten, war es fast neun Uhr abends. Auch sie hatten wenig zu berichten. Abgesehen von den Videos und der Website – fast nur Gift und Galle gegen den Westen sowie das Versprechen an Allah, Ihm wieder einen vorrangigen Platz auf Erden einzuräumen –, waren die Söhne der Prophezeiung wie aus dem Nichts aufgetaucht.

»Kennen *Sie* diese Leute, General?«, fragte Bash.

»Nein«, antwortete General Han.

»Gibt es Piraten in Vietnam?«, fragte Song Le.

»Überall im Südchinesischen Meer.«

»Das beantwortet meine Frage nicht«, erwiderte Song Le.

Sie war ziemlich fordernd, fand Monarch. Schade. Mit Freundlichkeit erreichte man meist mehr.

»Natürlich gibt es Piraten in Vietnam«, entgegnete der General unwirsch. »Doch wenn Sie mich fragen, ob einer davon auch raffiniert, erst recht mutig genug wäre, um drei der bedeutendsten Diplomaten der Welt zu kidnappen, dann würde ich mit einem dezidierten Nein antworten.«

»Warum?«, fragte Bash.

»Warum sollten vietnamesische Piraten an der Freilassung politischer Häftlinge in China, Indien und den USA interessiert sein?«, gab General Han zu bedenken.

»Vielleicht ein Vorwand?«, meinte Song Le.

»Eine Möglichkeit«, sagte Bash. »Vielleicht sind sie in Wirklichkeit nur auf das Lösegeld aus.«

»Mag sein, aber es sind keine *vietnamesischen* Piraten«, betonte der General. »Die vielen Sicherheitsleute, die während der Geiselnahme getötet wurden – das passt nicht ins Bild. Ich würde eher auf eine gut ausgebildete Truppe tippen – Söldner. Oder Geisteskranke.«

Der General war ebenso klug wie sein Schwiegersohn dumm, fand Monarch. Eine trainierte Armee, das leuchtete auch ihm ein. Nur woher kam sie? Handelte es sich um irgendwelche Fanatiker, die in den Camps in Nahost ausgebildet worden waren? Oder um eine käufliche Truppe?

»Was wissen Sie über eine Bar namens Apocalypse Now?«, fragte Bash.

General Han runzelte die Stirn, antwortete dann aber: »Ein Ort, an dem Exil-Amerikaner Francis Ford Coppolas kreativen Wahn feiern. Warum?«

Monarch lächelte. Der General stieg immer mehr in seiner Achtung. »Kriminelle?«

»Wir vermuten Drogenhandel und Prostitution. Ansonsten –« Er zuckte die Schultern.

»Könnten Sie uns hinfahren?«, fragte Bash.

»Sie glauben, die Sache hat etwas mit dieser Bar zu tun?«, fragte der General ungläubig.

»Wir haben in Agnes Lawtons Kabine auf der *Niamey*

ein Streichholzheftchen gefunden«, erklärte Monarch. »Darin schlug jemand auf Vietnamesisch ein Treffen in dieser Bar vor, heute Abend um elf.«

»Kann ich das Heftchen sehen?«

»Ihr Schwiegersohn hat es an sich genommen«, antwortete Monarch. »Mitsamt unseren Pässen, unserem Geld und unseren Waffen.«

Die Schläfenader des Generals begann mit einem Mal zu pochen, als stünde er vor einem Schlaganfall. »Das hat uns der Idiot verschwiegen.«

# 18

## Mittwoch, 31. Oktober, 21.02 Uhr, Ortszeit Macao

Am frühen Abend öffnete nach einer kurzen Zeremonie das Kasino und Hotel Xanadu in Macao zum ersten Mal seine Pforten. Es hätte ohne weiteres ein Desaster sein können. Der Himmel über dem Meer war bewölkt und trüb. Und es war mitten in der Woche. Doch sehr zur Freude des Monddrachens, der als stiller Teilhaber von den Einnahmen des Kasinos profitierte, hatte seine Frau mit ihrer Auslegung des *I Ging* auch diesmal ins Schwarze getroffen. Bereits zwei Stunden vor dem Einlass standen die Leute Schlange, und kaum öffnete das Kasino seine Pforten, drängten sie ins Gebäude. Bald erfüllte ein fröhlicher Lärm die Räume, durchsetzt vom Gebimmel der Spielautomaten und den Rufen der Croupiers.

Auf einer Empore über der Baccara-Abteilung des Kasinos hatte sich Long Chan-Juan im Smoking zu lokalen Würdenträgern und Kasino-Funktionären gesellt. Er trank feinsten Champagner und sah zu, wie Tausende Glücksspieler und Schaulustige sich durch die opulente Örtlichkeit bewegten, deren Gestaltung dem Inneren des legendären Xanadu, des Sommerpalastes von Kaiser Kublai Khan in den Bergen, gleichen sollte.

Entlang den Wänden des riesigen Kasinos fanden sich Fresken in Trompe-l'œil-Technik, die alte Gobelins darstellten, Vogelkäfige, riesige Palastfenster und blumenbeladene Veranden, die den Blick freigaben auf steile, nebelverhangene Berge, schimmernde Seen und rauschende Wasserfälle. Pagodenförmige Lüster hingen über dem zentralen Saal, der über zweihundert Meter lang und hundert Meter breit war. Darunter drängten sich die Gäste und verbreiteten einen Lärm, der dem Monddrachen in den Ohren klang wie eine unentwegte Kaskade von Münzen.

*Sieh an, sieh an*, dachte der Triadenführer und blickte zufrieden in die gewaltige Menschenmenge. Eine Szene wie diese wäre vor zwanzig, dreißig Jahren noch undenkbar gewesen. Damals war Macao nur ein schäbiger Tümpel in der Welt des Glücksspiels. Dank der explodierenden Mittel- und Oberschicht in Festlandchina wurde es allmählich zum größten Glücksspielzentrum des Planeten.

Asiaten, allen voran die Chinesen, liebten das Glücksspiel. Es lag in ihrer Natur, das Glück herauszufordern, das Schicksal besiegen zu wollen. Kasinos aber waren in Festlandchina verboten, und so strömten die Reichen jedes Jahr zu Hunderttausenden nach Macao. *Und von nun an werden sie in das unvergleichliche Xanadu pilgern*, dachte er.

»Da bist du«, sagte Madame Long und riss ihn aus seinen Gedanken. »Du musst dich wieder um deine Gäste kümmern.«

Der Monddrache wollte schon widersprechen, doch dann zahlte er seinen Drink und folgte ihr zur Eröffnungsfeier zurück, wobei er versuchte, ihr unentwegtes Geplapper auszublenden. Als sie schließlich am Geländer des Balkons angelangt waren, der den Spielsaal überblickte, schüttelte sie ihn am Ellbogen.

»Du hörst mir nicht zu«, meckerte seine Frau. »Ich fragte, ob du glücklich bist?«

»Worüber?«

»Worüber?«, wiederholte sie ungläubig, ehe sie auf die riesige Menschenmenge unter ihnen wies. »Darüber natürlich.«

Der Triadenführer dachte nach und sagte: »Ich bin ganz zufrieden. Für heute.«

»Was möchtest du denn noch?«, fragte sie mit einem Blick auf die märchenhafte Kulisse.

»Hier nichts«, erwiderte Long und wollte sich nicht weiter dazu äußern. »Xanadu ist perfekt, was wir nicht zuletzt deiner fachgerechten Auslegung des *I Ging* zu verdanken haben.«

Madame Long schien sich zu freuen, sagte aber: »Ich rufe rasch zu Hause an, um zu sehen, wie es Lo-Lo geht. Mit diesem dämlichen Mädchen weiß man nie …«

Der Monddrache nickte, lächelte vage und wandte sich wieder dem Spielsaal zu. Es gab noch viel, sehr viel zu tun. Geriet der Status quo ins Wanken, folgte bald das Chaos. Ein Naturgesetz. Long glaubte leidenschaftlich daran. Er glaubte auch, dass das Chaos dem Klarsichtigen und Planenden die Chance eröffnete, sich in die Lücke zu drängen und ein Vermögen zu ernten, möglicherweise sogar ein Imperium, das dem des großen Khan gleichkäme –

»Boss«, erklang Tuuls Stimme.

Long erschrak und runzelte unwillig die Stirn, als er seinen Leibwächter sah, der völlig fehl am Platz wirkte. Statt eines Smokings trug Tuul ein orangefarbenes Hawaiihemd und eine dunkle Sportsonnenbrille.

»Ich sagte doch, du sollst unten warten«, sagte der Monddrache ungehalten.

Der Mongole nickte, förderte ein Prepaid-Handy zutage und flüsterte: »Nichts für ungut, aber du hast einen dringenden Anruf aus Saigon.«

Longs Miene wurde noch säuerlicher, aber er nahm das Handy entgegen und begab sich zu einem Büfett, das mit Speisen beladen war. »Ja?«

»Sie sind frei«, erklang eine männliche Stimme.

»Frei!«, schnaubte der Triadenführer. »Ich sagte doch mindestens zwölf Stunden.«

»Sie haben einen Verbündeten, der im Rang höher steht

als ich«, erwiderte der Mann. »Ein General. Aber ich habe Fotos von ihnen und kenne ihre Reisepläne.«

»Die Apocalypse Now Bar heute Abend, gegen 23 Uhr«, sagte der Monddrache.

Einen Augenblick herrschte erstauntes Schweigen am anderen Ende der Leitung, bis der Mann in Vietnam ansetzte: »Woher wissen Sie –?«

»Unwichtig«, unterbrach Long ihn ungeduldig. »Ich hoffe, Sie sind für die Sicherheit der drei Agenten zuständig.«

Noch eine Pause. »Der besagte General. Er kümmert sich persönlich darum.«

»Dann brauchen Sie sich nur den General vorzunehmen, nicht wahr?«

»Und wie?«

»Seien Sie erfinderisch, dann ist auch mehr Geld für Sie drin«, blaffte der Triadenführer. »Und schicken Sie mir die Fotos.«

Er beendete das Gespräch und hätte das Handy aus Gewohnheit fast Tuul zurückgegeben, damit dieser es irgendwo zerstörte. Stattdessen steckte er es ein und sagte: »Buch uns Plätze im 22-Uhr-Heli nach Hongkong. Ruf unsere Leute in Saigon an und sag ihnen, ihr Auftrag hat sich geändert. Sie sollen Kameras und Waffen bei sich tragen. Und ich brauche eine Echtzeit-Internetverbindung.«

Tuul ging ohne ein weiteres Wort.

Das Handy in der Tasche des Monddrachen vibrierte dreimal, und er erhielt drei pixelige, schlechte Fotos. Das erste zeigte einen stämmigen Inder, der Suppe aß. Das zweite, verschwommener, eine Frau, vermutlich die chinesische Agentin, obwohl es sich aus diesem Blickwinkel schlecht sagen ließ. Das dritte war klarer: Es zeigte einen großen, stabil gebauten Mann unbestimmter Herkunft.

Monarch. Long betrachtete das Foto genau und verspürte einen Adrenalinstoß. Es klappte besser, als er es sich je hatte träumen lassen. Wie gut, dass er einem spontanen Einfall folgend Captain Ramelan geraten hatte, das Streichholzheftchen fallen zu lassen. So hatte er die Agenten auf eine falsche Spur gelockt, in die entgegengesetzte Richtung. Falls das Streichholzheft rechtzeitig gefunden wurde, so seine Idee – und genau das war nun passiert –, würde der falsche Hinweis seine Widersacher vor eine Kameralinse bringen, und der Monddrache bekäme ihre Gesichter zu sehen.

Doch jetzt bot sich zudem die Möglichkeit, die Agenten seinen Heckenschützen vor die Flinten zu treiben. Und das Beste: Er würde alles live miterleben können.

»Tuul sagte, dass wir gehen«, sagte Madame Long vorwurfsvoll.

»Der Hubschrauber um zehn«, antwortete der Monddrache.

»Ich trage ein Kleid von Chanel«, beschwerte sich seine Frau. »Haute Couture. Du kannst nicht von mir erwarten, dass ich es nach ein paar Stunden schon wieder ausziehe.«

Long verbarg mit Mühe seinen Ärger. »Das Kleid steht dir ausgezeichnet. Sicher hast du schon viele bewundernde Blicke bekommen. Sieh dir die vielen tausend Menschen dort unten an. Sie himmeln dich an wie einen Filmstar. Und das Schlimmste, was einem Star passieren kann, ist der Überdruss seiner Fans.«

Sie warf ihm einen skeptischen Blick zu, und ihre Miene verhärtete sich. »Dafür schuldest du mir etwas, etwas Großes.«

»Leg den Schuldschein einfach in die Schatulle zu all den anderen«, entgegnete er heiter. »Und jetzt fliegen wir nach Hause.«

Er ertrug den stillen Groll seiner Frau während des kurzen Flugs nach Hongkong, dann auf der Fahrt zu ihrem Haus in den Hügeln des Victoria Peak und während sie darauf warteten, dass Tuul ihnen grünes Licht gab, ins

Haus zu gehen. Der Monddrache sah nach seinem schlafenden Enkel, ignorierte Madame Longs Gezeter gegen Anna wegen irgendeines Fehlers, den sie bemerkt hatte, und sperrte sich in seinem Büro ein.

Es war fünf vor elf in Hongkong, eine Stunde später als in Saigon.

Um die Zeit bis Mitternacht totzuschlagen, surfte Long im Internet und las von dem sich anbahnenden Chaos in Amerika. Präsident Sand hatte noch kein Wort verlauten lassen, und seine Pressestelle weigerte sich zu erklären, wie die amerikanische Außenministerin und ihre beiden ausländischen Kollegen hatten entführt werden können. Journalisten, die den Wahlkampf kommentierten, konzentrierten sich auf Senator Burkhardt, der in die Offensive ging, sobald durchgesickert war, in welcher Lage Agnes Lawton sich befand. Vizepräsident Vaught, so Burkhardt, gehöre einer unfähigen Regierung an, die nicht einmal imstande sei, ihre Diplomaten zu schützen. Das Land habe etwas Besseres verdient als eine Regierung, die sich in Geheimnisse hülle.

Die amerikanische Börse war, wie vorherzusehen, gänzlich in Aufruhr. Die Wall Street befand sich im freien Fall. Der Wert des Goldes war fast um dreißig Prozent gestiegen. Das freute den Monddrachen mächtig. Er hatte in den vergangenen Monaten Tausende von Goldmünzen gekauft. Er würde sie kommenden Montag verkaufen, am Tag vor der US-amerikanischen Wahl, wenn die Angst vor einem politischen und wirtschaftlichen Aufruhr am größten war.

Nach den Börsennachrichten folgte ein Bericht über die zweihundert FBI-Agenten, die auf dem Weg in die Region waren. Es war auch die Rede von Behörden in Malaysia, Vietnam und Indonesien, die sich erboten, bei der Suche nach den Geiseln zu helfen. Der Beitrag schloss mit den Worten: »Alle Welt blickt gespannt nach Südostasien, wo die Jagd nach den vermissten Diplomaten auf Hochtouren läuft.«

Zweihundert FBI-Agenten? Alle Welt blickte nach Südostasien?

Der Monddrache beschloss, sich nicht aus der Ruhe bringen zu lassen. Er wusste, dass die Weltöffentlichkeit sich längst wieder anderen Dingen zugewandt hätte, bis das FBI in Südostasien ankäme. Die Polizei? Long hatte seine Maulwürfe in jeder größeren Polizeistation der Region. Er würde jeden ihrer Pläne und Schritte erfahren. War es nicht auch in Vietnam so gewesen?

Um 23.43 Uhr riss sich der Triadenführer endlich von den Nachrichten los. Er ging auf eine Website, die einer Briefkastenfirma gehörte, gegründet von seinem Verbündeten in Kuala Lumpur. Der Bildschirm ging auf und teilte sich in sechs Segmente, bevor der Feed anfing.

Tanzmusik plärrte dem Triadenführer plötzlich um die Ohren, und auf seinem Computerbildschirm erschienen sechs Ansichten der Apocalypse Now Bar. Zwei Clips zeigten die Vorderfassade des Nachtclubs: Der eine überflog die Reihe der Stammgäste, die darauf warteten, am Türsteher vorbeizukommen, der andere konzentrierte sich auf die Gehsteige und den Straßenverkehr.

Long erhielt auch vier unterschiedliche Ansichten vom Inneren des Clubs, einschließlich einer überfüllten Tanzfläche, einiger Billardtische und einem Lounge-Bereich im Hintergrund. Anhand der Blickwinkel vermutete er, dass die Männer ihre Minikameras an ihren Baseballcaps oder hinter den Ohren befestigt hatten.

Die Männer, an die der Monddrache sich wenden würde, hatten keine Ahnung, wer er war. Sie hatten seine Stimme noch nie zuvor gehört und würden sie nie wieder hören. Doch sie würden ohne Wenn und Aber seinen Anweisungen Folge leisten. Sie waren gut bezahlt worden.

Zehn vor elf fuhr der Inder im Taxi vor, die chinesische Agentin im Schlepptau. Doch wo war Monarch?

»Sie sollen alle hineingehen«, sagte der Monddrache. »Einer kommt noch …«

Long geriet ins Stocken, weil er die chinesische Agentin zum ersten Mal deutlich sah. Einen Moment lang traute er seinen Augen nicht – oder seiner Erinnerung. Dann wandte sie sich ins Halbprofil, und der Triadenführer wusste sicher, dass er Song Le vor sich hatte.

Er hatte plötzlich ein mulmiges Gefühl im Bauch, als laufe er Gefahr, gleich aufzufliegen. Das Schicksal hatte ihm eine Karte zugeteilt, mit der er in hundert Jahren nicht gerechnet hätte. Wie war das möglich? Wie groß war die Wahrscheinlichkeit, dass man ausgerechnet *sie* mit dem Fall betrauen würde? Welche verschlungenen Wege steckten dahinter?

Bevor der Monddrache sich in Theorien ergehen konnte, verlangte ein anderes Videofenster seine Aufmerksamkeit. Er sah Monarch durch den Lounge-Bereich schlendern. Der Dieb hatte offenbar den Lieferanteneingang benutzt. Er ging direkt an einem der Kameramänner vorbei. Als Long die chinesische Agentin den Nachtclub betreten sah, musste er an seine Frau denken und wurde kalt wie ein Eiszapfen.

*Hallo, Dieb*, dachte der Monddrache. *Hallo, Song Le. Hallo – und lebt wohl.*

# 19

## *Mittwoch, 31. Oktober, 22.49 Uhr, Ortszeit Indochina*

Die pulsierende Techno-Musik gellte Monarch in den Ohren, als er die Apocalypse Now Bar durch die Hintertür betrat und auf eine Terrasse blickte, über die eine grüne Plastikplane gespannt war. Etwa zwanzig Leute saßen auf diverse Tische verteilt, Pärchen, Vierergruppen, hier und da ein Typ, der vor seinem Bier saß und dabei gierig die Frauen beäugte, die feixend in kleinen Gruppen beieinanderstanden.

Monarch sah die Lichtblitze des Stroboskops aus dem Hauptsaal und fragte sich, ob sie nicht besser einer anderen Spur gefolgt wären als dem Streichholzheftchen. Wie sollte man in dieser Umgebung jemanden aufspüren, von dem man nicht einmal wusste, wie er aussah?

Trotzdem betrat er den großen Raum, der links eine Tanzfläche aufwies und rechts eine Bar und einige Billardtische. Monarch hasste Nachtlokale wie dieses. Überfüllt. Verraucht. Voller Alkoholdunst. Nach Geilheit und Verzweiflung stinkend. Er ließ den Blick über die Menge schweifen, spürte seine Glock im Gürtel und versuchte sich einzureden, dass sie nicht irgendwelchen Phantomen hinterherjagten. Jedenfalls hatte tatsächlich jemand – höchstwahrscheinlich einer der Entführer – während der Geiselnahme auf der *Niamey* die Streichhölzer fallen lassen. Aufgrund der Schriftzeichen schien es sich dabei um einen Vietnamesen zu handeln, der hier in vier oder fünf Minuten eine Verabredung hatte. Womöglich befand sich der Betreffende bereits im Club.

Monarch blinzelte, als die blinkenden Lichter wieder einsetzten, und entdeckte etwas Seltsames. Der einsame Wolf auf einem Hocker links an der Wand – ein Möchtegerngangster mit schwarzem Schlägershirt, Tattoos und durchtrainiertem Körper – hatte sich eine LED-Lampe angesteckt. Sie war nicht eingeschaltet, saß aber an der Stirn der L. A.-Lakers-Cap, die er sich tief in die Stirn gezogen hatte, so dass sie seine Augen beschattete.

Monarch benutzte von Zeit zu Zeit solche Lampen bei nächtlichen Einsätzen. Doch etwas an der LED-Lampe passte nicht zur Stimmung der Apocalypse Now Bar. Er entdeckte Song Le, die ihm gegenüber eine Treppe herunterkam. Sie trug einen Freisprechknopf im Ohr. Bash und Monarch ebenso.

»Schon was entdeckt?«, fragte er.

Die chinesische Agentin schüttelte angewidert den Kopf und sagte: »Ich weiß nicht, nach wem ich suche.«

»Willkommen im Club«, witzelte Bash, der drüben an den Billardtischen Stellung bezogen hatte, wo er mit einem Bier in der Hand an der Wand lehnte.

Monarch mochte den Inder. Er verfügte über ein stabiles Selbstbewusstsein und schien vom Leben verwundert zu sein. Die meisten Männer, die sich in der risikoreichen Welt der Sondereinsätze ohne tiefsitzende psychische Probleme über Wasser hielten, hatten wie Bash stets die Absurdität des Lebens vor Augen. John Tatupu, ein Samoaner, mit dem Monarch jahrelang zusammengearbeitet hatte, war ganz ähnlich disponiert und –

Monarch entdeckte noch einen Mann im Billardzimmer, der eine dieser LED-Stirnlampen trug. Dieser Typ schien sich für Bash zu interessieren. Er war muskulös, mit dem breiten Gesicht der Zentralasiaten, trug ein weißes Tunika-Hemd und hielt einen Billardstock in seinen riesigen Pranken.

Monarch musterte seine Stirnlampe. Falls es sich nicht

um eine Art Mode handelte, kam es ihm seltsam vor, dass Männer in diesem Nachtclub Stirnlampen trugen, vor allem da sie identisch waren.

Monarch, der kein Risiko eingehen wollte, sagte: »Bash, schau dir den kräftigen Burschen mit der Stirnlampe an. Rechts neben dir.«

Bash nickte, warf einen Blick auf den Kerl mit den Riesenpranken, der am Billardtisch stand und sich auf seinen Stoß vorbereitete. Monarch sah sich um und entdeckte noch einen dritten Stirnlampenträger. Er lehnte an der Wand, im rechten Winkel zu Song Le, die weniger als sechs Meter entfernt auf der Treppe stand.

Da! Der LED-Typ hatte sie angesehen.

Monarchs Instinkte schlugen Alarm. »Links von dir, Song Le«, sagte er. »LED-Lampe an der Cap. General, wo sind Ihre Männer?«

Monarch und Song Le hatten General Han einige Straßenzüge vom Nachtclub entfernt zurückgelassen. Seine Männer hatten Befehl, anzurücken und den Nachtclub zu umstellen, sobald Monarch sie um Hilfe ersuchte.

»General Han?«, fragte Monarch erneut.

Doch er erhielt keine Antwort. Seine Nackenhaare stellten sich auf, und er kam sich plötzlich sehr verwundbar vor. Wo war der erste Kerl mit der Stirnlampe, der hinter ihm, in der Lounge? Er sah sich um und tastete unter dem Hemd nach dem Griff seiner Pistole.

Der Pseudo-Gangster stand keine zwei Meter von ihm entfernt. Er hatte einen roten Anorak über den rechten Unterarm geworfen. Darunter lugte ein schallgedämpfter Pistolenlauf hervor, der genau auf Monarchs Magen zielte.

# 20

## Donnerstag, 1. November, 0.12 Uhr, Ortszeit Hongkong

»Töte ihn!«, zischte der Monddrache, während er den verblüfften Gesichtsausdruck des Diebs genoss. »Und dann die Frau! Sofort!«

Eine Bedienung stellte sich im selben Moment vor Monarch, als der Killer abdrückte. Das Mädchen wurde aus kürzester Entfernung getroffen. Sie ließ ihr Tablett fallen und fiel um.

Der Dieb war verschwunden! Song Le ebenfalls!

Die Kamera huschte suchend umher, während die Clubgäste nichtsahnend weitertanzten. Der Triadenführer erhaschte einen flüchtigen Blick auf den Dieb. Da ruckte das Bild, die Kamera schwenkte zur Seite und fiel zu Boden, wo sie regungslos auf das Stroboskoplicht zielte.

Long war entsetzt, als Monarch die Kamera aufhob und in die Linse starrte. »Ich weiß noch nicht, wer du bist«, knurrte der Dieb. »Doch von nun an jage ich *dich.*«

Das Bild verschwamm, wurde schwarz. Erschüttert wandte sich der Monddrache den anderen Streams zu und hörte die ersten Aufschreie im Club.

»Tötet sie alle!«, donnerte er.

Doch der indische Agent hatte schon die Waffe gezückt und zielte direkt auf eine der Kameras. Plötzlich krümmte sich der Inder und fiel um, und ein zweiter Schütze erhob sich aus einer geduckten Haltung.

Am anderen Ende des Clubs hatte einer der Killer auf Song Le angelegt, die in eine andere Richtung zielte. Der

Monddrache hatte keinerlei Mitleid mit ihr. Ganz im Gegenteil, er war froh, sie so sterben zu sehen – aus der Nähe, doch unbeteiligt.

Neben der Kamera sprang der Putz von der Wand. Schutt schleuderte gegen die Linse, die ruckartig von Song Le abließ und nach unten wirbelte, als hätte der Mann, der sie trug, rasch Deckung genommen. Als die Kamera herumschwenkte, dachte der Monddrache Monarch noch einmal gesehen zu haben, bevor die Linse sich ruckartig auf das berstende Glas in der Innentür des Nachtclubs richtete, dann auf den Eingang, die erschrockenen Türsteher und die Menschen vor dem Club.

Long rastete aus, brüllte in sein Mikro: »Ihr Feiglinge! Geht gefälligst wieder rein und kämpft, oder ich lasse euch allesamt erschießen!«

Er schaute sich die anderen beiden Streams an und sah, wie vor der Bar einer der Killer davonlief. »Hinein mit euch!«, schrie er. »Erledigt sie! Einhunderttausend Dollar für denjenigen, der die Sache zu Ende bringt!«

*

»General Han, hier fallen Schüsse, und ein Bewaffneter kommt gleich aus der Vordertür!«, rief Monarch in sein Mikro.

Monarch ignorierte die Schreie, als im Club Panik ausbrach, sprang über den Körper der blutenden Bedienung und schoss auf den Killer, der Song Le am nächsten war und sich jetzt aus dem Staub machte.

Monarch hatte freie Sicht auf den Mann, der durch die kaputte Eingangstür lief. Doch dann sprang ihm Song Le in den Weg und blockierte den Schuss.

Monarch stieß mehrere Leute beiseite und rannte hinter ihr her. Er entdeckte Bash, der zwischen den Billardtischen auf dem Boden lag. Die Augen des Inders standen offen, der Blick ging ins Leere, und er schnappte nach Luft, als ringe er mit dem Tod.

Ein Schuss verfehlte Monarch nur knapp. Er sah einen weiteren Schützen hinter der Bar. Monarch feuerte und traf den Killer mitten im Gesicht.

»General Han, antworten Sie«, knurrte Monarch, während er durch die zerschossene Vordertür rannte und gerade noch sah, wie Song Le auf einem weißen Honda-Motorroller drei Mopeds hinterherflitzte, die bereits einen Straßenzug Vorsprung hatten. Sie fuhren in östlicher Richtung auf den Saigon-Fluss zu.

Monarch hielt einem Typen, der nicht weit von ihm auf einem Roller saß, die Pistole ins Gesicht. »Ich bring ihn dir zurück«, versprach er.

Sichtlich genervt stieg der Besitzer ab. Monarch ließ den Motor an und flitzte hinter Song Le her. Sogar jetzt, um Mitternacht, waren noch Dutzende Roller auf der Straße unterwegs. Er schlängelte sich zwischen ihnen durch, beschleunigte bei jeder Gelegenheit, bis er in fünfzig Metern Entfernung Song Le entdeckte, die auf ein großes Rondell zuhielt. Es führte auf die Straße zum Fluss. Die drei Roller, die sie jagte, bogen ungefähr fünfzig Meter vor ihr in den Kreisverkehr ein.

Das Zentrum des Kreisverkehrs bildete eine kleine Grünfläche, deren Vegetation so niedrig war, dass sie Monarchs Sicht nicht behinderte. Die drei flüchtenden Killer hatten das Rondell ungefähr zu drei Vierteln umrundet. In einigem Abstand folgte Song Le. Statt sich ebenfalls an ihre Fersen zu heften, fuhr Monarch gegen den Verkehr auf sie zu.

Die vielen Scheinwerfer blendeten ihn. Tief über den Lenker gebeugt, kniff er die Augen zusammen und wand sich, ungeachtet der erbosten Zurufe und des hektischen Gehupes, durch den entgegenkommenden Verkehr. Ein Rollerfahrer geriet vor lauter Panik ins Schleudern und stürzte. Fahrzeug und Fahrer schlitterten über den Asphalt, dass die Funken sprühten. Der nächste Rollerfahrer schlug den Lenker zu sehr ein, verlor die Kontrolle und krachte gegen eine Begrenzungsmauer aus Beton.

Monarch wich einem weiteren Moped aus und war jetzt weniger als achtzig Meter von den flüchtenden Killern entfernt und näher dran als Song Le. Die Killer befanden sich bereits auf der Straße Ton Duc Thang, die in nördlicher Richtung am Fluss entlangführte. Monarch gab Vollgas und jagte ihnen hinterher. Der Roller hatte mehr Power, als er erwartet hatte.

Er holte immer weiter auf, die Pistole zwischen Handfläche und Lenker geklemmt. Seinem Instinkt gehorchend, wollte er auf die Reifen zielen, sich einen oder zwei der flüchtenden Killer schnappen und ein paar Antworten aus ihnen herauspressen.

Da kamen zwei vietnamesische Armeejeeps links aus einer Nebenstraße geschossen und stellten sich quer. Die Killer kamen an ihnen vorbei, Monarch aber musste heftig bremsen, um die Fahrzeuge nicht zu rammen.

»Aus dem Weg!«, brüllte er. »Ich arbeite für General Han vom TC2!«

Die Beifahrertür des einen Jeeps flog auf. Heraus stieg Hauptmann Su und richtete eine Maschinenpistole auf Monarch.

»Mein Schwiegervater ist tot«, sagte Su. »Und Sie stehen unter Mordverdacht.«

*

Wutentbrannt riss sich der Monddrache das Headset vom Kopf und schleuderte es gegen die Wand. Der Dieb hatte drei seiner Killer getötet. Zum Glück waren die übrigen entkommen, bevor sie verhört werden konnten. Zwar wussten sie nichts, was mit ihm in Verbindung gebracht werden konnte, aber dennoch empfand Long diese Niederlage, dazu noch das Auftauchen von Song Le, als ein düsteres Omen. Er holte eine Flasche Johnny Walker Double Black Label aus einem Wandschrank, goss sich vier Fingerbreit in einen Tumbler und nahm mehrere tiefe Schlucke, während er versuchte –

Es klopfte. »Alles in Ordnung mit dir?«, rief Madame Long.

Der Triadenführer hätte ihr die Tür am liebsten ins Gesicht gestoßen. Stattdessen öffnete er sie behutsam und sagte lächelnd: »Ich hab mir nur ein Fußballspiel angesehen.«

Madame Longs Miene verhärtete sich. »Und deswegen haben wir auf die Party des Jahres verzichtet?«

Der Monddrache wusste nicht gleich, was er darauf sagen sollte, doch dann fiel ihm ein: »Ich hatte bei der Arbeit den Fernseher laufen und war kurz abgelenkt.«

Seine Frau sagte nichts, warf stolz den Kopf in den Nacken und ging.

Der Monddrache war kurz versucht, ihr hinterherzugehen und ihren Groll zu beschwichtigen. Stattdessen sperrte er die Tür hinter ihr ab und widmete sich wieder dem Whiskey. Er kippte ihn hinunter und setzte sich an den Schreibtisch. Aus der obersten Schublade zog er eine Pistole, eine Sig-Sauer .40, entlud sie und legte sie auf einen Stapel Briefumschläge.

Dann wühlte er im Papierkorb, holte eine Ausgabe der *South China Morning Post* heraus und breitete sie auf dem Schreibtisch aus. Nachdem er sich noch einen Drink eingegossen hatte, ging er daran, die Waffe zu zerlegen und zu reinigen.

Der Monddrache achtete bei einer Waffe peinlich genau auf Sauberkeit. Schmutzige Pistolen pflegten zu versagen. Diese Lektion hatte ihn sein Vater gelehrt, ein Mitglied in der Hong Kong Rifle Association, der ihn von klein auf sämtliche Waffen hatte reinigen lassen. Über die Jahre war das Waffenreinigen für Long zu einer Art Meditation geworden. Er konnte sich dabei entspannen, etwas Abstand gewinnen von seinen Problemen, sie aus einer anderen Perspektive betrachten.

Warum war ausgerechnet Song Le an dieser Sache beteiligt? Wie groß war die Wahrscheinlichkeit, dass es sich um Zufall handelte?

Er überlegte, wen er im Ministerium für Staatssicherheit kannte. Wie viele Agenten hatten sie beschäftigt? Tausende? Warum also sie? War sie wirklich so gut?

Der Monddrache brütete über diesen letzten beiden Fragen, während er seine Arbeit zu Ende führte und die Waffe wieder zusammensetzte. Doch als er fertig war, die Pistole wieder geladen und in die Schublade zurückgelegt hatte, wusste er noch immer keine Antwort. Und er konnte nicht einfach bei seinen Bekannten im chinesischen Geheimdienst anrufen und Erkundigungen über sie einziehen. Das kam im Augenblick absolut nicht in Frage.

Als er das Büro verließ und sich auf den Weg zu seinem warmen Bett und seiner kalten Frau machte, versuchte Long sich einzureden, dass es nur ein Zufall war, eine unglückliche Fügung, die Song Le ins Spiel gebracht hatte. Doch tief im Herzen befürchtete er, dass das Auftauchen der chinesischen Agentin keineswegs nur Zufall war.

*

Monarch hörte inzwischen das Heulen der Polizeisirenen, doch seine Aufmerksamkeit galt einzig und allein Hauptmann Sus Maschinenpistole. »Was reden Sie denn da?«

»General Han ist tot«, sagte Su mit bebender Stimme. »Er wurde in seinem Wagen erschossen. Wir haben ihn soeben gefunden. Nehmen Sie die Waffe runter.«

»Kommt nicht in Frage«, entgegnete Monarch. »Ich habe Ihren Schwiegervater nicht getötet. Er war am Leben, als ich ihn verließ. Ich wollte die Killer erwischen, die uns in der Bar angegriffen haben. Bashir ist getroffen worden.«

Song Le kam angefahren und hielt neben Monarch, den Blick auf Hauptmann Su gerichtet. Su sah sie an und sagte: »Nehmen auch Sie die Waffe runter. Wenn Sie's nicht tun, erschieße ich Sie beide!«

»Während Sie einen von uns erschießen, erschießt der andere *Sie*«, erwiderte Song Le mit ruhiger Stimme.

Hauptmann Su wirkte unsicher.

»Was ist hier los?«, fragte Song Le Monarch.

»Er will uns verhaften, weil General Han ermordet wurde.«

»Ermordet?«, fragte sie verdutzt. »Er war am Leben, als wir –«

Monarch fiel ihr ins Wort: »Was haben eigentlich *Sie* hier zu suchen, Hauptmann? Der General hat Sie mit keinem Wort erwähnt.«

»Mein Vorgesetzter meinte, ich könnte meinen Fehler wiedergutmachen«, sagte der Hauptmann zu seiner Verteidigung. »Ich war mit meinen Männern in der Nähe und wartete auf seine Befehle.«

Song Le warf ihm vor: »Ich glaube, dass Sie Ihren Schwiegervater getötet haben, weil er Sie für einen Idioten hielt.«

»Ich hab ihn nicht getötet«, fauchte Su. »Und er hat mich nicht für einen Idioten gehalten.«

»O doch«, sagte Monarch, und dachte an die vielen Ereignisse, die diesen langen Tag geprägt hatten. »Aber ich glaube nicht, dass Sie ihn getötet haben.«

»Natürlich nicht«, keifte Su. »Weil *Sie* es waren.«

»Nein«, entgegnete Monarch. »Es war Ihr Vorgesetzter.«

»Oberst Nguyen? Unmöglich.«

»Glauben Sie? Wer gab Ihnen den Befehl, den Tanker aufzusuchen? Wer wusste noch über die Streichhölzer Bescheid, die wir gefunden haben? Und wer wusste, dass wir hier sind?«

Hauptmann Su nickte bedächtig, nun offenbar ins Zweifeln geraten. »Aber der Oberst arbeitet seit Jahren mit meinem Schwiegervater zusammen. Warum sollte er so etwas tun?«

»Genau das möchten wir auch wissen«, sagte Monarch.

»Ich kann ihn nicht einfach verhaften.«

»Dann verhaften Sie uns«, schlug Song Le vor. »Und bringen uns zu ihm.«

# 21

## Mittwoch, 31. Oktober, 13.11 Uhr, Ortszeit Ostküste USA

## Donnerstag, 1. November, 0.11 Uhr, Ortszeit Indochina

Vier vietnamesische Sanitäter trugen Bash aus dem Club, als Monarch, Song Le und Hauptmann Su die Apocalypse Now Bar erreichten, wo Oberst Nguyen angeblich die Ermittlungen leitete.

Der indische Agent wirkte schon etwas lebhafter als nach dem anfänglichen Schock, hatte aber größere Schmerzen. Helle Blutsprenkel zeigten sich auf Lippen und Nase.

»Die Lunge?«, fragte Monarch.

»Einer der Flügel«, presste Bash gurgelnd heraus. »Vermutlich kollabiert.«

Monarch musste daran denken, dass er schon einmal in derselben Lage gewesen war. »Wir kontaktieren deine Regierung«, versprach Monarch.

»Man wird dich nach Indien überstellen«, ergänzte Song Le.

»War schön, mit dir zu arbeiten«, sagte Monarch und meinte es ernst. »Und keine Sorge. Wir finden deinen Außenminister.«

»Wartet«, flüsterte der Inder schwach. »Wohin geht ihr jetzt?«

Monarch warf einen Blick hinüber zum Nachtclub. »Wir knacken diesen Fall.«

Er wartete, bis Bash im Krankenwagen lag, und stieg dann die Stufen hinauf in die Eingangshalle, die von der örtlichen Polizei belagert wurde. Hauptmann Su bellte den Beamten einen Befehl zu, und sie traten widerwillig beiseite.

Das Innere der Apocalypse Now Bar wirkte leer und traurig ohne das Stroboskoplicht. Die grelle Neonbeleuchtung beschien eine allgemeine Schäbigkeit, die durch die herumliegenden Leichen, die leeren Patronenhülsen, das zerbrochene Glas, das Blut, das verschüttete Bier und den Schutt, der von der Schießerei herrührte, noch verschärft wurde. Während er einem bewaffneten Trupp Soldaten schnelle, scharfe Befehle zurief, die Monarch nicht verstand, schritt Oberst Nguyen langsam durch die Spuren der Verwüstung, um mit geschwellter Brust wie ein Gockel vor einem Hahnenkampf das Blutbad in Augenschein zu nehmen.

Da entdeckte er Monarch und Song Le in Gesellschaft von Hauptmann Su. Nguyen trug einen dünnen Schnurrbart, der sich vor Wut kräuselte. Er kam auf sie zu, die Pistole im Anschlag. »Warum sind diese Leute nicht in Handschellen, Hauptmann?« Er spie die Worte förmlich aus.

Ohne die Antwort abzuwarten, blieb Nguyen stehen und fuchtelte bedrohlich mit der Pistole herum. Monarch hätte ihm die Waffe am liebsten weggenommen, aber der Oberst war außer Reichweite, und seine Soldaten zielten mit automatischen Waffen auf sie.

So hörte er nur schweigend zu, als Nguyen rief: »Ich hatte recht. Man hätte euch nicht freilassen dürfen. Ihr seid ausländische Spione. Diese vermeintliche Geiselnahme war nur ein Vorwand, um ins Land zu kommen und Unruhe zu stiften.«

»Und wie sollten wir das tun?«, fragte Monarch ruhig.

Der Oberst entsicherte die Pistole und zielte damit

zwischen Monarchs Augen. »Indem ihr als Erstes General Han getötet habt.«

»Wir haben ihn nicht getötet«, sagte Song Le. »Aber wir glauben, dass Sie das waren.«

Die Augen des Offiziers huschten zwischen der chinesischen Agentin und Monarch hin und her, ehe er ein sarkastisches Lachen ausstieß. »Der General war ein enger Freund. Warum hätte ich ihn töten sollen? Das ist albern. Unsinn. Hauptmann Su, führen Sie die beiden ab, sie sollen einem ordentlichen Verhör unterzogen werden.«

Doch als der Oberst einen Blick nach links warf, sah er, dass General Hans Schwiegersohn seine Pistole gezogen hatte und sie jetzt zitternd auf seinen Vorgesetzten richtete. »Ich kann das nicht tun, Sir«, sagte Su. »Sie stehen unter Arrest, bis die Angelegenheit geklärt ist.«

Nguyen sah seinen Untergebenen an, als wäre er nur eine Ratte, die quiekend Alarm schlug. »Was Sie hier tun, ist Verrat, Su. Können Sie mit den Konsequenzen leben?«

Hauptmann Su sah plötzlich drein, als wäre ihm die Sache über den Kopf gewachsen, und Monarch wusste, dass er gleich einknicken würde.

Bevor es dazu kam, traf sein Boss eine rasche Entscheidung. Er richtete seine Pistole auf Hauptmann Su und sagte: »In Vietnam, Hauptmann, ist die Strafe für Verrat –«

Zwei Schüsse krachten fast gleichzeitig. Oberst Nguyens Kugel durchbohrte Sus linken Schenkel. Mit einem Schmerzensschrei stürzte Su zu Boden, wobei sein Schuss Oberst Nguyen unter dem rechten Auge traf. Der fiel um, als hätte sich eine Falltür unter ihm aufgetan. Die anwesenden Soldaten zogen sofort ihre Waffen und brüllten auf Vietnamesisch auf die beiden Agenten ein.

Monarch hob vorsichtshalber die Hände über den Kopf

und ging vor Oberst Nguyens leblosem Körper in die Knie. Song Le tat es ihm gleich.

Vier der bewaffneten Soldaten stürzten sich auf sie. Der eine schlug mit dem Gewehrlauf auf Monarch ein und verpasste ihm eine kleine Wunde. Der Dieb zuckte mit keiner Wimper.

»Nein!«, keuchte Su. »Lasst sie. Ruft mir einen Krankenwagen, aber lasst sie in Ruhe.«

Die Soldaten diskutierten eine Weile und bedeuteten dann Song Le und Monarch, aufzustehen. Ein weiterer Soldat legte dem Hauptmann einen Druckverband an. Der Schwiegersohn des Generals keuchte, und der Schweiß tropfte ihm von der Stirn.

»Sehen Sie?«, sagte er. »Ich bin kein Idiot. Ich habe Ihnen und mir das Leben gerettet.«

»Das haben Sie«, gab Monarch zu und beugte sich über ihn. »Andererseits haben Sie uns auch die Möglichkeit genommen, Ihren Boss zu fragen, warum er den General getötet hat.«

»Liegt es nicht auf der Hand, dass er es war?«, presste der Hauptmann zwischen zusammengebissenen Zähnen hervor. »Als Sie es zur Sprache brachten, hat er versucht, mich umzubringen.«

»Es dürfte sich unschwer beweisen lassen, dass es *seine* Waffe war, mit der der General erschossen wurde«, pflichtete Monarch ihm bei. »Fragt sich nur, warum er es tat. Kann ich ihn durchsuchen?«

Hauptmann Su wirkte zunächst unentschlossen, doch dann nickte er. Als die Sirene eines Krankenwagens näher kam, durchsuchte Monarch Nguyens Taschen, fand seinen Ausweis, außerdem Kreditkarten und ein Handy. Er klappte es auf und ging die letzten Anrufe durch. In den vergangenen zwei Tagen hatte der vietnamesische Offizier achtzehn Anrufe getätigt, allesamt nach Ho-Chi-Minh-Stadt.

»Wir müssen sein Haus und sein Büro durchsuchen«, sagte Monarch.

»Dazu kann *ich* Ihnen keine Erlaubnis geben«, stellte Hauptmann Su fest, als der Krankenwagen vorfuhr.

»Wer dann?«, fragte Monarch.

»Ich weiß es nicht«, knurrte er.

Song Le sagte ruhig: »Die Vietnamesen sind zwar kooperativ, aber sie werden nicht zulassen, dass wir bei einem ihrer Top-Militärs in den Akten stöbern.«

Die Chinesin hatte recht. Sie würden warten müssen, bis ein vietnamesisches Team Oberst Nguyens Büro, sein Haus und seine Computer durchforschte. Es konnte Tage dauern, und sie hatten verflucht wenig Zeit.

Als die Sanitäter herbeieilten, um Hauptmann Su zu verarzten, zog sich Monarch zurück. Er wusste, dass binnen Minuten hochrangige Polizeibeamte oder Geheimagenten zur Stelle sein würden und sie womöglich erneut hinter Gitter landeten.

Er wandte sich an Song Le und sagte: »Ich gehe. Kommst du?«

»Wohin?«, fragte die chinesische Agentin kühl.

»Ich weiß es nicht, aber lass uns abhauen, bevor die Guten kommen.«

Sie hatte verstanden. Sie verschwanden über die Lounge, gelangten durch den Lieferanteneingang hinaus auf die Straße und suchten eilig das Weite.

Mehrere Minuten lang rannten sie schweigend die Straße entlang. Monarch wusste noch nicht, was er als Nächstes vorhatte, doch dann kam ihm etwas in den Sinn, was General Han gesagt hatte.

Er wurde langsamer und winkte ein Taxi herbei.

»Wohin fahren wir?«, fragte Song Le erneut.

»Zum Flughafen, dann geht's nach Bangkok.«

Ihre Miene verriet Zweifel. »Wieso Thailand? Dafür sehe ich keinen Grund.«

»Eine Frage der Perspektive«, sagte Monarch, als ein Taxi abbremste.

Die chinesische Agentin verschränkte die Arme. »Wessen Perspektive?«

»In diesem Fall die unseres verstorbenen Generals«, erwiderte Monarch, stieg ins Taxi und rutschte auf die andere Seite.

Song Le schien nicht eben begeistert, aber sie folgte ihm. »Inwiefern?«

»Zum Flughafen«, sagte Monarch.

»Nicht Flughafen«, entgegnete der Fahrer. »Keine Flüge bis morgen.«

»Privatjet«, knurrte Monarch. »Fahren Sie uns zum Flughafen.«

Der Fahrer verzog das Gesicht, tippte auf den Taxameter und sagte: »Doppelter Preis.«

»Abgemacht«, erwiderte Monarch.

»General Han?«, fragte Song Le in hartnäckigem Ton, als sie losfuhren. »Bangkok?«

»Genau. Je mehr ich darüber nachdenke, desto überzeugter bin ich, dass der General sehr clever war und absolut richtig lag. Der Angriff auf die *Niamey* stinkt geradezu nach einem Profi-Job, und das bedeutet Söldner. Erstklassige Söldner.«

»Und was hat Bangkok mit erstklassigen Söldnern zu tun?«

Monarch warf ihr einen vorwurfsvollen Blick zu. »Weil es dort einen Agenten gibt, der sie vertritt, was sonst.«

»Und den kennst du?«, fragte sie skeptisch.

»So ist es. Seit Urzeiten.«

»Warum rufst du ihn nicht an?«

Monarch lachte. »Glaubst du allen Ernstes, dass ein Söldneragent ans Telefon geht? So funktioniert das doch nicht. Diese Art Geschäft erledigt man von Angesicht zu Angesicht.«

Song Le musterte ihn einen Moment und sagte dann: »Warum habe ich bei dir immer das Gefühl, als hättest du schon mehrere Leben gelebt?«

»Du etwa nicht?«, entgegnete er.

»Du hast keine Ahnung«, sagte sie und schwieg.

# 22

## Mittwoch, 31. Oktober,
## 23 Uhr, Ortszeit Ostküste USA

## Donnerstag, 1. November,
## 11 Uhr, Ortszeit Malaysia

Mit ihrem Headset unter dem lächerlich großen Sonnenhut und der großen, dunklen Sonnenbrille saß Gloria Barnett auf dem Rücksitz eines gemieteten Mercedes, der nördlich des Shah Amal Expressway in ein Wohnviertel von Kuala Lumpur einbog. Die Reihenhäuser und Apartmentblocks waren hier alle verhältnismäßig neu und tadellos gepflegt. Ein Malaie schrubbte mit Seife und Wasser den Gehweg vor ihrem Ziel: »B&L Internetcafé« stand in englischer, malaiischer und arabischer Schrift auf einem hellen Schild über der Ladenfront.

»Hör mal, Robin, von außen macht das Café nicht den Eindruck, als würden hier regelmäßig Terroristen abhängen«, sagte sie in ihr Mikro. »Viel zu wohlhabend.«

Sie warf einen Blick auf ihr iPad und das erschöpfte Gesicht von Robin Monarch. Der entgegnete achselzuckend: »Die perfekte Tarnung. Steht denn auch wirklich fest, dass die Sons of Prophecy von hier ihre Botschaften ins Netz gestellt haben?«

»Die Videos hier, die Website etwa zehn Kilometer von hier«, antwortete sie, »Mein nächstes Ziel.«

Monarch wandte den Kopf, offenbar um aus dem Fenster zu sehen, und sagte: »Von der Gulfstream keine Spur.«

Während der Fahrer den Mercedes einparkte, erklärte

Barnett: »Der Jet landet um 11.15 Uhr, tankt, und los geht's. Spätestens um 15 Uhr seid ihr in Bangkok.«

Er rieb sich die Schläfen. »Tut mir leid, ich hab wenig geschlafen und außerdem dieses blöde Gefühl, als würde ich im Treibsand feststecken.«

»Kein Wunder«, sagte sie. »Zum Glück bin ich zur Stelle, um dir ein Seil zuzuwerfen.«

Monarch und Song Le waren ohne Visa am Flughafen Saigon angekommen. Dort war man darüber nicht sonderlich erfreut gewesen. Immerhin hatte man ihm erlaubt, Barnett anzurufen, die er in ihrem Hotelzimmer in Kuala Lumpur aus dem Tiefschlaf gerissen hatte. Seitdem war sie unentwegt tätig gewesen.

Sie hatte zunächst Dr. Hopkins verständigt und ihn gebeten, für Monarch und Song Le die gewünschten Dokumente zu besorgen. Während des Gesprächs mit dem CIA-Chef erfuhr sie, dass dieser bereits mit vietnamesischen Funktionären in Verbindung stand, die sich wegen der Schießerei in der Apocalypse Now Bar wütend an ihn gerichtet hatten. Dennoch versprach ihr Hopkins, dass Monarch und Song Le Vietnam verlassen dürften, sobald sie ihnen einen Jet besorgt hätte.

Sie recherchierte und entdeckte eine Gulfstream G550 aus Australien, die morgens um 7.30 Uhr in Kuala Lumpur landen sollte. Mit Turnaround und Pilotenwechsel würde der Privatjet um 11.15 Uhr in Ho Chi-Minh-Stadt eintreffen.

»Ich weiß das zu schätzen, Gloria«, dankte Monarch ihr. »Noch etwas?«

»Deine Dokumente sind fertig«, sagte sie. »Ach ja, die Vietnamesen haben Dr. Hopkins einige Informationen zukommen lassen. Sie haben Oberst Nguyens Büro, sein Haus und sein Auto durchsucht. Die Kugel in General Hans Kopf stammt definitiv aus Nguyens Dienstwaffe.«

Diese Nachricht ließ Monarch aufhorchen. »Weiß man auch, warum er es getan hat?«

Sie zuckte die Schultern. »Angeblich hat es zwischen den beiden böses Blut gegeben, aber Konkreteres ist noch nicht bekannt.«

»Es hat etwas mit der Geiselnahme zu tun. Da bin ich sicher. Sag Hopkins, er soll sich Nguyens Bankauszüge und Einzelverbindungsnachweise besorgen. Vielleicht ist auch etwas über seine jüngsten Reisegewohnheiten in Erfahrung zu bringen«, sagte Monarch.

»Hopkins hat bereits angefragt«, antwortete sie. »Doch in Anbetracht der Tatsache, dass die Vietnamesen eine Stinkwut auf euch haben, könnten die Informationen auf sich warten lassen.«

Monarch sah aus dem Fenster und lächelte. »Da ist ja unser Vogel, pünktlich auf die Minute.«

»Rufst du mich heute Abend an?«

»Bestimmt«, sagte Monarch. »Tats, Chávez und Fowler?«

»Sitzen noch in Honolulu fest«, erwiderte sie. »Dieser Taifun hat alles lahmgelegt. Bis wieder Flugzeuge starten, wird's wohl noch zehn oder zwölf Stunden dauern.«

»Da kann man nichts machen«, seufzte er. »Weidmannsheil.«

»Weidmannsdank.«

Barnett beendete das Gespräch, beugte sich vor und klopfte gegen die Trennscheibe. Sie ging nach unten.

»Ja, Ma'am?«, fragte der Fahrer, ein Malaie mittleren Alters mit freundlichem Gesicht und farbenfrohem Fez auf der Glatze.

»Es könnte ein Weilchen dauern«, sagte sie. »Fahren Sie nicht weg.«

Er schien verwirrt. »Aber Sie haben doch in Ihrem Hotel eine sehr gute Internetverbindung, oder nicht?«

»Ich treffe nur einen alten Freund«, log sie, bevor sie

sich ihre Einkaufstasche schnappte und aus dem Taxi stieg.

Gott, war das heiß! Tropisch heiß.

Barnett schlang sich die Tasche über die Schulter und überquerte mit langen Schritten die Straße, wobei sie schon jetzt unter der feuchten Hitze litt. So groß, blass und rothaarig, wie sie war, hatte sie keine Chance, sich unauffällig unter die Einheimischen zu mischen, da mochte ihre Verkleidung noch so gut sein. Also hatte sie ihre Strategie geändert und sich den großen Schlapphut und die merkwürdige Omabrille aufgesetzt. So wirkte sie einfältiger, als sie war, was unter Umständen sehr hilfreich sein konnte. Als sie das Internetcafé betrat, stolperte sie absichtlich über die Schwelle und fiel hin.

Hinter der Theke arbeitete eine junge Malaiin, die ein blaues Kopftuch, eine hellblaue Bluse und einen dunkelblauen knöchellangen Rock trug. Sie schlug die Hände zusammen, kam sofort angelaufen und beugte sich zu ihr hinunter. »Sind Sie in Ordnung, Miss?«, fragte sie.

»Ich bin so ein Tolpatsch«, sagte Barnett verlegen und rappelte sich auf.

Die malaiische Frau packte sie am Ellbogen und half ihr auf die Beine. »Haben Sie sich weh getan, Miss?«, fragte sie besorgt.

»Nein, nein«, sagte Barnett und sah sich in dem rechteckigen Raum um, der etwa zehn auf sechs Meter maß. Sie zählte insgesamt zwanzig Rechner, allesamt Dells mit schwarzen Tastaturen und Bildschirmen.

An einem der PCs, ganz in der Nähe, saß ein junger Malaie. Etwas weiter hinten starrte eine Frau, älter als die Bedienung, aber ähnlich gekleidet, in den Bildschirm. Die übrigen Plätze waren leer. Das vereinfachte die Sache erheblich.

»Gehört Ihnen dieses hübsche Café?«, fragte Barnett.

»Azura, nicht wahr?«, setzte sie mit einem Blick auf das Namensschild der Frau hinzu.

»Nein, Madam«, sagte diese lächelnd und verneigte sich. »Es gehört meinem Mann.«

Barnett kramte eine Visitenkarte aus der Tasche. Sie hatte sie anfertigen lassen, nachdem sie für Monarch den Jet organisiert hatte. Darauf stand ihr wirklicher Name und ihre berufliche Tätigkeit. Angeblich war sie bei Microsoft angestellt, in Singapur stationiert und spezialisiert auf »Qualitätssicherung«.

»Ist er hier?«, fragte Barnett. »Ihr Ehemann?«

Wieder verneigte sich Azura. »Nein, Miss. Aber er empfängt ohnehin keine Vertreter. Wir haben erst vor kurzem neue Computer gekauft.«

»Perfekt«, improvisierte Barnett. »Dann sind sie schnell?«

»Sehr schnell. Die besten.«

»Perfekt«, sagte Barnett und berührte sanft den Arm der Frau. »Ich will nichts verkaufen, keine Sorge.«

Azura strahlte wieder. »Sie möchten einen unserer Computer benutzen?«

»Alle, um ehrlich zu sein«, antwortete Barnett.

Die Frau des Besitzers verlor ihr Lächeln. »Alle? Das ist nicht –«

»Ich werde es Ihnen erklären, Azura«, sagte Barnett und lächelte, als wären sie beste Freundinnen. »Ich arbeite für Microsoft, im Bereich Qualitätssicherung. Wir inspizieren auf der ganzen Welt Computer, die öffentlich genutzt werden und unser Betriebssystem verwenden. Dazu prüfen wir die Prozessoren, die Software und die Internetgeschwindigkeit.«

»Warum denn das?«, fragte Azura verdutzt.

»Es soll uns dabei helfen, immer die besten Produkte herzustellen. Die Inspektion dauert pro PC nur drei oder vier Minuten. Und sie wird bezahlt.«

»Sie wird bezahlt?«, wiederholte die Frau des Besitzers, und strahlte wieder. »Dann gerne. Sie können anfangen.«

Barnett berührte erneut den Arm der Frau und sagte: »Sie sind ganz bezaubernd. Danke, Azura.«

Sie ging zum ersten Computer, setzte sich und griff in ihre Tasche. Sie holte einen Memorystick heraus und steckte ihn in einen USB-Anschluss. Die Software auf dem Stick maß allerdings nicht die Geschwindigkeit.

Das FBI in Quantico hatte sich eingehend mit den Videos der Sons of Prophecy befasst, die im Internet verfügbar waren, und hatte mehrere IP-Adressen und elektronische Signaturen herausgefiltert. Alles deutete auf einen der Computer im B&L Internetcafé.

Barnett musste nun herausfinden, welcher es war. Der erste PC war eine Pleite. Ebenso der zweite, dritte und vierte. Auch die nächsten fünf brachten sie nicht weiter, doch dann zog sie mit Nummer elf das große Los: Das Video der Sons of Prophecy war vor zwei Tagen um exakt 13.20 Uhr an diesem Computer ins Netz gestellt worden, von einem User namens »M.Ex«.

Sie holte einen zweiten Memorystick aus der Tasche und startete eine andere Software, um nach weiteren Aktionen zu suchen, die von M.Ex auf dem Computer getätigt worden waren. Barnett hoffte auf E-Mail-Verkehr oder irgendeinen anderen Hinweis auf die Identität des Users. Was sie fand, war nicht sonderlich aufschlussreich. M.Ex war nur knappe zehn Minuten online gewesen. Er hatte sich bei YouTube registriert, erneut mit dem Decknamen M.Ex, und als Passwort »Prophezeiung« eingegeben. Dann hatte er das Video eingestellt und sich abgemeldet. Sie zog den Memorystick heraus und steckte ihn wieder ein. Erst an der Theke fiel ihr auf, dass die anderen zwei Gäste gegangen waren. Sie war allein mit der Frau des Besitzers.

»Azura?«, sagte Barnett. »Ich glaube, diese Stichproben

dürften reichen. Ich habe Ihre Computer fast eine Stunde lang benutzt. Ist das genug?«

Barnett bot ihr das Dreifache des normalen Mietpreises. Die Frau nickte, presste die Handflächen aufeinander und verneigte sich. »Ja, Miss. Danke, Miss.«

»Darf ich Ihnen noch ein paar Fragen stellen, bevor ich gehe?«, fragte Barnett. »Sie helfen damit sowohl mir als auch Bill Gates.«

Azura verneigte sich erneut. »Natürlich. Bill Gates. Natürlich.«

»Führen Sie Buch über Ihre Gäste?«

Azura schüttelte den Kopf. »Das Gesetz verlangt es nicht. Warum?«

»Ich wollte nur die Geschwindigkeit der Computer mit der Benutzungsdauer abstimmen«, sagte Barnett, und ging aufs Ganze. »Mir ist aufgefallen, dass gestern Nachmittag, zwischen ein und zwei Uhr, jemand diesen Computer dort nur sehr kurz benutzt hat, nur zehn Minuten.«

Die Frau des Besitzers runzelte die Stirn. Doch Barnett drang weiter in sie: »Der Betreffende hat ein Video hochgeladen und ist dann gegangen. Haben Sie irgendeine Ahnung, wer das gewesen sein könnte? Ich würde ihn oder sie gerne interviewen, als Teil meiner Forschung. Haben Sie gestern gearbeitet?«

Azura nickte abwesend und warf einen Blick auf den Computer, den Barnett gemeint hatte.

»Erinnern Sie sich an jemanden, der nur so kurz hier war?«, fragte Barnett.

Die Malaiin wandte sich wieder ihrem rothaarigen Gegenüber zu. Es war ihr anzusehen, dass sie misstrauisch geworden war. Doch noch war ihr Verdacht vage.

»Und Sie möchten sie sprechen?«, fragte Azura.

»Die Frau?«, sagte Barnett und spürte, wie ihr Herz heftig zu klopfen begann. »Ja. Kennen Sie sie? Wo kann ich sie finden?«

Die Frau des Besitzers schüttelte den Kopf. »Ich erinnere mich, weil sie ihr Baby bei sich hatte, aber ich habe sie zuvor noch nie gesehen.«

»War sie Malaiin?«, fragte Barnett. »Reine Neugier.«

Zwei halbwüchsige Mädchen betraten das Café. Azura sah sie an und sagte: »Ja. Und was suchen Sie wirklich? Reine Neugier.«

»Ein besseres Produkt«, antwortete Barnett und wusste, dass sie den Bogen überspannt hatte. »Sie haben mir sehr geholfen.«

# 23

Eine junge Malaiin mit einem Baby hatte die Dateien eingestellt. Damit hatte Barnett nicht im Entferntesten gerechnet. Sie hatte die ganze Zeit nach einem jungen, rebellischen, männlichen Fanatiker gesucht.

Während der 25-minütigen Fahrt zum Lucky Moon Internetcafé im Westen Kuala Lumpurs grübelte sie, welches Motiv eine Frau, noch dazu eine Mutter, veranlassen mochte, sich an einer Geiselnahme zu beteiligen. Andererseits – warum nicht? Fanatiker gab es heutzutage in jeder Bevölkerungsschicht.

Sie bogen in eine Gegend, die älter war als die von vorhin, aber nicht minder tadellos. Mit derselben exaltierten Unbeholfenheit wie zuvor stolperte Barnett in das Café, in dem vielleicht eine junge Frau mit einem Baby die Website der Sons of Prophecy ins Netz gestellt hatte. Der Besitzer, ein sympathischer Bursche namens Panjang, erwies sich als genauso hilfsbereit wie Azura. Barnett spielte ihm dasselbe Theater vor und erhielt rasch die Erlaubnis, die achtzehn Computer, die alle älter waren als die von vorhin, auf ihre Geschwindigkeit zu prüfen. Sechs der Computer waren belegt, ausnahmslos von jungen Leuten, und so brauchte sie doppelt so lange, bis sie den gesuchten PC aufgespürt hatte: Der vierzehnte Rechner, den sie prüfte, war tags zuvor von M.Ex benutzt worden, um die Website ins Netz zu stellen.

*Also schön*, dachte sie.

Barnett ließ die zweite Test-Software laufen und fand heraus, dass M.Ex am Vortag, zwischen 16.00 und 18.00 Uhr, fast zwei Stunden am Rechner gesessen hatte. In dieser Zeitspanne waren die Dateien der Sons of Prophecy über ein geheimes Benutzerkonto in Bombay an über zwanzig verschiedene Webhoster auf der ganzen Welt verschickt worden. Unklar war, wie das Hosting bezahlt worden war, doch Barnett vermutete, dass auch dies über irgendein geheimes Benutzerkonto gelaufen war. Immerhin etwas, zumindest ein klitzekleiner Anhaltspunkt.

Zwei Stunden waren eine lange Zeit an einem Ort wie diesem, dachte sie. Kurz überlegte sie, ob sie dieselbe Taktik anwenden sollte wie bei Azura und den Besitzer bitten sollte, ihr diesen Gast zu nennen, für ein Interview. Doch weil die jungen Gäste des Cafés mittlerweile gegangen waren und ihr nur noch verflucht wenig Zeit blieb bis zum Ablauf der Frist, beschloss sie, den Stier bei den Hörnern zu packen.

Sie ging an die Tür, schloss sie und drehte das Geöffnet-Schild um.

»He, Miss, was soll das werden?«, protestierte Panjang. »Wir schließen erst um Mitternacht!«

Barnett legte 500 Dollar auf die Theke und fragte: »Führen Sie über Ihre Gäste Buch?«

Der Besitzer wirkte verwirrt, schüttelte den Kopf. »Das ist nicht –«

»Ich weiß«, sagte sie. »Ich forsche nicht wirklich für Microsoft.«

»Nicht?«

»Ich bin Geheimagentin und suche nach der amerikanischen Außenministerin, Agnes Lawton. Sie wissen doch, dass sie entführt wurde?«

Genervt erwiderte Panjang: »Was soll das? Wieso Geheimagentin?«

»Jetzt hören Sie gut zu, die Sache kann lukrativ für Sie sein oder ausgesprochen unangenehm«, sagte sie mit einem gefährlichen Unterton. »Jemand hat hier gestern zwischen 16.00 und 18.00 Uhr umfangreiche Dateien ins Netz gestellt, und zwar im Auftrag der Sons of Prophecy.«

»Nein«, widersprach der Besitzer. »Das hier ist ein gutes Café. Legales Café. Niemand macht hier krumme Sachen. Nicht mal Pornos werden hier viel runtergeladen. Sie machen einen Fehler.«

»Kein Fehler«, sagte Barnett mit fester Stimme. »Wenn Sie nicht wollen, dass ich Sie bei der malaiischen Polizei verpfeife, weil Sie Terroristen unterstützen und begünstigen, werden Sie meine Fragen beantworten.«

Nach einigem Zögern nickte Panjang. »Was wollen Sie wissen?«

»Waren Sie gestern zwischen vier und sechs Uhr nachmittags hier?«

»Ich bin immer hier«, antwortete der Cafébetreiber. »Ich wohne im ersten Stock.«

»Erinnern Sie sich, wer den Computer dort in der Ecke um diese Zeit benutzt hat? Eine Frau vielleicht? Mit einem Baby?«

Sie deutete auf den Rechner, wo sie Spuren von M.Ex entdeckte hatte.

Ungläubig starrte Panjang eine Weile auf den betreffenden Computer. »Nein. Keine Frau«, sagte er endlich. »Kein Baby. Ich kenne den Mann. Ist ein guter Mann. Er kommt oft hierher. Manchmal mit seiner Tochter.«

Aufgeregt fragte Barnett: »Sie haben seinen Namen? Wo kann ich ihn finden?«

Der Besitzer zierte sich wieder und starrte auf die Geldscheine auf dem Tresen.

Barnett sagte: »Ich verdreifache die Summe, und kein Mensch wird es je erfahren.«

*

Zehn Minuten später stieg Barnett ein drittes Mal aus dem Wagen. Sie lief bereits auf Reserve, war aber fest entschlossen, die Adresse auszukundschaften, die man ihr genannt hatte. Panjang zufolge lebte und arbeitete in dem bescheidenen Haus auf der anderen Straßenseite Adiputera Mohammed, der sich als Webdesigner durchs Leben schlug. Wie buchstäblich jedes Haus, das sie bis jetzt in Kuala Lumpur gesehen hatte, war auch dieses äußerst gepflegt. Der kleine Vorgarten war erst vor kurzem gefegt worden, die Sträucher waren frisch zugeschnitten und blühten in allen Farben.

Der Eingang war mit einer stahlverriegelten Sicherheitstür versehen. Die Fenster wiesen ähnliche Riegel auf. Sie sah sich um. Etwa die Hälfte der Häuser in der näheren Umgebung waren auf diese Weise gesichert. Fast hätte sie einen Rückzieher gemacht, um zum Hotel zurückzufahren und zu schlafen, bis es an der Zeit wäre, Tatupu, Chávez und Fowler vom Flughafen abzuholen, und dann mit Verstärkung zurückzukommen. Andererseits tickte die Uhr, und sie war nun einmal hier.

Sie beschloss, ein letztes Mal die Microsoft-Nummer abzuziehen, und klopfte. Nichts regte sich. Sie klopfte erneut, lauter diesmal, und rief: »Hallo?«

Keine Antwort. Es war Mittag. Mr Mohammed und seine Familie waren vielleicht einkaufen oder essen oder in der Moschee oder sonst wo. *Das war's*, dachte sie und wandte sich zum Gehen. Da drehte sich der Wind ein wenig, blies nicht mehr auf das Haus zu, sondern vom Haus weg, ihr ins Gesicht. Ein fauliger Geruch stieg ihr in die Nase.

Einen Moment lang stand Barnett nur da und dachte: *Was würde Monarch tun?*

Dann ging sie um das Haus herum. Der Geruch wurde stärker, und sie sah, dass eines der Seitenfenster einen Spalt offen stand. Der entsetzliche Gestank kam aus diesem Fenster. Sie hielt den Atem an und ging darauf zu. Dabei hörte sie Fliegen summen. In der Ahnung, dass ihr nicht gefallen würde, was sie gleich zu sehen bekäme, beschattete Barnett die Augen und spähte zwischen dem Sicherheitsgitter durch das Fenster.

Sie blickte in eine kleine Küche. Ein Mann, vermutlich Adiputera Mohammed, saß zusammengesackt an den Herd gelehnt, ein Einschussloch durchs rechte Auge. Eine Frau, wahrscheinlich seine Ehefrau, lag reglos auf dem Boden, in einer Lache aus geronnenem Blut. Ein Mädchen, sechs oder sieben, saß mit durchschossener Kehle in einem Stuhl am Tisch.

»O Gott, nein«, stöhnte Barnett, als sie das vierte Opfer sah.

Das Baby hing in einem Kinderstuhl und hatte so viel Blut im Gesicht, dass nicht zu erkennen war, ob es sich um einen Jungen oder um ein Mädchen handelte.

# 24

## Donnerstag, 1. November, 5.30 Uhr, Ortszeit Ostküste USA

## Donnerstag, 1. November, 16.30 Uhr, Ortszeit Indochina

In Bangkok fiel bei 32 Grad ein feiner Nebel, Bedingungen wie im Dampfbad. Es duftete nach Curryfleisch, im Tandur gegart. Monarch stieg in der Phahurat Road aus einem Taxi. Er hatte hämmernde Kopfschmerzen. Die eindringliche Bollywood-Musik aus einem Laden in der Nähe machte es nicht besser. Genauso wenig der infernalische Lärm, der das Viertel erfüllte: das Geschrei der Händler und Ladenbesitzer, die ihre Waren anpriesen, das Geklingel der Fahrradglocken, das Gehupe der Autos, die Fehlzündungen der Busmotoren und das Kettensägen-Geknatter der motorisierten Rikschas, auch »Tuk-Tuk« genannt.

Monarch rieb sich die Schläfen, vermutete Dehydrierung als Ursache seiner Kopfschmerzen. Er musste mehr Wasser trinken. Song Le stieg auf der anderen Seite aus dem Taxi und bezahlte den Fahrer. Die chinesische Agentin, an der die Anstrengung der vergangenen fünfzehn Stunden genauso zehrte wie an ihm, hatte während der Fahrt vom Flughafen wenig gesprochen.

Monarch stand eine Weile auf dem Gehweg, ertrug die Schmerzen und versuchte, die Neuigkeiten zu sondieren, die Barnett ihm soeben hatte zukommen lassen. In Kuala Lumpur war eine Familie ermordet worden, die offenbar mit den Sons of Prophecy in Verbindung stand. Barnett hatte die Morde anonym gemeldet und aus einem Mietwagen beobachtet, wie ein Trupp Polizisten das Haus stürmte.

»Dein Söldneragent arbeitet hier?«, fragte Song Le mit einem skeptischen Blick auf das indische Viertel von Bangkok.

»Ich hab keine Ahnung, wo er sich aufhält«, sagte Monarch.

Song Le wurde ärgerlich. »Warum sind wir dann –«

»Um mit jemandem zu sprechen, der weiß, wo wir ihn finden«, fiel Monarch ihr ins Wort, während er nach der Adresse Ausschau hielt, die er auf dem Flug von Vietnam im Netz gefunden hatte.

»Da ist es«, sagte er und deutete auf ein Schild, auf dem stand: »Rafiqs erlesene Seidenwaren und Stoffe«.

»Ein Tuchladen?«, fragte Song Le.

»Die Rafiqs haben Filialen auf der ganzen Welt«, erklärte Monarch. »Abgesehen davon sind sie die besten Fälscher, die es für Geld zu kaufen gibt.«

Der Laden war eine luftige Angelegenheit, mit hoher Decke, trägen Bambus-Ventilatoren und Reihen niedriger Regale, auf denen Tuchballen lagerten. Chinesen, Inder und Thailänder, Männer wie Frauen, drängten sich vor den Stoffen. Und so dauerte es einige Augenblicke, bis Monarch den Gesuchten ausgemacht hatte: ein kleiner Libanese mit Schmerbauch und Brille in einem geblümten Seidenhemd, das etwas zu viel von seiner haarigen Brust preisgab. Er saß in einem Büro auf einer erhöhten Plattform am hinteren Ende des Raums und zankte sich mit einer Inderin, die Ware umtauschen wollte.

»Sie verleumden mich!«, protestierte er. »Ich habe das nie und nimmer gesagt!«

»Sami, gib der Ärmsten ihr Geld zurück!«, rief Monarch ihm zu.

Sami Rafiq stutzte. Dann drehte er widerwillig den

Kopf, als sei ihm nicht daran gelegen, die Identität des Rufers zu bestätigen. Monarch lächelte ihm zu.

Das war zu viel für Rafiq. Er lief rot an und wedelte mit beiden Armen. »Nein, keine Chance«, sprudelte er heraus. »Wir beide haben nichts mehr miteinander zu schaffen, Monarch. Hinaus mit dir. Sofort!«

Monarch stieg die Treppe hinauf, die Hand aufs Herz gelegt, und sagte: »Sami, deine Begrüßung verletzt mich zutiefst. Schließlich sind wir alte Freunde.«

Rafiq kochte vor Wut, riss eine Schublade auf, holte ein paar Scheine heraus und drückte sie der Frau in die Hand. »Sami Rafiq ist ein ehrlicher Mann! Sagen Sie es allen.«

Die Frau warf Monarch und Song Le einen skeptischen Blick zu, schnappte sich das Geld und hastete die Stufen hinunter.

»Alte Freunde?«, schnaubte der libanesische Fälscher, nachdem sie gegangen war. »Als ich dich das letzte Mal sah, haben drei verrückte Weiber meinen Laden in Algier mit Maschinengewehren beharkt. Ich hatte zwei Leichen im Laden und jede Menge Ärger, zu viel Ärger für die Familie. Deshalb hat sie beschlossen, mich hierher zu versetzen.«

»Ich hab davon gehört«, sagte Monarch zerknirscht. »Aber hier ist es doch ohnehin viel besser, oder nicht? Ich meine, was willst du denn in Algier? Komm schon, Sami, ich hab dir einen Gefallen getan.«

»Na schön, hier gefällt's mir besser«, gab Rafiq zu, ehe seine Miene sich wieder verfinsterte. »Und das soll auch so bleiben.«

»Wie kommst du nur darauf, dass ich etwas daran ändern möchte?«, sagte Monarch belustigt.

Der libanesische Geschäftsmann warf ihm einen ironischen Blick zu. »Machst du Witze? Wo du auftauchst, sind Verrückte mit Gewehren nicht weit.«

»Ich habe keine Verrückten bei mir«, beschwichtigte ihn Monarch. »Zumindest nicht dass ich wüsste. Das hier ist Song Le.«

Rafiq wurde erneut ärgerlich, verbeugte sich dann aber und sagte: »Sehr erfreut. Sie sind vom MSS?«

Sie blinzelte. »Woher wissen Sie das?«

»Vermisste Diplomaten aus den USA und China? Hallo?«, antwortete er und klopfte sich gegen die Stirn. »Ich führ zwar nur ein Stoffgeschäft, aber ich bin nicht blöd.«

»Sie weiß über dich Bescheid, Sami«, sagte Monarch.

»Oh«, machte Rafiq, jetzt freundlicher. »Also, worum geht's? Brauchst du wieder Papiere?«

»Nein«, entgegnete Monarch. »Ich muss einen alten Freund finden. Du sagst mir, wo er ist, und bist uns los.«

Der Libanese linste ihn aus zusammengekniffenen Augen an und sagte: »Welchen Freund meinst du?«

»Archie.«

Rafiq wurde wieder förmlicher. »Wie kommst du darauf, dass ich etwas über Archie wissen könnte? Das ist doch schon zehn Jahre her.«

Monarch lachte. »Na komm, willst du mir weismachen, dass du nach deiner Strafversetzung hierher nicht als Erstes ihn kontaktiert hast? Wenn nicht, bist du kein so guter Geschäftsmann, wie ich dachte.«

Rafiq nahm die Brille ab und rieb sich die Nase. »Du glaubst also, er steckt in der Sache mit drin?«

»Nein«, räumte Monarch ein. »Du vielleicht?«

Der Fälscher schüttelte den Kopf. »Niemals. Archie hat Prinzipien. Eigenartige zwar, aber immerhin Prinzipien.«

»Stimmt, aber ich glaube, dass er etwas weiß. Deshalb will ich mit ihm reden.«

Rafiq zögerte erneut. Dann setzte er die Brille wieder auf und sah auf die Uhr. »Um fünf beginnt in der Soi

Cowboy die Happy Hour. Um diese Zeit hält er in der Old Dutch Bar immer ein paar Stunden Hof.«

*

Spätnachts glüht über dem Zugang zur Soi Cowboy, einer der berüchtigteren Rotlichtstraßen in der thailändischen Hauptstadt, ein greller Neonbogen. Dann ist die schmale Straße genauso hell erleuchtet wie der Las Vegas Strip und voll von Sextouristen, die von einer Go-go-Bar in die nächste hasten, wo ihnen Dutzende junger Thai-Mädchen ihre Vorzüge anpreisen.

Doch als Monarch und Song Le dort eintrafen, gegen fünf Uhr am Nachmittag, war der Neonbogen dunkel. Die Bars und Go-go-Klitschen zu beiden Seiten der Straße öffneten gerade ihre Pforten. Die feuchte Hitze war erdrückend. In der Ferne hörte man Donnergrollen. Eine Meute Ausländer, alles Männer um die fünfzig, saßen vor dem ersten, zweiten oder fünften Drink des Tages und scherzten mit den Barmädchen der Frühschicht.

»Nette Freunde haben Sie«, schnaubte Song Le, als einige der Mädchen vor der Rio A Go-go Bar sie mit versteinerten Mienen beäugten. »Mit netten Gewohnheiten.«

»Wer Büffel jagen will, muss ins Land der Büffel«, sagte Monarch ungehalten.

»Was soll das nun wieder heißen?«, fragte sie zurück, genauso ungehalten.

»Es heißt, dass ausgediente Mitglieder der Spezialeinheiten aus der ganzen Welt nach Thailand gehen«, erklärte Monarch. »Das Leben hier ist günstig, und die meisten kommen mit ihren Pensionen gut zurecht. Und wenn nicht, weil sie zu vielen Freundinnen Unterhalt zahlen müssen, dann gehen sie zu Archie Latham.«

»Und Latham schickt sie wieder arbeiten?«

»Er vermittelt sie«, sagte Monarch. »Er kennt Gott und

die Welt bei den Spezialeinheiten. Er ist Australier, war aber in der französischen Fremdenlegion, bevor er in Afghanistan als Profikiller im Einsatz war. Er war richtig hart drauf, aber dann fing er sich eine Schussverletzung im Oberschenkel ein, die nicht mehr richtig heilte. Seitdem makelt er mit Söldnern.«

Song Le schüttelte den Kopf. »Gibt es denn in eurem Land keine Firmen, die Söldner anheuern?«

»Sicher, aber heutzutage gibt's zwei Sorten von Söldnern. Die einen arbeiten für private Sicherheitsfirmen, die von ehemaligen Kommandanten der Spezialeinheiten geleitet werden. Alles legitim. Ihre Arbeit besteht hauptsächlich in der Ausbildung von Sicherheitsleuten. Mit der anderen Sorte haben die meisten privaten Sicherheitsagenturen in den USA nichts am Hut, und hier kommt Latham ins Spiel.«

»Ich verstehe nicht ganz. Warum arbeiten solche Söldner nicht für private Sicherheitsagenturen?«

»Weil die Aufsichtsräte haben und all den zivilisierten Kram«, antwortete Monarch. »Die zweite Sorte Einsätze birgt zu viele Risiken. Man könnte dabei draufgehen.«

Song Le überlegte. »Dann ist es schmutzige Arbeit?«

Er zuckte die Schultern. »Kommt darauf an, was du unter schmutziger Arbeit verstehst.«

»Macht dieser Latham eine Menge Geld?«

»Er kommt gut klar, soweit ich weiß.«

Am Ende der Soi Cowboy, wo sie in die Sukhumvit Road mündete, hörte Monarch ein vertrautes Gelächter, polternd und ansteckend, und entdeckte gleich darauf einen großen, gutaussehenden Mann Ende vierzig, mit längerem, aus der Stirn gekämmtem, hellbraunem Haar und graumeliertem Bart. Archie Latham saß an einem Tisch der Old Dutch Bar und sah aus wie der Schauspieler Jeff Bridges in seiner Rolle als Edelpenner.

Auf seinem Schoß saß eine schöne, lachende Thailänderin. Er schien aufrichtig begeistert von ihr. Lathams Lachen verebbte zum Glucksen. Er griff sich eine Dose Singha-Bier, hob sie an die Lippen und ließ dabei den Blick über die Straße schweifen. Als er dort Monarch entdeckte, weiteten sich seine Augen.

»Das gibt's doch nicht!«, bellte er mit australischem Akzent und brach erneut in Lachen aus. »Robin Monarch! Rafiq hat mich also nicht verarscht, als er sagte, du wärst in der Stadt!«

»Archie«, sagte Monarch lächelnd und ging auf ihn zu.

Ein großer Schwarzer mit kahl rasiertem Schädel, der in der Nähe gesessen hatte, stand von seinem Stuhl auf.

Latham winkte ab: »Keine Sorge, Spooner, Monarch ist ein alter Freund. Und außerdem einer der gefährlichsten Männer der Welt.«

Spooner starrte Monarch finster an, als wollte er sagen: »Komm mir nicht in die Quere, Junge.«

»Ich bin harmlos wie ein Teddybär«, wandte Monarch sich beschwichtigend an Spooner.

Song Le schnaubte verächtlich.

Latham musterte die chinesische Agentin und sagte dann: »Darf ich vorstellen, Robin? Das hier ist Yuri, meine neue Frau.«

»Schon wieder?«, fragte Monarch.

»Was soll ich sagen? Ich bin nun mal hoffnungslos romantisch. Wir sind in den Flitterwochen.«

»Passender Ort dafür«, bemerkte Song Le ironisch.

Eine zweite Thailänderin kam her und rieb ihre Nase an Mrs Lathams Ohr. Der Söldneragent war außer sich vor Freude und gluckste: »Yuri und ich teilen dieselben Vorlieben. Ist das nicht grandios?«

»Tut mir leid, wenn wir stören«, sagte Monarch, »aber wir haben was Geschäftliches zu besprechen.«

Latham wurde ernst und sagte zu den Mädchen: »Lasst uns ein bisschen allein, meine Täubchen. Und ich hätte gern noch ein Bier.« Er wandte sich an Monarch und Song Le. »Auch 'n Bier?«

Monarch ging an Spooner vorbei, bemerkte Lathams stählernen Gehstock und setzte sich zu ihm. »Klar. Bier klingt gut.«

Song Le dagegen schüttelte angewidert den Kopf.

»Sind alle MSS-Agenten so freundlich?«, fragte Latham gutmütig.

»Dies ist nicht der Zeitpunkt, um freundlich zu sein«, schoss sie giftig zurück.

»Dafür ist immer der richtige Zeitpunkt«, erwiderte Latham mit einem leichten Grinsen. »Es sei denn, natürlich, man hat gerade einen Herzinfarkt, weil man sich den Darm eingeklemmt hat oder so.«

Sie wandte sich an Monarch. »Das ist doch Zeitverschwendung.«

»Ist die immer so?«, fragte Latham.

»Bis jetzt schon«, sagte Monarch.

»Du Glückspilz«, grinste der Söldneragent und ignorierte sie von jetzt an. »Rafiq meint, ihr seid wegen der entführten Diplomaten hier?«

Monarch nickte. »Ich hab mich auf dem Öltanker umgesehen, wo man sie gekidnappt hat.«

»Und?«

»Eine Menge Tote. Amerikanische DSS, dazu chinesische und indische Sicherheitsleute.«

Latham nickte. »Verdammt gut geplant, das Ganze.«

»Genau deshalb sind wir hier. Da waren Profis am Werk, wenn du mich fragst.«

»Ich hab nichts damit zu tun, wenn du das meinst«, entgegnete Latham mit Nachdruck.

»Ich meine gar nichts«, antwortete Monarch. »Ich bringe mich nur auf den neuesten Stand. Hattest du irgendeinen größeren Auftrag in letzter Zeit?«

»Nein, ist sehr ruhig gewesen, wenn du's genau wissen

willst«, sagte Latham, etwas angefressen. »So ruhig, dass ich mir ein paar Tage frei genommen hab, um meine neuesten Flitterwochen zu genießen.«

Yuri kam mit den Bierdosen zurück. Sie stellte sie ab, bedachte Song Le mit einem bösen Blick, als wäre sie eine Konkurrentin, und wandte sich anderen Gästen zu.

»Könnte sein, dass ich sie behalte«, sagte Latham, während er eine Seven Light aus dem Päckchen fingerte. Er fing an zu lachen. »Hast du das schon gesehen?«

Auf der einen Seite der Zigarettenschachtel war ein Mann abgebildet, dessen Kiefer amputiert worden war. »Beschissene thailändische Risikowarnung«, fluchte Latham. »Ganz schön krass, oder?«

»Wirkt es denn?«, fragte Monarch und öffnete sich ein Bier.

»Nee«, sagte Latham, lachte und zündete sich die Zigarette an. Er nahm einen Zug, blies drei perfekte Rauchkringel in die Luft und fragte: »Willst du meine Einschätzung hören?«

»Deshalb bin ich hier«, entgegnete Monarch.

»Piraten«, sagte Latham. »Freibeuter, besser gesagt. Da gibt's 'nen Unterschied, hast du das gewusst? Ist was völlig Neues. So was wie die gab's noch nicht. Sie sind militärisch geschult, bestens ausgerüstet und sehr religiös.«

»Piraten sind religiös?«, fragte Song Le.

»Muslimische Piraten schon, wie die aus Somalia«, antwortete der Söldner-Agent, ohne sie anzusehen. »Offenbar sind zwei, drei, vielleicht vier verschiedene Mannschaften im Einsatz. Aus Malaysia und Indonesien. Und alle haben sie nur ein Ziel: mit gestohlener Fracht heilige Kriege finanzieren. Man hört nicht viel davon, weil die Reedereien vertuschen wollen, dass sie die Sicherheit der Fracht nicht mehr gewährleisten können, zumindest nicht im Südchinesischen Meer, der Sundastraße oder der Straße von Malakka.«

»Namen? Orte, wo wir anfangen können?«

Latham dachte nach, sah unbehaglich drein, nippte an seinem Bier und sagte: »Ich hab mal einen von ihnen getroffen, im Januar. Er saß da, wo du jetzt sitzt, trank eine Sprite und hatte seine Schläger bei sich.«

»Name?«, fragte Monarch.

»Akrit. Akrit Mahdi.«

»Woher wussten Sie, dass er ein Pirat war?«, fragte Song Le.

»Ich hab ihn nach seinem internationalen Piratenpass gefragt, aber er hatte ihn auf dem beschissenen Seeräuberball verloren«, schoss Latham zurück und brach in brüllendes Gelächter aus.

Die chinesische Agentin verstand den Witz nicht, aber Monarch grinste. Latham hatte sich überhaupt nicht verändert.

»Sonst hatte er nichts dabei?«, fragte Monarch.

»Einen malaiischen Pass«, antwortete Latham grinsend. »Hör zu, Mahdi kam zu mir und schlug mir einen Handel vor. Er habe eine riesige Ladung Elektrogeräte von einem niederländischen Schiff, sagte er, das er im vergangenen Oktober vor Java gekapert hatte. Mahdi wollte die Beute gegen Waffen tauschen: Kalaschnikows, Handgranaten, Bazookas und Maschinengewehre vom Kaliber .50 im Wert von etwa acht Millionen.«

Er sah Song Le an und grinste träge. »Und wie gesagt, sein Name war Mahdi, so wie die Schiiten ihren Messias nennen, ihren ›Mahdi‹. In meiner zugegebenermaßen etwas begriffsstutzigen Art zog ich daher den Schluss, dass er einer der muslimischen Piraten war oder zumindest mit ihnen unter einer Decke steckte.«

Sie gab sich unbeeindruckt. »Sie haben ihm die Waffen verkauft?«

»Ich handle nicht mit Waffen, Schätzchen. Nur mit den Leuten, die damit herumballern.«

Monarch fragte: »Hat er die Waffen bekommen?«

Latham zuckte die Schultern. »Er schien ziemlich erpicht darauf zu sein. Also würde ich es annehmen.«

»Kann er es mit einem ganzen DSS-Kontingent aufnehmen?«, fragte Monarch.

Latham tauschte die Zigarette gegen sein Bier. »Wenn seine Leute so schwer bewaffnet sind, wie ich vermute, dann ist er dazu in der Lage, ja.«

Song Le verschränkte die Arme. »Haben Sie eine Ahnung, wo wir ihn finden können?«

Latham grinste, zwinkerte ihr zu und sagte: »O ja, die habe ich.«

Song Le war nicht überzeugt. »Wie das?«

»Er hat's mir selbst erzählt, zumindest andeutungsweise«, antwortete der Söldneragent. »Er hat die ganze Zeit von diesem Fluss namens Sungai Setiu geredet, im Norden von Malaysia, und behauptet, das sei der schönste Strom auf Erden. Er fließt an seinem Dorf vorbei, ›Fitri‹, wenn ich mich recht erinnere.«

Monarch griff nach seinem iPhone, ging auf Google Earth und gab den Fluss und das Dorf ein. Nachdem er das Satellitenbild eine Weile betrachtet hatte, sagte er: »Wenn die Kanäle jenseits der Mündung ins Südchinesische Meer tief genug sind und die Piraten über Schnellboote verfügen, wäre der Ort als Piratenstützpunkt durchaus geeignet. Er ist auch gar nicht weit von der Stelle entfernt, wo die *Niamey* überfallen wurde.«

Latham nickte. »Genau das dachte ich auch, als ich ihn gesehen hab. Und ich hab im Artikel über den niederländischen Frachter nachgelesen, der geplündert wurde. Darin war von einem ›militärisch geordneten Überfall‹ die Rede. Ich nehme daher an, dass Mahdis Jungs auf offener See zuschlagen, ziemlich schnell agieren, und sich danach flussaufwärts und ins Landesinnere verziehen.«

»Besonders mit Diplomaten als Geiseln.«

Latham deutete auf Monarch, nahm sich eine Zigarette und grinste: »Hab immer gesagt, dass du der Klügere von uns beiden bist.«

»Danke, Archie. Das hilft mir weiter.«

»Freut mich, alter Kumpel«, sagte er leutselig. »Wieder bei der CIA?«

»Freiberufler«, antwortete Monarch.

Latham legte den Kopf schräg. »Brauchst du einen Agenten? Wir könnten eine Menge legale Kohle machen, du und ich.«

»Ich fühle mich geschmeichelt, Archie«, beteuerte Monarch. »Aber ich komm klar.«

»Nur ein Narr vertritt sich selber.«

»Mit Freunden mache ich normalerweise keine Geschäfte«, entgegnete Monarch und trank sein Bier aus. »Aber ich lass mir dein Angebot durch den Kopf gehen.«

»Noch eins, Bruder?«, fragte Latham.

»Ein andermal«, versprach Monarch. »Uns läuft die Zeit davon.«

»Hab's gehört«, nickte Latham. »Viel Glück mit deiner Hexe.«

Monarch vermied es, Song Le anzusehen, und sagte: »Ich werd's brauchen.«

»Gibst du mir deine Nummer, falls ich was höre?«, fragte Latham.

»Nur, wenn du mir auch deine gibst.«

»Unbedingt«, erwiderte der Makler, und sie tauschten ihre Handy-Nummern.

Nach der Transaktion schüttelte Monarch Latham die Hand. Doch der Bär von einem Mann grabschte sich seinen Stock, rappelte sich hoch und breitete die Arme aus. »Nach allem, was wir durchgemacht haben, Robin, ist ein Händedruck nicht genug.«

»Ich hab mich auch gefreut, dich zu sehen, Archie«,

sagte Monarch, umarmte den Makler und klopfte ihm auf den breiten Rücken.

»Außergewöhnlich, einfach erste Sahne«, sagte Latham und trat mit glänzenden Augen zurück. »Ist mir immer ein Vergnügen.« Er wandte sich an Song Le: »Jetzt erwarte bloß keine Umarmung, mein Schatz.«

Sie zog eine Grimasse, als hätte sie Zahnweh, und zischte: »Ich will mir doch keine Flöhe einfangen.«

Latham stutzte kurz und warf dann brüllend vor Lachen den Kopf zurück, als hätte er eben den besten Witz seit langem gehört.

»Hast du das gehört, Kumpel?«, sagte er zu Monarch. »Ich sag dir eins, die hat's faustdick hinter den Ohren.«

# 25

## Donnerstag, 1. November, 9.30 Uhr, Ortszeit Ostküste USA

## Donnerstag, 1. November, 21.30 Uhr, Ortszeit Ulan-Bator

Es war stockfinster. Kein einziges Licht erhellte die Geisterstadt.

So nannten die Chinesen diese massiven Mehrgeschossbauten, die auf Anweisung aus Peking mitten im Niemandsland entstanden waren, finanziert von den Ersparnissen der aufstrebenden chinesischen Mittelschicht. Kein Mensch arbeitete in den Bürotürmen, die in verschiedenen Bauphasen im Stich gelassen worden waren. Hunderttausende Wohnungen standen leer, warteten vergeblich darauf, dass die Bauern, die umgerechnet zwei Dollar am Tag verdienten, ihr Land verließen, um in hunderttausend Dollar teuren Wohnungen zu leben.

Einige dieser Städte waren besonders gespenstisch. Die Siedlung in Quan Baat, dreißig Kilometer westlich der Stadt Bayankhongor in der Zentralmongolei, war so ein Ort. Im Stich gelassen von ihren Erbauern, als die Rezession begonnen hatte, waren die meisten der in den Himmel ragenden Gebäude unvollendet geblieben. Ihre rostenden Eisenträger ragten über der Steppe auf und sahen aus wie die Gerippe außerirdischer Kreaturen, die im Tod erstarrt in den Himmel griffen.

Zumindest war es Bataar Zaya immer so vorgekommen, der im siebten Stock eines dieser außerirdischen Bauten in seinen dunklen, schweren Wollklamotten auf dem Bauch lag, die Wange an den Lauf eines Dragunow-Präzisionsgewehrs aus sowjetischer Zeit gedrückt.

Auf Zayas rundes Gesicht peitschte ein rauer Wind, der über ihm durch das unfertige Eisengestänge pfiff und ihn mit Schnee bespuckte. Doch er drehte den Kopf nicht aus der betäubenden Kälte. Während er durch das Infrarot-Zielfernrohr seiner Dragunow auf einen Abschnitt der Landstraße linste, die von Ost nach West durch die Geisterstadt führte, war Zaya eins mit dem Schicksal, als hätte jede Sekunde seines elenden Lebens auf diesen Moment zugeführt.

»Bist du bereit, Zaya?«, fragte eine heisere Stimme hinter ihm.

Zaya blickte über die Schulter auf die Silhouette eines Mannes, den er nur als »Chullun«, das bedeutete Stein, kannte.

»Ich bin bereit, seit ich wieder in Freiheit bin«, sagte Zaya.

»Sechs Jahre Haft, nur weil du den Mut hattest, deine Meinung zu äußern, das ist hart«, pflichtete Chullun ihm bei. »Wer so etwas erlebt hat, will sich rächen. Ein solcher Mann lässt sich womöglich von seinen Gefühlen hinreißen, wenn er ruhig, konzentriert und kalt sein sollte.«

»Ich bin bereit«, wiederholte Zaya. »Dies ist erst der Anfang. Ich weiß, dass wir im Recht sind. Und Millionen mit uns.«

Es folgte eine kurze Stille, als fasse Chullun eine endgültige Entscheidung.

»Dann sollst du, Zaya, den ersten Schlag führen für die Freiheit«, sagte Chullun schließlich. »Du sollst derjenige sein, der in die Annalen eingeht.«

Zaya war wie betäubt. Er dachte an seine Frau, die ihn während der Gefängnisstrafe verlassen hatte. Er dachte an den Sohn, den er nie gekannt hatte. Stolz und Demut wallten so mächtig in ihm auf, dass ihn vor Dankbarkeit vor dem Universum ein Zittern erfasste. All die Jahre mit all den Entbehrungen, all dem Leid und all der Wut hatten sich ausgezahlt.

Sein Sohn würde von Zaya hören! Seine Exfrau würde von Zaya hören! Die ganze Welt würde von Zaya hören!

»Kannst du das?«, fragte Chullun. »Wirfst du den ersten Stein?«

»Es ist mir eine Ehre!«, stammelte der Scharfschütze. »Nenn mir das Ziel.«

Erneut folgte eine kurze Stille, bevor Chullun befahl: »Schieß zuerst auf den Fahrer des vordersten Wagens, dann auf die Reifen. Und danach nimmst du dir den zweiten Wagen vor. Alles andere erledigen wir.«

»Es ist mir eine große Ehre!«, sagte Zaya. »Gott segne dich!«

Chullun erwiderte nichts. Er spitzte die Ohren, als hätte er in der Ferne etwas gehört. Da hörte es auch Zaya, ein Geheul weit im Osten, einen Kilometer oder mehr von hier, im Eisengestänge einer anderen Bauruine. Weitere Unsichtbare, die hoch in unfertigen Wolkenkratzern zu beiden Seiten der Straße lauerten, griffen den Ruf auf, wie ein Rudel wilder Hunde, die nach der Beute heulen. Als er die Männer hörte, dreißig an der Zahl, vielleicht mehr, die allesamt in das Geheul einstimmten und dann in Totenstille übergingen, wurde Zaya so aufgeregt, dass er sich fast bepisst hätte. Das geht doch nicht, dachte er panisch. Wer den ersten Schlag führt, darf doch nicht in die Hose pinkeln.

Er stand auf, ging mehrere Schritte auf die Stelle zu, wo rauer Zementboden auf dreißig Meter leere Luft stieß, und pisste über die Kante. Als er fertig war, trat er zurück und wandte den Blick wieder gen Osten.

*Da!*, dachte Zaya. *Da ist er!*

Scheinwerfer blitzten draußen auf der kalten Wüstenebene. Bald waren zehn Paar davon auszumachen, dann zwanzig, dreißig, bis der Konvoi aussah wie eine funkelnde Raupe, die auf die Geisterstadt zugekrochen kam. Zaya hörte ein scharfes Zischen hinter sich in der Dunkelheit. Ein chemischer Geruch wehte ihm in die Nase, wie von Farbe, doch dann änderte sich die Windrichtung, und der Geruch war weg. Je näher sich die Raupe heranschob, desto heller strahlten die Scheinwerfer.

Zaya hatte die Augen weit aufgerissen. Er wollte sich jedes Detail einschärfen, sich jedes Bild ins Gedächtnis brennen, um sich bis zu seinem letzten Tag daran zu erinnern. Die ersten Lastwagen fuhren in die Stadt. Er hörte Motoren aufheulen und Getriebe schleifen.

»Zaya!«, rief Chullun aus der Dunkelheit. »Zuerst den Fahrer.«

Zaya warf sich zu Boden und klemmte sich, erwartungsvoll zitternd, hinter die Dragunow. Schneller, als er es erwartet hatte, tauchten die ersten Scheinwerfer auf. Zaya stemmte sich den Gewehrkolben gegen die Schulter, drückte die Wange an den Lauf und wurde eins mit der Waffe.

Sein Atem wurde flach. Selbstzweifel quälten ihn. Du darfst das Ziel nicht verfehlen! Der erste Schuss der Rebellion darf nicht danebengehen!

Der erste Wagen tauchte auf, und alle Zweifel waren verschwunden. Monatelanges Training gewann die Oberhand. Groll erfasste ihn, geboren aus der jahrelangen Haft. Und er konzentrierte sich mit jeder Faser seines Körpers und seines Geistes.

Zaya zielte auf einen Punkt auf der Straße, der etwa 225 Meter entfernt und damit völlig innerhalb der Reichweite der Dragunow war, die 800 Meter betrug. Der anvisierte Lastwagen würde eine leichte Rechtskurve fahren, so dass der Fahrer dem Infrarot-Zielfernrohr direkt ausgeliefert wäre.

Zaya entsicherte die Waffe, holte tief Luft und atmete

langsam aus, bis der vorderste Lastwagen um die besagte Kurve fuhr. Die Scheinwerfer des zweiten Transportfahrzeugs beschienen die Schrift auf dem vordersten Laster: »PLA«.

Es handelte sich um einen Versorgungs- und Transportkonvoi der *People's Liberation Army*, der chinesischen Volksbefreiungsarmee.

*Perfekt*, dachte Zaya bitter. *Absolut perfekt.*

Mit weit aufgerissenen Augen bewegte Zaya das Fadenkreuz auf die Mitte der Motorhaube und dann bis zur Windschutzscheibe auf der Fahrerseite. Er dachte an seinen Sohn und drückte ab. Der Schuss kam überraschend, die Visitenkarte eines guten Scharfschützen. Die halbautomatische Dragunow verursachte wenig Rückstoß, und Zaya sah, wie dieses erste Leuchtspurgeschoss genau an der Stelle einschlug, die er anvisiert hatte. Es zertrümmerte die Windschutzscheibe und traf den Fahrer hoch in der Brust. Der Laster vollführte einen heftigen Schlenker.

Zaya richtete das Gewehr auf einen der Vorderreifen des Transporters und schoss erneut. Der Reifen zerbarst, und der Laster geriet ins Schleudern, ehe er von der Straße abkam und in einen Haufen Bauschutt krachte. Der Scharfschütze änderte seine Position, fand die Windschutzscheibe des zweiten Lasters, dann die Silhouette des Fahrers und tötete ihn. Der Wagen endete im selben Schutthaufen wie der erste.

Leuchtkugeln wurden abgefeuert, stiegen auf und erhellten, als sie explodierten, die Gerippe der Geisterstadt und die gesamte Länge des chinesischen Militärkonvois. Zu beiden Seiten der Straße wurde aus Maschinengewehren auf den Konvoi gefeuert.

Am östlichen Rand der Geisterstadt explodierten etliche Bomben. Die gewaltigen Detonationen kappten die Beine eines zwanzig Stockwerke hohen Eisenskeletts, das mit Getöse über der Landstraße zusammenkrachte und dem Konvoi den Rückzug abschnitt.

Im schwindenden Licht der Leuchtkugeln rannten chinesische Soldaten aus den Transportfahrzeugen in den tödlichen Kugelhagel, der von allen Seiten auf sie niederprasselte.

»Es hat funktioniert!«, schrie Zaya.

Er suchte sich ein neues Ziel, als er Chullun durch das Gewehrfeuer hindurch rufen hörte: »Zaya!«

Der Scharfschütze wandte den Kopf, merkte, dass Chullun direkt neben ihm stand, so nah, dass Zaya in den Lauf seiner Pistole blickte, die auf seinen Kopf zielte.

»Tut mir leid, aber es muss sein«, rief Chullun. »Nichts Persönliches.«

Zaya erlebte einen Augenblick der Verwirrung, ehe ein greller Blitz und eine Explosion seinen revolutionären Ideen ein Ende setzte.

# 26

## Freitag, 2. November, 2.56 Uhr, Ortszeit Neu-Delhi

Ein weißer Volvo-Pick-up mit dem Emblem von Neu-Delhis Baubehörde fuhr im Zentrum der indischen Hauptstadt auf der Ashoka Road in nördlicher Richtung. Der Wagen wurde langsamer und hielt zwischen der Bank of India und dem National Philatelic Museum. Fünf Männer in weißen Overalls, Gummistiefeln und orangefarbenen Schutzhelmen stiegen aus.

Zu dieser Uhrzeit war der Verkehr in Neu-Delhi eher spärlich. Sie stellten blinkende Baustellenabsperrungen um einen abgedeckten Kanalschacht, als ein Streifenwagen neben ihnen anhielt.

»Was wird das hier?«, fragte der Beamte am Steuer, eher neugierig als misstrauisch.

Der größte der fünf Männer sagte: »Es hat viel geregnet in den vergangenen zwei Tagen, Sahib. Angeblich sind die Abflüsse verstopft. Wir wollen nur sichergehen, dass die Hauptleitung kein Leck hat.« Er machte eine vage Geste gen Norden.

Der Polizist am Steuer fragte: »Ihr sperrt doch die Straße nicht etwa bis zur Hauptverkehrszeit, oder?«

»Keine Sorge«, beruhigte ihn der Arbeiter. »In spätestens einer halben Stunde sind wir hier fertig.«

»Na dann viel Vergnügen. Ich beneide euch nicht«, sagte der Beamte.

Der Arbeiter zuckte die Schultern. »Wir ersaufen nicht, sind angeseilt.«

Zu seiner Erleichterung kam hinter dem Streifenwagen ein kleiner Bus angefahren, auf dem sich Menschen zwischen Tieren und Kisten drängten, und die Polizisten fuhren weiter. Er drehte sich zu den Männern um, die ihre Arbeit unterbrochen hatten.

»Ich hab mir beinah in die Hose geschissen«, sagte einer.

Lachend gingen die anderen erneut daran, den Kanaldeckel aufzustemmen. Sie hoben ihn heraus und legten ihn beiseite. Der Gestank aus dem Loch war widerlich und das Rauschen des Wassers überraschend laut.

Zwei der Männer, Qutub und Akbar Ali, waren Vettern, schlank, robust, Mitte dreißig. Sie zogen strapazierfähige Gummihandschuhe über, die bis zum Ellbogen reichten, schalteten die Stirnlampen ein und kletterten über eine schmiedeeiserne Leiter hinunter in die Kanalisation von Neu-Delhi.

Es hatte tatsächlich vor einigen Stunden geregnet, und so stand das Wasser im Rohr höher und floss schneller als üblich. Die Vettern klammerten sich oberhalb der Strömung an die Leiter und warteten, während die anderen drei einige schwere, gummierte Seesäcke vom Lastwagen zum Einstiegsloch schafften.

Zwei Seesäcke wurden nach unten gereicht, und jeder der Vettern lud sich einen auf den Rücken, bevor er ins Wasser stieg. Zwei Mitstreiter, ebenfalls mit wasserdichten Säcken auf dem Rücken, folgten ihnen. Sie waren groß und muskulös, mit dichten, kurz geschorenen Bärten und bronzefarbener Haut. Sie mussten die Köpfe einziehen, um nicht mit ihren Helmen an der Decke des Kanals entlangzuschrammen.

Die Vettern hatten es sich angewöhnt, die beiden »Nummer eins« und »Nummer zwei« zu nennen. Ihre richtigen Namen kannten sie nicht. Nummer eins und Nummer zwei wiederum kannten die wahre Identität und Reputation der beiden Ali-Vettern nicht. Die vier waren sich am Vorabend zum ersten Mal begegnet, doch sie alle kannten den Plan.

Nummer eins, der mit der Polizei gesprochen hatte, kletterte als Letzter in die Kanalisation. Er blickte zum fünften Mann hinauf und sagte: »Schalte den Generator ein, sobald du ihn angeschlossen hast.«

»Zwanzig Minuten, allerhöchstens«, versprach der Fahrer und schob den Kanaldeckel wieder an seinen Platz. Mit einem Scheppergeräusch erstarb der Lärm der Stadt.

Die Vettern beobachteten, wie Nummer zwei ein Smartphone in einer wasserdichten Hülle hervorholte. Den Truck würden sie in der Nähe eines Slums abstellen, wo er binnen Stunden ausgeschlachtet und mit so vielen Fingerabdrücken übersät sein würde, dass sämtliche Spuren, die sie aus Versehen darin hinterlassen hatten, komplett unkenntlich wären.

Nummer zwei deutete mit dem Smartphone stromaufwärts. »Fünfhundert Meter.«

Akbar Ali ging voran, stemmte sich gegen den stinkenden Strom, der wie alles Wasser auf dem Subkontinent in Richtung Ganges und damit in Richtung Meer floss. Der ältere der Ali-Vettern atmete durch den Mund, um sich wegen des infernalischen Gestanks nicht übergeben zu müssen. Sein Vetter Qutub, dicht hinter ihm, schleppte sich im selben Tempo voran wie schon Hunderte Male zuvor in den Bergen des Hindukusch, mit einer Last beladen, die selbst den Rücken eines Esels strapazieren würde.

Nummer eins und Nummer zwei rümpften angewidert die Nasen, während sie, ein wenig vornübergebeugt, den Ali-Vettern hinterhertrotteten. Sie alle hatten ein gemeinsames Ziel, das sie um jeden Preis zu erreichen versprochen hatten, selbst wenn es das Leben kostete. Der Fußmarsch von fünfhundert Metern nahm fünfzehn Minuten in Anspruch. Schließlich erreichten sie einen

Kanalabschnitt, der ungefähr einhundert Meter lang und nicht von Einstiegslöchern oder Gullideckeln unterbrochen war.

»Genau hier müsste es gehen«, sagte Nummer zwei und deutete auf die schmierige, gebogene Ostmauer des Kanals.

Nummer eins öffnete seinen wasserdichten Seesack, holte ein kleines Elektrogerät heraus und schaltete es ein.

»Wie funktioniert das?«, fragte Akbar.

Nummer eins erklärte: »Unser Freund oben geht zum nächsten Trafo. Er schließt einen sogenannten Tonimpulsgenerator an die Hauptleitung und schaltet ihn ein. Der Impuls wandert durch die Leitung und in alle Richtungen.«

Er schüttelte sein Gerät. »Dies hier ist ein Signalempfänger, abgestimmt auf die Pulsfrequenz.«

Qutub runzelte die Stirn. »Das Ding da *hört* den Strom?«

»So ungefähr«, sagte Nummer zwei.

Nummer eins trat an die Wand und hielt den Sensor gegen den Zement. Auf der Oberseite des Empfängers gab es analoge und digitale Anzeigen, doch keinerlei Hinweis auf ein pulsierendes Signal. Zwei Minuten verstrichen, dann fünf.

Qutub Ali fragte: »Bist du sicher, dass wir hier –?«

Nummer eins wandte sich zu ihm um und erwiderte grinsend: »Hundertprozentig sicher.« Er kippte die Oberseite des tragbaren Geräts, um ihnen zu zeigen, wie die Nadel auf der analogen Skala sich hob und wieder senkte.

Nummer zwei, ein Winkeleisen von etwa fünf Zentimetern Breite und einem Meter Länge in der Hand, trat vor, legte es waagerecht an die Wand an und zog eine Kreidelinie, was er sechzig Zentimeter darunter, an der Stelle, wo der Puls abgehört wurde, wiederholte.

Als er fertig war, sagte er zu den Vettern: »Jetzt seid ihr an der Reihe.«

Die Vettern kramten in ihren Säcken. Akbar Ali holte eine Bohrmaschine heraus und Qutub Ali einen etwa dreißig Zentimeter langen Bohrer. Sie setzten ihn ein. Dann begann Akbar am rechten Ende der oberen waagerechten Linie ein Loch zu bohren. Die Karbidspitze wand sich mit einem heftigen Mahlgeräusch durch den Zement. Eine Minute später spürte Akbar, wie der Bohrer durch die Mauer stieß, und rammte ihn mehrmals vor und zurück, um das Loch von Schutt zu befreien. Heftig schwitzend reichte er die Bohrmaschine seinem Vetter, der den Vorgang in der Mitte der oberen Linie und dann am linken Ende wiederholte. Nummer eins und Nummer zwei vervollständigten den Prozess, indem sie im gleichen Abstand drei Löcher in die untere Linie bohrten.

Mittels eines kleineren Bohrers stanzte Akbar Löcher in den Zement und befestigte dicht unterhalb der beiden Kreidelinien schmale Winkelstützen an der Kanalwand. Er hängte die langen Winkeleisen in die Stützen.

Nummer eins und Nummer zwei hatten sich die Kapuzen ihrer Overalls über den Kopf gezogen und setzten Gasmasken auf. Als auch die Vettern sich so vorbereitet hatten, holte Akbar Ali eine große Flasche hervor, die mit den Buchstaben »HF«, einem Totenschädel und gekreuzten Knochen gekennzeichnet war. Er goss eine großzügige Menge Fluorwasserstoffsäure auf das untere Winkeleisen und in die drei Löcher. Fast sofort gaben Zement und Metall giftige Dämpfe ab, als die Säure ihre ätzende Wirkung entfaltete. Sie reagierte nicht mit Plastik, weichte aber den Zement auf wie Wasser altbackenes Brot und würde sich bald auch durch das Eisen fressen.

Die vier Männer beobachteten das Arbeiten der Säure und gossen welche nach, als die chemische Reaktion nachzulassen schien. Nach 35 Minuten sah man unebene Einschnitte in Form eines zweigeteilten Rechtecks in der Wand.

Akbar holte einen Plastikbehälter heraus, der mit feinem weißen Granulat gefüllt war. Er schüttete kleine Haufen des trockenen Säureneutralisators in die Schlitze, bevor die Säure das Wasser erreichte. Als er sich überzeugt hatte, dass die Reaktion gestoppt war, sah er sich nach Nummer eins und Nummer zwei um. Die größeren Männer näherten sich mit kurzstieligen Holzhämmern und schlugen gegen das Innere des Rechtecks. Ein Großteil des Zements um die Kanten war aufgrund der ätzenden chemischen Reaktion krümelig, und so brachen zunächst kleinere Teile, dann ganze Brocken heraus.

Sobald das Loch groß genug war, um hindurchzuleuchten, blickten sie wie erhofft in einen etwa einen Meter breiten Spalt zwischen dem Kanal und einer zweiten Zementmauer. Als die Öffnung endlich weit genug war, dass jeder von ihnen hindurchpasste, war es fast vier Uhr morgens.

»Wir haben noch zwei Stunden und zehn Minuten, um die Sache zu Ende zu bringen«, sagte Nummer zwei, der mit seiner Stirnlampe in das klaffende Loch in der Kanalmauer leuchtete, wo eine Stromleitung von etwa 35 Zentimetern Durchmesser zum Vorschein kam. »Dass ihr mir ja nicht an dieses kleine bösartige Arschloch hier kommt!«

Die Ali-Vettern, Nummer eins und Nummer zwei brauchten gut vierzig Minuten, um sich im schmalen Spalt zwischen den beiden Mauern entlangzuhangeln. Mit Rücksicht auf die Stromleitung, die sie mit zigtausend Volt erschlagen konnte, tasteten sie sich behutsam voran, bis in der Ferne endlich ein schwaches Licht zu sehen war.

Alle vier Männer schalteten ihre Stirnlampen aus und ertasteten sich den Weg bis zu dem trüben Licht, wo der Spalt breiter wurde und die Stromleitung durch einen großen Schaltkasten führte. Gegenüber befand sich eine stählerne Luke, die mit einem Vorhängeschloss gesichert war.

Wortlos holte Nummer eins die letzten Gegenstände aus seinem Stausack: eine Taschenlampe und eine Rolle Magnesiumband. Er klemmte Abschnitte des Bands ab und reichte sie Nummer zwei, der die Streifen um die Türangeln der Luke legte. Wieder setzten die vier Männer Gasmasken auf.

Um 4.32 Uhr knipste Nummer eins die Taschenlampe an und leckte an den Magnesiumbändern. Die entzündeten sich zischend mit einer gleißend hellen Flamme, die sich sauber durch die Metallangeln fraß. Nummer zwei fasste mit behandschuhten Fingern unter ein Scharnier der Tür und versetzte ihr einen Stoß mit der Schulter. Die Tür gab knarzend nach und hing aus den Angeln, nur noch von Riegel und Schloss sowie den kräftigen Fingern von Nummer zwei gehalten.

Die Ali-Vettern wanden sich durch die Luke, fielen etwa einen Meter nach unten und landeten auf losem Stein neben stählernen Schienen in einem hohen Tunnel. Dann folgte Nummer eins und schob seine Schulter unter die Luke, damit auch sein Partner hindurchsteigen konnte. Gemeinsam drückten sie die Luke wieder in den Rahmen. Auf den ersten Blick sah alles unverändert aus, bis auf ein paar kleine Brandspuren.

Es war 4.46 Uhr am Morgen. In einer Stunde und vierzehn Minuten würde die Stromschiene zum Leben erwachen und sich der erste Zug der U-Bahn in Neu-Delhi in Bewegung setzen. Die vier Männer wollten spätestens um zehn nach fünf den Tunnel verlassen haben. Sie hatten noch 25 Minuten, um ihren Auftrag zu erfüllen, und liefen in nördlicher Richtung weiter.

Einige Minuten später, in einer langgezogenen Kurve, stießen sie auf einen der Züge, der reglos und dunkel vor ihnen stand. Akbar Ali und Nummer eins begaben sich auf die rechte Zugseite. Qutub Ali und Nummer zwei auf die linke. Beide Teams näherten sich auf Händen und Knien kriechend dem vordersten Waggon, der sechzig Meter von der Haltestelle Patek Chowk entfernt stand – eine von mehreren Haltestellen, die täglich von unzähligen Regierungsangestellten genutzt wurden. Die Ali-Vettern legten sich auf den Boden und rollten sich unter die Spitze des Zugs, wobei sie die Stromschiene sorgsam vermieden, auch wenn sie angeblich tot war. Nummer eins und Nummer zwei reichten ihnen Päckchen in mattem Silberpapier, etwa in der Farbe des Zugbodens, die sie mit Hilfe eines dünnen Drahtes befestigten. Dann rollten sie sich wieder hervor.

Nach all dem, was sie bereits hinter sich hatten, war dies geradezu ein Kinderspiel gewesen. Wortlos deutete Nummer zwei in Richtung der Mauerluke, durch die sie gekommen waren. Sie verteilten sich wieder auf die beiden Zugseiten, ehe alle vier den Rückweg antraten, die beiden Vettern jeweils voran.

Keinem der Alis war aufgefallen, dass ihre größeren Begleiter noch immer die kurzstieligen Hämmer in den Fäusten hielten. Ohne Vorwarnung versetzte Nummer eins Akbar Ali einen krachenden Schlag in den Nacken, der ihm das Rückgrat spaltete. Als Qutub Ali das Geräusch hörte, bückte er sich, um unter dem Waggon hindurchzuspähen. *Noch besser*, dachte sich Nummer zwei und zerschmetterte Qutub den exponierten Nacken.

Sie schleiften die leblosen Körper der Vettern unter den Zug und legten sie hinter den Rädern ab, wo niemand sie bemerken würde. Sie platzierten sie Seite an Seite, mit den Füßen in Richtung Zugspitze und den Schultern an der Stromschiene. Um sicherzustellen, dass die Leichen vom Zug mitgeschleift würden, sobald er sich in Bewegung setzte, führten sie eine Drahtschlinge von den Knöcheln der Toten zur Unterseite des Waggons. Während

Nummer zwei Zeichen an die Tunnelwand sprühte, blieb sein Begleiter unter dem Zug, um Akbar eine kleinere Version des matt schimmernden Päckchens in den Overall zu stecken. Es war mittlerweile 5.05 Uhr am Morgen.

»Noch fünf Minuten«, flüsterte Nummer zwei, während sie das Weite suchten.

»Läuft alles wie am Schnürchen«, sagte Nummer eins, und die beiden stießen ihre Fäuste aneinander.

# 27

## *Donnerstag, 1. November, 14.45 Uhr, Ortszeit Ostküste USA*

## *Freitag, 2. November, 2.45 Uhr, Ortszeit Malaysia*

Monarch sah aus dem Fenster des Wasserflugzeugs. Der Mond, zu drei Vierteln voll, stand hell am äquatorialen Nachthimmel. In seinem Licht glänzte das Wasser vor der Küste Nordmalaysias wie blanker Stahl.

»Können Sie den Vogel ohne Licht nach unten bringen?«, fragte Monarch.

Der Pilot nickte, riet ihnen, sich festzuhalten, drosselte den Motor und setzte zur Landung an. Im selben Moment vibrierte Monarchs iPhone. Er zog es aus der Tasche und sah Barnett auf der Face-Time-App. Sie wirkte erschöpft.

»Die Sons of Prophecy haben ein weiteres Video gepostet«, begann sie.

»Bleib dran«, sagte er. Er winkte Song Le heran, die hinter ihm saß, und aktivierte den Lautsprecher. »Wieder Lawton und die ausländischen Minister?«

»Diesmal nicht«, antwortete Barnett. »Es zeigt einen ausgeklügelten Angriff auf einen chinesischen Militärkonvoi in einer dieser Geisterstädte der Zentralmongolei. Das Ganze hat vor etwa sechs Stunden stattgefunden. Das Video endet mit den Worten: »Söhne der Prophezeiung, die Revolution beginnt.«

Diese Entwicklung überraschte Monarch. Sogar Song Le war ausnahmsweise fassungslos.

»Es braucht schon sehr viel Chuzpe, um die PLA auf ihrem eigenen Grund und Boden anzugreifen«, sagte er.

»Und eine Menge Männer und Waffen«, pflichtete Barnett ihm bei. »Angeblich sind fünfzig PLA-Soldaten ums Leben gekommen.«

»Fünfzig?«, rief Song Le ungläubig aus und holte ein Satellitentelefon aus der Tasche. »Ich muss meine Vorgesetzten anrufen.«

Monarch nickte. Sie waren jetzt nur noch zweihundert Meter über dem Wasser und setzten zur Landung an.

Er verdrängte vorerst die Vorgänge in China und fragte Barnett: »Kannst du uns einen besseren Blick auf das Dorf verschaffen?«

»Und ob ich das kann«, sagte sie. »Ich habe Seekarten gefunden, auf denen die Flussmündung und sämtliche Kanäle zu sehen sind, die von ihr abgehen. Ich schick sie dir sofort. Und Dr. Hopkins hat uns eben ein Satellitenbild mit höherer Auflösung zukommen lassen. Es ist vor etwa drei Stunden entstanden. Wie es aussieht, leben fast hundert Personen im Bereich der Flussmündung. Die meisten sind Schüler eines Internats, das ihr am besten umgeht.«

»Danke. Hast du Mahdi ausfindig gemacht?«

»Nein«, antwortete sie. »Allerdings gibt es am nördlichen Dorfrand so etwas wie ein Camp, wie du anhand der Satellitenfotos sehen wirst. Ich würde mein Augenmerk darauf richten.«

»Die anderen?«

»Kommen gegen 13.00 Uhr.«

»Was gibt es über die ermordete Familie zu sagen?«

»Noch nicht viel. Doch ich bin als Journalistin unterwegs und kann Fragen stellen. Das heißt zwar nicht unbedingt, dass sie antworten, aber zumindest kann ich fragen.«

»Hast du herausgefunden, von wo aus das Video diesmal eingestellt wurde?«

»Bin noch dabei.«

»Pass auf dich auf«, sagte Monarch und legte auf.

Song Le hinter ihm sprach unterdessen schnell auf Mandarin. Bevor er sich darauf konzentrieren konnte, was sie sagte, klatschte das Flugzeug zweimal auf den Wellen auf, wasserte und glitt dann langsam bis zum Stillstand aus. Er warf einen Blick auf die GPS-App auf seinem iPhone. Sie waren ungefähr zwei Meilen von der Mündung des Sungai entfernt.

»Ihr habt fünf Minuten«, meldete der Pilot.

Monarch schälte sich aus den Gurten. Er ging nach hinten in den Frachtraum, wo Song Le ihr Gespräch beendet hatte und bereits das gefaltete Schlauchboot zum Ausgang schleppte. Monarch stieg auf einen der Schwimmer. Die Luft war warm und windstill, die See ruhig, fast gläsern. Er zog das Boot aus dem Flugzeug, faltete es auf und betätigte das Ventil der $CO_2$-Tanks, um es aufzublasen. Song Le warf Ruder und Seesäcke ins Boot und stieg ebenfalls auf den Schwimmer. Beide kletterten in das Schlauchboot und ruderten davon, während die Flugzeugmotoren hustend zu neuem Leben erwachten. Sekunden später hob der Vogel ab.

»Was sagen deine Vorgesetzten?«, fragte er sie vom hinteren Ende des Bootes aus.

»Jede Militärbasis im Land ist auf Alarmstufe Rot gesetzt«, antwortete Song Le. »Und man hat einen der toten Terroristen identifiziert. Ein gesuchter Dissident und Anarchist namens Zaya. Er ist vor etwa einem Jahr aus dem mongolischen Gefängnis freigekommen und danach untergetaucht.«

»Weiter nichts?«

»Noch nicht«, sagte Song Le. »Sie haben Ermittler in die Geisterstadt geschickt, doch es gibt dort keine verlässliche Stromversorgung, außerdem herrscht dort gerade ein Schneesturm.«

»Wir müssen unsere Sicht auf sie ändern, auf die SOP, meine ich. Ihr Aktionsradius und ihre Dreistigkeit sind doch größer, als wir dachten.«

»Fragt sich nur, wie umfangreich die Organisation wirklich ist.«

»Und wie diese Leute es schafften, so lange unsichtbar zu bleiben.«

Sie legten sich in die Riemen. Song Le war stark, und mit vereinten Kräften kamen sie gut voran. Nachdem sie eine halbe Meile zurückgelegt hatten, der Route des GPS folgend, das auf die Koordinaten der Flussmündung programmiert war, fragte Monarch: »Was hat dich eigentlich ins Ministerium für Staatssicherheit verschlagen?«

Mehrere Minuten verstrichen – er dachte schon, die chinesische Agentin habe ihn nicht gehört oder lehne es schlicht ab, Persönliches preiszugeben –, dann sagte Song Le: »Leute aus der Partei haben mich angeworben, weil ich eine gute Sportlerin war und ein Faible für Fremdsprachen hatte. Ich war zunächst für den militärischen Nachrichtendienst tätig, bevor ich zum Ministerium für Staatssicherheit versetzt wurde.«

»Wirklich? Und in welcher Sportart warst du gut? Pingpong?«

Mit einem strafenden Blick über die Schulter sagte sie: »Siebenkampf, Blödmann.«

Monarch konnte sich ein Schmunzeln nicht verkneifen. Vielleicht hatte Latham ja recht, und sie hatte es wirklich faustdick hinter den Ohren.

»Tut mir leid«, sagte er. »Hast du an der Olympiade teilgenommen?«

»Fast.«

»Wie lange bist du schon beim MSS?«

»Sieben Jahre«, antwortete Song Le und legte sich noch mehr ins Zeug. »Sechs davon im Feldeinsatz.«

»Hast du einen Freund?«

»Nein.«

»Einen Mann?«

Sie zögerte. »Er ist gestorben, bevor ich Agentin wurde. Und mit ihm mein … Sohn.«

Monarch sah ein, dass er sie falsch eingeschätzt hatte, und änderte seine Meinung von ihr. Zum ersten Mal, seit sie ihm auf der *Niamey* ihre Pistole an den Kopf gedrückt hatte, zeigte sie menschliche Regungen.

»Das ist hart«, sagte er. »Wie ist es passiert?«

»Ein tragischer Unfall«, antwortete Song Le und beließ es dabei.

»Und nach dem Tod der beiden hast du beschlossen, dich als Geheimagentin zu versuchen?«

»Mit den Tragödien ist es so eine Sache«, antwortete sie verhalten. »Kaum hat man sie überlebt, tun sich oft neue Wege auf. So war das zumindest bei mir, und ich hab meine Chance genutzt.«

Song Le schien keine Lust mehr auf Konversation zu haben, also legte sich Monarch noch stärker in die Riemen. Schließlich hatten die drei Geiseln nur noch knappe fünfundsechzig Stunden zu leben. Er warf einen Blick hinüber an die Küste. Würden sie sie dort finden? War dieser Mahdi ein Mitglied der SOP? Was hatte er mit dem Aufstand in der Mongolei zu schaffen?

Monarch hatte allmahlich den Verdacht, dass die einzelnen Aktionen von irgendeiner zentralen Autorität – ein oder mehrere führende Köpfe – koordiniert wurden und Bestandteile eines größeren Plans waren. Zielte dieser Plan darauf ab, die Welt aus den Fugen zu heben? Hatte die NSA in den Wochen vor der Geiselnahme nicht entsprechende Gerüchte gehört? Während er ruderte, rief er sich noch einmal ins Gedächtnis, was genau im *Situation Room* des Weißen Hauses besprochen worden war. War nicht von einem Anschlag in China die Rede gewesen?

Schon geschehen. Und von einem Staatsstreich in Indien? War so etwas denkbar?

Das Geräusch brechender Wellen holte Monarch aus seinen Gedanken. Wolkenfetzen jagten über den Mond und stürzten die Umgebung in tiefere Dunkelheit. Ein Blick auf das GPS auf seinem iPhone zeigte ihm, dass die Strömung sie mindestens zweihundert Meter nach Süden abgetrieben hatte.

Er stemmte sich in die Ruder und wandte das Schlauchboot nach Norden. Gemeinsam paddelten er und Song Le ohne Unterlass, bis die Dünung sie auf die Flussmündung zutrieb. Kurz davor warf eine weitere Welle sie seitwärts auf eine Sandbank.

Monarch und Song Le zerrten das Boot über die Sandbank in den Fluss. Die Durchfahrt war nicht sonderlich breit, nur etwa zehn Meter, und relativ seicht. *Die Gezeiten bestimmen hier die Navigation*, dachte Monarch. Ein Schiff mit Tiefgang konnte nur zu bestimmten Tageszeiten passieren.

Es war schwül, sobald sie den Strand verließen und in ein langgezogenes Delta paddelten, das wie ein See anmutete. Insekten umschwirrten sie. In den Sümpfen, wo es nach Salz und Moder roch, quakten Frösche und schrien nachtaktive Tiere. Während sie sich leise in südwestlicher Richtung bewegten, passierten sie die kleinere von zwei Inseln im Delta. Noch vierzig Meter, und Monarch steuerte das Boot in einen tiefen, breiten Kanal, der im Westen in einen schmaleren Flussarm mündete, nicht weit von dem Dorf Fikri entfernt.

»Halt an!«, zischte Song Le.

Monarch hörte auf zu rudern und horchte angestrengt in das Surren der Insekten und das unentwegte Froschgequake. Vom Westufer tönte ihnen betrunkenes Gelächter entgegen. Er lenkte das Boot ans Ufer, wo es gegen einen Baumstamm stieß, der ins Wasser gekippt war.

Song Le ließ sich in das brackige Wasser gleiten, kämpfte sich die schlammige Böschung hinauf und band das Boot an den Wurzeln des umgestürzten Baumes fest. Monarch war beeindruckt: Sie hatte dabei fast kein Geräusch gemacht.

Nachdem er die Pistole im Schulterhalfter überprüft hatte, stieg Monarch über den Bug aus dem Boot. Weit flussaufwärts sah er ein flackerndes Feuer.

»Du gehst vor«, sagte er zu der chinesischen Agentin.

Song Le schlich geräuschlos wie eine Katze, huschte leise raschelnd durch das Schilf und die Mangroven. Monarch war begabt in diesen Dingen, aber sie war noch besser.

»An dir ist ein Dieb verlorengegangen«, flüsterte er ihr ins Ohr, als sie stehen blieb, um zu horchen.

»Niemals!«, entgegnete sie und bog das Laub vor ihr auseinander.

Monarch spähte durch die Öffnung und sah zum ersten Mal die sechs Boote im Wasser schaukeln. Zwei waren windschnittige Schnellboote, die übrigen waren kürzer, mit Tiefgang, dunkel gestrichen und lagen auf einer Art Sandbank vor Anker. Ihre massiven Twin-Außenbordmotoren ragten aus dem Wasser. Der Strand selbst war menschenleer bis auf einen Mann, der mit einer Flasche in der Hand neben einer Feuerstelle kauerte und lachend mit sich selbst redete.

»Die Piratenhöhle«, flüsterte Monarch. »Zumindest ihre Anlegestelle. Du wartest ein paar Minuten, dann lenkst du ihn ab. Hauptsache, er schlägt nicht Alarm.«

»Und wie?«

»Was weiß ich? Bring deine weiblichen Reize ins Spiel.«

Bevor Song Le antworten konnte, setzte sich Monarch in Bewegung und schlüpfte gegen den Uhrzeigersinn durch ein Dschungeldickicht, bis er nur noch dreißig Meter von dem betrunkenen Wachposten entfernt war. Er hatte noch keine Minute so dagestanden, als Song Le aus dem Schilfgras in den Schein des Feuers trat.

Er lächelte. Sie hatte Pistole und Halfter in ihr Hemd gewickelt und schlenderte oben ohne verführerisch auf den Betrunkenen zu. Der Pirat hatte wohl aus dem Augenwinkel eine Bewegung wahrgenommen, denn er rappelte sich hoch und griff nach seinem Gewehr. Erst jetzt sah er sie deutlich, und seine Augen fingen an zu leuchten, als wäre ihm ein Traum in Erfüllung gegangen.

Song Le redete den Mann sanft auf Malaiisch an. Er stellte die Flasche ab und tat zwei unsichere Schritte auf sie zu. Monarch sprang von hinten auf ihn zu und hielt ihm seine Glock in den Nacken.

Der Pirat erstarrte und riss erschrocken die Augen auf, als Monarch den Pistolenlauf über seine Schläfe gleiten ließ und dann auf seine Stirn zielte. »Gut gemacht«, sagte er, während Song Le sich wieder ankleidete.

»Männer sind berechenbar«, stellte sie kurzangebunden fest.

»Meine Aufmerksamkeit hattest du jedenfalls«, scherzte Monarch.

Sie ignorierte ihn und wechselte auf Malaiisch ein paar schnelle Sätze mit dem Piraten. Monarch hörte »Akrit Mahdi«, aber sonst verstand er nichts. Zunächst starrte der Mann sie nur trotzig an, doch das verging ihm schnell. Stattdessen nickte er entsetzt.

»Was hast du zu ihm gesagt?«

»Dass ich eine Zauberin sei und ihm die Eier abschneiden würde, falls er uns nicht zu Mahdi führt«, antwortete sie.

»Eine Zauberin?«

»Die Malaien sind genauso abergläubisch wie die Chinesen.«

»Gut zu wissen«, sagte Monarch und revidierte erneut seine Meinung über sie.

Song Le zog ihre Pistole und sagte etwas auf Malaiisch, woraufhin der Mann kehrtmachte und sie an den Booten vorbei in die Dunkelheit führte. Die Agentin stieß den Piraten immer wieder voran. Monarch bildete das Schlusslicht auf dem Trampelpfad, der in westlicher Richtung durch hohes Gras und Schilfrohr schnitt.

Der Untergrund war schlammig, ein Hinweis darauf, dass der Weg viel begangen wurde. Monarch fragte sich, ob der Mann auf Verbündete zu stoßen hoffte oder sie einfach nur auf dem kürzesten Weg zu Mahdis Unterschlupf führte. Zum Glück begegnete ihnen niemand, während sie dem Pfad über Reisfelder und durch einen kleinen Bananenhain folgten. Es war 3.15 Uhr am Morgen, als Monarch schließlich in der Ferne mehrere Hütten ausmachte, das Dorf Fikri.

Ein Hund bellte halbherzig. Monarch hörte das Muhen von Rindern, als Song Le auf einem Erdwall oberhalb des Dorfes stehen blieb. Sie hielt dem Piraten noch immer die Pistole an den Kopf und flüsterte ihm etwas zu. Er antwortete in mehreren Sätzen. Die chinesische Agentin nickte und versetzte dem Mann unmittelbar hinter dem Ohr mit dem Pistolenknauf einen Schlag auf den Kopf, so dass er ihr vor die Füße fiel.

»Das da ist angeblich Mahdis Camp«, flüsterte sie und wies auf ein umzäuntes Gelände auf der anderen Seite des Dorfes. »Die Mauer ist mit Glasscherben gespickt. Dahinter schlafen drei Wachleute und ein scharfer Hund. Mahdi ist polygam. Er lebt mit drei Frauen zusammen, in deren Hütten er abwechselnd schläft.«

»Akrit«, sagte Monarch. »Du Verrückter.«

Doch in Gedanken befasste er sich bereits mit den Hürden, die es zu bewältigen galt. Eine mit Glasscherben gespickte Mauer stellte kein Problem dar; damit war er schon oft fertig geworden. Eine größere Hürde waren die drei Wachleute. Und eine noch größere der Hund. Und bei welcher Frau schlief Mahdi heute Nacht? Das wusste niemand.

Der Gestank nach fauligem Fisch stieg ihm in die Nase und lieferte eine mögliche Lösung für mindestens eines dieser Probleme. »Warte hier«, sagte er zu Song Le und schlich davon. Seine Nase führte ihn zu einer Art Müllhalde, nicht weit entfernt.

Er kam mit einer Jutetasche zurück, die nach Fisch stank. Im Geiste hatte er zwei der Hindernisse bereits überwunden.

»Wozu soll das gut sein?«, fragte Song Le.

»Für den Hund«, erklärte er.

Eine Waffe in der Rechten, die Tasche mit dem fauligen Fisch in der Linken, schlich Monarch auf das Dorf zu, dicht gefolgt von Song Le. Er machte ein Gebäude aus, das er für die Schule hielt, die Barnett ihm beschrieben hatte, und umging es großzügig. Er wollte nicht, dass einer der Jugendlichen wach wurde, sie beide entdeckte und Alarm schlug.

Schräg gegenüber blieb er stehen, in sicherer Entfernung von Mahdis Haus. Der Mond trat wieder aus den Wolken, und so konnte Monarch die Umrisse der mit Scherben gespickten Mauer besser erkennen.

Etwa dreißig Meter weiter rechts gab es eine hölzerne Pforte. Dahinter, vermutete Monarch, schliefen auf ihren Matten und unter Moskitonetzen die Wachleute.

Er flüsterte Song Le seinen improvisierten Plan zu, und ausnahmsweise stellte sie nicht jeden Aspekt in Frage, sondern nickte einfach.

Er bestimmte die Windrichtung und rannte dann, mit dem Wind, auf ein Dickicht zu. Song Le blieb ihm dicht auf den Fersen, so leise, dass er ihre Schritte hinter ihm nicht hörte.

Alle Sinne geschärft wie ein Panther, teilte Monarch geschmeidig das Blattwerk und kletterte behutsam, um den Wachhund nicht aufzuschrecken, über umgestürzte Baumstämme. Und als sie schließlich das westliche Ende der Mauer erreichten, hörten sie kein Gebell und kein Knurren oder Keuchen. Erleichtert griff Monarch in die Jutetasche und holte einen Fisch heraus.

Er schlitzte ihm den Bauch auf, öffnete dann den Rucksack, den Barnett für ihn gepackt hatte, holte den Verbandskasten heraus und fand darin ein Röhrchen Oxycontin-Schmerztabletten. Er schüttelte sechs der Pillen in den aufgeschlitzten Leib, steckte sie tief genug hinein, bis sie verschwunden waren, und schleuderte den Fisch dann über die Mauer, wo er klatschend im Dreck landete. Dann hastete er durch die Vegetation, die bis an die Mauer heranwucherte, und erreichte die Nordseite. An einer Stelle streckte ein Baum seine Äste über die Mauer. Dort blieb Monarch stehen und horchte.

»Was –«, begann die chinesische Agentin.

»Schscht«, zischte Monarch.

Eine volle Minute verstrich, ehe ein mampfendes Geräusch und ein zufriedenes Grunzen zu hören waren.

»Hunde können fauligem Fisch nicht widerstehen«, flüsterte Monarch Song Le zu. »Genau wie Bären. Er wird morgen mit einem verdorbenen Magen aufwachen, aber sonst wird ihm nichts fehlen.«

Das Festessen zog sich noch zwei Minuten hin. Danach blieb es fünf Minuten lang unerträglich still, bevor ein hartnäckiges Gejaule zu hören war, das in ein keuchendes Stöhnen überging.

»Und los geht's«, flüsterte Monarch. Der Hund, das wusste er, wäre viel zu betäubt, um anzuschlagen.

Er schleuderte die leere Jutetasche auf die Mauer. Als er sich umdrehte, um auf den Baum zu klettern, war Song Le ihm bereits zuvorgekommen. Sie kletterte wie ein Eichhörnchen, griff nach dem ersten dickeren Ast und hangelte sich daran entlang. Als sie direkt über dem Jutesack baumelte, ließ sie los und fiel zwei Meter nach unten. Ihre Schuhe berührten kurz die Mauer und zerdrückten die Glasscherben unter der Jute. Sie nutzte den Schwung und sprang in das Gelände.

Sie landete fast geräuschlos. Erneut beeindruckt von ihrer Wendigkeit, kletterte Monarch hinter ihr her und wagte wie sie einen geschmeidigen Sprung von der Mauer. Einen Arm gegen die Brust gepresst, rollte er sich über die Schulter ab und stand mit Schwung wieder auf den Beinen.

Song Le hatte sich schon wieder aufgemacht. Sie mied die reglose Gestalt des schnarchenden Hundes und steuerte auf die Vorderseite des Geheges zu. Monarch folgte ihr. Er sah vier Hütten, die im traditionellen malaiischen Stil gebaut waren: Sie standen auf niedrigen Pfählen, hatten steile Strohdächer, Wände aus Holzplanken mit Schnitzereien und mehrere Fenster, die mit Läden verschließbar waren. Der größte Bau war vermutlich das Haupthaus. Die drei kleineren, links davon, mussten die Schlafhütten der Ehefrauen sein.

Sie schlichen am Haupthaus vorbei. Ein Baby fing an zu weinen. Song Le erstarrte.

*Kinder*, dachte Monarch. Er hasste es, wenn Kinder in die Schusslinie gerieten.

In der angrenzenden Hütte beruhigte eine Frau das Kleine. Das Baby schrie erneut, und seufzte dann zufrieden, als es an die Brust der Mutter kam.

»Alles klar«, flüsterte Monarch.

Song Le hatte mit keinem Muskel gezuckt, jetzt aber nickte sie, schlich weiter und duckte sich hinter die Ecke des Haupthauses. Monarch hinter ihr entspannte sich, blieb aber stehen, so dass sie beide die Dunkelheit im Auge hatten. Sie zupfte ihn am Knie und deutete nach rechts. In etwa fünf Metern Entfernung lag unter einem Moskitonetz ein Mann auf einer Pritsche und schlief.

Monarch sah sich um und entdeckte vor dem Tor in der Mauer die Umrisse von zwei weiteren Nachtlagern.

Monarch machte Song Le auf sie aufmerksam. Die chinesische Agentin schlich auf den Schlafenden in der Nähe zu, während Monarch sich an die schlafenden Wachleute am Tor heranpirschte. Als er ein leises Geräusch hörte, das im Nu verstummte, wandte er den Kopf und sah, wie Song Le den Bewusstlosen knebelte und mit Kabelbindern fesselte.

Monarch beugte sich über die erste Torwache, hielt dem Mann Mund und Nase zu, ertastete geschickt seine Halsschlagader und ein Bündel Nerven unterhalb des Ohrs und drückte zu. Der Wachmann verlor das Bewusstsein.

Monarch brauchte nur Sekunden, um ihn zu knebeln und seine Hände und Beine zu fesseln. Als er sich wieder aufrichtete, schlich sich Song Le bereits an den dritten schlafenden Wachposten heran.

Monarch kam von der anderen Seite. Die Chinesin erreichte den Mann zuerst und hob das Moskitonetz an. Im selben Moment fuhr der Wachmann aus dem Schlaf und schrie erschreckt auf. Anstatt jedoch Song Le beizuspringen, eilte Monarch auf die drei Hütten zu. Die Agentin brachte den Mann unterdessen mit einem gezielten Schlag auf den Schädel zum Schweigen.

Da fing das Baby erneut an zu weinen, und aus den Hütten drang verwirrtes Gemurmel. Aus dem mittleren Pfahlbau war die verhaltene Stimme eines Mannes zu hören. Monarch duckte sich unter ein offenes Fenster an der Vorderseite der Hütte. Eine ganze Weile hörte er nichts, dann knarzte die Tür der Hütte gleich neben dem Haupthaus, in der das Baby geweint hatte.

Monarch spähte um die Ecke der mittleren Hütte und entdeckte die Silhouette einer Frau, die etwas auf Malaiisch rief. Die Tür der mittleren Hütte öffnete sich, doch niemand antwortete, und niemand kam heraus.

Da stupste durch das offene Fenster ein Lauf Monarch an, und er hörte eine barsche Männerstimme. Monarch begriff und ließ die Pistole fallen. Der Mann kletterte aus dem Fenster. Er hielt dabei eine Pistole auf Monarchs Kopf gerichtet – das Manöver eines Profis.

Der Schütze bedeutete Monarch aufzustehen und stieß ihn vor sich her über den Hof. Er rief einige Worte auf Malaiisch, woraufhin die Frau aufschrie und das Baby erneut anfing zu schreien.

Hinter den Hütten sprang hustend ein Generator an. Drei Glühbirnen beleuchteten Song Le, die hinter der jungen Mutter stand und ihr die Pistole an die Schläfe drückte.

Die chinesische Agentin brüllte in malaiischer Sprache auf den Schützen ein. Er brüllte zurück und entsicherte die Waffe, die er Monarch an den Kopf hielt. Song Le richtete die Pistole auf die Schläfe des Babys.

»Keine gute Idee«, sagte Monarch.

»Engländer? Amerikaner?«, wollte der Schütze wissen.

»Ich spreche englisch. Akrit Mahdi?«

Ein Zögern. »Sag Schlampe, sie soll meinen Sohn in Ruhe lassen.«

»Ist dein Sohn ein Sohn der Prophezeiung?«, fragte Song Le.

»Weg mit Waffe, oder der hier stirbt«, drohte Mahdi und bohrte Monarch den Gewehrlauf in den Nacken wie einen Speer.

»Ist mir egal«, erwiderte die Chinesin. »Aber falls du ihn tötest, stirbt zuerst dein Baby, dann deine Frau, und dann stirbst du. Das schwör ich dir.«

Mahdis Frau musste etwas davon verstanden haben, weil sie mit flehender Stimme auf den Piraten einredete. Nach einer schier endlosen Weile senkte dieser die Waffe. Monarch blickte über die Schulter und sah einen kleinen, drahtigen, dunkelhäutigen Mann ohne Hemd.

Mahdi hielt die AK-47 gesenkt, blieb aber trotzig. »Was du willst von mir, Mann?«, fragte er.

»Die Außenministerin, Agnes Lawton«, antwortete Monarch mit einem Blick auf seine Pistole, die hinter dem Mann auf dem Boden lag.

»Und Minister Fung«, sagte Song Le.

Mahdi blickte von einem zum anderen. Zunächst war er sichtlich verwirrt, dann begann er ungläubig zu grinsen und bleckte die Zähne, die vom Betelnusskauen rot verfärbt waren.

»O ja, die sind hier!«, keckerte er. »Hab ich hier in meiner Hütte versteckt, und ganze Welt sucht nach ihnen. Ihr glaubt echt, ich so hart drauf?

# 28

Der Pirat behauptete, von der Entführung der Diplomaten nichts zu wissen, und Monarch war fast geneigt, es ihm zu glauben. Allerdings erinnerten ihn Mahdis rot verfärbte Zähne an den Fleck an der Wand in Agnes Lawtons Schiffskabine.

»Wie viele Männer hast du zur Verfügung?«, fragte Monarch.

Mahdis Grinsen verflog, doch er sagte nichts.

»Wird's bald!«, fuhr Song Le ihn an und richtete die Pistole wieder auf das Gesicht des Kindes.

»Kommt auf Größe des Fisches an, den ich fangen will«, erwiderte der Pirat.

»Wie wäre es mit einem Öltanker?«

»Öltanker?«, wiederholte Mahdi. »Zu groß für mich. Ich fange kleinere Fische. Wir haben nur sieben Boote, aber die sind schnell.«

»Seid ihr auch während des Taifuns draußen gewesen?«

»Nur ein Verrückter fährt bei Taifun raus aufs Meer. Und ich bin nicht verrückt.«

»Aber du bist ein Pirat«, sagte Monarch.

»Ist das verboten?«, fragte Mahdi.

Monarch musste sich ein Grinsen verkneifen.

»Ich hab viele hungrige Mäuler zu stopfen«, erklärte Mahdi schulterzuckend. Archie Latham hatte erwähnt, dass der Pirat angeblich Waffen im Wert von acht Millionen Dollar kaufen wollte, fiel Monarch ein. »Bist du ein Moslem?«

Der Pirat wurde wieder ernst. »Und wenn?«

»Radikaler Moslem?«

Mahdi musste lachen. »An Geld interessierter Moslem.«

»Für den Dschihad?«

»Für Mahdi.«

Monarch sah ihn prüfend an und glaubte ihm. »Na schön, du fängst kleine Fische. Und wer fischt im Südchinesischen Meer und hätte genügend Mumm, um drei der dicksten Fische der Welt an Land zu ziehen? Weißt du das?«

»Pirat oder Terrorist?«

»Sowohl als auch.«

Mahdi überlegte, wollte schon den Kopf schütteln, doch dann wurde sein Blick versonnen. »Ja, einer fällt mir ein. Der ist radikal genug.«

»Also?«, forderte Song Le ihn auf.

»Ein Indonesier«, sagte Mahdi. »Startet lieber einen großen Angriff als viele kleine. Klaut Tanker, Palmöl und all so was. Für ein mächtiges Syndikat.«

»Name?«, fragte Monarch.

»Wirklichen Namen kenn ich nicht, hab ihn auch nie gesehen, nur von ihm gehört. Er nennt sich ›Ramelan‹«, erzählte Mahdi. »Das indonesische Wort für ›Prophezeiung‹.«

Das passte. Aber gab es diesen Ramelan wirklich?

»Wo finden wir ihn?«, fragte Song Le.

Der malaiische Pirat zog die Mundwinkel nach unten. »Er arbeitet in tiefe Gewässer im Osten und Norden. Große Schifffahrtswege. Wie gesagt, nicht Mahdis Liga.«

»Und er arbeitet für ein mächtiges Syndikat, dieser Ramelan?«, fragte Monarch.

Die Frage machte Mahdi sichtlich nervös. »Das sind alles nur Gerüchte.«

Monarchs Diebeslogik kehrte zu den Waffen zurück, die Mahdi angeblich versucht hatte zu kaufen, und er hatte eine Idee. »Wo sind denn die Gewehre, Granaten und Raketen, die du im Januar kaufen wolltest?«

Diese Frage brachte den malaiischen Piraten sichtlich aus dem Konzept. »Ich doch nicht«, brachte er endlich hervor. »Du hast den Falschen erwischt.«

»Das ist nicht wahr«, sagte Song Le. »Wir haben Augenzeugen im Südchinesischen Meer, die behaupten, du hättest dich im Januar nach Waffen erkundigt.«

Das entsprach zwar nicht ganz den Tatsachen, aber Monarch bewunderte ihren Instinkt.

Mahdi zögerte erneut. »Na schön, ich hab versucht, welche zu kriegen, hat aber nicht geklappt.«

»Dann bist du wohl auf den Elektrogeräten sitzengeblieben, die du geklaut hast?«, fragte Monarch.

Mahdi lächelte wieder. »Nein, das Zeug ich bin längst losgeworden.«

»Über das Syndikat?«, fragte Monarch. »Ramelans Syndikat?«

Das Grinsen verpuffte. »Nein, ich weiß nichts –«

»O doch«, unterbrach Monarch. »Wer hat dir die Elektrogeräte und die Waffen abgekauft?«

Mahdis Augen schweiften umher, als suche er nach einem verlorenen Gegenstand. »Ich weiß es nicht mehr –«

»Es ist tragisch, einen Sohn zu verlieren, glaub mir«, sagte Song Le und riss das Baby abrupt an sich. Die Frau fing laut an zu weinen und ihren Mann auf Malaiisch anzuflehen.

Hin und her gerissen bettelte Mahdi: »Ich kann es euch nicht sagen. Er bringt mich um. Er bringt uns alle um. Er ist überaus gefährlich.«

»Wir sind auch überaus gefährlich«, knurrte Monarch. »Du hast die Wahl: Entweder du redest, oder dein Sohn hier stirbt.«

Die Chinesin entsicherte die Pistole.

Mahdis Frau ging auf die Knie, winselte um Gnade.

»Ich sag es euch«, rief Mahdi endlich. »Gib meiner Frau meinen Sohn zurück.«

Song Le gab der Mutter mit versteinerter Miene das Kind zurück.

»Er bringt euch um«, versprach Mahdi. »Den kriegt ihr nie.«

»Wir versuchen es trotzdem«, erwiderte Monarch. »Sein Name?«

»Du bist ein toter Mann!«, betonte Mahdi.

»Sein Name?«

Der Pirat gab endlich klein bei. »Tengku«, sagte er. Lebt in KL, in einem dieser silbernen Türme. Ihr könnt nicht –«

Plötzlich hörte man jenseits der Mauer Männerstimmen. Sie kamen näher. Mahdi hob den Kopf. Jemand hämmerte gegen das Tor und brüllte etwas auf Malaiisch.

»Sie haben den Burschen gefunden, der die Boote bewacht hat«, übersetzte Song Le.

Gewehrschüsse krachten. Sie versuchten, das Tor aufzuschießen.

Mahdi legte ebenfalls auf Monarch an. Doch der war flinker. Mit einer blitzschnellen Bewegung packte er den Lauf und hob ihn in einer Drehbewegung über Mahdis Kopf. Diese Bewegung lockerte seinen Griff. Monarch entriss dem Piraten die Pistole und schlug ihn mit dem Griff auf den Solarplexus. Aufstöhnend sank der Pirat zu Boden.

Song Le hatte sich schon davongemacht. Während ihr die Mutter mit dem schreienden Kind verdutzt hinterherblickte, lief sie auf die Stelle zu, wo sie beide hereingekommen waren. Monarch griff sich unterdessen die Pistole, rannte auf die Rückseite der Hütten und jagte zwei Kugeln in den Generator. Die Lichter erloschen, und er eilte hinter der chinesischen Agentin her.

»Wie kommen wir über die Mauer?«, keuchte sie, als er sie eingeholt hatte.

»Keine Ahnung.«

Song Le stolperte in einen Graben. Monarch konnte ausweichen und packte sie am Ellbogen, um sie am Hinfallen zu hindern.

»Was soll das?«, knurrte sie und schüttelte ihn ab.

»Es gibt noch einen anderen Weg nach draußen«, sagte Monarch, machte kehrt und rannte zurück, um seine Vermutung zu bestätigen.

Während weitere Schüsse krachten, bemerkte er erleichtert, dass der Graben so etwas wie ein Abflusskanal war, der auf die südöstliche Ecke des Geländes zuführte. Monarch machte sich nicht die Mühe, dem Graben zu folgen, sondern rannte auf die besagte Ecke zu. An der Stelle, wo der Graben die Mauer erreichte, befand sich ein großes Eisengitter.

Er ging in die Hocke, zog daran und spürte, dass es sich nur wenig bewegen ließ. Das Eingangstor schlug auf. Mahdi brüllte den Männern etwas zu.

»Hilf mir«, bat Monarch.

Song Le stellte sich ihm gegenüber, griff mit den Fingern ins Gitter und zählte an: »Eins, zwei, drei!«

Monarch zog mit seinem ganzen Körper, spürte, wie das Gitter sich Zentimeter um Zentimeter bewegte. Nachdem sie es endlich aus dem Loch gehievt hatten, legten sie es beiseite.

»Ladies first«, sagte Monarch.

Er folgte ihr in das Loch, kroch durch schlammiges Wasser unter der Mauer hindurch und rappelte sich wieder hoch.

»Hierher!«, rief Song Le.

Monarch folgte ihrer Stimme und sah, wie die Agentin sich südlich des Piratendorfes, in dem die Menschen brüllten und die Hunde bellten, zwischen den Bäumen bewegte. Doch da waren keine –

Maschinengewehrfeuer krachte hinter ihnen. Leuchtspurgeschosse zischten an Monarch vorbei, der sich duckte und auswich, so gut er es im dämmrigen Licht vermochte. Allmählich wurde es hell, was Fluch und Segen zugleich war.

Song Le verfügte wie Monarch über ein fast unheimliches Orientierungsvermögen und führte sie rasch um das Dorf herum. Sie fand die Anhöhe, über die sie gekommen waren, dann den Pfad, der durch den Bananenhain und über die Felder führte, und schließlich das hohe Schilfgras, das den Sumpf säumte.

Nur etwa drei- oder vierhundert Meter hinter ihnen bellten Hunde. Männer waren bei ihnen, informierten einander durch Zurufe und schwärmten fächerförmig aus, auf die Flussmündung zu. Dabei wurde es von Minute zu Minute heller.

Monarch und Song Le brachen aus dem Schilf und erreichten den Strand, wo sie nur knappe zwei Stunden zuvor den betrunkenen Piraten hereingelegt und überwältigt hatten. Song Le rannte ins Wasser, schwamm ein paar Züge und zog sich in das nächstgelegene Schnellboot. Als auch Monarch sich über die Bordwand gehievt hatte, kauerte sie, eine Taschenlampe im Mund, unter dem Armaturenbrett und fummelte an den Drähten herum.

Die Schreie kamen näher. Das Hundegebell ebenfalls. Es war jetzt fast heller Tag, und Monarch legte sich mit Mahdis AK-47 auf die Lauer, als der Bordmotor ansprang. Monarch jagte drei Schüsse in die Armaturen des zweiten Schnellboots und vier weitere in den Tank. Song Le durchschnitt die Halteleine und hastete zurück ans Steuer.

»Fahr langsam an den anderen Booten vorbei«, rief Monarch ihr zu.

Song Le legte den Gang ein. Der Bug drehte sich auf dem tintenschwarzen Wasser, und sie drückte den Gashebel gerade weit genug, um das Boot in der Mitte des Kanals auf die vier Schlauchboote zugleiten zu lassen, die an

Land gezogen worden waren. Monarch jagte im Vorüberfahren in jedes der Boote drei Kugeln und zwei weitere in ihre Außenbordmotoren.

Nur sechs Boote? Mahdi hatte doch von sieben gesprochen.

Weit hinter ihnen tauchten Männer am Strand auf und eröffneten das Feuer.

»Fahr zu unserem Boot!«, wies Monarch sie an, wirbelte herum und erwiderte das Feuer. Immer mehr Piraten kamen aus dem Dschungel.

Song Le beschleunigte zweihundert Meter den Kanal hinauf, drosselte dann das Tempo und drehte neben dem Schlauchboot bei, mit dem sie hergepaddelt waren. Monarch lehnte sich über Bord, griff nach der Leine, die aus dem Heck des Schlauchboots hing, und knotete sie am Heck des Schnellboots fest.

»Langsam anfahren«, sagte Monarch, »sonst reißt du die Klampe heraus.«

»Das Boot ist doch an dem umgestürzten Baumstamm festgebunden«, gab Song Le zu bedenken.

»Genau«, entgegnete Monarch.

Ein wenig verwirrt legte sie den Gang ein. Die Leine wurde straff, und einen Moment lang drohte sie zu reißen. Doch dann glitt der Baumstamm von der Böschung und folgte dem Boot, während sie allmählich beschleunigten. Song Le fuhr in weitem Bogen in die Hauptmündung. Maschinengewehrfeuer krachte, beharkte die eine Bootswand.

Monarch entdeckte ein weiteres Schnellboot, das aus einem anderen Seitenarm, etwa achtzig Meter entfernt, auf sie zugeflitzt kam. »Los!«, brüllte er. »Gib Vollgas!«

Die Chinesin drückte den Gashebel nach vorn. Der Bug hob sich wie ein aufsteigender Delphin, und eine Sekunde lang dachte Monarch, der Baumstamm könne zu schwer sein, das Boot aufstellen und es umkippen.

Doch dann drosselte Song Le die Geschwindigkeit, und der Baumstamm am Heck des Schlauchboots wurde ruhig und tauchte unter. Der Bug des Schnellboots senkte sich, und sie flitzten weiter, dem offenen Meer zu. Das Schnellboot ihrer Verfolger schoss aus dem Seitenarm, und unbelastet von totem Holz holte es rasch auf.

Monarch konnte den Fahrer ausmachen. Es war Mahdi.

An Deck lagen drei Männer auf dem Bauch. Wieder eröffneten sie das Feuer.

Projektile schlugen ins Heck ihres Bootes, zerschossen das Schlauchboot und beharkten das Wasser um sie herum. Monarch feuerte viermal aus seiner Glock, und sah dann wieder nach vorn. Er entdeckte die Sandbank, wo der Fluss ins Meer mündete. Sie wirkte größer, als er sie in Erinnerung hatte. Ebbe.

»Tiefste Stelle des Kanals!«, brüllte er.

Mahdis Boot war nun keine sechzig Meter mehr entfernt und gewann zusehends an Boden. Der Pirat am Steuer grinste siegessicher. Gleich hätte er die Fremden eingeholt, die seinem Sohn eine Pistole an den Kopf gedrückt hatten.

Zehn Meter hinter der Sandbank trafen sie auf den ersten Brecher. Monarch durchschnitt die Leine, an der Schlauchboot und Baumstamm hingen. Befreit von totem Holz, vollführte das Schnellboot einen mächtigen Satz und landete auf der nächsten Brandungswelle.

Hinter ihnen geriet das luftleere Schlauchboot in den chaotischen Strudel des Zusammenflusses von Süß- und Salzwasser. In der Gewissheit, dass er ohne weiteres darüber wegfahren konnte, lenkte Mahdi sein Schnellboot direkt auf die Boothülle zu.

»Ja, nur zu!«, murmelte Monarch.

Mahdis Boot rammte mit neunzig Stundenkilometern den schwimmenden Stamm. Der Aufprall stellte das Boot auf die Spitze, der Pirat und seine Gefolgsmänner wurden durch die Luft geschleudert. Einen Moment lang schien das Boot hochkant weiterzugleiten. Da traf es gegen die Brandung, überschlug sich zweimal und blieb gekentert liegen, sein aufgeschlitzter Rumpf von der aufgehenden Sonne beschienen.

Monarch stand im Heck und blickte suchend übers Wasser. Kurz bevor sie außer Sichtweite waren, glaubte er jemanden entdeckt zu haben, war sich aber nicht ganz sicher. Einerseits hoffte er, die Mutter des Kleinen nicht zur Witwe gemacht zu haben, andererseits, dass Mahdi zumindest eine Weile außer Gefecht bliebe und nicht mehr in der Lage wäre, den mysteriösen Tengku zu warnen.

Song Le lenkte das Boot in südliche Richtung und nahm nach mehreren Meilen das Gas weg. »Und nun?«, fragte sie.

»Wie Mahdi sagte, Kuala Lumpur.«

»Wir haben nur eineinhalb Tankfüllungen. Das reicht bei weitem nicht.«

»Halt einfach nur den Kurs«, sagte Monarch, holte sein iPhone heraus und gab Barnetts Nummer ein. Zu seiner Überraschung meldete sie sich nach dem ersten Klingeln.

»Schläfst du denn nie?«, fragte er.

»Nicht viel, während ich arbeite. Du?«

»Nicht genug«, gab er zu.

»Die Sons of Prophecy haben erneut zugeschlagen«, sagte sie.

»China?«, fragte Monarch.

»Neu-Delhi. In der U-Bahn, nicht weit vom indischen Parlament, ist eine Bombe hochgegangen. Acht Tote, zwanzig Verletzte. Glück im Unglück.«

»Wie das?«

»Der Sprengsatz detonierte nur Minuten nach Betriebsbeginn am frühen Morgen. Eine Stunde später hätte es Hunderte treffen können.«

»Und die Sons of Prophecy bekennen sich zu dem Anschlag?«

»Auf ihrer Website«, bestätigte sie.

Monarch erinnerte sich an die Mutmaßungen der NSA. Man hatte Hinweise auf einen möglichen Anschlag in Indien abgefangen. »Wie hat Indien reagiert?«

»Entrüstet natürlich«, sagte sie. »Und in Anbetracht der Ereignisse in der Mongolei hat nun auch Indien sein Militär in höchste Alarmbereitschaft versetzt und die Sicherheit rund ums Parlament erhöht. In etwa einer Stunde hält der Premierminister eine Pressekonferenz. Offenbar ist eine seiner Assistentinnen unter den Toten.«

Monarch ließ die Information einsinken und schob sie dann beiseite. Er würde später über die strategische Bedeutung dieses Bombenanschlags nachdenken. Im Augenblick benötigte er Barnetts bemerkenswerte logistische Fähigkeiten.

»Wir brauchen ein anderes Fortbewegungsmittel«, sagte er. »Vorzugsweise eines mit Schwingen.«

»Du bist anstrengend, Robin, hat dir das schon mal jemand gesagt?«

»Ja. Du.«

»Wie schlau ich doch bin! Dann will ich versuchen, noch ein Wasserflugzeug für euch aufzutreiben. Was soll ich Dr. Hopkins sagen?«

Während Song Le entlang der malaiischen Küste konsequent Kurs nach Süden hielt, schilderte Monarch Barnett in groben Zügen, was innerhalb der Piratensiedlung passiert war, und nannte ihr den Namen des Hehlers, der die erbeuteten Elektrogeräte und Waffen übernommen hatte.

Eine längere Pause, dann stieß Barnett hervor: »Buchstabier das.«

»Ich bin nicht ganz sicher. Entweder T-e-n-g-k-u- oder T-e-n-k-u.«

»Tengku«, sagte sie mit Nachdruck. »Ketu Tengku.«

»Woher weißt du das?«

»Nun ja, während du glamourös Leute erschossen und Piratenschiffe versenkt hast, war ich im Internet und habe die öffentlich verfügbaren Behördendaten Malaysias durchstöbert. Ketu Tengku ist Miteigentümer der Gebäude mit den Internetcafés, in denen die SOP ihre Videos hochgeladen haben.«

»Klingt ein bisschen dürftig«, sagte Monarch.

»Das mag ja sein«, erwiderte sie spitz. »Aber dieser Tengku besitzt zufällig auch das Haus, in dem die junge Familie ermordet wurde. Er ist ihr Vermieter.«

# 29

## Donnerstag, 1. November, 21.30 Uhr, Ortszeit Ostküste USA

## Freitag, 2. November, 9.30 Uhr, Ortszeit Hongkong

Während im Fernsehen die BBC über den Bombenanschlag in Neu-Delhi berichtete, trat der Monddrache in Kowloon an die geschlossenen Läden seines Import-Export-Geschäfts und stieß sie weit auf. Long hätte am liebsten die Arme hochgerissen wie ein siegreicher Olympiakämpfer. Er hätte seinen Triumph am liebsten laut hinausgebrüllt.

Stattdessen übte er sich in Zurückhaltung, blickte auf das geliebte Menschengetümmel hinunter und verkündete seinen Sieg lautlos den Lebensmittelhändlern, Seidenhändlern, Huren und all den schmucken Bankern mit ihren Hermès-Anzügen und Fünftausend-Dollar-Uhren.

*Der dreckige kleine Bauernjunge, den ihr alle verachtet habt, hat gewonnen. Und er wird weiter gewinnen, immer und immer wieder*, dachte er.

*In den Nachrichten gibt es nur ein Thema, die Sons of Prophecy. Der Hinterhalt in China, die Bombe in Indien, die entführten Diplomaten. Die SOP sind allgegenwärtig, die Welt zittert vor uns!*

Man brauchte sich nur die Märkte anzusehen: Die Börse Shanghai öffnete mit eklatanten Kursverlusten. Dasselbe galt für Hongkong und Singapur. Die Börse in Bombay war nach der Explosion ins Bodenlose abgerutscht. Der Composite Index hatte achtzehn Prozent an

Wert verloren, ehe die Regierung sich einschaltete und den Handel bis zum darauffolgenden Morgen unterbrach.

Es war genial! Über Mittelsmänner hatte der Monddrache in jeder einzelnen Börse auf einen Kurseinbruch gesetzt. Nach seiner Berechnung hatte er in den vergangenen Stunden ungefähr achtzig Millionen Dollar verdient. Und sobald die europäischen und US-amerikanischen Märkte öffneten, würden noch etliche Millionen dazukommen.

*Ich gewinne!*, rief Long lautlos in das Menschengewühl unter ihm. *Ich besitze eure Phantasien! Ich kann mir eure Wünsche kaufen!*

Man brauchte alles nur kräftig zu schütteln, und schon taten sich Gelegenheiten auf. War es nicht so?

Man brauchte sich nur den US-Wahlkampf anzusehen. Noch eine Woche zuvor war es ein Kopf-an-Kopf-Rennen gewesen. Doch den neuesten Umfragen zufolge wuchs bei den Amerikanern mittlerweile die Angst, der Vizepräsident könnte einer Terrorgruppe wie den SOP nicht gewachsen sein. Schließlich war Vaught ein Mitglied jener Regierung, unter deren Obhut die Sons of Prophecy hatten unentdeckt gedeihen können.

*Und wir sind noch nicht am Ende*, triumphierte der Monddrache lautlos. *Noch längst nicht. Wenn es so weit ist, wird niemand mehr wissen, an wen er sich wenden, wem er vertrauen kann. Alle werden sie gelähmt sein vor Angst vor dem –*

»Monddrache«, erklang Tuuls Stimme und unterbrach Longs Phantasien.

Der Triadenführer wandte sich seinem Leibwächter zu, der ihm ein Handy entgegenhielt. Er nahm es und sagte: »Hallo?«

»Ziemlich eindrucksvoll, was sich in letzter Zeit so alles tut!«, sagte sein Südstaatenfreund gedehnt. »Die Chinesen stationieren Truppen in der Mongolei, genau wie Sie es vorhergesagt haben.«

»Sie haben es mit einem neuen, kühnen Feind zu tun«, antwortete der Monddrache.

»So ist es. Und das ist zum großen Teil Ihr Verdienst. Was meinen Sie, wie lange wird es dauern, bis sie umschwenken?«

»In Peking? Eher früher als später.«

»Sie haben vermutlich recht. Und wenn es so weit ist, dann brauchen sie das nötige Bargeld, um alles zu bezahlen.«

»Eine Menge Bargeld«, pflichtete Long ihm bei.

»Und Sie sind dann durchaus in der Lage, ihnen die Maschine zu bauen, die sie dazu brauchen, und selbst mächtig zu profitieren«, sagte sein Südstaatenfreund voller Bewunderung. »Gut gemacht, Sir. Gut gespielt. Sie haben sich wirklich selbst übertroffen!«

Der Triadenführer platzte fast vor Stolz. Es war sein Triumphzug.

»Mit Ihrer Hilfe, mein Freund«, schmeichelte der Monddrache. »Ich danke Ihnen.«

»Jetzt bin ich dran. Ich glaube kaum, dass jemand ahnt, was nun kommt.«

Long überlegte und war derselben Meinung. »Keine Chance«, stimmte er zu.

»Sie lassen mich wissen, wenn ich etwas für Sie tun kann?«

»Naturlich«, sagte der Triadenfuhrer. »Ich werde –«

Die Verbindung war tot.

# TEIL III

## Die hellsten Türme

# 30

## Freitag, 2. November, 2.15 Uhr, Ortszeit Ostküste USA

## Freitag, 2. November, 14.15 Uhr, Ortszeit Malaysia

Schnarchlaute rissen Monarch aus dem Schlaf, und es dauerte eine Weile, bis er wusste, wo er war. Ein Helikopter hatte sie aus dem Schnellboot gefischt, und auf dem Flug nach Kuala Lumpur war er dann eingenickt. Am Heliport hatte er Barnett kontaktiert und ihr mitgeteilt, dass er vor dem nächsten Einsatz noch mindestens zwei Stunden Ruhe brauchte. Das war vor drei Stunden gewesen.

Er gähnte, sah sich im halbdunklen Hotelzimmer nach dem Schnarcher um und entdeckte im zweiten Bett eine massive Gestalt unter den Laken, dazu einen ebenso massiven Kopf, der in die andere Richtung sägte. Monarch lächelte und schleuderte ein Kissen auf ihn.

John »Tats« Tatupu fuhr auf und wandte sich ruckartig zu ihm um. Der Samoaner mit dem Pharaonenbart warf einen Blick auf die Uhr, dann auf Monarch, sank in die Kissen zurück und stöhnte: »Wir waren vierzig Stunden unterwegs, Robin. Ich bin eben erst eingeschlafen.«

»Im Tarnkappenjet wärt ihr schneller gewesen«, entgegnete Monarch. »Ich hab von Washington aus nur acht Stunden gebraucht.«

Tats zeigte ihm den Stinkefinger. »Bist du immer so brutal? Ich bin am Ende, Mann, und du schleuderst mir Kissen an den Kopf!«

»Du hast geschnarcht, Tats, und der Anblick deiner dicken Birne war einfach zu verlockend!«

Tats' Augen waren schon wieder zu. »Birnen sind eher klein.«

»Dann eben Melone«, sagte Monarch. »Oder Kürbis.«

»Ich freu mich auch, dich zu sehen.«

»Mit deiner Mutter alles okay?«

»Hängt am Sauerstoffgerät, ist aber zu Hause, und ihr Zustand ist stabil.«

»Freut mich«, sagte Monarch und stand auf.

Während er ins Bad ging, hörte er den großen Mann schon wieder schnarchen. Monarch nahm eine kalte Dusche, um vollends aufzuwachen. Dann zog er sich an und ging auf leisen Sohlen in den Salon der Suite. Dort saß Chanel Chávez, eine durchtrainierte, attraktive Frau Anfang dreißig, vor den Überresten eines Frühstücks und wirkte vollkommen ausgeruht.

Sie grinste, stellte die Kaffeetasse ab und begrüßte ihn mit den Worten: »Da hast du uns mal wieder was Schönes eingebrockt!«

»Das ist meine Spezialität«, sagte Monarch und umarmte sie. »Wie kommt's, dass du so toll aussiehst, während Tats drüben aussieht, als hätte Tats ihm eine reingehauen?«

»Er und Fowler können im Flieger nicht schlafen. Zu kleine Sitze.« Sie schnaubte verächtlich. »Und mir fallen sofort die Augen zu.«

»Wo ist Fowler?«

Sie wies auf die Tür. »Gleich gegenüber.«

»Wie geht's deiner Schwester?«

Chávez wurde ernst. »Was glaubst du wohl? Sie hat Krebs, und das mit zwei kleinen Kindern.«

»Wenn sie so taff ist wie du, dann hat dieser Krebs keine Chance.«

Chávez schob die Hände in die hinteren Hosentaschen.

»Nur deswegen bin ich hier, Robin. Ich wollte, dass du's weißt.«

»Ich versteh nicht ganz«, sagte er.

»Die Bezahlung«, erklärte sie. »Ramona ist nicht versichert. Das Geld soll ihr helfen, den Krebs zu besiegen.«

»Falls wir Erfolg haben«, betonte Monarch.

»Hast du denn Zweifel?«, fragte sie und sah ihn prüfend an. »Wir finden Agnes Lawton und kriegen das Geld.«

»Wir haben jetzt eine heiße Spur und noch über sechzig Stunden Zeit.«

Gloria Barnett kam aus einem anderen Zimmer der Suite, gefolgt von Song Le, die sich sichtlich erholt hatte.

»Gibt's Neuigkeiten über Mr Tengku?«, fragte Monarch Barnett.

Barnett nickte, goss sich Kaffee ein und gab ihm eine Kurzbiographie. Ketu Tengku war an der südöstlichen Küste von Borneo geboren und mit sechzehn von der Schule abgegangen. Bald darauf war er in Jakarta wegen Hehlerei verhaftet worden und hatte zwei Jahre in einer Jugendstrafanstalt verbracht. Seitdem war Tengku sauber geblieben. Er war nach Kuala Lumpur gezogen, hatte ein erfolgreiches Import-Export-Geschäft aufgebaut und seine Einkünfte in malaiische Immobilien investiert. Er führte ein zurückgezogenes Leben, hielt sich zumeist in seinen Büroräumen in einem der Petronas Towers oder in seinem streng bewachten Haus im Süden der Innenstadt auf.

»Was er tut, wirkt völlig legal«, sagte sie.

»Klar«, sagte Monarch. »Er versteht sein Handwerk. Ich kenne Typen wie ihn. Einmal Hehler, immer Hehler. Er weiß es nur gut zu verbergen.«

»Was tun wir jetzt?«, fragte Song Le. »Sollen wir ihn fragen, ob er mit den Sons of Prophecy unter einer Decke steckt?«

»Keine schlechte Idee«, fand Monarch.

»War nur ein Scherz«, entgegnete die chinesische Agentin.

»Ich mein's ernst«, sagte Monarch. »Bei James Bond funktioniert die Methode jedenfalls. Der marschiert geradewegs in die Höhle des Löwen und versucht, ihn aus der Reserve zu locken. Auch wir sollten den Stier bei den Hörnern packen. Allmählich läuft uns nämlich die Zeit davon. Wo sind diese Türme?«

»Sechs oder sieben Blocks von hier«, antwortete Barnett. »Aber sie sind streng gesichert. Ich weiß nicht, ob man einfach reinmarschieren kann, um mit Tengku zu sprechen.«

»Dann lassen wir uns eben etwas einfallen«, sagte Monarch.

*

Mit ihren 500 Metern waren die Petronas-Zwillingstürme einmal die höchsten Gebäude der Welt gewesen. 88 Stockwerke wiesen die schimmernden Wolkenkratzer mit ihren Rippen aus rostfreiem Stahl auf. Auf der 42. Etage verband eine Brücke aus Glas und Stahl, die sogenannte Skybridge, die beiden Türme. Darüber verjüngten sich ihre Silhouetten alle zehn bis fünfzehn Etagen, so dass der Eindruck von Minaretten oder Christbäumen entstand, deren Spitzen in den Tropenhimmel ragten.

Als Monarch mit Song Le den Platz vor den Türmen überquerte, musste er unwillkürlich an *Krieg der Sterne* denken.

»Test?« Barnetts Stimme tönte aus dem winzigen Funkgerät, das als Hörhilfe getarnt in Monarchs linkem Ohr steckte.

»Perfekt«, antwortete Monarch und nahm den Aktenkoffer, den er bei sich trug, in die andere Hand.

Ein Wachmann öffnete die Tür zu einem der Türme.

Monarch und Song Le betraten die Eingangshalle, begaben sich an die Pforte und sagten: »Wir kommen wegen der Böden.«

Der Pförtner, der ein Schild trug, das ihn als ›Mr Wari‹ identifizierte, war sichtlich verwirrt. Er drückte die Handflächen aufeinander, verneigte sich leicht und sagte: »Gewiss, Mr ...«

»Monarch. Robin Monarch. Dies hier ist meine Kollegin Song Le. Wir arbeiten für die Firma KBM Resurfacing in Singapur.«

»Wir sollen die Bodenbeläge in allen öffentlich zugänglichen Bereichen nach Rissen absuchen«, fuhr Song Le fort, stellte ihren Aktenkoffer auf die Empfangstheke und wies auf den dunklen Marmor im Foyer.

»Seismische Aktivität vermutlich«, sagte Monarch, hielt dem Mann seinen Pass hin und reichte ihm eine Visitenkarte, wobei er hoffte, die Tinte möge schon trocken sein.

Song Le tat es ihm gleich. Der Wachmann wirkte noch verwirrter und sagte: »Tut mir leid, aber der Hausmeister ist nicht hier. Sie haben alle –«

»Sie meinen Mr Joyo?«, fragte Monarch.

»Ja ... Ja. Aber Mr Joyo ist schon gegangen. Ich könnte versuchen, seine –«

Song Le fiel ihm ins Wort. »Wir waren eigentlich früher mit ihm verabredet, aber unser Flug hatte Verspätung. Wenn Mr Joyo schon weg ist, wollen wir ihn nicht behelligen. Wir brauchen höchstens eine Stunde, um die Böden zu inspizieren. Die Ergebnisse können wir morgen früh mit Mr Joyo persönlich besprechen. Auf diese Weise brauchen wir heute nicht seine kostbare Zeit zu verschwenden. In Ordnung?«

Nach kurzem Zögern nickte der Wachmann und wies auf die Böden hinter sich. »Also gut.«

»Könnten wir weiter oben anfangen?«, fragte Monarch.

»In der 42. Etage? Mr Joyo ging es vor allem um den Belag in der Skybridge.«

Der Wachmann wies auf die Sicherheitskontrolle. »Stellen Sie Ihre Aktenkoffer hier auf das Band. Die Aufzüge links. Drücken Sie auf 42.«

»Bis zum Büroschluss sind wir fertig«, versprach Monarch, schüttelte dem Mann die Hand und legte den Aktenkoffer auf das Förderband.

Monarch passierte einen Metalldetektor. Der schlug Alarm. Ein weiterer Wachmann fuhr mit einem Scanner über seinen Körper und spürte Füller und Gürtelschnalle auf.

»In Ordnung«, sagte der Wachmann.

Monarch griff sich die beiden Koffer, während jetzt Song Le den Scanner über sich ergehen ließ.

Als sich die Aufzugtür geschlossen hatte und sie nach oben fuhren, sagte Monarch: »Gute Idee, Gloria, die Sache mit den Böden und dem Hausmeister.«

»Stets zu Diensten«, schnurrte ihm Barnett ins Ohr.

Ein »Bing«, und die Tür ging auf. Monarch bog nach rechts, ging einen langen Flur entlang auf die Skybridge zu. Dort blieb er stehen und warf einen Blick durch die gebogene Glasdecke zu den oberen Etagen von Turm zwei.

»Tengku ist auf 74?«, fragte Song Le.

»Genau«, bestätigte Barnett. »Seine Büroräume weisen nach Norden.«

Monarch musterte die Fassade des Turms und prägte sich die Form ein, bevor er weiterging. Nachdem sie in Turm zwei einen Fahrstuhl bestiegen hatten, drückte Monarch auf 71.

»Aber …«, begann Song Le.

»Vertrau mir«, sagte Monarch.

Als der Fahrstuhl anhielt und die Tür sich zur 71. Etage hin öffnete, standen sie vor den malaiischen Büros einer US-amerikanischen Rechtsanwaltskanzlei. Monarch ließ sie links liegen, ebenso eine Immobilienfirma und ein globales Maschinenbauunternehmen. Stattdessen hielt er auf den gekennzeichneten Notausgang zu.

Er stieß die Tür auf und stand im Treppenhaus. Die beiden stiegen drei Stockwerke höher und rüttelten an der Tür zur 74. Etage. Sie war verschlossen, womit Monarch gerechnet hatte. Er nahm mehrere große Büroklammern aus dem Aktenkoffer, bog sie gerade und hatte in weniger als einer Minute das Schloss geknackt.

»Wir hätten doch auch mit dem Aufzug in seine Etage fahren können«, flüsterte Song Le.

»Wäre nicht dasselbe«, murmelte Monarch. »Wenn wir höflich an seine Tür klopfen und ihn um ein Gespräch bitten, dann stellt *er* die Bedingungen. Wenn wir stattdessen bei ihm einbrechen, stellen *wir* die Bedingungen.«

»Merkwürdige Denkweise«, sagte sie.

Monarch öffnete die Tür, und die beiden betraten den Flur der 74. Etage. An dessen Ende, zu ihrer Rechten, stand ein bulliger Asiate im billigen Business-Anzug. Als er Monarch und Song Le bemerkte, fasste er in sein Sakko, als wollte er eine Waffe herausholen.

»Sir!«, brüllte der Wachmann. »Ma'am! Sie haben kein Recht –«

»Wir möchten mit Mr Tengku sprechen«, sagte Monarch ruhig und ging geradewegs auf ihn zu.

»Unmöglich«, entgegnete der Sicherheitsmann barsch und zog eine halbautomatische Pistole.

»Dann machen Sie es möglich – und heute noch, wenn's geht!«, blaffte Monarch ihn an. »Wir sind ausländische Agenten und interessieren uns für die entführten Außenminister der USA, Indiens –«

»Und Chinas«, ergänzte Song Le.

Der Wachmann ließ sich nicht beirren. Für einen Sekundenbruchteil dachte Monarch, er habe sich verrechnet und dieser Mann werde kurzen Prozess mit ihnen machen. Doch da kapierte der Bursche offensichtlich, was sie gesagt hatten.

»Ihr interessiert euch also für diese verdammten Terroristen?«, fragte er. »Die Sons of Prophecy?«

»Genau«, bestätigte Monarch.

Der Sicherheitsmann schüttelte den Kopf. »Dann seid ihr hier falsch. Mr Tengku hat mit dem Blödsinn nichts zu tun.«

»Das glaub ich sofort, aber die USA und China möchten das gern von ihm selbst hören.«

Tengkus Bodyguard zögerte, doch dann steckte er die Waffe weg, griff sich das Funkgerät, drehte sich um und sprach leise auf Malaiisch.

Einige Augenblicke später sagte er: »Mr Tengku lässt bitten.«

Monarch nickte. »Das dachte ich mir schon.«

*

Ketu Tengku war ein klägliches Exemplar von einem Mann. Klein, dürr, blässlich, paffte er eine elektronische Zigarette und betrachtete dabei durch eine Juwelierlupe einige Edelsteine, die vor ihm auf dem Schreibtisch lagen. Sein Büro war riesig, die Böden mit erlesenen orientalischen Läufern belegt, die Wände mit Gemälden geschmückt und in mehreren Glasvitrinen waren kostbare Sammelobjekte zu bewundern.

Zwei Leibwächter, beide hünenhaft groß, standen im Hintergrund und starrten Monarch und Song Le düster an.

Tengku blickte nicht einmal auf. »Für wen arbeiten Sie?«

»Für den Präsidenten der Vereinigten Staaten«, sagte Monarch.

»Den Vorsitzenden des Staatsrates von China«, ergänzte Song Le.

Der Hehler legte die Lupe hin und schnaubte skeptisch. »Können Sie sich ausweisen?«

Monarch zuckte die Schultern und sagte: »Wollen Sie im Weißen Haus anrufen?«

»Oder in Peking?«, fragte Song Le.

Tengku keckerte säuerlich, wies mit verschwenderischer Geste auf seine Kunstsammlung. »Sie halten mich wohl für blöd, wie? Glauben Sie, ich prüfe nicht die Echtheit dessen, was ich kaufe und verkaufe? Glauben Sie, ich weiß nicht, mit wem ich Geschäfte mache? Tengku ist ein erfolgreicher Import-Export-Kaufmann.«

»Und Immobilieninvestor?«, fragte Song Le.

»Stimmt genau«, bestätigte Tengku und beäugte sie scharf.

»Nichts für ungut, aber Sie sind ein Hehler«, sagte Monarch ruhig. »Sie handeln mit gestohlener Ware. Das meiste Zeug hier drin ist wahrscheinlich brandheiß. Sie stecken den Profit zum Waschen in Immobilien.«

Der Indonesier wurde wütend. »Für wen halten Sie sich?«, fauchte er.

Sein Leibwächter kam einen Schritt näher.

Monarch setzte sich auf einen Stuhl und sagte: »Wenn Sie und Ihre Clowns nicht sofort kuschen und unsere Fragen beantworten, rufe ich wirklich im Weißen Haus an. Die verständigen dann die malaiischen Behörden, und die machen Ihnen Feuer unterm Hintern. Sie sind Indonesischer Staatsbürger, hab ich recht, Tengku?«

Der Hehler spielte mit seiner elektronischen Zigarette und nahm dann einen Zug. Monarch sah den Wasserdampf zwischen Tengkus Lippen hervortreten, als dieser sich zurücklehnte und fragte: »Was wollen Sie wissen?«

»Wo man die Diplomaten versteckt hält, zum Beispiel«, sagte Song Le.

Tengku schnaubte verächtlich. »Bin ich Hellseher? Woher soll ich das wissen?«

»Ein erfolgreicher Hehler hat die Ohren überall«, hielt Monarch ihm entgegen.

»Woher wissen Sie so viel über Hehlerei?«

»Ich bin ein Dieb. Einige meiner besten Freunde und ärgsten Feinde sind Hehler.«

Das schien Tengku zu amüsieren. »Ein Dieb, der für den amerikanischen Präsidenten arbeitet?«

»Es ist kompliziert«, gab Monarch zu. »Doch wir wissen aus zuverlässiger Quelle, dass die Leute sich an Sie wenden, wenn es um Waffendeals oder um die Beute von Piraten geht, wie zum Beispiel eine Ladung holländischer Elektrogeräte.«

Zum ersten Mal lächelte Tengku. »Wer hat Ihnen das erzählt?«

»Ein Typ namens Akrit Mahdi«, sagte Monarch.

Er dachte nach. »Nein, noch nie von ihm gehört.«

»Er kannte Sie jedenfalls«, sagte Song Le.

»Dann hat er Halluzinationen«, erwiderte der Hehler und nahm noch einen Zug. »Ich wurde in den vergangenen sechs Jahren zweimal von der malaiischen Regierung verhört. Ich bin sauber. Und die Gegenstände in diesem Zimmer? Waren spottbillig. Ich erkenne eben den Wert der Dinge.«

»Und was ist mit Ramelan? Kennen Sie den?«, fragte Monarch. »Er ist ein indonesischer Pirat.«

Tengku, der gerade an seiner Zigarette zog, stockte für einen Sekundenbruchteil, so dass das Leuchten der elektronischen Glut ein klein wenig blasser wurde, ehe er den Dampf ausblies und sagte: »Ich hab Gerüchte über ihn gehört.«

»Was für Gerüchte?«, fragte Song Le.

Er zuckte die Schultern. »Ein Pirat, den keiner je zu Gesicht bekommt. Nennt sich selbst ›Captain Ramelan‹. Ist angeblich komplett durchgeknallt.«

»Wo finden wir ihn?«, fragte Monarch.

»Keine Ahnung. Wirklich. Bin ihm nie begegnet. Ich weiß nicht mal, ob es ihn tatsächlich gibt oder ob ihn jemand erfunden hat.«

»Alle Gerüchte basieren auf einem Körnchen Wahrheit«, sagte Monarch. »Geben Sie mir so ein Körnchen.«

Der Hehler überlegte kurz. »Tatsache ist, dass in den vergangenen sechs Jahren eine Gruppe Piraten einmal, vielleicht auch zweimal im Jahr spektakuläre Entführungen im Südchinesischen Meer und vor Java unternommen hat.«

»Definieren Sie ›spektakulär‹«, sagte Song Le.

Er legte die elektronische Zigarette beiseite. »Ich habe Versicherungsberichte gelesen. Sie verfügen über Helikopter. Schnellboote. Sind gut bewaffnet. Sehr koordiniert.«

»Wie ein Militärkommando?«

»Genau«, bestätigte Tengku. »Sie tauchen auf, greifen an, verschwinden für längere Zeit, tauchen wieder auf und greifen an. Alles im großen Stil. Elektrogeräte. Öl und dergleichen. Und vor drei Jahren, da hat Ramelan ein Schiff gekapert, das mit kleinen Waffen und Munition nach Kambodscha unterwegs war. Das war im Golf von Thailand.«

Nach Monarchs Ansicht war Kambodscha weit entfernt von der Stelle, wo die *Niamey* überfallen worden war, und noch weiter entfernt von dem Ort, wo man sie gefunden hatte. In früheren Zeiten konnten Piraten die Meere nach Belieben durchstreifen. Das hatte sich geändert. Moderne Piraten hatten üblicherweise eine Heimatbasis und Heimatgewässer, die sie regelmäßig plünderten.

»Die anderen Entführungen«, sagte Monarch, »waren die auch im Golf von Thailand?«

Tengku zögerte, schüttelte aber dann den Kopf. »Überall. Von der Straße von Malakka bis zur Javasee, sogar nördlich von Hongkong, in kontrollierten Gewässern.«

»Wer ist Captain Ramelans Hehler?«

»Ich jedenfalls nicht. Wie gesagt, Tengku ist ein ehrlicher Geschäftsmann.«

»Mit schwerbewaffneten Leibwächtern«, warf Song Le ein.

Er bedachte sie mit einem öligen Grinsen. »Ich bin ehrlich, aber paranoid.«

Monarch sagte: »Na schön. Sie haben uns sehr geholfen. Danke für Ihre Kooperation.«

»Das war's?«, fragte der Hehler. Er klang überrascht.

Monarch sah zu Song Le hinüber, die Tengku unerbittlich musterte, und setzte hinzu: »Es sei denn, Sie wollen noch etwas loswerden?«

»Nein, nein«, sagte der Hehler etwas zu schnell und stand auf. »Einem Dieb, der für den Präsidenten arbeitet, helfe ich gern«, beteuerte er und streckte Monarch die Hand hin. »Es ist nicht gut, wenn Diplomaten entführt werden, nicht gut, wenn U-Bahnen bombardiert werden. Ich bin für Frieden.«

Monarch schüttelte dem Hehler die Hand, fand sie feucht und schwächlich und sah dem Mann lange in die Augen. Tengkus Blick war unergründlich. Ehe Monarch sich zum Gehen wandte, sah er sich ein letztes Mal im Büro um und entdeckte über einer der Glasvitrinen ein großes Gitter für die Klimaanlage. Der Leibwächter, der sie zu Tengku geführt hatte, begleitete sie jetzt zu den Fahrstühlen.

Als sich die Lifttür geschlossen hatte, fragte Song Le: »Glaubst du ihm?«

»Nein«, sagte Monarch.

»Warum hast du nicht von den Immobilien gesprochen, die er besitzt, den Internetcafés und der ermordeten Familie?«

»Weil das genau die Gründe sind, warum ich ihm nicht glaube, und weil ich ihm nicht verraten will, dass wir Bescheid wissen«, erklärte Monarch.

Das verwirrte sie.

»Keine Sorge«, sagte er. »Ich komme heute Nacht hierher zurück.«

# 31

## Freitag, 2. November, 6.20 Uhr, Ortszeit Ostküste USA

## Freitag, 2. November, 18.20 Uhr, Ortszeit Malaysia

»Bist du wahnsinnig?«, platzte Song Le heraus.

61 Stunden vor der angedrohten Hinrichtung der Geiseln standen Monarch und sie 430 Meter über der Stadt auf der Aussichtsplattform des KL Tower, nicht weit vom Stadtzentrum Kuala Lumpurs entfernt.

Monarch setzte das Leica-Fernrohr ab, durch das er einen strategischen Blick auf die Petronas Towers in sechs Kilometern Entfernung geworfen hatte. Während er die Türme betrachtete, erklärte er Song Le, was er im Sinn hatte. Auf ihren Ausruf hin senkte er das Fernglas und sagte: »Ich bin völlig klar im Kopf. Ich habe so etwas schon öfter getan. Glaub mir, ich habe Übung darin.«

Ungläubig wandte sich die Chinesin Barnett und Tatupu zu.

Der bullige Samoaner trug Shorts, Flip-Flops und ein riesiges grünes Hawaiihemd. Er erklärte: »Auf diese Weise hat er sich auch Saddam Husseins Schlachtplan geholt.«

»Ein bisschen komplizierter war es schon«, schränkte Monarch ein.

»Aber er hat schon damals einen *Wingsuit* benutzt«, bestätigte Barnett. »Fragt sich nur, ob ich so kurzfristig noch einen auftreiben kann.«

»Und das übrige Zeug«, erinnerte Monarch sie.

»Wann willst du denn los?«, fragte Barnett, etwas in Bedrängnis.

»Sagen wir um eins?«, antwortete Monarch.

»Sieben Stunden.« Barnett wirkte skeptisch. »Was uns zugutekommt, ist höchstens die Tatsache, dass Malaysia als ein Eldorado für Höhlenkletterer und andere Extremsportler gilt. Aber ich könnte ein wenig Hilfe gebrauchen.«

»Jederzeit. Sag uns einfach, was –« Tatupu verstummte.

Ein Sicherheitsmann war gekommen, um ihnen mitzuteilen, dass die Aussichtsplattform in wenigen Minuten schließen würde. Monarch schoss mit seinem Handy mehrere Fotos von den Türmen und folgte dann den anderen zum Aufzug, den sie als letzte Besucher des Tages betraten. Unten angelangt, gingen sie zu einem Van, der an der Straße geparkt war, und fuhren im Abendlicht zurück zum Hotel. Barnett tippte wie wild auf ihr iPad ein, postete auf mehreren malaiischen Höhlenforscher- und Base-Jumper-Foren.

»Wie kann ich helfen?«, fragte Song Le. »Ich hab auch ein iPad.«

Barnett sah auf, überlegte kurz und sagte: »Du kannst versuchen, in der Gegend einen Händler für industrielle Elektromagneten ausfindig zu machen.«

Nach kurzem Zögern machte sich die Chinesin ans Werk.

»Da ist er ja, genau zum richtigen Zeitpunkt«, sagte Tatupu und fuhr rechts ran, um Abbott Fowler einsteigen zu lassen, auch er ein ehemaliges Mitglied in Monarchs CIA-Team.

Fowler war Ende dreißig und hatte wie Monarch ein Gesicht, das sich fast jeder Ethnie zuordnen ließ. Er hatte sich den Kopf rasiert, die dunkle Haut mit Henna bemalt und trug zur langen Hose eine Tunika und Sandalen.

»Wenn du dir noch eine runde Brille aufsetzt, kannst du dich ›Gandhi‹ nennen«, scherzte Tats und fuhr schmunzelnd weiter.

»Dann müsste ich aber ein paar Pfund abnehmen«, sagte Fowler grinsend.

»Und?«, fragte Monarch.

Wieder ernst, teilte Fowler mit: »Hab eine Weile gebraucht, um es zu finden, aber es ist machbar.«

»Nur ein Umspannwerk?«, fragte Monarch.

»So ist es«, antwortete Fowler. »Paff-peng, und alles wird dunkel.«

»Zwischen den beiden Türmen gibt es, falls der Strom ausfällt, unterirdisch einen Notstromgenerator«, erinnerte Barnett.

»Das geht in Ordnung«, sagte Monarch. »So wie ich da reingehe, wird ohnehin kein Alarm ausgelöst.«

Song Le schüttelte den Kopf. »Das kannst du nicht wissen. Du weißt ja nicht mal, was er da oben für ein Sicherheitssystem hat.«

»Vermutlich das Neueste vom Neuen«, entgegnete Monarch. »Aber nach eigener Aussage kennt er den Wert der Dinge, also weiß er auch, wo er knapsen muss, um ein paar Dollar einzusparen. Das ist jedenfalls meine Vermutung.«

Der Van hielt erneut an. Chávez stieg ein. Sie trug einen Sari und ein Kopftuch.

»Hat alles geklappt?«, fragte Monarch.

»Ich hab die Höhe mit dem Laser gemessen«, antwortete sie. »500 Meter. Solange der Wind nicht auffrischt, ist alles okay.«

Eine jähe Brise brachte Regen, der gegen die Windschutzscheibe prasselte.

»Mist«, fluchte Chávez.

»Egal«, sagte Monarch. »Wir machen es trotzdem.«

Sie fuhren zum Hotel und machten sich unter Barnetts

Anweisung an die Arbeit. Sie sprach mit dem Hubschrauberpiloten, der Monarch und Song Le am Morgen aufgelesen hatte, und organisierte einen zweiten, kürzeren Flug gegen 0.45 Uhr. Song Le ortete unterdessen die Lift-on-Tech Magnetics Company in Kuala Lumpur. Nach mehreren Anrufen erreichte sie den Nachtportier und bot ihm ein saftiges Bestechungsgeld, wenn er sich bereit erklärte, ihr 25 Elektromagneten in Industriequalität und vier kleine Batterie- und Gleichrichtersysteme zu verkaufen.

Während sie unterwegs war, um die Sachen abzuholen, half Chávez Barnett dabei, sich in den Computer des Architekten einzuhacken, der die Petronas Towers entworfen hatte. Sie fanden eine Datei mit 3-D-Modellen der Wolkenkratzer, klauten sie und koppelten sie mit dem GPS in Monarchs iPhone.

Doch um 21.30 Uhr hatten sie noch immer keine Lösung für die kritischsten Details in Monarchs Plan.

»Du solltest vielleicht über einen Plan B nachdenken«, sagte Barnett zu Monarch.

»Für dich ist das Glas immer halb leer, stimmt's?«, entgegnete er.

»Du wiederholst dich«, sagte sie selbstgefällig.

Fünf Minuten später erhielt Barnett eine Nachricht von einem Höhlenforscher vor Ort. Er meldete sich auf ihr großzügiges Gebot für ein Paar Knieschutzer aus Gummi und Spezialhandschuhe aus verstärktem Leder. Zwei Minuten später kontaktierte sie ein fanatischer Base-Jumper, der angab, er habe genau das Richtige für sie und würde es ihnen gegen zwei Riesen borgen.

»Der reinste Wucher, aber wir haben keine Wahl«, sagte Barnett und stattete Fowler mit ausreichend Geld aus, um alles zu bezahlen.

Song Le kam mit den Elektromagneten zurück. Sie waren rund, etwa zweieinhalb Zentimeter im Durchmesser und sechs Millimeter dick. Aus jedem Magneten ragten zwei dünne Drähte, um ihn mit Strom speisen zu können. Die Chinesin hatte außerdem schnellhärtendes Epoxidharz mitgebracht, das einer tonnenschweren Belastung standhielte, wie ihr der Nachtportier versichert hatte.

Sowohl der Höhlenforscher als auch der Base-Jumper wohnten nur fünfzehn Minuten vom Hotel entfernt, und so war Fowler bald wieder zurück. In der folgenden Stunde benutzten er und Tatupu das Epoxid, um die Elektromagneten in die Handflächen der Handschuhe und auf die Knieschoner zu kleben.

Barnett und Chávez halfen unterdessen Monarch in den *Wingsuit*. Der bestand aus stahlverstärkter Kevlar-Faser und war zweifarbig, schwarz und silbergrau. Er war zwischen Armen und Beinen mit weichen Flughäuten versehen und erinnerte in der Form an ein Flughörnchen. Leute, die leidenschaftlich gern von Felsen sprangen, hatten ihn Mitte der 90er Jahre erfunden. Monarch hatte im Zuge eines speziellen Fallschirmspringer-Trainings bei den Special Forces mit solchen Flügelanzügen experimentiert. Sie ermöglichten es dem Springer, in jede beliebige Richtung zu gleiten, und bremsten die Fallgeschwindigkeit.

Barnett zerschnitt ein Hotelkissen und nähte daraus in die Brustinnenseite des Anzugs eine tiefe Tasche, in die sie alles hineinstopfte, was Monarch angefordert hatte. Chávez befestigte unterdessen mit Gewebeband vier Miniatur-12-V-Batterien an der Außenseite der Unterarme und Oberschenkel. Daneben heftete sie die Gleichrichter, kleine Regler, die die Batterien mit den Elektromagneten verbanden.

Um das System zu prüfen, schnallten sie Monarch die Knieschoner um, zogen ihm die Handschuhe an und aktivierten die Magneten. Eine Gabel, die Fowler in etwa einem Meter Entfernung in der Hand hielt, flog durch die Luft und blieb an Monarchs rechtem Knieschoner hängen. Als Tatupu versuchte, sie wegzuziehen, gelang ihm das erst, als Chávez den Strom abschaltete.

»Ich halte es noch immer für Wahnsinn«, sagte Song Le.

»Wenn du so redest«, frotzelte Monarch, »könnte man meinen, dass dir etwas an mir liegt.«

Ihre Miene verfinsterte sich. »Es ist dein Leben, Monarch. Tu, was du willst.«

»Das tue ich immer«, versetzte er und wandte sich dann an das übrige Team. »Ich glaube, wir sind so weit. Tats fährt mich zum Heliport, und ihr anderen geht in Stellung.«

*

Es war zwanzig Minuten nach Mitternacht, und ein heftiger Westwind blies, als Monarch und Tatupu die Fäuste aneinanderstießen.

»Guten Flug, Alter! Ich stell schon mal das Bier kalt«, sagte der große Samoaner.

»Ich freu mich schon«, grinste Monarch und stieg in den Helikopter. Nach Berechnung des Piloten waren sie etwa zwanzig Kilometer von den Petronas Towers entfernt.

»Sieben Minuten«, meldete der Pilot.

Monarch schloss die Reißverschlüsse seines Springeranzugs und überprüfte die Gurte an seinen Handschuhen und Knieschonern.

»Vier Minuten.«

Monarch setzte die Kapuze auf, behutsam, um das Funkgerät im Ohr nicht zu berühren, und befestigte das Mikrophon unter dem Latex.

»Drei Minuten.«

Er stülpte sich den Helm des Höhlenforschers über den Kopf, zurrte ihn fest und setzte sich eine klare Schutzbrille auf, eine der Leihgaben des Base-Jumpers.

»Noch zwei Minuten«, sagte der Pilot. »Wir sind auf Höhe.«

»Zwei Minuten«, wiederholte Monarch in sein Mikrophon. »Hört ihr mich?«

»Ja«, bestätigte Barnett. »Wir sind alle auf unseren Posten.«

Monarch sah auf die Uhr. Er hatte noch 54 Stunden, um Agnes Lawton zu finden.

»Eine Minute«, sagte der Pilot.

Während er im offenen Ausstieg kauerte, 3200 Meter über Kuala Lumpur, sah Monarch durch den dünnen, windverblasenen Regen in fast fünf Kilometern Entfernung die silbrigen Petronas-Türme schimmern.

»Irgendwelche Anzeichen von Aktivität im Büro?«, fragte er.

»Alles dunkel«, meldete Chávez.

Der Helikopter schwankte unruhig. Der Pilot sagte: »Ich halte Sie zwar für wahnsinnig, aber jetzt ist es so weit.«

Monarch ging auf Position, trat hinaus auf die Stufe und stieß sich ab. Das zusätzliche Gewicht in der Brusttasche zog ihn vornüber, und er fiel senkrecht nach unten. Nachdem er zehn Sekunden in dieser Position verblieben war, breitete er Arme und Beine aus. Der Wind blähte den flatternden Stoff, holte Monarch aus der Senkrechten und trieb ihn seitwärts durch die Luft. Er ließ es geschehen, ruderte mit Armen und Beinen, bis er im schrägen Fall durch den Wind glitt wie ein Bodysurfer durch eine Welle.

Auf etwa 2300 Metern erkannte Monarch, dass er die Türme aus diesem Anflugwinkel verfehlen würde, und tauchte steiler nach unten. So hatte er sich das nicht vorgestellt. Nach seinem Plan hätte er die oberen Stockwerke des zweiten Turms in einem flachen, fast kritischen Winkel angepeilt, möglichst zielgenau, um nach einer der rohrförmigen Stahlrippen zu greifen, die die Gebäude umgürteten. Dabei hatte er gehofft, den Fallschirm, der in den Anzug eingearbeitet war, nicht öffnen zu müssen. Der war silberfarben und konnte daher in geöffnetem Zustand Aufmerksamkeit erregen, was er um jeden Preis zu vermeiden suchte. In einer Höhe von 650 Metern breitete Monarch daher Arme und Beine aus, um seinen Sturz zu bremsen.

*Ich bin noch immer zu schnell*, dachte er.

Im Bruchteil einer Sekunde, 100 Meter über der Spitze von Turm eins, fällte Monarch eine Entscheidung und zog an der Reißleine. Bis der Schirm sich öffnete, fiel er weitere dreißig Meter in die Lücke zwischen den Türmen. Während er am windgebeutelten Fallschirm baumelte und mit den Schaltern für die Magnete kämpfte, vermied er den Blick nach unten.

Statt nachzusehen, ob die Menschen am Boden ihn entdeckt hatten, konzentrierte sich Monarch auf die Stahlrippen rings um die oberen Etagen von Turm zwei. Vier Sekunden später vollführte er eine letzte Richtungsänderung, und streckte die Füße vor. Seine Gummisohlen berührten die Oberkante einer Stahlrippe, die behandschuhte Linke griff nach dem massiven Stahlpfosten, der diese Rippe mit der darüberliegenden verband. Die Magneten hafteten.

Doch die Rippe war nass. Selbst die Kletterschuhe mit ihren Spezialsohlen glitten ab. Der Wind blähte den Fallschirm, fuhr in die Flügel seines Springeranzugs und zerrte ihn fast von der Gebäudewand. Also tat er das Einzige, was ihm einfiel: Er spreizte die Beine und landete rittlings auf der Stahlrippe. Die magnetischen Knieschoner blieben am Stahl haften. Dann umfasste er mit beiden Händen den Pfosten und schloss schwer atmend die Augen.

»Verdammt«, sagte Chávez ihm ins Ohr. »Keine zehn Pferde brächten mich zu so 'nem Scheiß.«

»Du bist doch komplett verrückt«, pflichtete Song Le ihr auf Chinesisch bei. Sie stand mit Chávez auf dem Dach eines Gebäudes zwei Blocks nordöstlich der Türme. Die beiden schauten durch ihre Ferngläser.

»Man kann den Fallschirm sehen«, berichtete Tats von einem Dach im Südosten der Türme.

Monarch wagte einen Blick nach unten und sah, wie der silberne Fallschirm sich im Wind blähte.

»Fowler?«, keuchte er.

Als Antwort hörte er hinter sich, aus östlicher Richtung, jenseits von Turm eins, eine Explosion. In beiden Wolkenkratzern und in mehreren Straßenzügen im Umkreis erloschen die Lichter.

»Gut gemacht«, sagte Monarch.

»Wollte mich vergewissern, dass du sicher gelandet bist, bevor ich den Schalter drücke«, antwortete Fowler.

Mit Hilfe seiner Zähne betätigte Monarch die Schalter im Ärmel und deaktivierte die Magneten. Mit der Rechten öffnete er den Brustbeutel und holte das Messer heraus. Er klappte es mit den Zähnen auf, fasste sich über die Schulter und durchschnitt die Fallschirmschnüre. Mit jedem Schnitt spürte er, wie die Kraft des Windes weiter abebbte und schließlich ganz nachließ, als der Fallschirm in die Dunkelheit trieb.

»Gebt mir eine Minute«, sagte er und trennte den Stoff ab, der zwischen Armen und Beinen seines *Wingsuits* hing. »Wisst ihr, in welcher Etage ich gelandet bin?«

»82«, antwortete Barnett in ihrer Suite des Shangri-La, da sie seine Position auf dem 3-D-Modell des Architekten orten konnte. »Hast du ihn, Chávez?«

»O ja«, antwortete sie. »Genau im Fadenkreuz.«

»Gut.« Monarch war beruhigt. Chávez war eine erstklassige Schützin. Sie hatte das Marinekorps absolviert und dann selbst dort unterrichtet. Sie würde ihm auf Schritt und Tritt Rückendeckung geben.

»Wie weit bin ich von Tengkus Büro entfernt?«, fragte er.

Song Le sagte: »Es ist zwei Pfosten nördlich von dir – das sind etwa 25 Meter – und acht Stockwerke tiefer.«

Monarch klappte das Messer zu, steckte es wieder in den Beutel und hörte tief unten eine Polizeisirene. Zu seiner Rechten sah er die gedämpfte Notbeleuchtung durch die Glasfenster; offensichtlich hatte sich im Gebäude das Notstromaggregat eingeschaltet. Er war froh um das Licht; es war stark genug, um ihm Orientierung zu geben, aber zu schwach, um ihn zu verraten. Er hielt einige Sekunden inne, um sich einen Überblick zu verschaffen. Die Bürofenster des Hehlers befanden sich etwa 25 Meter unter und 25 Meter neben seiner Position. Er ging zweimal in Gedanken seine vorgesehene Route durch, ehe er den Abstieg begann.

Der Regen wurde stärker. Monarch verschob die Knieschoner, bis sie die Stahlrippen berührten. Er schaltete die Magneten ein und staunte über die augenblickliche Stabilität, die sie ihm boten. Er zwang sich, seinen Sitz auf der Rippe zu verlassen und die Knieschoner zu beiden Seiten des Pfostens zu befestigen, der auf die nächste Rippe zuführte, etwa sechs Meter tiefer.

In raschen Bewegungen löste Monarch den Druck auf Hände und Innenschenkel und glitt langsam mehrere Meter tiefer, ehe er im Stahl eine Nietung spürte und ruckartig innehielt, um sie zu umgehen. Bis zur 79. Etage brauchte er drei Minuten. Doch mittlerweile hatte er einen Weg gefunden, wie er den Abstieg am besten bewältigen und dabei die Magneten ein- und ausschalten konnte. Zwei Minuten später berührte er mit den Füßen die Rippe des 76. Stockwerks. Und bis zur 74. Etage brauchte er kaum länger als eine Minute.

Monarch setzte sich rittlings auf die Rippe und ruhte sich ein wenig aus. Dabei riskierte er einen Blick nach unten, auf die blinkenden Lichter der Polizei- und Feuerwehrwagen, die auf das Umspannwerk zu eilten, das Fowler einige Blocks weit entfernt in die Luft gesprengt hatte.

In mehrfacher Hinsicht fand er die waagerechte Bewegung auf den Rippen heikler als die senkrechte die Pfosten hinunter. Indem er mit den Schenkeln das gebogene Stahlrohr umklammerte wie die Flanken eines Pferdes, schob er sich voran. Nach jeweils zweieinhalb Metern stieß er auf eine Klammer, die die Rippe mit dem Gebäude verband, und war gezwungen, sich wie ein Schlangenmensch um sie herumzuwinden, ohne zu fallen.

Vier Minuten nachdem er die waagerechte Kletterei begonnen hatte, schlängelte er sich um den dritten Stahlpfosten. »Geschafft!«, hörte er Chávez sagen.

Monarch wand sich flink um die Klammer, die Rippe und Pfosten mit der Gebäudewand verband, und erreichte das Fenster, eine etwa zweieinhalb auf dreieinhalb Meter große Glasscheibe. Während er noch überlegte, wie er das Glas am besten durchschnitt, entdeckte er in der stählernen Wand eine vergitterte Öffnung, etwa einen Quadratmeter groß.

»Eine Sekunde«, sagte er. »Planänderung. Vergesst das Glas, ich geh durch den Lüftungsschacht.«

»Breit genug?«, fragte Tatupu.

»Ich denk schon.«

Geschäftig fasste Monarch in die Brusttasche und tastete nach dem schwersten Gegenstand, den er bei sich trug. Seine Finger schlossen sich um zwei Kartuschen, fünfzehn Zentimeter hoch und fünf Zentimeter im Durchmesser. Sie waren mit Gewebeband zusammengeklebt und in ein Passstück geschraubt, das sie mit einem dünnen Schneidbrenner verband. Er klemmte sich die Kartuschen zwischen die Schenkel, schmiegte sich eng an die Stahlwand des Towers, aktivierte die Magneten und spürte, wie sie hafteten. Auf diese Weise stabilisiert, langte er erneut in den Beutel und holte ein Feuerzeug heraus.

»Jetzt wird's heiß«, sagte er.

»Du hast nur einen Versuch«, warnte Barnett.

»Kein Problem«, entgegnete Monarch.

Er drehte am Gas und hörte das Acetylen und den Sauerstoff aus der Öffnung zischen und spucken. Dann zündete er das Feuerzeug an. Mit einem Puff fing das Gas Feuer und brannte, nachdem er die Flamme justiert hatte, wie ein glühend heißes Skalpell. Der Brenner durchschnitt die acht Bolzenköpfe, die das Gitter festhielten, als wären sie aus Kerzenwachs. Während er den letzten Bolzen herausbrannte, drückte Monarch gegen die Abdeckung und hielt sie fest. Dann löschte er die Flamme und steckte den Brenner wieder in den Brustbeutel.

»Alles in Ordnung?«, fragte er.

»Bis jetzt schon«, sagte Song Le.

Monarch versuchte, in Handschuhen das Gitter abzunehmen, doch es bewegte sich nicht. Also zog er einen Handschuh aus, hielt ihn mit den Zähnen fest, fasste in das Gitter und rüttelte daran. Keine Chance.

Er holte sein Messer heraus, steckte die Spitze fast drei Zentimeter tief unter die Abdeckung und versuchte sie herauszuhebeln.

»Jetzt hab ich dich«, murmelte er und drehte die Klinge herum.

Zu Monarchs Überraschung löste sich was immer das Gitter festgehalten hatte, ganz plötzlich, und es sprang ihm entgegen. Er fing es mit dem linken Schenkel und dem linken Arm auf. Doch es war um einiges schwerer als erwartet. Also steckte Monarch das Messer wieder ein und fasste mit der freien Rechten an die Stelle, wo er den letzten Bolzen entfernt hatte. Ein gewaltiger Fehler.

Die stählerne Kante, noch immer glühend heiß, versengte ihm die nackte Handfläche. Instinktiv ließ er den schweren Deckel fallen, der an der Fassade entlang nach unten schepperte.

# 32

## Freitag, 2. November,
## 15.50 Uhr, Ortszeit Ostküste USA

## Freitag, 2. November,
## 21.50 Uhr, Ortszeit Ägypten

Aufgrund einer stümperhaften Polio-Impfung, die man ihm im Alter von vier Jahren verpasst hatte, ging Ibrahim Hafiz gebeugt und steif und stützte sich auf einen robusten hölzernen Stock. Mittlerweile war er 56 Jahre alt und verkrüppelter denn je. Hafiz humpelte aus dem umfangreichen Hotelkomplex, wo er die vergangenen Tage am Pool gelegen und die vergangenen Nächte gegessen, gebetet und Nachrichten über die Sons of Prophecy verfolgt hatte.

Der Sender Al Jazeera sprach von nichts anderem. Dasselbe galt für CNN. Eine gewagte Entführung. Ein kühner Hinterhalt. Ein raffinierter Bombenanschlag.

Al Qaida? Vergangenheit. Die Muslimbrüder? Korrupt wie die Hisbollah. Die Sons of Prophecy? Die Zukunft des Dschihad! Ein Angriff auf die ganze Welt!

Während er seinen ermunternden Gedanken nachhing, humpelte Hafiz aus dem Ferienstädtchen in südlicher Richtung, verließ die befestigten Straßen, vermied die Feldwege und schleppte sich durch die Wüstenlandschaft. Nicht ein einziges Mal beklagte er sein Schicksal. Stattdessen schaute er immer wieder hinauf zum Mond, der am östlichen Himmel aufging, betrachtete ihn als ein glückliches Vorzeichen und dankte Allah für diese Nacht, diese günstige Gelegenheit und den Umstand, zu den Auserwählten zu gehören.

Der Ägypter humpelte mühsam der Meeresbrise entgegen. Ein Nebelhorn ertönte. Hafiz erreichte einen Hügel oberhalb des Golfs von Suez. Er sah die Fahrtlichter von gut einem Dutzend Frachtschiffen im tiefen Kanal aufgereiht. Sie tuckerten in nordwestlicher Richtung auf den Kanal zu, den Großen Bittersee, Port Fuad und dann das Mittelmeer.

Hafiz bezwang den Drang, innezuhalten und kurz in Vorfreude zu schwelgen. Stattdessen spähte er zur Felsenküste hinunter, wo er die Schatten der Männer sah, die schon bei der Arbeit waren. Sie hatten drei große schwarze Schlauchboote aufgeblasen. Zwei Männer in schwarzen Neoprenanzügen befestigten daran starke Außenbordmotoren. Andere beluden sie mit Ausrüstung.

Hafiz humpelte auf einen der Männer zu, den er an seiner hochgewachsenen Silhouette erkannte. Es war Abu Ismailia, obschon er bezweifelte, dass dies sein richtiger Name war.

»Ich bin hier«, sagte er zu dem großen Mann.

Abu Ismailia klopfte ihm auf die Schulter und murmelte: »Sieh an, der wichtigste Mann in der wichtigsten Nacht seines Lebens! Bist du bereit, Bruder?«

Hafiz nickte. »Bereit.«

»Dann verwirklichen wir mit Allahs Segen unsere Träume. Ja?«

Hafiz hätte fast geweint vor Freude. »Danke für diese Chance, Abu.«

»Bedanke dich bei Allah. Er hat dich geschaffen. Dich, den perfekten Mann für diese Aufgabe.«

*Der perfekte Mann*, dachte Hafiz und musste grinsen, weil er an die Härten seines Lebens dachte, an die unentwegte Qual seiner Behinderung. Wer hätte ihn wohl je als perfekt bezeichnet?

»Hinein mit dir«, sagte Abu Ismailia.

Hafiz blickte zurück auf das steinige Land seiner Kindheit und fragte sich, ob er es jemals wieder unter seinen verdrehten Beinen und Füßen spüren würde. Falls nicht, wollte er den Sinai und mit ihm die Welt zumindest als einen besseren Ort zurücklassen. Mit Hilfe der anderen kletterte er in eines der Boote und ließ sich auf dem Fahrersitz nieder.

Die drei Boote legten ab und schlugen unterschiedliche Richtungen ein. Hafiz schaltete die Fahrtlichter nicht ein. Er war in diesen Gewässern aufgewachsen und orientierte sich am Mond und an den Sternen, wie die Menschen es vor der Erfindung von Radar, Sonar und GPS schon viele tausend Jahre getan hatten. Er passierte drei Tanker und ein Containerschiff. Etwa eine Meile von einem Felsvorsprung entfernt, der südlich der Stadt Suez wie ein Horn aus dem Westufer des Golfs ragte, tauchte vor ihnen ein zweiter gewaltiger Frachter auf. Hafiz überholte das Schiff in einem weiten Bogen und hatte einen soliden Vorsprung von 900 Metern, als sie das Horn passierten und auf die Stadt Suez zuhielten, die vor ihnen in der Dunkelheit funkelte.

Einige hundert Meter vor ihnen flitzte ihnen aus Richtung der Stadt mit flammenden Lichtern ein Schnellboot entgegen. Hafiz spürte ein Grummeln in der Magengegend und rief Abu Ismailia zu: »Da sind sie. Pünktlich auf die Minute.«

»Bring uns zu ihnen«, antwortete Abu Ismailia, während mehrere Männer an der Seite des Schlauchbootes Stellung bezogen.

Hafiz änderte den Kurs, hielt nun direkt auf die Barkasse zu und drosselte den Motor. Er bezweifelte, dass die Besatzung das Schlauchboot rechtzeitig bemerken würde. Er hatte recht. Ein Warnschrei ertönte, und der Motor der Barkasse ging aus. In etwa zwanzig Metern Entfernung stoppte sie. Auf dem Bug zeigten sich zwei ägyptische Soldaten, mit Gewehren und Scheinwerfern ausgerüstet. Die

Männer, die vor Hafiz Stellung bezogen hatten, erschossen sie mit schallgedämpften Gewehren. Der Kapitän der Barkasse versuchte noch, das Steuer und den Gashebel zu erreichen, doch sie erschossen auch ihn. Der letzte Mann im Boot riss die Arme nach oben und bettelte um sein Leben. Hafiz ging mit dem Schlauchboot längsseits. Zwei Männer sprangen an Bord des Schnellboots und schalteten die Lichter aus. Dann halfen sie Hafiz an Bord.

Der Mann, der mit erhobenen Händen auf dem Deck der Barkasse kniete, erkannte Hafiz an seinen holprigen Bewegungen. »Ibrahim?«

»Hallo, Mustafa«, sagte Hafiz.

»Was soll das hier werden?«, fragte Mustafa nervös. »Bist du verrückt geworden? Ist es wegen –«

Hafiz holte mit seinem Stock aus und schlug ihn dem Mann auf den Kopf. Der brach zusammen und wand sich stöhnend am Boden.

»30 Jahre«, zischte Hafiz. »Du hast mir alles genommen, Mustafa. Was hast du denn von mir erwartet? Sollte ich einfach herumliegen wie ein verkrüppelter Hund und mein Schicksal ertragen?«

Bevor Mustafa antworten konnte, wurde er von Abu Ismailia gepackt und über Bord geworfen. Er kam an die Oberfläche und keuchte zweimal, ehe eine schallgedämpfte Salve ihn endgültig versenkte. Hafiz übernahm das Steuer des Schnellboots und empfand keinerlei Mitleid für den Mann, der sein Leben zerstört hatte. Allerdings hielt sich nach diesem ersten Racheakt auch seine Genugtuung in Grenzen.

Zwei von Abu Ismailias Männern rissen den toten Soldaten die Uniformen herunter und zogen sie selbst an. Dann stießen sie die Leichen ins Wasser und lösten das Schlauchboot von der Barkasse. Hafiz warf den Motor an und fuhr nach Süden. Die gesamte Prozedur hatte kaum zehn Minuten gedauert.

Das Containerschiff kam gerade in Sicht, als aus dem Funkgerät auf der Barkasse eine Stimme krächzte: »Port Tawfik, hier ist die *Rose of the South.*«

Hafiz schnappte sich das Mikrophon und antwortete: »*Rose of the South*, hier Port Tawfik. Wir haben euren Lotsen an Bord. Stoppt die Maschinen.«

»Aye, aye!«

Hafiz beschleunigte und hielt auf das massive Containerschiff zu, das hell erleuchtet war wie ein Basar in einer Feriennacht. Sie brachten die Barkasse längsseits, und der Arm eines Schiffskrans schwenkte aus und stellte einen großen Stahlkorb ins Boot. Die Uniformierten halfen Hafiz in den Korb und stiegen dann selbst ein. Abu Ismailia bildete das Schlusslicht. Zwei Männer verblieben an Bord der Barkasse.

Der Korb hob sich schnell in die Luft. Abu Ismailia reichte Hafiz eine schwere braune Papiertüte. Der Korb schwenkte über die Reling und wurde an Deck des Containerschiffs heruntergelassen. Der Mann, der den Kran bediente, beugte sich aus seinem Führerhaus und sagte: »Der Kapitän ist auf der Brücke.«

»Warte hier auf das Signal«, murmelte Abu Ismailia.

Hafiz hatte ein Gefühl, als müsste er sich jeden Moment übergeben, aber die Erinnerung an Mustafas gerechtes Schicksal hielt die Übelkeit in Schach, als die uniformierten Männer die Außentreppe zur Brücke hinaufstiegen, dicht gefolgt von Abu Ismailia. Kapitän und Mannschaft des Containerschiffs rechneten damit, dass zunächst ein ägyptisches Militärkontingent ihre Papiere prüfte, bevor ein Lotse ihr Schiff dann geschickt in die erste Schleuse des Kanals navigieren würde. Hafiz beobachtete, wie die Männer das Steuerhaus betraten, wo bald heftige Bewegungen im Dunkeln auszumachen waren. Kurze Zeit später kam einer der Uniformierten auf den Steg heraus und winkte. Hafiz schleppte sich zum Kranführer hinauf und zog aus der braunen Tüte eine kleine schwarze Maschinenpistole. Er richtete sie auf den Mann und befahl: »Sie tun jetzt, was wir Ihnen sagen, sonst sind Sie tot. Verstanden?«

Der Kranführer nahm die Hände hoch und sagte: »Alles klar, Mann.«

Neun Minuten später war der letzte der zwölf Gefolgsmänner Abu Ismailias im Korb an Deck gehievt worden. Anschließend wurden auch die Boote an Bord geholt. Vierzehn Minuten nachdem Hafiz das Schiff betreten hatte, war alles an Deck.

»Und jetzt?«, fragte der Kranführer mit bebender Stimme.

»Jetzt springst du«, sagte Hafiz. »Du brauchst nicht weit zu schwimmen.«

»Ich soll springen?«, rief der Mann. »Das sind über dreißig Meter! Ich brech mir die Beine.«

»Lieber ein gebrochenes Bein als tot«, entgegnete Hafiz und gab einem der Männer ein Zeichen, den Kranführer von Bord zu stoßen.

Anstatt stehen zu bleiben und zuzusehen, schleppte Hafiz sich die metallene Treppe hinauf zur Brücke, wo Abu Ismailia und mehrere seiner Männer die Leichen des Kapitäns und der Besatzung beiseiteschafften. Hafiz brauchte keine weiteren Instruktionen. Er wusste genau, was zu tun war. Er setzte sich ans Steuer, fühlte sich sofort wie zu Hause und ging daran, in das komplizierte Steuerpult Befehle einzugeben. Tief im Inneren des Schiffes grollten die Maschinen.

Er griff sich das Mikrophon und sagte auf Arabisch: »Port Tawfik, Lotse Mustafa Farouk an Bord der *Rose of the South* bittet um Einfuhr.«

»Bitte gewährt, *Rose of the South*«, kam eine Stimme zurück.

Hafiz war außer sich, als er weitere Befehle in das

Steuerpult tippte. Er lenkte das massive Containerschiff in tieferes Wasser und dann in nordwestlicher Richtung auf den funkelnden Hafen zu, wo gerade ein kleineres Schiff zur Reparatur ins Dock ging. Rechts davon machte Hafiz die Engstelle aus, wo die Wasser des Golfs sich durch den Kanal pressten. Sechshundert Meter vor der Kanalmündung krächzte die Stimme des Hafenmeisters aus dem Funkgerät: »*Rose of the South*, drosseln Sie Ihre Geschwindigkeit auf zwei Knoten.«

Hafiz ging stattdessen auf vier Knoten.

Nach 400 Metern brüllte der Hafenmeister ihn an, er solle die Maschinen stoppen. Stattdessen beschleunigte Hafiz auf acht Knoten, riss das Steuer hart nach Backbord und nahm schließlich das Gas zurück. Der Bug des mächtigen Frachters schwenkte träge und langsam seitwärts. Der Hafenmeister war außer sich und brüllte ihn an, er solle den Rückwärtsgang einlegen. Hafiz dagegen fasste seelenruhig nach oben und schaltete das Funkgerät aus.

Mit einem triumphierenden Blick in die Runde sagte er: »Aufgepasst, Brüder. Gleich gibt's einen heftigen Aufprall.«

# 33

## *Freitag, 2. November, 13.00 Uhr, Ortszeit Ostküste USA*

## *Samstag, 3. November, 1.00 Uhr, Ortszeit Malaysia*

Monarch sah entnervt dem Stahlgitter hinterher, das ihm aus der verbrannten Hand gerutscht war und nun die stahlverkleidete Fassade von Turm zwei hinunterschepperte, und zwar die gesamten 74 Etagen, ehe es mit der Lautstärke einer berstenden Kirchenglocke auf dem Zementboden aufschlug.

»Herrje«, stöhnte Chávez ihm ins Ohr. »Das klingt aber nicht gut.«

»Nein«, sagte auch Tatupu. »Gleich laufen Sicherheitsleute auf dem Gelände herum, um herauszufinden, woher der Lärm kam.«

»Welcher Lärm?«, fragte Barnett, die am weitesten vom Einsatzort entfernt war.

»Ich hab die Abdeckung der Klimaanlage fallen lassen«, erklärte Monarch mit zusammengebissenen Zähnen. Die verbrannte Hand tat höllisch weh, und ihm war übel.

»Alles in Ordnung?«, fragte Song Le.

»Nicht ganz«, erwiderte Monarch, während er den Handschuh über die Brandwunde zwang.

»Um Schlimmeres zu vermeiden, schlage ich vor, du kriechst so schnell wie möglich in dieses Rohr«, sagte Chávez. »Ich sehe ein paar Typen mit Scheinwerfern rumlaufen.«

Monarch sah die Lichter. Sie bewegten sich unendlich

weit unten in seine Richtung. Waren ihre Lampen stark genug, um ihn so weit oben zu entdecken? Er wollte kein Risiko eingehen.

Der Wind frischte auf und brachte erneut Regen, der auf Monarch niederprasselte, während er die Magneten abschaltete und seinen Oberkörper mit den Armen voran in den Schacht schob. Während er sich wand wie eine Schlange, um die Hüften über die Kante zu hieven, tastete er vergebens nach einer Leiste, um sich vollständig hineinzuziehen.

»Das sind starke Scheinwerfer«, sagte Chávez. »Die suchen die gesamte Fassade ab.«

»Ich mach ja schon«, keuchte Monarch und kämpfte sich in der Dunkelheit voran.

Da streifte die Spitze seines Mittelfingers einen senkrechten Stahlfalz. Mit letzter Kraft gelang es ihm, drei Finger in den Falz zu schlagen und sich nach vorn zu ziehen. Seine Hüften glitten über die Kante des Schachts, und nach zwei weiteren Zügen war er vollständig darin verschwunden.

Sekunden später streifte hinter ihm ein Lichtstrahl über die Mauer. Er hörte ein statisches Knistern in seinem Ohrknopf.

»Atmosphärische Störungen«, sagte Monarch in sein Mikro. »Ich kann euch nicht hören.«

Jemand ließ ihn durch zweimaliges Aktivieren des Mikros wissen, dass man ihn verstanden hatte. Zitternd vor Schmerz und Erschöpfung, blieb Monarch einen Moment liegen. Er musste dringend etwas essen und trinken und seine Wunde versorgen. Normalerweise hatte er Tuben mit Energiepaste bei sich, wie sie bei Triathleten sehr beliebt waren. Doch leider gehörte dies zu den wenigen Dingen, die Barnett in so kurzer Zeit nicht hatte auftreiben können. Und auf den Verbandskoffer hatten sie aus Platz- und Gewichtsgründen verzichtet.

Monarch schloss die Augen und suchte nach jenem Ort in seinem Verstand, in dem er weder Angst noch Schmerzen verspürte und wie ein Reptil nur noch auf ein Ziel gerichtet war. In dieser Weise reduziert und von seinem Team abgeschnitten, stützte er sich auf die Ellenbogen, nahm den linken Handschuh ab und holte eine kleine LED-Stirnlampe aus der Brusttasche. Er setzte sie auf und schaltete sie ein. Ein sanfter roter Schein erhellte den Schacht.

Monarch arbeitete sich langsam in der tiefen, engen Höhle voran. Nach fünf Metern war das Lüftungsgitter, das er im Büro des Hehlers gesehen hatte, direkt vor seiner Nase.

Zum zweiten Mal nahm er den kleinen Schneidbrenner zur Hand und arbeitete sich durch den Rahmen der Abdeckung. Weil er sich nicht erneut die Hände verbrennen wollte, wartete er mehrere Minuten, bis das Metall abgekühlt war, ehe er das Gitter vorsichtig nach vorn stieß. Kaum spürte er, wie das Metallstück sich von der Wand löste, wand er sich durch das Loch, das er geschaffen hatte, und steckte Kopf, Arme und Brust hindurch, wobei sich Putzbrocken lösten. Es roch nach abgestandenem Kaffee in dem leeren Büro, das Tengku weitgehend unverändert hinterlassen hatte. Nur der Schreibtisch war leer. Nirgends war ein Computer zu sehen.

Auf den ersten Blick deutete nichts im Raum auf ein besonders ausgeklügeltes Sicherheitssystem hin. Und Monarch stellte sich kurz vor, dass die einzigen Schutzvorrichtungen sich vor dem Eingang befanden. Doch dann schüttelte er den Kopf. Tengku war ein Hehler ersten Ranges, der nur mit hochwertigem Diebesgut handelte. Er hatte zweifellos weitere Vorkehrungen getroffen.

Er knipste die rote Stirnlampe aus, griff mit seiner verletzten Hand hinter sich und rüttelte an der Trockenbauwand, bis er über dem Kaffeegeruch Gips wahrnahm.

Gips erreichte auf der Mohs'schen Härteskala zwei von zehn Punkten, war demnach nur etwas weniger pudrig als Talk. Als er spürte, dass er genug herausgelöst hatte, häufte er alles in die linke Hand, direkt auf die inaktiven Magneten. Er rieb die Hände aneinander, hob den Gipsstaub an die Lippen und blies. Der Puder schwebte im Büro umher und offenbarte dünne grüne Linien. Vier davon kreuzten mehrfach den Raum.

»Hört ihr mich?«, fragte er.

»Positiv«, sagte Barnett.

»Ich bin drin, aber er hat sein Büro mit einem Lichtgitter gesichert, was die Angelegenheit ein wenig heikel macht. Wie sieht's draußen aus?«

»Die Sicherheitsleute suchen immer noch mit Scheinwerfern nach deiner Abdeckung«, antwortete Tatupu, als Monarch sich ganz aus der Öffnung wand und auf der Glasvitrine landete, die bis zum Fenster reichte. »Du hast Glück, das Ding liegt offenbar in den Büschen.«

»Und die Polizei konzentriert sich nach wie vor auf das gesprengte Umspannwerk«, berichtete Song Le. »Lass dir ruhig Zeit.«

Im Gegensatz zu vielen Dieben, die in erster Linie auf Schnelligkeit setzten, nahm Monarch sich stets die Zeit, die er brauchte. Eile – das hatte er auf die harte Tour erfahren müssen – führte oft zu Fehlern. Also schaltete er die rote Stirnlampe wieder ein, legte sich bäuchlings auf die Vitrine und erwog bedächtig seinen nächsten Schritt. Wenn der Hehler dieses Lichtgitter installiert hatte, sagte ihm die Logik, gab es möglicherweise auch Drucksensoren im Fußboden. Und zweifellos waren auch die Vitrinen manipuliert worden.

Er kroch zum Loch in der Wand zurück und schabte mit dem Messer eine beträchtliche Menge Gips ab, den er wieder in den Händen zerrieb. Statt ihn jedoch in den Raum zu blasen, zog er den linken Handschuh aus und füllte den Gipsstaub hinein. Monarch erhob sich auf Hände und Knie und versuchte dabei, den Schmerz in der rechten Handfläche auszublenden, der sich verstärkte, sobald das Leder an der Wunde rieb. Er konnte jetzt aus dem Fenster sehen und bemerkte die blauen Blinklichter, die sich auf den Trafo zubewegten. Ein Lichtschein näherte sich, und Monarch regte sich nicht, bis er vorbei war.

Tengkus großer Schreibtisch war nur einen Meter von ihm entfernt. Monarch betrachtete ihn kurz und blies dann Gipsstaub in die Luft. Wieder erschienen die vier grünen Linien, die den Raum durchschnitten. Monarch verfügte über ein nahezu fotografisches Gedächtnis, und während er weiter Staub in die Luft blies, prägte er sich den Verlauf der Laserlinien möglichst genau ein.

Zu seiner Erleichterung sollten die Lichtschranken vor allem demjenigen einen Strich durch die Rechnung machen, der aus Richtung der Lobby einzubrechen versuchte. Nur eine der Linien kreuzte den Raum hinter Tengkus Schreibtisch. Mit diesem Wissen ausgestattet, warf Monarch den Handschuh, der das Gipspulver enthielt, auf die Tischplatte. Er rollte auf die linke Seite, spannte die Körpermitte an, stemmte sich mit der Linken hoch, schwang sich wie ein Turner vom Seitpferd von der Vitrine und landete in einer federnden Hocke auf dem Schreibtisch.

Das Möbelstück ächzte unter ihm. Eine Schrecksekunde lang befürchtete er, es könnte zusammenbrechen. Doch der Tisch hielt ihm stand, und Monarch gewann bald sein Gleichgewicht zurück.

Aus dieser neuen Position und Perspektive tastete Monarch mit dem sanften roten Strahl seiner Stirnlampe erneut im Uhrzeigersinn den Raum ab. Die Regale an der Wand gegenüber enthielten chinesische Vasen, unterschiedliche Schwerter und kostbares Kristall. Zwei weitere Schränke bargen seltene Bücher, alten Schmuck und wertvolle Jadeobjekte. Als der Lichtschein die Vitrine neben ihm passierte, sah er, dass darin seltene Münzen aufbewahrt wurden, die meisten in transparenten Hüllen und wie Museumsstücke zur Schau gestellt, die sie wahrscheinlich auch waren. Seltsamerweise entdeckte er in der rechten hinteren Ecke der Vitrine ein Handy.

Monarch ging auf Hände und Knie und legte sich dann flach auf den Bauch. Er tastete nach den Schubladen und zog daran. Abgesperrt. Keine Überraschung. Er streckte sich nach den Türen der Anrichte und rüttelte daran. Auch sie waren verschlossen. Er bezweifelte nicht, dass sie einfach zu knacken waren, doch zunächst leuchtete er unter den Schreibtisch und die Anrichte und entdeckte eines seiner vorrangigen Ziele: ein Kabel, das unter einem Läufer auf eine blaue Kiste zuführte, die hinter dem Schreibtisch an die Wand geschraubt war.

»Er hat seine Daten gesichert«, sagte Monarch.

»Ausgezeichnet«, schnurrte ihm Barnett ins Ohr. »Häng den Schmarotzer dran.«

Monarch kramte in seiner Tasche nach dem »Schmarotzer«, einem kleinen, rechteckigen Gerät, etwa acht Zentimeter lang. Es bestand aus einem fünf Zentimeter langen Kabel, einem Cat-6-Netzwerkstecker, einem Hochgeschwindigkeitsspeicher, einem leistungsstarken Prozessor und einem Funksender. Sobald er den Schmarotzer angeschlossen hatte, konnte sich Barnett aus der Ferne in die Back-up-Festplatte einhacken und die Daten herunterziehen. Er stieg vom Schreibtisch, wich behutsam dem Laserstrahl aus, der das Fenster zweiteilte, schob Tengkus Stuhl zurück und kroch unter die Anrichte. Er brauchte nicht einmal eine Minute, um den Schmarotzer anzuschließen und zu aktivieren.

»Empfängst du ein Signal?«, fragte er.

»Laut und deutlich«, erwiderte Barnett. »Bin schon dabei, das Passwort zu knacken.«

Monarch holte tief Luft und atmete langsam wieder

aus. Das erste Ziel dieses kleinen Raubzugs war erreicht. Die Leute in Langley würden Tengkus Dateien binnen einer Stunde auseinandernehmen. Falls der Hehler in irgendeiner Weise mit den Sons of Prophecy in Verbindung stand, würden sie es herausfinden.

Er richtete sich wieder auf und setzte sich auf Tengkus Stuhl. Mit Hilfe eines Dietrichs, den er aus der Hosentasche zog, verschaffte er sich rasch Zugang zur mittleren Schreibtischschublade. Anstatt sie jedoch herauszuziehen, fuhr er mit der Schlüsselkarte des Hotels mehrmals über die Oberkante, um nach Alarmkontakten zu tasten. Nichts.

Monarch zog die Schublade mit einem Ruck ganz heraus. Abgesehen von einem viereckigen Stück schwarzen Samtes und der Juwelierlupe, die der Hehler am Morgen benutzt hatte, war sie komplett leer. Seltsam. Hatte sein Besuch Tengku dazu veranlasst, die Schublade leerzuräumen?

Da ging das Licht an, und die Tür flog auf. Der Hehler und zwei bewaffnete Sicherheitsleute stürmten ins Zimmer und funkelten ihn wütend an.

»Mr Tengku, was für eine freudige Überraschung«, sagte Monarch, als begegne man sich zufällig in einem Restaurant.

»Mist«, fluchte Barnett in Monarchs Ohr.

Der Hehler blickte ihn finster an. Die Wachleute richteten Pistolen auf ihn.

»Im Büro ist Licht«, bestätigte Chávez.

»Brauchst du Unterstützung, Robin?«, fragte Tatupu.

Der finstere Blick des indonesischen Hehlers wich säuerlicher Belustigung, als er näher trat. »Man hat mich vor Ihnen gewarnt. Zum Glück habe ich eine Notstromversorgung für mein Büro.«

»Ah ja?«, sagte Monarch. »Wer hat Sie denn gewarnt?«

»Unwichtig«, erwiderte der Hehler mit einer wegwerfenden Handbewegung und bemerkte oberhalb der Vitrine das Loch mit dem fehlenden Abdeckgitter. »Jedenfalls versicherte man mir, dass Sie wiederkommen. Ich sagte, es sei unmöglich, hier einzudringen. Und doch sind Sie hier.«

»Und doch bin ich hier«, stimmte Monarch ihm zu. »Ein Mann, der für den Präsidenten der Vereinigten Staaten arbeitet.«

Tengku schnaubte verächtlich. »Aus meiner Sicht sind Sie nur ein Dieb mit dicken Eiern, die wir Ihnen wegschießen. Sie sind ein stinknormaler Einbrecher. Weiter nichts.«

»Eine Menge Leute wissen, dass ich hier bin«, sagte Monarch.

Der Hehler schien kurz aus dem Konzept geworfen, doch dann zuckte er die Schultern. »Das ändert nichts. Sie sind trotzdem ein Einbrecher. Und das gibt mir das Recht, Sie erschießen zu lassen.«

»Damit ziehen Sie die gesamte malaiische Polizeitruppe auf sich. Wollen Sie wirklich, dass man jeden Winkel Ihres Lebens durchforscht?«

Der Hehler lächelte. »Das nehme ich in Kauf.«

Chávez murmelte Monarch ins Ohr: »Wenn du ihn dazu bringst, ans Fenster zu treten, dann bring ich ihm Respekt bei.«

Chávez war eine der besten Distanzschützinnen, die Monarch je erlebt hatte. Er schnalzte mit der Zunge, ein Zeichen, dass er es versuchen würde.

»Und wie stehen Ihre Chancen vor dem Internationalen Gerichtshof?«, fragte Monarch. »Oder vor einem Tribunal in Guantánamo Bay?«

Der Hehler schnaubte verächtlich. »Wie gesagt, ich habe nichts zu verbergen. Zumindest kann man mir nichts nachweisen.«

»Wirklich?«, sagte Monarch. »Ich halte Ihre Kontakte zu den Sons of Prophecy für durchaus interessant.«

»Keine Kontakte«, krächzte Tengku.

»Mehrere sogar«, widersprach Monarch mit Nachdruck. »Sie oder Ihre Mittelsmänner sind die Eigentümer der zwei Gebäude, in denen sich die fraglichen Internetcafés befinden, von wo aus die Terroristen Videos und Website-Daten ins Internet stellten. Außerdem besitzen Sie das Haus, in dem unlängst eine junge Familie ermordet aufgefunden wurde, die etwas mit diesen Video-Uploads zu tun hatte.«

Das schien Tengku zu nerven, denn er sagte barsch etwas in einer Sprache, die Monarch nicht verstand. Einer der Leibwächter entsicherte seine Pistole.

»Datenübertragung abgeschlossen«, bemerkte Barnett.

Monarch lächelte: »Tengku, Sie und ich sind gar nicht so verschieden. Wir verstehen einander, zumindest was die Verbindung zwischen Dieb und Hehler anbelangt.«

Der Hehler sagte nichts.

»Ich stelle mir das Ganze folgendermaßen vor«, fuhr Monarch fort. »Sie haben in der jüngeren Vergangenheit tatsächlich eine Menge Gewehre verschoben, und ich wette, dass viele davon in China Verwendung fanden und bei den Leuten, die unsere Diplomaten festhalten. Außerdem haben Sie etwas mit dieser Propagandamaschine zu tun, die von den SOP in Gang gesetzt wurde.«

Tengku bewahrte sein Pokerface, doch Monarch erkannte an einer fast unmerklichen Anspannung, dass er der Wahrheit ziemlich nahe kam. Vielleicht hatte er nicht alles erfasst, war aber auf dem richtigen Weg. Der Hehler bellte einen Befehl. Beide Wachleute gingen einen Schritt auf Monarch zu, die Waffen im Anschlag.

»Darf ich Ihnen Ihre Zukunft zeigen, bevor Sie Ihren Gorillas Befehl geben, mich zu erschießen?«, fragte Monarch und winkte ihn zum Fenster. »Kommen Sie her, sehen Sie sich das an.« Er deutete nach unten.

»Was soll da sein?«

»Ihre Zukunft, falls Sie beschließen, mich umbringen zu lassen«, entgegnete Monarch ruhig. »Nur zu, ich biete Ihnen einen kostenlosen Blick in die Kristallkugel.«

Tengku schien hin und her gerissen, doch wie die meisten Menschen, deren Neugier angestachelt wird, konnte er nicht widerstehen. Er sagte etwas zu den Wachleuten und trat ans Fenster, ohne Monarch zu nah zu kommen. Er blickte hinunter auf die blau blinkenden Lichter rings um den Trafo und zuckte die Schultern.

»Ich sehe nichts«, sagte er.

In Monarchs Ohrknopf murmelte Chávez: »Ziel anvisiert.«

»Dort drüben«, versicherte Monarch dem Hehler. »Genau in diesem Augenblick richtet eine der besten Scharfschützinnen der Welt eine schallgedämpfte Lapua vom Kaliber .338 auf Ihren Kopf. Eine Bewegung, und Sie sind ein toter Mann.«

Mit Tengkus Selbstbeherrschung war es vorbei. Monarch sah die Panik in seinen Augen und kannte das Gefühl.

»Sie lügen«, sagte Tengku schließlich.

Im selben Moment zerbarst nur zehn Zentimeter über dem Kopf des Hehlers das Fenster. Das Projektil prallte vom kugelsicheren Glas einer Vitrine und blieb in der Wand stecken.

Tengku verfiel in unkontrolliertes Zittern, und Monarch wusste, dass er ihn am Wickel hatte.

»Der Schuss ging absichtlich daneben«, sagte Monarch. »Der nächste wird treffen. Fünfhundert Meter sind ein Klacks für sie. Und unsere Schützin ist so flink, dass Sie weg sind vom Fenster, sobald Sie auch nur versuchen, sich zu ducken oder wegzudrehen. Ich schlage also vor, dass Sie mit dem Zittern aufhören und am besten keinen Mucks mehr machen. Außerdem sollten Sie Ihre Leute anweisen, die Waffen wegzulegen und mich hinauszulassen.«

»Keine Chance«, entgegnete der Hehler und starrte böse aus dem Fenster.

»Wenn Sie sterben, sterbe ich vielleicht auch«, versetzte Monarch. »Doch falls *ich* sterbe, sind *Sie* mit Sicherheit ein toter Mann, Mr Tengku. Was schlagen Sie also vor?«

Schweigen, dann: »Woher weiß ich, dass Ihre Leute nicht auf mich schießen, sobald ich Sie gehen lasse?«

»Ihr Risiko«, sagte Monarch. »Aber wie wär's damit: Sobald ich frei bin, ruf ich Sie an und lasse Sie wissen, dass Sie wieder blinzeln dürfen. Dabei belassen wir's.«

Der Hehler war es nicht gewohnt, dass jemand den Spieß umdrehte. Er hatte gern alles unter Kontrolle, hasste es, übertölpelt zu werden. Doch er war auch praktisch veranlagt, eine Kämpfernatur.

»Abgemacht«, sagte Tengku und bellte einen Befehl.

Die Sicherheitsleute zögerten zunächst, doch dann legten sie ihre Pistolen auf den Teppich, traten zurück und hoben die Hände hinter den Kopf.

»Eine kluge Entscheidung«, lobte Monarch, während er den Schmarotzer von der Festplatte abzog. Er steckte ihn ein und fragte: »Was wissen Sie von Ramelan?«

»Ich hab bereits alles gesagt«, knurrte der Hehler. »Er ist ein Gespenst.«

»Ich glaube, dass er sehr lebendig ist und dass Sie wissen, wo er sich aufhält.«

Zähneknirschend schüttelte Tengku den Kopf. »Das tue ich nicht.«

»Aber Sie haben eine Ahnung, wo er ist und wie man ihn erreichen kann.«

»Ich sagte Ihnen doch, dass ich ihm nie begegnet bin.«

»Nennen Sie mir ein Land, irgendeinen Ort, wo ich mit der Suche beginnen kann«, insistierte Monarch. »Oder ich sage meiner Freundin, sie soll Ihnen ein Ohr wegpusten, nur so zum Spaß.«

»Das soll spaßig sein?«, empörte sich Chávez in Monarchs Ohr.

Der Hehler kämpfte mit sich, und brachte schließlich hervor: »Ich hab gehört, er ist auf Borneo.«

»Borneo ist groß«, erwiderte Monarch. »Welches Land? Brunei? Indonesien?«

Tengku starrte ihm geradewegs in die Augen. »Ich weiß es nicht.«

»Na schön«, sagte Monarch liebenswürdig. »Nur noch einen Hinweis, und Sie sind mich los.«

»Sie können nicht einfach unsere Vereinbarung ändern!« Der Hehler schrie fast.

»Man spürt, wenn man im Fadenkreuz steht, hab ich recht? Es kribbelt regelrecht.«

Kochend vor Wut zischte Tengku: »Was noch?«

»Geben Sie mir den Schlüssel zu den Vitrinen«, sagte Monarch. »Ich brauche ein Souvenir.«

»Was?«, entgegnete der Hehler verwirrt. »Ich dachte …«

»Die Schlüssel«, forderte Monarch.

»Rechte Hosentasche«, fauchte Tengku endlich. »Die kleinen.«

Monarch trat neben ihn und fischte mit den geschickten Fingern eines geschulten Taschendiebs den Schlüsselbund aus seiner Hosentasche.

»Ich bin an einer Münze interessiert«, gab Monarch vor.

»Der Schlüssel mit der roten Markierung«, sagte der Hehler.

Monarch fand ihn, sperrte die Vitrine auf und öffnete die kugelsichere Glastür. Anstatt sich eine oder mehrere der seltenen Münzen zu nehmen, griff er sich das Handy.

Tengku, der ihn über die Schulter beobachtete, reagierte sichtlich bestürzt. »Was –«

»Das genügt mir«, sagte Monarch. Er ging zu einem der Sicherheitsmänner, riss ihm das Abzeichen von der

Brust, nahm beide Pistolen, steckte sie in den Hosenbund und schlenderte aus dem Büro, als drückten ihn keinerlei Sorgen.

Als er den Flur erreichte, hörte er Tengku etwas in seiner Sprache rufen. Er warf einen Blick über die Schulter, bemerkte helles Licht aus dem Büro des Hehlers und hörte Glas bersten.

»Hab ihn verfehlt«, sagte Chávez.

»Verfehlt?«, knurrte Monarch und rannte zu den Aufzügen.

»Ein Scheinwerfer traf das Fenster, und so konnte ich ihn eine Sekunde lang nicht sehen und –«

Monarch hörte Schritte hinter sich. Er erreichte den Aufzug und drückte den Abwärtsknopf. Er warf einen schnellen Blick über die Schulter und duckte sich, die Pistole im Anschlag. Ein *Bing*, und der Aufzug öffnete sich.

Einer von Tengkus Männern kam mit einem halbautomatischen Gewehr auf ihn zu. Monarch schoss ihm in den Oberschenkel, und als auch der zweite Leibwächter das Feuer eröffnete, sprang er in den Aufzug und drückte die Knöpfe der 39. Etage, des Zwischengeschosses und der Lobby. Projektile prallten von der sich schließenden Tür. Der Aufzug fuhr nach unten.

Monarch lehnte sich keuchend in die Ecke und hielt den Kopf gesenkt: Irgendwo war eine Kamera installiert. Als ehemaliges Mitglied der *Fraternidad de Ladrones*, der Bruderschaft der Diebe, hatte er achtzehn Regeln gelernt. Mittlerweile glaubte er, auch ohne diese Regeln überleben zu können, doch gerade jetzt kam ihm die Nummer fünf in den Sinn: *Pass dich an.*

Er schälte sich in Sekundenschnelle aus seinem *Wingsuit* und stand in dunkler Hose und Arbeiterhemd da. Die Überreste des Anzugs und sein Werkzeug unter den linken Arm geklemmt, stieg er in aller Seelenruhe aus dem Lift, als dieser sich auf der 39. Etage öffnete. Er wartete einige Augenblicke, um seinen potentiellen Verfolgern Zeit zu geben, den Halt im 39. Stockwerk zu begreifen. Seinen Vorsprung schätzte er auf zwei bis drei Minuten.

»Ich brauche eine Treppe«, sagte er in sein Mikro.

Nach kurzer Pause gab Barnett zurück: »Rechts, dann wieder rechts.«

Monarch setzte sich in Bewegung. Er stopfte die Überreste des *Wingsuit* und alles Werkzeug, für das er keine Verwendung mehr hatte, in einen Mülleimer und rannte weiter. An der Tür zur Treppe angelangt, hörte er in der Ferne das *Bing* des Aufzugs. Er schlüpfte ins Treppenhaus und schloss leise die Tür hinter sich. Das Notstromaggregat des Towers erzeugte genügend Energie für eine sanfte rote Notbeleuchtung in jedem Stockwerk. Anstatt nach unten zu gehen, lief Monarch zwei Treppen nach oben und trat in einen halbdunklen Flur, wo er seinen nächsten Schachzug überlegte.

»Hat dieses Stockwerk einen Wartungsraum?«, fragte er.

Nach kurzer Pause antwortete Barnett: »Geh nach rechts, dann etwa sechzig Meter die linke Wand entlang.«

Monarch entdeckte eine Stahlflügeltür mit einem kleinen Schild in malaiischer Schrift.

»Die da?«

»Genau.«

Monarch brauchte nur zwanzig Sekunden, dann war das Schloss geknackt. Er ließ den Blick durch den Raum schweifen, sah einen Eimer und einen Wischmop, dann Regale voller Gerätschaften und Reinigungsutensilien. Er griff sich mehrere Stapel Papierhandtücher und Staublumpen, stopfte sie in den Eimer und warf noch zwei Flaschen Reinigungsflüssigkeit hinterher.

»Brücke?«, fragte er.

»Umgekehrte Richtung, dann nach links, dort siehst du die Aufzüge und die Skybridge.«

Monarch eilte den Flur entlang, Wischmop und Eimer vor sich her schiebend. Er spähte um die Ecke, entdeckte die Aufzüge, dann die Skybridge von Turm zwei nach Turm eins. Da ihre Wände und die gebogene Decke aus Glas bestanden, wäre er ziemlich exponiert, während er sie überquerte. Doch er hatte keine Wahl. Es gehörte zu seiner Strategie. Als er an den Fahrstühlen vorbeilief, bemerkte er, dass der eine im 39. Stockwerk anhielt, der zweite soeben das 10. Stockwerk passierte und ein dritter von der Lobby aus nach oben unterwegs war. Monarch drückte den Aufwärtsknopf, als dieser dritte Aufzug die 35. Etage erreicht hatte, und tastete nach seinen Pistolen.

Der Aufzug öffnete sich. Leer. Irgendjemand, vielleicht Tengku, hatte ihn nach oben gerufen. Perfekt. Monarch schob Mop und Eimer hinein. Während er mit dem Fuß die Tür blockierte, öffnete er die beiden Flaschen mit dem Reinigungsmittel und schüttete den Inhalt auf die Lumpen, Papiertücher und den Mop. Er nahm den Mop zur Hand und zündete ihn an.

Während er rückwärts den Aufzug verließ, warf er den brennenden Mop in den Eimer. Eine Stichflamme schoss heraus. Die Tür schloss sich, und der Aufzug fuhr nach oben. Monarch zwang sich zur Geduld und blieb zehn, zwanzig und schließlich dreißig Sekunden lang stehen, während der Aufzug die 60. Etage passierte und in der 74. stehen blieb.

Er setzte zum Sprint über die Brücke an. Feueralarm ertönte. Es hatte keinen Sinn, möglichst unbemerkt über die Brücke zu schleichen, also rannte er so schnell er konnte, um die Zeitspanne, in der er exponiert war, möglichst kurz zu machen. Dabei sah er immer wieder hinunter auf den großen Platz vor den Zwillingstürmen. Der lag noch immer im Dunkeln, und bis zur Mitte der Brücke hatte er noch niemanden entdeckt.

Als ihn noch zehn Meter von Turm eins trennten, sagte Tatupu: »Jetzt rückt die Kavallerie an.«

Monarch sah, wie aus zwei Richtungen Polizeiwagen auf die Türme zu eilten, vier, vielleicht auch fünf an der Zahl. Der Feueralarm konnte sie nicht so schnell hergelockt haben. Hatte Tengku die Polizei gerufen? Oder hatte jemand die Schüsse gehört?

Er rannte von der Skybridge und verlangsamte seine Schritte. Im Flur des 41. Stockwerks von Turm eins angelangt, schnappte er nach Luft und überlegte dabei seine nächsten Schritte. Er würde warten, bis die Feuerwehr kam und alle Augen auf Turm zwei gerichtet waren. Dann würde er im Aufzug ins Erdgeschoss fahren und versuchen, sich an den Sicherheitsleuten vor dem Haupteingang vorbeizumogeln und zu verschwinden. Allerdings riskierte er, wenn er noch länger zögerte, dass die Polizei ihn festnahm und einem Verhör unterzog.

Trotzdem beschloss er, geduldig zu warten »Gebt mir Bescheid, wenn die Feuerwehr kommt.«

»Am Trafo ist die Hölle los«, antwortete Fowler. »Zwei Lkw fahren auf die Tower zu.«

»Chávez, gib Bescheid, wenn sie vorgefahren sind. Gloria?«

»Rogue?«

»Ich brauche einen Fluchtweg aus dem Untergeschoss von Turm eins.«

»Bin schon dabei.«

»Da kommt die Feuerwehr«, sagte Chávez.

Song Le ergänzte: »Und die Polizei. Sie bewegen sich alle auf Turm zwei zu.«

»Gloria?«, fragte Monarch.

»Es gibt einen Lastenaufzug«, begann sie mit gehetzter Stimme. »Nein, der wird dir nichts nützen –«

Er sah den Blitz im rechten Augenwinkel, ehe er weit hinter sich auf der Brücke den gedämpften Schuss hörte.

Das Projektil hatte den Mülleimer direkt vor Monarchs Nase erwischt.

»Hurensohn –«, sagte er und zückte eine seiner Pistolen, als ein zweiter Schuss den Marmorboden zu seiner Linken traf.

Monarch wich instinktiv zur Seite aus, zog den Bauch ein und gab drei Schüsse ab, einen nach links, einen zur Mitte und einen nach rechts, bevor er kehrtmachte und in Zickzackbewegungen davonflitzte. Projektile beharkten den Boden hinter ihm. Eines prallte ab und streifte seinen linken Trapezmuskel. Er erschrak und wäre beinah gestürzt.

Er trat die Tür zum Treppenhaus auf. »Ich bin getroffen«, sagte er.

»Wo, Robin? Ist es schlimm?«, fragte Barnett besorgt.

»Über dem linken Schlüsselbein, nicht schlimm, aber ich blute«, antwortete er, während er bereits die Stufen hinunterhastete und versuchte, das penetrante Brennen im linken Arm auszublenden.

Auf dem zweiten Absatz angelangt, schleuderte Monarch seine Schuhe von sich und rannte in Socken weiter, möglichst leise, um potentielle Verfolger rechtzeitig wahrzunehmen. Sechs Stockwerke tiefer hörte er, wie über ihm eine Tür zum Treppenhaus geöffnet wurde und jemand hinter ihm herhastete. Auf dem 30. Stockwerk stieß er die Tür auf und trat in den Flur. Er ließ die Tür einen Spaltbreit offen, richtete eine Pistole auf das Treppengeländer und wartete. Monarch spürte, wie Blut aus seiner Wunde in sein Hemd sickerte.

Eine Männerstimme. Ganz nah.

Schritte. Noch näher.

Das Knistern eines Funkgerätes. Noch viel näher.

Monarch wartete geduldig.

»Robin?«, hörte er Barnett sagen.

Er gab keine Antwort. Schritte kamen die nahen Stufen herunter, und er fragte sich, ob er bereits eine Blutspur hinterlassen hatte. In weniger als zwei Metern Entfernung tauchte der Rücken eines Mannes auf. Monarch zielte auf seinen Hintern, um den Gegner außer Gefecht zu setzen, und drückte ab.

*Klick.*

Tengkus zweiter Leibwächter hörte das Klicken des Bolzens, wirbelte herum und begann zu schießen. Monarch wich blitzschnell zur Seite aus, als auch schon die Tür aufflog und der Leibwächter heraussprang, das Maschinengewehr im Anschlag.

Monarch verpasste ihm mit dem Pistolenknauf einen wuchtigen Schlag auf die Fingerknöchel der Schusshand. Der Leibwächter jaulte auf vor Schmerz und ließ das Gewehr fallen. Doch als Monarch näher kam, um ihm den Rest zu geben, wirbelte der Mann herum, schlug mit dem Gewehrkolben nach ihm und traf ihn in die angeknacksten Rippen. Monarch schnappte nach Luft. Er stolperte gegen die Wand und ließ die blockierte Pistole fallen.

Der Leibwächter schwang erneut das Gewehr, diesmal wie ein Beil. Der Kolben traf Monarch unmittelbar neben der Schussverletzung im Trapezmuskel. Der Schmerz durchzuckte ihn wie ein Stromstoß und zwang ihn in die Knie. Um ein Haar hätte er die Besinnung verloren, doch das jahrelange Training und die Erfahrung bewahrten ihn davor.

Er rollte auf den Leibwächter zu, dessen Schlag knapp an seinem Ohr vorbei den Boden traf. Aus der Bewegung heraus ließ Monarch die Fersen nach oben schnellen und trat dem Gegner in die Magengrube.

»Ahhh«, ächzte dieser und taumelte nach hinten.

Monarch rappelte sich auf, ein taubes Gefühl im linken Arm. Er versetzte dem Mann einen Tritt gegen die rechte Kniescheibe und hörte sie knacken. Mit einem Aufschrei stürzte der Leibwächter auf die Seite, hielt aber mit der unverletzten Hand noch immer das Gewehr fest.

Monarch entriss es ihm. »Ihr Jungs hättet aufgeben sollen, als noch Zeit war.«

Der Leibwächter funkelte ihn an. »Ihr könnt diese Sache nicht verhindern. Nichts kann sie verhindern.«

»Erzähl das den malaiischen Behörden«, sagte Monarch und versetzte dem Mann mit dem Gewehrkolben einen Schlag auf den Kopf, der ihn eine Weile außer Gefecht setzen würde.

Nachdem er das Gewehr entladen und über den Flur geschleudert hatte, begab er sich wieder ins Treppenhaus. In der Ferne waren gedämpft Sirenen zu hören.

»Gloria?«

»Oh, Gott sei Dank«, entfuhr es Barnett.

»Kleiner Zwischenfall«, sagte er. »Wie komm ich hier raus?«

»Es wird dir nicht gefallen.«

Zehn Minuten später stand Monarch im Flur einer Kantine, die sich im hinteren Bereich der zweiten Etage von Turm eins befand. Sein Hals und die linke Schulter brannten wie Feuer. Und er zog jetzt definitiv eine Blutspur hinter sich her. Sie war nicht sonderlich breit, würde aber selbst einem Ungeübten ins Auge fallen.

»Fast am Ziel«, sagte Barnett.

»Wer kommt mich holen?«

»Halt Ausschau nach einem schneidigen Samoaner.«

Monarch lächelte unter Schmerzen.

»Da, links von dir, Robin.«

Monarch stieg ein widerlicher Geruch in die Nase, und er sah etwa in Hüfthöhe zwei stählerne Einschüttöffnungen an der Wand, die mit einem Vorhängeschloss gesichert waren. Er trat einen Schritt zurück und schoss es ab. Dann öffnete er eine der Klappen und sah nichts als Schwärze. Eine tropische Wärme schlug ihm aus dem

Schacht entgegen, dazu der ekelhafte Gestank fauligen Mülls.

»Da krieg ich ja Blutvergiftung«, murrte Monarch.

»Und wenn du nicht bald in die Gänge kommst, kriegt dich die Polizei«, entgegnete Song Le.

Den linken Arm vorgestreckt, die verletzte Rechte an die Seite gepresst, tauchte er kopfüber in den Müllabwurfschacht und rutschte die steile, schmierige Fläche hinunter. Kaum ertastete seine Linke das Ende der Rutsche, zog er den Kopf ein und spannte den Bauch an. Als schnellte er sich von einem Sprungbrett, zog er die Knie an die Brust und landete in stinkendem, schleimigem Müll. Und weil er die Wucht des Aufpralls vor allem mit dem oberen Rücken abfing, blieb ihm zum zweiten Mal in nur fünfzehn Minuten die Luft weg.

»Gut gemacht«, sagte Barnett. »Jetzt rasch an die Seite, über die Straße und in die Büsche. Tats wartet schon auf dich.«

Monarch konnte nicht gleich antworten. Er konnte sich nicht einmal bewegen. Dann konzentrierte er sich auf die Tatsache, dass er blutend im Müll lag. Seine Jugend in den Slums trat ihm vor Augen, die erste Begegnung mit Schwester Rachel, als sie sich über ihn beugte, um ihm eine Spritze zu geben. Das genügte, um ihn aufzurütteln.

Stöhnend rollte er weiter, stieß gegen die Containerwand und rappelte sich hoch. Er stellte sich breitbeinig hin, um das Gleichgewicht zu halten, biss die Zähne zusammen, riss die Arme nach oben und sprang. Er erwischte die Oberkante des Containers, zog sich hoch und schwang ein Bein über die Wand. Keuchend vor Schmerzen rollte er sich über den Rand und ließ sich fallen. Zwei Meter tiefer landete er auf dem harten Zementboden in einer Art Mauernische.

Er richtete sich auf und taumelte auf eine dunkle Straße hinter dem Tower. Die Sirenen waren inzwischen ganz nah. Irgendwo links von ihm hörte er Männer rufen. Die Böschung auf der anderen Straßenseite war von Efeu und Kletterpflanzen überwuchert. Er zog sich daran hoch und erreichte einen dichten Bambushain. Kleine Splitter durchstachen seine Socken und bohrten sich in seine Fußsohlen.

Ohne Vorwarnung wurde Monarch schwarz vor Augen. Er kippte um und kannte nur noch Dunkelheit.

# 34

## Freitag, 2. November, 22.00 Uhr, Ortszeit Ostküste USA

## Samstag, 3. November, 10.00 Uhr, Ortszeit Malaysia

Mehrere Stunden war Monarch in einem traumlosen Schlaf gefangen, bis ihn jemand sanft an der Schulter rüttelte.

»Robin, du musst aufwachen.«

Monarch schlug die Augen auf und erblickte Gloria Barnett, die hinter ihrer Lesebrille sehr besorgt dreinsah. Noch ganz benommen, erkannte er, dass er, nur mit einem Paar Shorts bekleidet, zwischen frischen Laken lag. Jemand hatte ihm außerdem die Hand verbunden.

»Wo bin ich?«, krächzte er.

»Wieder im Shangrila«, sagte sie erleichtert.

Er sah sich im abgedunkelten Hotelzimmer um und bemerkte rasiermesserdünne Lichtfugen zwischen den Vorhängen. »Wie bin ich –?«

»Tats hat dich rausgeholt. Du warst ohnmächtig«, erklärte Barnett, während sie die Infusion überprüfte, die zum Rücken seiner unverletzten Hand führte. »Du warst vollkommen erschöpft und außerdem schwer dehydriert. Die Brandwunde, dann noch die Schussverletzung, das alles hat dich aus dem Gleichgewicht geworfen. Was für eine Überraschung – Monarch ist doch nur ein Mensch.«

Er schnaubte leise und sagte: »Wie viel Zeit hab ich verloren?«

»Sieben Stunden und ein paar Zerquetschte. Wir haben nicht einmal mehr 45 Stunden, um Agnes Lawton aufzuspüren. Inzwischen hat es zwei weitere Übergriffe durch die Sons of Prophecy gegeben.«

»Zwei?«, fragte er und setzte sich auf. »Und wo?«

»Im Suez- und im Panamakanal«, sagte sie und schaltete den Fernseher ein.

Auf CNN konnte man sehen, wie das Containerschiff *Rose of the South* mit Schlagseite quer in der Einfahrt zum Suezkanal lag. Über die Bordwand hing ein Transparent, das auf Arabisch und Englisch forderte: ›Söhne der Prophezeiung an die Macht!‹

Das Schiff sei mitten in der Nacht entführt und dann quer in den Kanal gestellt worden, sagte der Reporter. Der Übergriff in Panama dagegen habe sich am helllichten Tag ereignet. Vierzehn Männer hätten einen Öltanker gestürmt, der vor Pedro Miguel in der Schleuse gelegen habe, und ihn mit einem ähnlichen Spruchband bestückt. Die SOP hätten auf ihrer Website eine Stellungnahme abgegeben und sich gerühmt, zwei der strategisch wichtigsten Schiffsrouten der Welt blockiert zu haben. Außerdem hätten sie damit gedroht, auch Schiffe in der Straße von Hormus anzugreifen.

Kopfschüttelnd sagte Monarch: »Was mag Präsident Sand im Augenblick durch den Kopf gehen?«

Barnett stellte den Ton leiser. »In zehn Minuten hast du Gelegenheit, ihn zu fragen.«

»Wie war das?«

»Der Präsident will persönlich mit dir sprechen«, antwortete sie. »Aus diesem Grund hab ich dich geweckt. Du ziehst dir besser ein Hemd an. Ich hol mein iPad.«

Stöhnend vor Schmerzen, kämpfte er sich in ein Hemd. Als Barnett zurückkam, fragte er sie: »Hat sich Washington die Dateien auf Tengkus Computer angesehen?«

»Wir haben sie ihnen schon vor Stunden geschickt.«

»Und das Handy?«

»Da, neben deinem Bett.«

Stirnrunzelnd wandte Monarch den Kopf und sah das iPhone liegen, das sie ihm für den Einsatz besorgt hatte. »Nein, das Handy, das ich aus Tengkus Büro geklaut habe. Er hatte es eingesperrt.«

»Du hattest nichts bei dir«, sagte Barnett.

»Machst du Witze?«, stöhnte Monarch. »Schick jemanden zu der Stelle, wo Tats mich aufgelesen hat. Es muss mir aus der Tasche gefallen sein … verdammter Mist!«

»Komm mal wieder runter«, entgegnete Barnett. »Ich schicke –«

»Monarch? Sind Sie das?«

Sie erschraken beide und blickten auf das iPad in Monarchs Schoß. Dr. Hopkins saß mit Präsident Sand im *Situation Room* des Weißen Hauses. Der Präsident sah besorgt drein. »Hängen Sie am Tropf, Robin?«, fragte er. »Sind Sie denn verletzt?«

»Nur eine Vorsichtsmaßnahme, Mr President«, sagte Monarch. »Ich hatte einen kleinen Unfall und bin etwas knapp an Elektrolyten.«

Sand nahm es müde zur Kenntnis und sagte dann: »Ms Barnett, könnten wir unter vier Augen mit Mr Monarch sprechen?«

Sie nickte, wenn auch etwas irritiert, formte lautlos mit den Lippen das Wort »Handy« und ging aus dem Zimmer.

»Haben Sie etwas gefunden in Tengkus Dateien?«, fragte Monarch.

Dr. Hopkins zwickte sich in den Nasenrücken, und der Präsident schüttelte den Kopf.

»Gar nichts?«, fragte Monarch ungläubig.

Der CIA-Chef sagte: »Wir haben ein zwanzigköpfiges Expertenteam mit der Überprüfung der Dateien beauftragt – Finanzsachverständige zur Aufklärung von Straftaten und dergleichen. Sie haben mehrere Transaktionen entdeckt, die Waffendeals sein könnten – Hinweise auf Geldtransfergeschichten und Frachtpapiere und so weiter –, aber nichts Konkretes. Wir haben jede Firma überprüft, die in den Dateien erwähnt war. Die meisten existieren nicht einmal.«

»Das klingt, als hätte er mir die frisierte Variante der Buchhaltung aufgedrückt, mit den Tarngeschäften«, sagte Monarch. »Ein schlauer Bursche, unser Hehler.«

Dies schien Dr. Hopkins noch mehr aufzuregen. Der Präsident räusperte sich. »Haben Sie die neuesten Nachrichten gesehen? Die Überfälle auf die beiden Schifffahrtswege?«

»Hab ich«, antwortete Monarch. »Aber nur die groben Fakten.«

»Wir wissen auch nicht viel mehr«, gab der CIA-Chef zu. »Allerdings glauben wir, dass die SOP Rekruten aus unterschiedlichen Terrorgruppen anheuern und ihre Aktionen koordinieren.«

»Und woher wissen wir das?«

»Unter den Toten in China war ein Dissident. Auch die Bombenleger in Neu-Delhi sind bei dem Anschlag offenbar ums Leben gekommen. Man hat ihre Leichen gefunden und anhand der Fingerabdrücke und der DNA identifiziert. Sie waren Vettern aus dem Hindukusch, Talibankämpfer. Angeblich gehen bereits mehrere Terroranschläge in Indien auf ihr Konto.«

Der Präsident sagte: »Der Punkt ist, dass diese Sons of Prophecy offenbar in der Lage sind, auch Anschläge im großen Stil durchzuführen. Wir sind mittlerweile der festen Überzeugung, dass sie unsere Diplomaten töten, falls wir ihre Forderungen nicht erfüllen.«

»Werden Sie sie denn erfüllen?«

»Nein.«

»Was bedeutet, dass uns die Zeit davonläuft, Monarch«, folgerte Dr. Hopkins.

»Ja, Sir. Das weiß ich, aber –«

»Nein, ich glaube nicht, dass Sie das wissen«, sagte Präsident Sand in scharfem Ton. »Der heutige Tag war einer der schlimmsten in der Geschichte der Wall Street. Die Aktienkurse sind infolge der Angriffe so schnell gefallen, dass ich den Handel aussetzen musste. Der Goldkurs dagegen ist regelrecht in die Höhe geschnellt. Der Ölpreis ebenso. Die Leute verlangen meinen Kopf, und der Wahlkampf meines Stellvertreters ist ruiniert. Und was das Schlimmste ist, Bill Lawton steht nicht mehr hinter Ihnen, Monarch. Er hat sich mit General Shipman und Elise Peck zusammengetan und ist mit der Tatsache, dass ich zur Befreiung unserer Außenministerin einen Dieb engagiert habe, an die Öffentlichkeit gegangen.«

»Sie ziehen den Stecker?«, fragte Monarch, und ihm wurde speiübel. Er hasste nichts so sehr wie Niederlagen.

»Man hat es mir mehr als einmal nahegelegt.«

»Bei allem Respekt, Sir, uns bleiben noch immer fast 43 Stunden. Geben Sie nicht auf.«

Der Präsident nickte. »Ich gebe nicht auf, aber wir schicken eine weitere Spezialeinheit nach Luzon, zur Verstärkung von Team 6, und je zwei Einheiten nach Panama und Ägypten.«

Das überraschte Monarch. »Haben Sie die Einwilligung der Ägypter?«

»Beide Schiffe sind zwar in Liberia registriert, aber im Besitz der USA«, erwiderte Hopkins. »Von nun an erstatten Sie uns alle sechs Stunden Rapport.«

»Wird gemacht, Sir«, versprach Monarch. »In der Zwischenzeit suchen wir nach einem indonesischen Piraten namens Ramelan. Und Sie richten sofort alle verfügbaren Satelliten auf die Süd- und Westküste Borneos.«

Hopkins kniff die Augen zusammen. »Etwas präziser?«

»Entlegene Flussmündungen«, erwiderte Monarch.

Ehe der Präsident oder der CIA-Chef darauf antworten

konnten, war die Verbindung unterbrochen, und der Bildschirm des iPad wurde schwarz.

Einen Moment lang starrte Monarch mutlos vor sich hin. Da hatte er so viel riskiert, um in Tengkus Büro zu kommen. Und jetzt sollte alles für die Katz sein? Doch was am schlimmsten war: Die Außenministerin hatte keine zwei Tage mehr.

Es klopfte. Barnett kam mit Verbänden und einem Müllbeutel zurück. »Und?«

»Der Präsident und Hopkins stehen nach wie vor hinter uns. Agnes Lawtons Ehemann kehrt uns den Rücken. Kannst du mich von dieser Infusion befreien?«

»Deshalb bin ich hier«, antwortete sie, legte den Müllbeutel auf einen Stuhl und kam ans Bett. In weniger als zwei Minuten hatte sie ihm die Nadel herausgezogen.

»Dusche?«

Sie deutete auf den Müllbeutel. »Steck den Arm da hinein, wenn möglich bis über die Schulter. Ich sehe nach den Verbänden, sobald du fertig bist.«

Er hielt ihr die verbrannte Hand hin. »Geht das nicht besser? Irgendwie praktischer?«

»Wenn dir Narben egal sind.«

»Sind manchmal nicht zu vermeiden«, sagte Monarch und rappelte sich hoch. Schwungvoll griff er sich den Müllbeutel – und spürte dabei jeden einzelnen Muskel. Auf dem Weg zum Badezimmer ließ er Arme und Schultern kreisen.

Er *musste* sie bewegen. Wenn er sie schonte, wurde die verletzte Schulter womöglich steif und taugte zu gar nichts mehr. Das konnte er sich nicht leisten. Monarch drehte das Wasser heiß. Er zog die Shorts aus, ignorierte den Müllbeutel und stieg in die Dusche.

Einen Waschlappen zwischen den Zähnen, hielt er seine ramponierte Seite in den dampfenden Wasserstrahl. Es kostete ihn enorm viel Kraft, nicht laut herauszubrüllen, als er die Schultern hob und wieder senkte und sie vor und zurück rollte. Zehn Minuten später hatte sich seine Bewegungsfähigkeit immerhin verdoppelt.

Er stieg aus der Dusche, trocknete sich ab und schlüpfte wieder in die Shorts. Als er die Schlafzimmertür öffnete, fand er Tats auf der Couch vor, in eine Ausgabe der *South China Morning Post* vertieft. Chávez sprach am Telefon mit ihrer Schwester, die sich zu Hause in Houston gerade einer Chemotherapie unterzog. Barnett brütete über ihrem Laptop. Fowler trank Kaffee und sah sich Berichte über die gekaperten Schiffe im Panama- und Suezkanal an.

Monarch trat hinter Tatupu und klopfte ihm auf die Schulter. »Danke für die Rettung.«

Anstelle einer Antwort schmetterte der Samoaner mit bemerkenswert guter Stimme: *»Ain't no sunshine when I'm gone. Only darkness when I'm away.«*

»Du solltest dich bei einer Talentshow anmelden«, sagte Monarch. »Einen Typen von deinem Kaliber suchen die noch, wetten?«

»Ich denk in letzter Zeit ernsthaft darüber nach«, erwiderte Tats ungerührt.

Bevor Monarch reagieren konnte, hob Barnett den Kopf und sah genervt, dass seine Verbände nass waren. »Hab ich dir nicht gesagt, du sollst –?«

»Der Beutel ist verrutscht«, fiel er ihr ins Wort.

Misslaunig kramte Barnett in ihrem Arzneikoffer und holte Mullbinden, Schere und Klebeband heraus. »Sitz!«, befahl sie und deutete auf einen Stuhl.

»Du parierst ja aufs Wort, Robin«, frotzelte Fowler.

»Nur bei ihr«, sagte Monarch. »Was wären wir ohne sie?«

»Nicht viel«, murmelte Barnett und schnitt den nassen Verband auf.

Er wollte eben nach Song Le fragen, als er hörte, wie

jemand zur Tür hereinkam. Die chinesische Agentin sah müde aus, aber glücklich. Sie hielt ihm ein Handy hin.

»Hast du danach gesucht?«

Monarch lächelte. »Gut gemacht.«

»Es lag einfach im Dreck«, antwortete sie. »Ich hab den Nutzungsverlauf und die Kontakte überprüft. Da ist nichts. Null.«

»Lass mich mal ran«, sagte Barnett. »Kannst du das hier für mich zu Ende bringen?«

Song Le zögerte, doch dann überließ sie ihr das Handy und nahm Barnetts Platz ein. »Weißt du auch, was du tust?«, fragte Monarch.

»Wer, glaubst du wohl, hat dich zusammengeflickt?«, fragte Song Le.

Monarchs verdutzte Miene bewog Fowler zu der schmunzelnden Feststellung: »Schon erstaunlich, was ein Kerl so alles erlebt, wenn er sich nicht wehren kann.«

Während Song Le Monarch die Verbände wechselte, entnahm Barnett dem Handy die SIM-Karte, steckte sie in einen Port an ihrem Computer und begann zu tippen.

Einige Minuten später sagte Song Le: »Fertig. So müsste es gehen.«

Monarch bewegte den Arm. »Nicht schlecht. Hast du auch ein Mittel gegen Muskelschmerzen?«

Barnett hob den Blick nicht vom Bildschirm. »Ich hab eine tragbare ARP Wave einfliegen lassen.«

»Wirklich?« Er war erleichtert. »Gute Idee.«

Eine ARP Wave sendet Gleichstrom in verletztes oder überanstrengtes Muskelgewebe. Menschliche Körper arbeiten mit Gleichstrom, und so trägt der leichte Anstieg dazu bei, dass die Muskeln gedehnt, das betroffene Gewebe besser durchblutet und Toxine ausgeschwemmt werden, was den Heilungsprozess beschleunigt. Monarch hatte das Gerät bei Verletzungen bereits erfolgreich eingesetzt.

»Ich werd das Teil zusammenbauen«, bot Fowler an. Er holte den Apparat, der etwa die Größe eines gebundenen Buches hatte, nur doppelt so dick und mit einem digitalen Display und Haftelektroden versehen, die er um Monarchs Schulter- und Nackenmuskulatur platzierte.

Barnett sah hinüber zu Song Le, die am anderen Ende der Couch Platz genommen hatte. »Wann hast du das Telefon gefunden?«

Die Chinesin zuckte die Schultern. »Vor etwa 25, 30 Minuten.«

Barnett nickte streng. »Es war passwortgeschützt. Als du den Nutzungsverlauf checken wolltest, hast du offenbar eine App ausgelöst, die alles gelöscht hat.«

Monarch hätte am liebsten mit der verbrannten Faust gegen die Wand geschlagen. »Wir haben gar nichts?«

»Das hab ich nicht gesagt«, erwiderte Barnett. »Diese Lösch-Apps haben normalerweise einen versteckten Mülleimer. Man muss nur wissen, wo. Du bist hier nicht der Einzige, der weiß, wie man Schlösser knackt, Robin.«

»Ich sag's ja, du bist die Beste von uns allen«, sagte er. »Was ist?«

Errötend deutete Barnett auf den Bildschirm ihres Laptops. »Den Textspeicher hab ich zwar noch nicht gefunden, aber dafür eine Menge Namen, Kontaktdaten, Telefonnummern und Verabredungen.«

Fowler schaltete die ARP Wave ein. Monarch spürte ein sanftes elektrisches Prickeln im Bereich der Schulter und um die Wunde herum. Es war tatsächlich ein angenehmes Gefühl. Die Kabel im Schlepptau, ging er hinüber zu Barnett und schaute mit großem Interesse auf den Bildschirm. Die Übrigen stellten sich dazu. Monarch ging die Liste der Kontakte durch. Die ersten zwanzig Namen und Telefonnummern der insgesamt fast 500 Kontakte sagten ihm nichts.

»Such nach Ramelan«, schlug er vor.

Barnett gab den Namen ein und erhielt ein »Nicht gefunden«.

»Kannst du die Telefonnummern zeitlich sortieren und auf diese Weise herausfinden, wen der Hehler zuletzt angerufen hat oder von wem er zuletzt angerufen wurde?«, fragte Song Le.

»Gute Idee«, fand Barnett und gab den entsprechenden Befehl in ihren Computer ein.

Das Ergebnis ließ nicht lange auf sich warten: Die ersten sechs Anrufe galten der Sicherheitsfirma, die für die Petronas Towers zuständig war. Tengku hatte sie kurz vor Büroschluss getätigt.

Dann sah Monarch den siebten Kontakt auf der Anrufliste: »Temp Help«.

Das Gespräch hatte ungefähr eine Stunde nachdem er mit Song Le Tengkus Reich verlassen hatte, stattgefunden und sechs Minuten gedauert.

»Ich kann die Kontakte von unseren Leuten analysieren lassen, Robin«, schlug Barnett vor. »Die sind viel besser ausgerüstet.«

Monarch antwortete nicht sofort. Er starrte ungläubig auf die Telefonnummer von »Temp Help«. Ein Gefühl der Empörung stieg in ihm auf.

»Nur keine Umstände«, sagte er schließlich. »Sieh zu, dass unsere Botschaft die Polizei in Kuala Lumpur verständigt. Die soll Tengku vorläufig festnehmen. Er ist des vielfachen Mordes verdächtig und der Unterstützung einer terroristischen Vereinigung. Und Gloria?«

»Robin?«

»Wir brauchen mal wieder einen Jet.«

# 35

## Samstag, 3. November, 0.01 Uhr, Ortszeit Ostküste USA

## Samstag, 3. November, 12.01 Uhr, Ortszeit Hongkong

»Du dummes Mädchen!«, rief Madame Long. »Was hast du im Büro meines Mannes zu suchen?«

Anna, das kleine philippinische Zimmermädchen, sprang erschrocken vom Schreibtisch zurück, einen Lumpen in der Hand.

»Staub wischen, Madame«, sagte sie und verneigte sich. »Sauber machen.«

»Du hast hier nichts verloren!«, wies die Frau des Triadenführers sie eisig zurecht, und während sie den Raum durchschritt, strich der Saum ihres Seidenkleids über das Parkett.

»Ja, Madame«, sagte Anna mit zitternder Stimme. »Aber Mr Long, er sagt, Staub wischen und saugen.«

Madame Long tolerierte die Geheimnisse ihres Mannes, aber sie konnte nicht ertragen, dass in ihrem Haus irgendetwas ohne ihr Wissen vor sich ging, nicht einmal, wie und wann sauber gemacht wurde. Mit äußerster Geringschätzung sagte sie: »Putz die Küche, außerdem ist noch Wäsche zu bügeln, bevor wir nach Lamma aufbrechen.«

Erleichterung huschte über Annas Gesicht, als sie in Richtung Tür hastete, erpicht darauf, sich aus Madame Longs Gegenwart zu entfernen. Als sie an ihr vorbeiging, sagte ihre Herrin: »Es ist Samstag. Nimmst du morgen deinen freien Tag?«

Das Mädchen hielt widerstrebend inne. Ohne zu ihr hinzusehen, antwortete sie: »Ja, Madame. Es ist mein freier Tag.«

Madame Long schwieg etliche Sekunden und fragte dann grausam: »Erinnerst du dich an das Gespräch, das wir Anfang der Woche führten? Über deine schweinischen Gewohnheiten?«

Anna blickte zu Boden, und während ihre Hand vor ihre gespaltene Lippe wanderte, nickte sie fast unmerklich. Die Frau des Monddrachen grinste verächtlich und sagte: »Gut. Mein Mann wird vor neun Uhr hier sein, um sich zu vergewissern, dass du auch sauber und nüchtern bist.«

Mit resignierter Miene verneigte sich Anna und verließ den Raum. Madame Long war im Begriff ihr zu folgen, als ihr einfiel, dass sie nur selten Gelegenheit hatte, sich im Heiligtum ihres Mannes umzusehen. Seine unberechenbaren Launen in letzter Zeit und seine merkwürdigen Fragen zum *Buch der Wandlungen* hatten ihre Neugier entfacht. Sie schlenderte durchs Zimmer und betrachtete die Reiseandenken ihres Mannes. Da fiel ihr Blick auf ein gerahmtes Foto, das auf der Anrichte hinter dem Schreibtisch stand. Der Schnappschuss zeigte ihren toten Sohn Jin und dessen Ehefrau, die den kleinen Lo-Lo im Arm hielt.

Madame Long hob das Foto auf und blickte in stummer Trauer auf das Bild ihres einzigen Kindes. Die Wunde, die sein Tod in ihr verursacht hatte, schmerzte noch immer. Dann starrte sie wütend auf das Bild dieser Frau, die ihr den Sohn genommen hatte, und spürte den alten Zorn in sich aufwallen. So groß war der Hass auf ihre Schwiegertochter, dass sie sie nicht einmal beim Namen nennen konnte.

Diese Frau trug die Schuld am Tod ihres Sohnes. Daran bestand nicht der mindeste Zweifel für Madame Long, auch jetzt noch nicht. Sie kratzte mit dem Zeigefingernagel am Glas über dem Gesicht der Frau und stellte sich dabei vor, sie kratze dem Miststück die Augen aus. Als sie Schritte im Flur hörte, stellte sie das Foto schnell zurück, drehte sich um und sah ihren Mann hereinkommen.

Der Monddrache musterte sie misstrauisch.

»Das Mädchen hat hier drin sauber gemacht«, rechtfertigte Madame Long ihre Anwesenheit und ging auf ihn zu. »Sie sagte, du hättest sie dazu angewiesen.«

»Es war an der Zeit«, erwiderte Long.

Madame Long war enttäuscht. Sie hatte gehofft, das Mädchen bei einer Lüge zu ertappen, sagte dann aber: »Ich habe ihre Arbeit inspiziert.«

Ihr Mann nickte zerstreut.

Sie blieb vor ihm stehen. »Hast du eine Frage an das Buch?«

Dies schien seine Gedanken zu klären. »O ja. Aber später, bevor wir zur Fähre aufbrechen. Ich habe noch etwas zu erledigen.«

Madame Long verneigte sich und ging.

Der Monddrache drückte die Tür hinter ihr zu und schob den Riegel vor. Er dachte an den Hehler in Kuala Lumpur und wie viele Male er an diesem Morgen schon versucht hatte, ihn anzurufen. Was war letzte Nacht geschehen? Hatte Tengku den Dieb erwischt? Hatte er ihn erledigt? Oder hatte Monarch den Spieß umgedreht und den Hehler zum Reden gebracht?

Diese Möglichkeit verursachte Long Sodbrennen. Er trat an den Schreibtisch, rückte sich den Stuhl zurecht und nahm darauf Platz. Tengku mochte vieles sein, dachte er, aber ein Schwätzer war er nicht. Eine der Schubladen stand einen Spaltbreit offen. Er selbst sorgte stets dafür, dass sie fest geschlossen waren. Hatte seine Frau hier herumgeschnüffelt? Der Monddrache öffnete die Schublade weit genug, um sich zu vergewissern, dass die Pistole noch exakt in derselben Position lag, wie er sie nach dem Reinigen hineingelegt hatte. Die Schachtel Munition dagegen lag nicht so, wie er sie hinterlassen hatte. Bevor er dem Problem auf die Spur gehen konnte, vibrierte sein Telefon – der Hinweis auf eine SMS.

Long holte es aus der Tasche und las: »Versuchen Sie es jetzt. Über Video-Telefon.«

Der Hehler.

Gespannt auf Informationen knallte der Monddrache die Schublade zu und bewegte die Maus auf das Skype-Symbol auf seinem Computer. Er suchte den Kontakt »Grundstücksverwalter« und drückte auf »wählen«. Long hörte das Klingelzeichen, bevor das schwankende Gesicht Ketu Tengkus auf dem Bildschirm erschien. Im Hintergrund hörte er Gehupe und Geschrei. Der Hehler schien zu Fuß unterwegs zu sein und sich dabei mit seiner Handykamera zu filmen.

»Was ist gestern passiert?«, wollte der Triadenführer wissen.

Tengku zögerte und beschrieb dann skizzenhaft die Ereignisse der vergangenen Nacht. »Monarch hat zwei meiner Männer erschossen und ist uns dann entwischt.«

Hätte er Tengku leibhaftig vor sich gehabt, nicht nur als Bild auf einem flackernden Computerbildschirm, hätte der Monddrache ihn umgebracht, aber nicht auf irgendeine subtile, ironische Weise wie den Tee-Liebhaber. Er hätte ihn mit bloßen Händen erwürgt.

»Dieser Dieb hat es also trotz unserer Warnungen geschafft, bei Ihnen einzubrechen?«, tobte Long. »Und Sie haben ihn auch noch entkommen lassen?«

Tengku ließ sich von Longs Tirade nicht einschüchtern.

»Er ist gerissen«, erwiderte der Hehler nur. »Außerdem hatte er Unterstützung. Scharfschützen. Pioniere. Ein ganzes Expertenteam.«

»Was hat er erbeutet?«

»Er hat die Festplatte und die Telefondaten kopiert«, antwortete Tengku und beschleunigte seine Schritte. »Aber keine Sorge. Ich hab ein Programm installieren lassen, das sämtliche Daten löscht, sobald ein falsches Passwort eingegeben wird. Unsere Gegner haben gar nichts. Nun ja, fast nichts.«

»Was soll das heißen?«, fragte der Monddrache.

»Sie sind auf ein paar meiner Immobilien gestoßen.«

Long hörte vermehrtes Gehupe in der Leitung. »Wo sind Sie?«

»Auf dem Weg zum Flughafen«, antwortete Tengku. »Hier in KL wird mir der Boden zu heiß.«

»Wohin fliegen Sie?«, fragte Long, der spürte, dass ihm die Zügel aus der Hand glitten.

»Irgendwohin, wo mich lange Zeit niemand findet«, erwiderte der Hehler. »Das sollten Sie auch tun.«

Der Monddrache überlegte fieberhaft. »Sie stehen wahrscheinlich auf der Fahndungsliste. Wenn Sie Business Class fliegen, erwischt man Sie. Ich schicke Ihnen einen Privatjet. Der bringt Sie, wohin Sie wollen.«

»Vielen Dank, Sie helfen mir sehr«, sagte Tengku nach kurzem Zögern.

»Die Einzelheiten erhalten Sie per SMS. Sie posten einstweilen das letzte Video und halten sich bedeckt.«

Der Hehler schien widersprechen zu wollen, nickte dann aber, und die Verbindung riss ab.

Schäumend vor Wut sprang Long auf, hätte am liebsten irgendetwas gegen die Wand geschleudert. Trotzdem versuchte er, sich zu beherrschen. Nur wie sollte er? Tengku behauptete, Monarch habe rein gar nichts erbeutet, doch warum machte er sich dann aus dem Staub? Und warum hatte er ihm geraten, dasselbe zu tun? Hatte er etwa gelogen? Hatte der Dieb abgesehen von einer vagen Immobilien-Verbindung noch etwas anderes gefunden, etwas, das auf seine, Longs, Rolle im Komplott verwies?

Hatte er nicht ein Handy erwähnt? Handys waren gefährlich. Aus diesem Grund pflegte er selbst seine Prepaid-Handys zu zerstören, nachdem er sie zwei- oder dreimal benutzt hatte. Enthielt das erbeutete Telefon belastende Informationen? In unwägbaren Situationen wie dieser bekam es der Monddrache entweder mit der Angst, oder er wurde gewalttätig. Tatsächlich drängte es ihn auch jetzt, die Pistole aus der Schublade zu holen und immer wieder abzudrücken, nur um zu sehen, wie etwas zu Bruch ging. Stattdessen tat er das, was er fast immer tat, wenn der Weg vor ihm dunkel und bedrohlich erschien.

Long fand seine Frau in der Küche, wo sie Lo-Lo dabei zusah, wie er eine Schale mit Schweinefleischklößchen und Suppe aß, während das Mädchen den letzten Gang zubereitete.

»Bist du reisefertig?«, fragte Madame Long.

»Bald.«

»Fahren wir nach Lamma?«, rief Lo-Lo aufgeregt. »Gehen wir angeln, Großvater?«

Der Junge saß für sein Leben gern zum Fischen auf den Felsen unterhalb des Inselhauses. Er konnte sich stundenlang dort aufhalten, wenn der Triadenführer es zuließ.

»Aber ja«, versprach der Monddrache, und der Junge klatschte vor Freude in die Hände. »Aber Großmutter muss mir erst noch bei etwas helfen. Pack du inzwischen deine Sachen.«

»Du und ich bleiben bis zum Montagmorgen«, sagte Madame Long zu ihrem Enkel. »Zwei Garnituren Unterwäsche, zwei Paar Socken.«

Lo-Lo wandte sich an das Mädchen. »Anna, kannst du mir beim Packen helfen?«

Das ärgerte Madame Long. »Nur das Notwendigste an Kleidung und seine Bücher.«

Die Filipina nickte, ging zu Lo-Lo, nahm ihn bei der Hand und sagte: »Anna hilft dir gern.«

Longs Frau starrte den beiden wütend hinterher, wandte sich dann aber wieder ihrem Ehemann zu. »Du brauchst mich?«, fragte sie.

»O ja«, bekräftigte er.

Während Weihrauch ihre Sinne schärfte, warf Madame Long die Münzen sechsmal über den Bauch der alten Meeresschildkröte. Sie notierte die Ergebnisse und übertrug die Zahlen dann in die Trigramme K'un, Erde, über Li, Feuer.

Long beobachtete seine Frau, während ihre langen, knochigen Finger über den vergilbten Schildkrötenpanzer glitten, um die Einkerbungen zu lesen wie ein Blinder einen Text in Braille-Schrift. Er sah, wie ihre Wangen schmerzhaft zuckten. Die Suche war zu Ende.

»Hexagramm 36«, flüsterte sie angespannt. »Ming I. Die Verfinsterung des Lichts. Die Verwundung des Hellen.«

In all den Jahren, in denen der Monddrache mit seiner Frau das *Buch der Wandlungen* befragt hatte, war dieses Hexagramm kein einziges Mal aufgetaucht.

»Was hat das zu bedeuten?«, fragte er nervös.

»›Die Sonne ist von der Erde verschluckt worden‹«, rezitierte sie. »›Ein finsterer Mann ist an der Macht und schädigt den Weisen und Tüchtigen‹.«

Widerstrebende Gefühle durchzuckten den Triadenführer. War er dieser Weise und Tüchtige? Oder war er der finstere Mann?

»Und die Linien?«, fragte Long in Bezug auf die Position der Zahlen, die das Hexagramm 36 ergeben hatten.

Madame Long schluckte und sagte dann: »Neun an dritter Stelle bedeutet ›Die Verfinsterung des Lichts auf der Jagd im Süden. Ihr großer Führer wird gefangen.‹«

Die Jagd im Süden? Ihr großer Führer wird gefangen?

Der Monddrache jagte im Süden nach Monarch, oder etwa nicht? Doch er war verwirrter denn je. »Weiter.«

»›Der Starke und Getreue trifft wie zufällig den Rädelsführer der Unordnung und wird seiner habhaft‹«, sagte sie, noch immer rezitierend. »›Damit ist der Sieg erlangt‹.«

*Nun ja, das war gut, oder nicht?*, dachte Long. Doch wer war der Starke, Getreue und wer der Rädelsführer der Unordnung?

»Weiter nichts?«, fragte er und warf einen Blick auf das Papier, wo sie die Zahlen notiert hatte, die das Hexagramm ergeben hatten. »Was ist mit der Sechs oben?«

Zu seiner Überraschung wandte seine Frau sich ab und wich seinem Blick aus. Dann sagte sie: »›Nicht Licht, sondern Dunkel. Erst stieg er zum Himmel empor, dann stürzte er in die Tiefen der Erde hinunter.‹«

Madame Long hielt inne und sah dann voller Mitgefühl auf ihren Mann. »Das *I Ging* rät dir zu großer Vorsicht in den nächsten Stunden. Dunkle Mächte kommen auf dich zu.«

Düster starrte der Monddrache eine Weile auf den gelben Bauch der Schildkröte und wunderte sich über die seltsamen, schrecklichen Dimensionen ihres Panzers. Er spürte Angst in sich auflodern und verweigerte sich ihr. Stattdessen nutzte er die Besorgnis, die das *Buch der Wandlungen* provoziert hatte, um sich auf den Kampf zu konzentrieren. Er dankte seiner Frau, die ihn mit unverhohlener Sorge betrachtete, und ging.

Long durchquerte eiligen Schrittes das Haus, ignorierte die Rufe seines Enkels und trat vor die Tür. In der Auffahrt war Tuul damit beschäftigt, die Motorhaube des Mercedes zu polieren. Der Leibwächter warf einen raschen Blick auf den Hügel, wo ein Scharfschütze lauern konnte, und eilte dem Triadenführer entgegen.

»Sie hätten mir Bescheid geben sollen, bevor Sie aus dem Haus gehen«, sagte Tuul.

Long schloss die Tür hinter sich, damit Lo-Lo ihn nicht hören konnte, und befahl: »Steig in den Jet und flieg nach Kuala Lumpur. Dort nimmst du den Hehler an Bord, und wenn du über dem Ozean bist, wirfst du ihn hinaus.«

# TEIL IV

## Kleiner Drachentöter

# 36

## Samstag, 3. November, 8.07 Uhr, Ortszeit Ostküste USA

## Samstag, 3. November, 19.07 Uhr, Ortszeit Indochina

Als die Nacht Bangkok verschluckte, prasselte ein Monsunregen gegen die Windschutzscheibe des Tuk-Tuk, das sich durch den Verkehrsinfarkt schlängelte, der den überfluteten Straßen geschuldet war. Ein Zweitakt-Dieselmotor trieb das kleine dreirädrige Taxi an und geriet ins Stottern, sobald der Fahrer das Gaspedal betätigte oder durch eine allzu tiefe Pfütze fuhr.

»Ich hasse diese Dinger«, sagte Tatupu, der sich vornübergebeugt, damit seine Riesenbirne nicht gegen das scharfkantige Gestänge des Metalldachs stieß, mit Monarch den Rücksitz teilte.

»Wir hätten doch auch ein richtiges Taxi nehmen können«, pflichtete Song Le ihm bei, die genauso unzufrieden war. Die chinesische Agentin quetschte sich hinter den beiden auf eine Bank, die wenig Schutz vor dem Regen bot.

»Dann wären wir noch immer auf der anderen Seite der Stadt«, sagte Monarch und vergewisserte sich mit einem Blick über die Schulter, dass das Tuk-Tuk mit Fowler und Chávez an Bord mit ihnen Schritt hielt. Er blickte auf seine verletzte Hand, ließ die rechte Schulter kreisen und fragte sich dabei, wie viel er noch einstecken konnte.

Nach ihrer Ankunft in der thailändischen Hauptstadt

hatten sie sich an die amerikanische Botschaft gewandt, wo man sie mit Waffen und kugelsicheren Westen versorgt hatte. Außerdem hatte Dr. Hopkins sie über Skype auf den neuesten Informationsstand gebracht: Die Sons of Prophecy hatten ein weiteres Video ins Netz gestellt, diesmal mit einem kurzen Clip von den drei Diplomaten: Sie waren mit Händen und Füßen an grob zusammengezimmerte Stühle gefesselt. Der Chinese und der Inder hatten ausgezehrt, verschwitzt und verdreckt in die Kamera gestarrt. Nicht so Agnes Lawton. Obwohl ihr Gesicht schmutzig und verschwollen war, hatte sich die Außenministerin ihre trotzige, aufrechte Haltung bewahrt. Und sie hatte mit Bedacht noch einmal dieselbe Nachricht gezwinkert.

Monarch glaubte ihr, jetzt mehr denn je. Die Terroristen hatten in ihrer Videobotschaft erneut die Freilassung sämtlicher politischer Gefangener gefordert. Außerdem wollten sie das Lösegeld jetzt in Gold ausgezahlt bekommen.

»Wir werden es über dem Südchinesischen Meer abwerfen«, hatte der CIA-Chef gesagt.

»Ich dachte, Sie wollen nicht zahlen«, entgegnete Monarch.

»So ist es auch«, sagte Dr. Hopkins. »Wir möchten sie aus der Reserve locken. Dabei können Sie uns vermutlich nicht helfen, Monarch. Der Präsident hat das FBI und die SEALs mit ins Boot geholt.«

Monarch zuckte mit den Schultern: »Ich weiß aber, dass wir auf der richtigen Fährte sind.«

»Wir wollen es hoffen«, sagte Dr. Hopkins, bevor er sie über die jüngsten Entwicklungen an den beiden blockierten Schifffahrtsstraßen informierte.

US-Streitkräfte waren mit einheimischen Soldaten in Schussweite der beiden gekaperten Schiffe postiert und probten verschiedene Angriffsszenarien.

»Wann schlagen sie zu?«, fragte Monarch.

»Noch nicht entschieden. Die Terroristen sind offenbar bis an die Zähne bewaffnet und behaupten, sie hätten in den Schiffsrümpfen Bomben versteckt. Aus welchem Grund sind Sie eigentlich wieder in Thailand?«

»Ich möchte unsere Aktivitäten und Motive vorerst geheim halten«, antwortete Monarch. »Auf diese Weise können Sie glaubhaft behaupten, Sie wüssten von nichts.«

»Wovon weiß ich nichts?«

Monarch beendete die Verbindung nach Washington.

Barnett schnalzte missbilligend mit der Zunge und sagte: »Du legst einfach auf? Warum?«

»Ich hab jetzt keine Zeit für Erklärungen«, entgegnete Monarch. »Wir müssen los.«

Daraufhin hatten sie Barnett in der Botschaft zurückgelassen, wo sie rund um die Uhr für Unterstützung sorgen würde. In Hawaiihemden, die lose über die kugelsicheren Westen fielen, und schwer bewaffnet hatten Monarch, Song Le, Chávez, Tatupu und Fowler die Botschaft verlassen und sich in das dritte heftige Unwetter in dieser Woche begeben, daher die Tuk-Tuks.

Sie fuhren durch das schmutzige Wasser, das dem kleinen lärmenden Taxi bis zu den Radnaben reichte, an der U-Bahn-Station Asoke vorbei, nach der der Fahrer am Straßenrand anhielt. Während sich Tatupu mühsam aus dem Fahrzeug schälte, steckte Monarch dem Fahrer ein großzügiges Trinkgeld zu und wies ihn an, auf sie zu warten.

Song Le suchte unter einer Plane Schutz, die über einen der Lebensmittelstände gespannt war, die zuhauf die Gehsteige im Zentrum von Bangkok füllten. Fowler und Chávez trafen ein. Aus der nächsten Straße dröhnte laute Discomusik, als Monarch, einen kleinen Rucksack über der Schulter, aus dem Tuk-Tuk stieg, um einen Söldneragenten aufzusuchen.

Er hatte auf Tengkus Handy unter »Temp Help« Archie Lathams Telefonnummer entdeckt, ein Schock für ihn. Er kannte Latham seit fast fünfzehn Jahren. Sie hatten mehr als einmal unter prekären Umständen ihr Leben riskiert. Für Monarch war Archie nicht nur ein Freund. Sie beide waren Waffenbrüder gewesen. Jetzt dagegen war Latham nicht nur zu Monarchs persönlichem Feind avanciert, sondern zum Staatsfeind der USA, Chinas und Indiens. Als die übrigen Mitglieder seines Teams sich unter die Plane drängten und auf seine Befehle warteten, zwang er sich, sämtliche positiven Erinnerungen an den Australier auszublenden.

Monarch deutete auf Tats und Fowler und sagte: »Euch beide hat Latham noch nicht gesehen. Am Ende der Soi Cowboy gibt es eine Bar namens Old Dutch. Ihr geht da rein, bestellt euch ein Bier und zeigt uns den Schuppen via Video. Falls Latham tatsächlich dort sein sollte, haltet euch von ihm fern. Der Bursche ist hinterhältig. Lasst euch nicht täuschen; er ist noch immer ausgesprochen gefährlich, trotz seiner Behinderung. Dasselbe gilt für seinen Leibwächter, einen großen Schwarzen namens Spooner.«

»Und ihr?«, fragte Fowler.

»Wir bestellen uns nebenan ein Bier und beobachten euch aus der Distanz, bis wir wissen, woran wir sind.«

Tatupu und Monarch stießen die Fäuste aneinander, woraufhin Tatupu und Fowler sich in südlicher Richtung davonmachten. Monarch, Chávez und Song Le warteten, bis sie in der Soi Cowboy verschwunden waren, und schlenderten dann langsam hinterher. Es war später am Abend als bei ihrem letzten Besuch vor zwei Tagen. Die Neonlichter strahlten schon, so dass der Rotlichtbezirk aussah wie ein Disneyland für Sextouristen. Allerdings stand die Straße drei Zentimeter tief im schmutzigen Regenwasser. Prostituierte, die angesichts des Kundenmangels der Verzweiflung nah waren, winkten sie unter die Vordächer, die die Außenbereiche der Bars schützten.

»He, setzt euch zu uns«, riefen sie. »Bringt eure Freundinnen mit! Lasst uns alle zusammen Spaß haben!«

»Das ist abartig«, murmelte Chávez. »Einige von ihnen sind doch definitiv minderjährig.«

»Definitiv«, pflichtete Song Le ihr bei.

»Wie gesagt, wer Büffel jagen will, muss dorthin gehen, wo Büffel leben«, sagte Monarch.

Er sah verstohlen zu Chávez hinüber, doch der Spruch schien sie ebenso wenig zu beeindrucken wie die chinesische Agentin. Er führte sie in die Apache Beer Bar, wo Song Le und Chávez von den Animiermädchen mit unverhohlener Feindseligkeit beäugt wurden. Sie bestellten mehrere Bier und scheuchten zwei Mädchen weg, die an ihren Tisch kamen. Monarch holte unterdessen ein iPad aus dem Rucksack und schaltete es ein.

»Test«, sagte er in sein Mikro, nachdem er ein Headset angeschlossen hatte.

»Ich hör dich«, meldete Tatupu. »Wir sind fast da.«

»Ich hör dich auch, Robin«, ergänzte Barnett.

»Tats, schalt die Kameras ein, wenn du im Trockenen bist.«

»Alles klar.«

Der Bildschirm füllte sich bald mit den Aufnahmen einer winzigen Fiberoptik-Kamera, die an Tatupus Brusttasche befestigt war. Gleich darauf teilte sich der Stream, und man sah auch Fowlers Perspektive. Beide Einstellungen zeigten die Tische vor der Old Dutch Bar. Sie waren leer.

Song Le deutete auf den Tisch links von der Tür: »Da hat der Perversling beim letzten Mal Hof gehalten.«

»Geht rein«, sagte Monarch in sein Mikro.

Man sah, wie beide Männer das Lokal betraten. Tatupu ging nach links, Fowler nach rechts, so dass Monarch

Gastraum und Bar aus zwei Perspektiven im Blick hatte. Es waren etwa zehn Gäste im Lokal, dazu sechs oder sieben Mädchen.

»Er ist nicht da«, knurrte Song Le. »Reine Zeitverschwendung.«

Monarch hätte fast zugestimmt, sah dann aber eine junge Thailänderin, die aus Richtung der Toiletten kam. Sie setzte sich auf den Schoß eines kleinen glatzköpfigen Typen, der ein schwarzes Hemd trug und mit dem Rücken zu Fowlers Kamera saß.

Er musterte das Paar eine Sekunde, dann musste er grinsen. »Es war keineswegs Zeitverschwendung. Tats? Abbott? Setzt euch hin. Wir sind gleich da.«

»Was ist?«, fragte Chávez, während Monarch sein iPad wieder im Rucksack verstaute.

»Kommt mit und lernt«, sagte Monarch, warf ein paar Münzen auf die Bar und trat hinaus in den Regen.

Weniger als zwei Minuten später öffnete er die Tür zur Old Dutch Bar, sah Fowler und Tatupu am Tresen sitzen, jeder ein kaltes Bier in der Hand. Statt auf sie zuzugehen, näherte er sich dem Glatzkopf, der mit dem thailändischen Mädchen, das sich kichernd auf seinem Schoß räkelte, Küsschen tauschte.

Die Frau sah Monarch zuerst, und ihr Lächeln verpuffte.

»Ich glaube nicht, dass es deinem Mann gefallen würde, was du da treibst, Yuri«, sagte Monarch zu ihr, setzte sich und wandte sich ihrem Gönner zu. »Und Sami, ich weiß, dass Latham es dir verübeln würde, wenn du seine Braut betatschst, auch wenn du noch so wertvoll für ihn geworden bist.«

Rafiq, der libanesische Fälscher, starrte eine Sekunde lang auf Monarch, gab Yuri einen Klaps auf den Hintern und sagte: »Wir sind nur Freunde.«

»Na sicher«, lächelte Monarch.

»Ehrenwort«, entgegnete Rafiq und schob sie beharrlich von seinem Schoß.

Yuri sah Monarch mürrisch an und motzte: »Du bist ein Spielverderber, weißt du das?«

»Schwing die Hufe«, antwortete Monarch. »Sami und ich haben was Geschäftliches zu besprechen.«

Yuri stand eine Sekunde unschlüssig da, wollte schon widersprechen, verzog sich aber dann. Chávez und Song Le, die sich zu beiden Seiten des Fälschers postiert hatten, würdigte sie keines Blickes.

Rafiq protestierte: »Bei allem Respekt, Robin, aber ich dachte, ich hätte mich klar ausgedrückt, als ich dir sagte, dass ich nichts mehr mit dir zu tun haben will. Du hast mir in Algier den ganzen Laden ruiniert. Er war mein Leben.«

»Das stimmt«, räumte Monarch verlegen ein. »Doch ich fürchte, du wirst mich vorerst ertragen müssen. Wo ist Archie Latham?«

»Bin ich vielleicht sein Kindermädchen?«, blaffte der Fälscher. »Ich hab keinen blassen Schimmer. Latham kommt und geht. Wie der Monsunregen.«

»Du weißt, dass das nicht stimmt«, sagte Monarch mit wissendem Grinsen. »Du bist nicht eben tapfer, Sami. Noch nie gewesen, stimmt's?«

»Ist auch viel gesünder«, versetzte Rafiq. »Und sicherer. Und?«

»Du weißt genau, wo sich Latham aufhält, sonst hättest du nicht den Mumm, seiner Frau heimlich den Hintern zu tätscheln.«

Der Fälscher sagte nichts.

Monarch wurde ernst und beugte sich über den Tisch. »Ich gebe dir den dringenden Rat, den Mund aufzumachen.«

»Sonst?«

»Sonst legen dir die zwei Frauen hinter dir Handschellen an und bringen dich zur chinesischen Botschaft. Dort wird man dich für die Entführung der Diplomaten und die terroristischen Anschläge zur Verantwortung ziehen.«

»Was?«, rief Rafiq und sah sich nach Chávez und Song Le um, bevor er sich wieder Monarch zuwandte. »Monarch, ich schwöre dir, dass ich nichts zu tun hatte mit –«

»Latham schon«, sagte Monarch. »Deshalb hat er auch versucht, mich ermorden zu lassen. Also wo ist er? Oder willst du als Komplize gehandelt werden?«

Song Le beugte sich über die Schulter des Fälschers und zischte: »Falls Sie's nicht wissen sollten: Nach chinesischem Recht können Komplizen, selbst wenn es sich um Ausländer handelt, wegen der Entführung eines Staatsbeamten standrechtlich erschossen werden. Es gilt dort als ein Schwerverbrechen.«

Rafiqs Finger spielten mit der Goldkette um seinen Hals, während er das geringere der zwei Übel abwog. »Latham ist in Pattaya«, sagte er schließlich. »Er und Spooner wollten sich heute Nachmittag dort mit Geschäftsleuten treffen und erst am Montag oder spätestens Dienstag wieder hier sein.«

Das leuchtete Monarch sofort ein. Pattaya, gut hundert Kilometer südlich der thailändischen Hauptstadt an der Küste gelegen, war die Welthauptstadt des Sextourismus. Außerdem war es der bevorzugte Rückzugsort für ehemalige Mitglieder der Special Forces.

»Wohin genau ist er gefahren?«, fragte Monarch. »Nenn mir eine Adresse.«

»Ich weiß es nicht. Frag seine Frau.«

»Ich bezweifle, dass sie schon dort gewesen ist. Aber Latham scheint seine Geschäfte ja am liebsten in schäbigen Bars abzuwickeln. Kennst du seine Stammkneipe?«

Der Fälscher runzelte die Stirn und sagte: »Ich weiß ungefähr, wo sie ist, aber wie sie genau heißt, weiß ich nicht.«

»Kein Problem, Sami. Du wirst uns ohnehin begleiten.«

»Was? Nein!«

»Falsche Antwort, alter Freund. Falsche Antwort.«

*

Tatupu fuhr Rafiqs Landrover. Monarch saß neben ihm auf dem Beifahrersitz, der Libanese zwischen Chávez und Fowler auf dem Rücksitz. Die 130 Kilometer nach Pattaya – ein Kampf gegen Wolkenbrüche und überflutete Straßen – zogen sich quälend in die Länge. Sie brauchten zweieinhalb Stunden für 100 Kilometer, bevor der Regen nachließ und sie einen Zahn zulegen konnten.

»Steht uns ein Krieg bevor?«, fragte Tats.

»Mir schon!«, fauchte Rafiq. »Ihr spinnt doch, ihm hinterherzufahren.«

»Ich versuche, den Krieg abzuwenden«, antwortete Monarch. »An seine menschliche Seite zu appellieren.«

»Dass er die hat, ist mir neu«, sagte Song Le.

»Tja«, seufzte Tatupu mit einem Seitenblick auf Monarch. »Bei solchen Situationen weiß man nie, stimmt's, Robin?«

»Und?«

»Jemand muss sich um meine Mutter kümmern, wenn mir was passiert.«

»Versteht sich von selbst«, knurrte Fowler.

»Absolut«, sagte Chávez. »Und Robin, du weißt, wer meinen Anteil kriegt, falls –«

»Was soll dieser Pessimismus?«, protestierte Monarch. »Wir gehen da rein und reden mit dem Mann, alles völlig entspannt.«

»Latham bringt mich um, wenn er herausfindet, dass ich ihn verpfiffen hab«, beschwerte sich der Fälscher, als sie endlich in Pattaya eintrafen. Dort hing der Nachtdunst im Schein der Straßenlampen, die an der Beach Road neonbunt wurden.

»Du hast ihn nicht verpfiffen«, bemerkte Monarch, dessen Aufmerksamkeit den vielen Touristen galt, die sich auf den Gehwegen zu beiden Seiten der Straße tummelten. »Du führst uns doch nur zu Lathams Stammkneipe.«

»Ihr wisst nicht, wozu dieser Mann fähig ist«, insistierte Rafiq.

»Falsch, Sami«, berichtigte Monarch, und seine Miene verhärtete sich. »Latham ahnt nicht, wozu *wir* fähig sind.«

»Da vorne fährst du links«, sagte Fowler. »Einen Block entlang in Richtung Westen, dann einen nach Süden. Das Marriott – der einzige Ort in der Nähe der Walking Street, wo man einen Parkplatz findet.«

Monarch sah ihn verwundert an. Chávez beugte sich vor. »Was? Du bist schon mal hier gewesen?«, fragte sie Fowler.

Belustigt antwortete der: »Ausgedehnte Recherchen in meiner Sturm-und-Drang-Zeit.«

Chávez schüttelte den Kopf. »Ich verstehe euch Jungs einfach nicht.«

Der Fälscher wies ihnen den Weg durch den Verkehr zur Auffahrt des Marriott, wo sie einem der Angestellten Geld zusteckten, damit er auf den Wagen achtgab.

»Hört mal zu: Ich zeichne euch einen Stadtplan«, bot Rafiq an. »Ich meine, wozu braucht ihr mich dabei?«

»Du bist unser Maskottchen, Sami«, erklärte Monarch. »Außerdem will ich nicht, dass du hierbleibst und Archie anrufst, um ihn zu warnen.«

Der Fälscher sah beleidigt drein. »Das würde ich niemals tun.«

»Das will ich hoffen«, sagte Chávez und stieß ihn vor sich her.

Die Nacht war heiß und die Luft von Feuchtigkeit durchtränkt. Mit der Schutzweste unter dem Hemd war Monarch schon bald schweißgebadet. Doch zu seiner Überraschung drang die feuchte Hitze in seine blauen Flecke, Wunden und Verletzungen, lockerte sie irgendwie auf und machte sie biegsam und elastisch.

Die fünf gingen zur Beach Road zurück und dann weiter in nördlicher Richtung, wobei sie nur einmal vor einem Souvenirladen anhielten, wo Monarch eine Baseballkappe erstand, die er tief in die Stirn ziehen konnte. Selbst ein Sekundenbruchteil war von Bedeutung, wenn man es mit einem Gegner wie Archie Latham zu tun hatte. In der Schutzkleidung schier zerschmelzend, gingen sie bis zu einer großen Neonreklame, die die Straße überspannte und sie als »Walking Street« bezeichnete. Discorhythmen und Elektropunk pulsierten und dröhnten, als sie das Reklameschild passierten und die größte Sextourismus- und Partymeile der Welt betraten.

Schon auf den ersten Metern tönte es ihnen von allen Seiten entgegen: »Willkommen! Willkommen! Essen hier! Trinken hier! Hier gibt's Mädchen! Hier gibt's Ladyboys! Komm hoch für Ping Pong Show!«

Die Straße roch nach gegrilltem Fisch, Zigarettenrauch, Urin, abgestandenem Bier und wild gewordenen Pheromonen. Immer wenn sie eine Go-go-Bar passierten, schlug ihnen durch die offene Tür infernalisch laute Musik entgegen, zu der junge Mädchen auf der Bühne tanzten, während Männer, doppelt so alt wie sie, herumsaßen und sie von unten beglotzten.

»Das hier ist Soi Cowboy hoch zehn auf der Befremdlichkeitsskala«, bemerkte Chávez säuerlich.

»Du hast doch noch gar nichts gesehen«, entgegnete Tats. »Noch ein paar Stunden, dann geht's hier richtig ab.«

»Du warst auch hier?«, fragte Chávez ungläubig.

»Vor 'ner Ewigkeit«, sagte der Samoaner.

»Und du?«, fragte sie Monarch.

»Ich bin hier genauso Jungfrau wie du«, antwortete er, während er sich einen Weg bahnte und nicht nur ganze Männermeuten sah, die verstohlen nach Gespielinnen Ausschau hielten, sondern Pärchen und Familien jeder Hautfarbe und Sprache, die den fleischlichen Karneval und die sexy Shows zu beiden Seiten begaffen wollten. Sehr merkwürdig.

Je tiefer sie in den Sexdschungel eintauchten, desto dichter wurde der Trubel, und Monarch befiel die Sorge, dass er unvorbereitet über Latham stolpern oder dass dieser ihn zuerst entdecken könnte. Um sein Unbehagen perfekt zu machen, musste er an die Konsequenzen denken, falls Latham bewaffneten Widerstand leisten sollte. Vermutlich käme es zur Massenpanik. Auf jeden Fall war mit Kollateralschäden und Verlusten zu rechnen.

»Wir sind schon ganz nah dran«, überschrie der Libanese die pulsierende Musik.

»Woher weißt du das?«, fragte Monarch.

»Ich erinnere mich an die Stewardessen.«

Song Le und Chávez bestaunten bereits eine Gruppe von Frauen, die wie Stewardessen der 50er Jahre gekleidet waren und versuchten, Männer in eine Go-go-Bar namens Airplane zu locken.

Fowler lachte: »An die erinnere ich mich auch. Jedenfalls an die Uniformen.«

»Und welche ist nun Lathams Bar?«, fragte Song Le den Fälscher. »Das Airplane?«

Der Fälscher schüttelte den Kopf: »Da vorne rechts. Es gibt da ungefähr zwanzig Bierkneipen, die alle zum Meer hin offen sind. In einer davon dürfte er sein.«

Tatupu sagte: »Ich erinnere mich. Keine Wände zwischen den Bars.«

Chávez sah angewidert drein.

»Was denn?«, fragte der Samoaner. »Nenn mir *einen*

Soldaten der Special Forces, der noch nicht hier gewesen ist!«

»Ich«, gab Chávez zurück.

»Und ich«, ergänzte Monarch.

»Selber schuld!«, entgegnete Fowler.

»Sieh dich um, Tats«, sagte Monarch. »Du auch, Abbott. Und wenn ihr ihn entdeckt, sagt Bescheid.«

Der Samoaner machte sich auf den Weg. Mit seiner imposanten Größe nötigte er die Massen, ihm auszuweichen, als wäre er Moses, vor dem sich die Wogen teilten. Monarch und die Übrigen bezogen gegenüber dem Airplane Stellung.

»Um mir das alles abzuwaschen, muss ich dreimal duschen«, murrte Chávez.

»Und ein heißes Bad nehmen«, pflichtete Song Le ihr bei.

»So schlimm ist es auch wieder nicht«, meinte Rafiq. »Es ist sogar irgendwie gesund, wenn man es recht bedenkt.«

»Du bewegst dich auf dünnem Eis«, sagte Chávez und erntete ein Lächeln von der chinesischen Agentin.

Monarch behielt unterdessen die Menge im Blick. Hatte Tengku Latham angerufen, nachdem er bemerkt hatte, dass das Handy verschwunden war? Hatte er, Monarch, sein Team in eine Falle geführt? Oder war Latham längst untergetaucht?

Er spürte sein Handy vibrieren, schirmte mit seiner Hand den Lärm ab und meldete sich.

»Hab ihn«, sagte Tatupu.

»Wo?«, fragte Monarch und schloss die Augen.

»Es ist genauso, wie Sami es beschrieben hat«, erwiderte Tatupu. »Großer offener Raum mit einem Dach, wie eine Flugzeughalle, und schmale, u-förmige Bars zu beiden Seiten eines Mittelgangs, der etwa hundert Meter lang ist. Endet an einer Ufermauer.«

»Und wo ist Latham?«

»Ich hab ihn entdeckt, als er aus dem Klo kam. Ist kaum zu übersehen mit seinem hinkenden Gang. Er sitzt ganz hinten, in der allerletzten Bar auf der rechten Seite, mit dem Rücken zur Mauer.«

»Wie viel Unterstützung hat er?«

»Abbott macht die Runde, um das abzuchecken.«

*Schlauer Schachzug*, dachte Monarch. Fowler verfügte nicht nur über einen komplexen Verstand, er war auch ein hervorragender Schauspieler. Er fiel nur auf, wenn er es wollte. Wieder vibrierte Monarchs Handy. Diesmal war es Fowler.

Monarch meldete sich: »Hat er da drin Unterstützung, Abbott?«

Fowler erwiderte: »Kann die Echten nicht von den Falschen unterscheiden, Robin. Aber die Kneipe wimmelt von Militärs, und es gibt definitiv Leute von den Special Forces in und um Lathams Bar, sechs nach meiner Schätzung, den Leibwächter ausgenommen. Das ist dieser stämmige Schwarze, den du beschrieben hast. Er trägt wie wir eine Schutzweste unter dem weiten Hemd.«

»Schlauer Bursche, dieser Spooner«, sagte Monarch. »Wo ist er?«

»Links von Latham, an der Wand neben dem Eingang zum Männerklo.«

»Hat Latham was zu trinken?«

»Ein Bier.«

»Wer sitzt bei ihm?«

»Links neben ihm ein Barmädchen, mit dem er offenbar angebändelt hat. Rechts von ihm einer von den Special Forces … warte … der Bursche ist aufgestanden.«

»Latham?«

»Nein, der von den Special Forces. Ein anderer setzt sich auf seinen Platz.«

»Latham geht wie üblich seinen Geschäften nach«,

sagte Monarch. »Gespräche. Aufträge. Verträge. Und alles von Angesicht zu Angesicht.«

»Sieht ganz danach aus.«

Vielleicht wusste der Söldner-Agent nicht, dass man ihm auf den Fersen war. *Gut möglich*, dachte Monarch. Trotzdem musste man davon ausgehen, dass Latham über alles im Bilde und somit völlig unberechenbar war. Es machte die Angelegenheit komplizierter und weniger kalkulierbar, aber nicht unmöglich. Und schon fasste er in groben Zügen einen Plan.

Er sagte zu Fowler: »Setz dich an einen Tisch, von dem aus du Latham und die Typen in der Bar gut im Auge hast.«

»Schon geschehen. Vorletzte Bar auf der Seite gegenüber.«

Monarch überlegte, setzte die Informationen zu einer mentalen Karte zusammen und fragte: »Bist du noch dran?«

»Na klar«, knurrte Tats.

»Wenn es uns gelingt, ihn an der Mauer einzukesseln, ergibt er sich vielleicht kampflos«, überlegte Monarch. »Such dir einen Platz in der Bar neben der von Latham. Und ruf mich an, sobald unser Junge wieder aufs Klo geht.«

»Schon unterwegs«, sagte der Samoaner.

Monarch legte auf und wandte sich wieder Chávez, Song Le und Rafiq zu. Der fragte: »Kann ich jetzt gehen?«

»Wo der Spaß gerade anfängt? Keine Chance, Sami.«

Monarch zeigte auf Chávez. »Du machst einen auf Lesbe, stellst dich an die Nordseite der Mauer und wartest auf meine Anweisungen.«

Die ehemalige Marines-Scharfschützin zog kommentarlos ab. Monarch wandte sich an Song Le und Rafiq und sagte: »Wir drei gehen gemeinsam rein.«

»Zu ihm und Spooner?«, winselte der libanesische Fälscher. »Bist du wahnsinnig? Ich bin schon so gut wie tot.«

»Nicht, wenn du tust, was ich dir sage«, entgegnete Monarch und erklärte, was er vorhatte.

Die chinesische Agentin sagte: »Alles klar.«

»Ich geh da nicht rein«, stöhnte Rafiq.

Monarchs Züge verhärteten sich: »Willst du lieber, dass ich dich erschieße?«

»Gleich hier?«, fragte der Fälscher mit einem Blick auf die vielen Menschen, die sich in beiden Richtungen durch die Walking Street schoben. »Du bist ein vorsichtiger Mann, Monarch. Das würdest du nicht wagen.«

»Ich schon«, entgegnete Song Le.

Schicksalsergeben sagte Rafiq: »Na schön, was soll ich tun?«

»Du gehst geradewegs auf Spooner zu«, befahl Monarch.

»Spooner?«, stöhnte der Fälscher. »Dieser Psycho?«

Bevor Monarch antworten konnte, vibrierte sein Telefon erneut.

Tatupu meldete sich: »Latham hat zwei schnelle Bierchen intus und wird allmählich hibbelig. Seine Blase drückt vermutlich schon. An deiner Stelle würde ich langsam losgehen.«

»Alles klar«, sagte Monarch und wandte sich an Song Le und Rafiq. »Jetzt haltet euch fest. Gleich wird's ein bisschen holprig.«

In heiklen Situationen kehrte Monarch stets zu seinen Grundlagen zurück. Während er sich also einen Weg durch die Menge bahnte, ging er im Geiste die achtzehn Regeln der Bruderschaft der Diebe durch, bis er die passende fand. Nummer 15: »Heimlichkeit, Täuschung und Überraschung besiegen Stärke und Waffen.«

Nach der Go-go-Bar Airplane wich die Mauer aus Fassaden einer Art Pavillon, der ebenso überfüllt war wie die Straße.

»Er ist soeben aufgestanden«, sagte Tatupu.

Monarch beschleunigte seine Schritte inmitten der vielen Menschen, die in den diversen Bars ihrer Feierlaune Ausdruck verliehen. »Und Spooner?«

»Auf dem Weg zum Klo mit ihm.«

»Tats, geh in Lathams Bar und setz dich ihm gegenüber an einen Tisch«, befahl Monarch. An den Fälscher gewandt sagte er: »Du gehst voran, Sami. Song Le und ich sind dicht hinter dir. Und vergiss nicht: Sei glaubhaft.«

Rafiq schien den Tränen nah, nickte aber und trottete durch die Menge, als ginge er aufs Schafott. Song Le folgte ihm. Das Schlusslicht bildete in etwa zwanzig Metern Abstand Monarch, die Baseballkappe tief in die Stirn gezogen. Der Fälscher wurde langsamer, als er sich Lathams Bar näherte. Tatupu ließ sich bereits auf einem Barhocker nieder. Neben ihm vertrieben sich zwei Mädchen die Zeit mit einer Art Trinkspiel.

Sami ging auf Lathams Seite der Bar. Song Le schlenderte an Tatupu und den Barmädchen vorbei, auf die Damentoilette zu. Monarch, der den Betrunkenen mimte, stolperte zum Bartresen. Dabei hielt er den Oberkörper leicht vornübergebeugt, so dass die Likörflaschen auf den Regalen entlang der wie ein U geformten Bar Latham die Sicht auf ihn versperren würden. Als Monarch den Arm um Tatupus Schultern legte, murmelte der Samoaner: »Spooner kommt.«

»Spooner!«, rief Rafiq wie betrunken. »Hab ich dich endlich! Wo ist Archie?«

»Sami?«

Das war Lathams Stimme.

Monarch blieb, wo er war. Ohne aufzublicken, lehnte er noch immer über Tatupu, als wollte er ihm einen Witz erzählen. Stattdessen murmelte er ihm zu: »Ich brauche den Hocker rechts neben dir.«

»Ich hab dich überall gesucht«, rief der Fälscher. »Wollte mit dir feiern, Archie, mein Alter!«

Latham fand das komisch und fing an zu lachen. »Verdammt, ich trink immer gern mit 'nem alten Kumpel, egal, wann und wie er auftaucht. Setz dich zu mir und erzähl.«

Monarch hörte nicht, was Tats zu den Mädchen sagte, sah sie nur mit entsetzten Mienen das Feld räumen. Daraufhin schob er sich an dem breiten Rücken des Samoaners vorbei und setzte sich auf den verlassenen Hocker, Latham direkt gegenüber. Dessen Aufmerksamkeit galt noch immer dem Fälscher.

Monarch legte sein Handy auf den Tresen und beobachtete verstohlen, wie Latham sich an die kleine, plumpe Frau wandte, die die Bar führte: »Zwei kühle Bier, Mama San.«

Mit der unversehrten Linken holte Monarch eine Glock aus der Tasche seiner Cargohose. Er zielte unter dem Tresen auf den Bambusvorhang, der die Unterseite der Bar umhüllte, schob sich mit der verbundenen Rechten die Kappe aus der Stirn und sah unverwandt zu Latham hinüber, an dessen Seite verängstigt der libanesische Fälscher saß. Der Söldneragent, abgerissen wie immer, konzentrierte sich unbekümmert auf die Spitze seiner Zigarette, während er das Feuerzeug betätigte. Spooner dagegen entdeckte Monarch sofort und wich einen Schritt zurück. Dabei griff er mit der Rechten hinter sich wie nach einer Waffe.

»Nicht doch«, rief Monarch laut genug, um die Musik zu übertönen. »Wir haben zwei 40er auf den Bauch deines Bosses gerichtet.«

Spooner erstarrte, und sein Blick huschte zu Tatupu hinüber, der ihn fixierte wie eine der Steinstatuen auf der Osterinsel.

Unterdessen hatte auch Latham Monarch bemerkt und lachte erfreut. »Robin Monarch! Zweimal in einer Woche? Du alter Hund.«

Grinsend, als erlebte er gerade einen der schönsten Momente seines Lebens, beugte sich der Söldneragent über den Tresen und sagte in verschwörerischem Ton: »Verdammt, ich dachte mir schon, dass du mir früher oder später auf die Schliche kommen würdest. Tengku hat mir erzählt, du hättest das Handy mitgehen lassen. Und aus diesem Grund haben die zwei Typen links von dir, der Bursche rechts von dir und die drei Grazien hinter dir die Anweisung, dir den Kopf wegzublasen.« Er schmunzelte. »Was sagt man dazu? Ein *Mexican standoff* in Thailand!«

Monarch glaubte ihm aufs Wort, und mimte den besorgten Freund: »Wann genau hast du den Verstand verloren, Archibald?«

Latham wurde säuerlich. »Wer bist du, eine meiner Exfrauen?«

»Wahrscheinlich war es in dem Krankenhaus in Melbourne, als sie dir sagten, dass deine wilden Ballereien Geschichte sind.«

»Robin Monarch, bist du neuerdings ein Psychofritze?«, schnaubte der Söldneragent.

»Wollte nur nachvollziehen, wie aus einem loyalen Freund ein durchgeknallter Spinner werden konnte. Warum dieser Spinner sich mit Leuten einlässt, die an der Entführung unserer Außenministerin beteiligt sind.«

Latham schüttelte den Kopf. »Du hast eine viel zu hohe Meinung von mir, Robin. Tengku und ich haben einfach nur gute Geschäfte gemacht. Er hat mir eine Menge Aufträge verschafft. Also nichts Persönliches und schon gar nichts, was mit dieser Entführungsgeschichte zu tun hätte.«

»Blödsinn, Archie. Du steckst bis zum Hals in der Sache drin.«

Der Söldneragent nahm von Mama San sein Bier entgegen. Sie wirkte besorgt, als verstehe sie zwar nicht, was gesprochen wurde, erahne jedoch, dass es nichts Gutes zu bedeuten hatte.

Monarchs Handy leuchtete auf. Eine Textnachricht von Fowler: »Hab die drei hinter dir im Visier.«

Latham hob sein Glas: »Wir haben alle ein Recht auf unsere Meinung, mein Freund. Also müssen wir uns wohl oder übel darauf einigen, dass wir nicht einer Meinung sind, wie? Meine Jungs und ich werden hier unbehelligt rausgehen. Und unser verräterischer Freund hier wird uns begleiten.«

»Archie«, fing Rafiq an zu betteln.

»Halt die Schnauze, Sami, sei so gut«, sagte Latham, der noch immer Monarch ansah. »Und ihr beide, Robin, du und dein eindrucksvoller Maori-Krieger, ihr verzieht euch jetzt und sucht weiter nach euren Politikern.«

»Ich bin Samoaner«, knurrte Tats.

»Sieh mal an«, entgegnete Latham und zog an seiner Zigarette. »Was für ein Riesenkerl du bist! Ist es nicht so, Spooner? Neben dem siehst du aus wie 'n leeres Hemd.«

Monarchs Handy leuchtete erneut auf. Eine Nachricht von Chávez: »Hab die beiden links von Tats.«

»Es steht dir nicht zu, Bedingungen zu stellen, Archie«, sagte Monarch.

»Dito, alter Freund.«

»O, *ich* darf das«, insistierte Monarch. »Ich vertrete nicht nur die Staatsgewalt der Vereinigten Staaten, meine Leute haben die deinen im Visier, und sie machen kurzen Prozess.«

Monarch bemerkte ein kurzes, unsicheres Flackern in Lathams Augen, doch dann gewann wieder der alte Zyniker die Oberhand. Grinsend drückte er die Zigarette aus und schüttelte sich eine neue aus der Packung. Er versuchte sie anzuzünden, brachte aber keine Flamme zustande. Seufzend legte er die Zigarette auf den Aschenbecher und griff über den Tresen, nach einem anderen Feuerzeug.

»Ich hätte mehr von dir erwartet, Robin«, sagte der Söldneragent.

»Dito, alter Freund«, entgegnete Monarch.

»Haha, das hat gesessen«, lachte Latham, während er sich die Zigarette in den Mund steckte und mit der anderen Hand das Feuerzeug betätigte. Als er die Flamme gegen den Tabak hielt, schossen seine Augen nach rechts, als habe er dort etwas bemerkt, das Monarch entgangen war.

Latham verkaufte die Bewegung so gut, dass Monarch in dieselbe Richtung blickte, nur um Sami Rafiqs abgründige Miene zu sehen.

Als er sich erneut Latham zuwandte, brannte die Zigarette bereits. Der Söldneragent verfiel wieder in sein faules, falsches Grinsen. Während er mit der Linken das Feuerzeug auf den Tresen legte, schleuderte er Monarch mit der Rechten die glühende Zigarette und eine funkensprühende Minisprengbombe ins Gesicht.

# 37

Monarch schloss die Augen und wich jäh zurück, während die Minibombe nur knapp einen halben Meter vor ihm explodierte. Durch die geschlossenen Lider sah er einen gleißend hellen, blutroten Blitz. Der Knall erschütterte sein Trommelfell. Und seine Haut prickelte, als er vom Hocker kippte und mit dem Rücken, der verletzten Schulter und dem Hinterkopf auf den Betonboden schlug.

Er sperrte die Augen auf, und mehrere erstickte Atemzüge lang entfaltete sich die Realität um ihn herum in quälender Zeitlupe. Frauen kreischten, überall fielen Schüsse. Projektile schlugen in die Bar neben dem Samoaner und sprengten die Schnapsflaschen hinter ihm. Er sprang vom Hocker und feuerte dem ersten von Lathams Männern aus der Hüfte in die Brust.

Ein zweiter Gegner zielte aus weniger als zehn Metern Entfernung frontal auf Tats. Hinter dem Samoaner hob ein weiterer Söldner die Waffe, um ihm in den Rücken zu schießen. Monarch wollte ihn warnen.

Doch es war zu spät.

Chávez' Schuss zerriss dem Killer, der Tatupu gegenüberstand, den Hals, woraufhin er umfiel wie ein Mehlsack. Der Schütze hinter dem Samoaner jedoch drückte ab. Song Le jagte ihm eine Kugel in den Rücken, so dass er mit dem Samoaner gemeinsam zusammensackte.

»Tats!«, keuchte Monarch. Immer wieder krachten Schüsse inmitten des Chaos, das um sie herum ausgebrochen war. Adrenalin brandete durch ihn hindurch, und er rollte auf den Bauch und robbte auf Tatupu zu, der gegen den Tresen gefallen war und sich mit zusammengebissenen Zähnen den Unterschenkel hielt.

»Wie schlimm ist es?«, schrie Monarch gegen das Gewehrfeuer an.

»Große Fleischwunde, vielleicht ist auch der Knochen getroffen«, keuchte der Samoaner. »Du musst Latham kriegen.«

Als er an der Mauer weitere Schüsse hörte, sprang Monarch auf und suchte nach einem Ziel. Er sah Spooner, der sich hinter einem umgestürzten Tisch an der Bar verschanzt hatte. Er hatte zwei Pistolen gezückt und richtete die eine auf Monarch, die andere auf Chávez.

Hinter Spooner benutzte Latham den Fälscher Sami Rafiq als lebenden Schutzschild und schleifte ihn auf die Mauer zu. Spooner feuerte beide Pistolen ab. Monarch spürte den Luftzug eines Projektils, das knapp seinen Kopf verfehlte, und erwiderte das Feuer, wobei er auf eine Stelle zielte, die nicht von der Schutzweste bedeckt war. Und so verpasste er Lathams bestem Mann eine Kugel in die linke Arschbacke. Ein normaler Mann hätte sich gekrümmt vor Schmerz. Doch Spooner hatte offenbar gelernt, Schmerzen wegzustecken, zu improvisieren und sich im Handumdrehen anzupassen. Er stöhnte auf und zielte erneut auf Monarch.

Chávez feuerte zweimal. Ihr erster Schuss traf Spooner direkt im Zentrum seines Schutzpanzers und ließ ihn erstaunt nach hinten taumeln. Die zweite Kugel traf ihn an exakt derselben Stelle. Lathams Leibwächter ging zu Boden, stieß sich den Kopf an und ließ die Pistolen fallen.

Monarch wandte sich rasch Latham zu, der unterdessen die Ufermauer erreicht hatte. Er hatte den Bauch noch immer fest gegen den Rücken des flennenden libanesischen Fälschers gepresst, der ihn anflehte, ihn gehen zu lassen.

»O Gott, Archie, bitte, er hat mich gezwungen!«, heulte Rafiq.

»Gib es auf, Archie!«, schrie Monarch und machte einen Bogen um die Trümmer der Bar. Dabei zielte er auf den Söldneragenten, der jetzt den Edelstahlstock unter Rafiqs rechtem Arm hob und die Gummispitze vor- und zurückschnellen ließ. Chávez kroch hinter dem Tisch hervor und näherte sich ihm aus einem anderen Winkel.

»Keine Chance«, lachte Latham. »Ich werde mit einem Knall –«

Er richtete den Stock auf Chávez. Die Gummispitze explodierte und verschleuderte Schrotkugeln, die sich in Chávez' Arme bohrten, ihr die Pistole aus den Händen bliesen und sie in die Knie zwangen. Mit irrer Miene schwenkte Latham den Stock wieder in Monarchs Richtung, der sich rasch zu Boden warf. Er landete auf der linken Hüfte und begrub dabei die unversehrte Schusshand unter sich. Latham feuerte weiter auf ihn.

Schrot schwirrte über Monarchs Rücken hinweg und prallte gegen die Bambusverkleidung der Bar hinter ihm. Als er die Sirenen hörte, hob er den Kopf und sah, wie Latham den Fälscher von sich schleuderte, den Stock fallen ließ, kehrtmachte und das schlimme Bein über die Mauer schwang. Monarch zog mit Mühe seine Schusshand unter der Brust hervor. Fowler schoss aus dreißig Metern Entfernung auf den Söldneragenten und traf seinen gesunden Oberschenkel. Latham jaulte auf und kippte hintenüber in die Nacht.

Monarch, der sich inzwischen aufgerappelt hatte, rannte an dem Fälscher vorbei, der wimmernd vor Angst auf dem Bauch beiseiterobbte. Monarch warf einen Blick über die Mauer und sah, dass der Abstand bis zur Wasseroberfläche nur etwa acht Meter betrug. Latham war schon wieder aufgetaucht und schwamm, obschon er offensichtlich verletzt war, auf ein Jetski zu, das günstigerweise nur etwa dreißig Meter von den Pierpfosten entfernt vor Anker lag und in der Dünung schaukelte.

Monarch kletterte auf die Mauer und sprang. Er tauchte drei Meter tief ein und kämpfte sich unter Wasser voran. Über ihm schienen die Lichter der Soi Six auf die Wasseroberfläche und zeigten ihm Schatten und Bewegungen.

Als seine Lunge kurz davor war zu platzen, entdeckte er über sich Lathams Silhouette. Monarch stieß sich nach oben ab und tauchte keuchend auf, unmittelbar neben dem Jetski und Latham, der sich schon fast an Bord gehievt hatte. Das rechte Bein der weißen Leinenhose des Söldneragenten war blutgetränkt.

Als Latham Monarch bemerkte, trat er mit dem verkrüppelten Bein nach ihm. Monarch wand sich im Wasser und wich ihm aus. Latham bekam den Lenker des Jetskis zu fassen und zog sich auf den Sitz. Das Blut war jetzt überall, genügend Blut, um Haie anzulocken.

Monarch holte aus, packte Latham am Knöchel seines verletzten Beins und riss ihn zurück. Der Söldneragent schrie auf und klammerte sich verzweifelt fest.

»Gib auf, Archie, sonst muss ich dich töten!«, brüllte Monarch.

Trotz seiner Schmerzen sah Latham sich mit einer solch wilden Entschlossenheit zu ihm um, dass Monarch sicher war, er werde weiterkämpfen. Doch da wich plötzlich jeder Kampfgeist aus Archie Latham. Seine Schultern verloren an Spannung. Er grinste dämlich, deutete auf seinen Oberschenkel und sagte glucksend: »Ich bin schon ein toter Mann, Kumpel. Das Blut da stammt aus der Arterie.«

Dann rutschte er vom Schlitten ins Wasser, neben Monarch, der ihn am Kragen packte und sein Gesicht in die Nachtluft hielt. Er wollte sich den Gürtel abziehen und Latham einen Druckverband anlegen, doch er sah, dass dieser ihm bereits entglitt.

»Wer hat Agnes Lawton entführt, Archie?«, rief Monarch. »Wo ist sie?«

Der Söldneragent sah ihn aus trägen Lidern an, noch immer belustigt, und sagte: »Wer weiß das schon? Ich hab mein Geld bekommen, mehr wollte ich gar nicht wissen.«

»Wer hat dich bezahlt?«, fragte Monarch, als er sah, wie Lathams Züge erschlafften.

Latham hustete. »Das möchtest du gern wissen, stimmt's?«

Monarch, der ihn am liebsten gewürgt hätte, sagte stattdessen: »Das hat Agnes Lawton nicht verdient.«

Latham erwiderte nichts.

»Du warst doch mal ein loyaler Typ, Archie. Jetzt hast du's gründlich vergeigt.«

»Verdammt«, flüsterte Latham. »Ich bin verdammt, Robin.«

»Wer hat dich bezahlt?«, fragte Monarch. »Na los, Archie. Erleichtere deine Seele.«

Zitternd vor Schmerz rang sich Latham ein kleines Grinsen ab. Monarch dachte schon, er hätte ihn verloren. Doch dann, mit dem letzten Atemzug, sagte Latham etwas, das Monarch sein Leben lang nicht vergessen würde.

»Was zum Teufel soll das heißen?«, fragte Monarch.

Bevor der Söldneragent antworten konnte, sackte er in sich zusammen und war nicht mehr.

Sirenen kamen näher. Die Schießerei hatte aufgehört, stattdessen hörte Monarch Geschrei und Geheul. Er blickte hinter sich, sah, wie Song Le von der Mauer sprang, acht Meter weiter unten ins Wasser tauchte, schnell wieder nach oben kam und mit kräftigen Zügen auf Monarch und den toten Archie Latham zu schwamm.

»Rogue!«

Jetzt stand Fowler oben auf der Mauer.

»Bleib bei Tats und Chávez«, rief Monarch ihm zu. »Sag nichts der Polizei. Setz dich mit Barnett in der Botschaft in Verbindung. Ich tu das auch, sobald ich hier raus bin und an ein Telefon komme.«

Song Le war fast bei Monarch. Fowler rief: »Was habt ihr vor?«

Bevor Monarch antworten konnte, hörte er Polizeipfeifen und Männer, die etwas auf Thailändisch riefen. Fowler sprang von der Mauer in die Bar zurück und war außer Sicht.

Schwer atmend fragte Song Le: »Was hat Latham gesagt?«

»Ich erzähl's dir, sobald wir hier weg sind«, sagte Monarch.

Er zögerte, weil ihm bessere Erinnerungen an Archie Latham in den Sinn kamen, doch dann versetzte er der Leiche des Söldneragenten einen Stoß und schwamm in südlicher Richtung, fort von den Lichtern der Soi Six und der tiefen Dunkelheit hinter dem Airplane entgegen. Er fragte sich, was mit Tatupu und Chávez passiert war. Er hätte sie gern herausgeholt, wusste aber, dass es weder ihm noch Agnes Lawton nützen würde, wenn er noch mehr Zeit in Polizeigewahrsam verstreichen ließe.

Gerade noch rechtzeitig schafften sie es in die Dunkelheit. Scheinwerferstrahlen kreisten inzwischen um Lathams Leiche. Während er Wasser trat, flüsterte Monarch: »Hübsch langsam, bis wir die Beach Road erreichen.«

»Wie weit?«

»Sechs-, siebenhundert Meter?«

Während sie Seite an Seite durch das Wasser pflügten, hörten sie immer schwächer die Nachwirkungen der Schießerei und die pulsierenden Techno-Rhythmen aus den Go-go-Bars auf der Walking Street, die trotz der Verwüstung keinen Schlag ausgesetzt hatten. Monarch musste unentwegt an Lathams letzte Worte denken.

Was hatten sie bloß zu bedeuten? Von wem oder was hatte er da gesprochen?

Als sie sich dem südlichen Ende der Walking Street näherten, sahen sie rote Lichter blinken und hörten die Sirene eines sich entfernenden Krankenwagens. Chávez? Tats? Spooner? Monarch tippte Song Le auf die Schulter, deutete in den Golf von Thailand und flüsterte ihr zu: »Wir schwimmen eine Schleife und steigen dann einige hundert Meter weiter unten aus dem Wasser.«

Song Le nickte und schwamm gemächlich dem offenen Meer entgegen. Monarch folgte ihr. Fünfzehn Minuten später spürten sie Sand unter den Füßen und wateten an Land. Auf der niedrigen Deichmauer neben einer Gaslaterne saß mit bloßem Oberkörper ein Thailänder und beobachtete sie.

»He Leute, ihr schwimmt in Kleidern?«, rief er und lachte.

»Ziemlich heiß hier«, entgegnete Monarch und sah im Vorbeigehen, dass er Kokosnüsse verkaufte.

Polizeiwagen rasten auf der Beach Road in Richtung Walking Street. Monarch blieb stehen, ging zu dem Mann zurück und sagte: »Zwei Kokosnüsse, bitte.«

Der Händler benutzte eine Machete, um die Spitzen der frischen Kokosnüsse abzuschlagen, und steckte dann in jede einen Strohhalm. Monarch zahlte dem Mann den doppelten Preis, wünschte ihm alles Gute und schlenderte davon.

»Was soll das?«, fragte Song Le, als er ihr eine Nuss reichte.

»Tarnung«, antwortete Monarch. »Jetzt sehen wir aus wie ein paar verrückte Touristen, die nachts im Meer schwimmen gegangen sind. Kein Mensch würde uns mit der Schießerei in Verbindung bringen. Und Kokoswasser beschleunigt die Wundheilung.«

Sie überquerten die Beach Road ohne Zwischenfall, indem sie sich mehreren betrunkenen Meuten anschlossen, bis sie den Eingang zum Strandhotel Marriott erreichten.

Zu seiner Überraschung sah er, wie Sami Rafiq am Parkservice gerade in seinen Landrover stieg.

Monarch trottete auf ihn zu, öffnete die Beifahrertür und stieg mit den Worten ein: »Du bist mir heute Abend eine große Hilfe, Sami.«

»Nein!«, schrie der Fälscher. »Raus!«

»Warum denn?«, fragte Song Le vom Rücksitz aus.

Rafiq starrte sie aus wilden Augen an. »Weil ihr Psychopathen mich heute zehnmal fast über die Klinge habt springen lassen.«

»Und bist du tot?«, fragte Monarch.

Der Fälscher begann zu zittern und bettelte: »Bitte, Monarch, lasst mich in Ruhe. Ich kann nicht mehr.«

»Ich sag dir was. Fahr uns die Straße hinunter und überlass uns dann den Wagen.«

»Was? Nein. Nein!«

»O doch! Dann gehst du zu Fuß zurück, checkst im Marriott ein und schläfst im klimatisierten Zimmer wie ein Baby, und das alles auf Kosten der amerikanischen Regierung. Ich ruf im Hotel an und hinterlasse an der Pforte eine Nachricht für dich. So erfährst du den exakten Standort deines Wagens am Flughafen in Bangkok, in dem ein Umschlag mit einer größeren Summe Bargelds auf dich wartet. Und du siehst keinen von uns jemals wieder.«

Der libanesische Fälscher schien einem Nervenzusammenbruch nahe, sagte aber: »Versprochen? Nie, nie wieder?«

»Niemals«, versprach Monarch und klopfte dem Ärmsten auf die Schulter.

Nach kurzem Zögern nickte Rafiq bedächtig, legte den Gang ein und fuhr aus dem Hotelparkplatz. Zwei Straßen weiter hielt er an, stieg ohne ein weiteres Wort aus dem Wagen und schlug die Tür hinter sich zu. Monarch setzte sich ans Steuer, Song Le wechselte auf den Beifahrersitz.

Rafiq stand unterdessen wie ein Zombie auf dem Gehweg herum. Monarch ließ das Fenster herunter und sagte: »Gönn dir ein paar Drinks, bevor du zusammenbrichst, Sami.«

Doch Rafiq stand noch immer wie versteinert da, als Monarch ein letztes Mal in den Rückspiegel blickte. Manche Menschen, die in ein Feuergefecht geraten waren, zeigten diese Reaktion.

»Was hat Latham zu dir gesagt?«, fragte Song Le.

»Eine Sekunde«, antwortete Monarch. »Ich muss zuerst sicherstellen, dass sich jemand um meine Leute kümmert.« Er gab ihr sein iPhone und eine Nummer, die sie anrufen sollte.

Genervt, weil sie noch immer im Dunkeln tappte, hämmerte die Chinesin die Zahlen ein und stellte auf Lautsprecher.

Barnett meldete sich. »Ja?«

»Gloria, ich bin's, Robin«, sagte Monarch.

»Robin!«, rief sie. »Wo bist du? Was ist –?«

»Ganz ruhig. Wir haben Latham hier in Pattaya gefunden, und es wurde ungemütlich. Sechs Männer sind tot, einschließlich Latham. Tats und Chávez haben was abgekriegt, aber sie leben. Fowler ist bei ihnen und mittlerweile vermutlich in Polizeigewahrsam. Du musst die Leute in der Botschaft dazu bringen, sie so bald wie möglich rauszuholen. Sag ihnen, dass Latham definitiv mit den SOP in Kontakt stand.«

»Wo seid ihr?«, rief sie.

»Auf dem Weg zum Flughafen Bangkok.«

»Warum? Wohin fliegt ihr jetzt?«

»Hongkong«, sagte Monarch mit einem Blick auf Song Le, ehe er sich wieder auf die Straße konzentrierte. »Kurz bevor Latham den Löffel abgegeben hat, wollte ich wissen, wer ihn in die Verschwörung hineingezogen hat. Daraufhin sagte er, ich zitiere: ›Der Monddrache, Kumpel. Verflucht fieses asiatisches Mysterium aus Hongkong.‹«

Monarch hörte einen Schreckenslaut und starrte zunächst auf das Handy, ehe er begriff, dass Song Le ihn geäußert hatte, die mit entsetzter Miene neben ihm saß.

»Was soll das denn bedeuten, um Gottes willen?«, fragte Barnett.

Song Le starrte auf die Straße, als hätte sie ein Gespenst gesehen.

»Ich weiß es nicht«, sagte Monarch mit einem weiteren Blick auf die Chinesin. »Aber ich denke, ich werd's bald herausfinden.«

Er schaltete das Telefon aus und fragte: »Ergibt das Sinn für dich, was Latham gesagt hat?«

Song Le sah ihn ungläubig an. »Der Monddrache? Hongkong? Das hat er gesagt?«

»Na ja, nicht wortwörtlich«, antwortete er und wiederholte Lathams letzte Worte.

»Das kann nicht sein ...«, sagte die chinesische Agentin und biss sich auf die Lippe. »Es ist einfach nicht ...«

»Du kennst einen Monddrachen in Hongkong?«

Einige Sekunden blieb Song Le stumm. Dann begann sie mit angstvoller Stimme zu sprechen: »Der Monddrache, den ich kenne, ist mächtig, äußerst gefährlich und absolut ruchlos.«

»Warte mal. Er heißt wirklich so? Monddrache?«

Sie nickte und sagte: »Im Chinesischen heißt er Long Chan-Juan, der Monddrache. Er ist der Anführer der Shing-Tun, der mächtigsten Triade in Hongkong.«

Als erneut der Regen gegen die Windschutzscheibe prasselte, fragte er: »Woher kennst du ihn?«

Song Le senkte den Blick: »Ich kenne ihn nicht persönlich, aber jemand hat mir von ihm und seiner Frau erzählt.«

»Und wer?«, fragte Monarch.

»Mein Mann, Jin«, sagte sie, und Tränen liefen ihr über die Wangen. »Der Monddrache ist sein Vater.«

Song Les Geschichte kam häppchenweise ans Licht, während sie sich auf überfluteten Straßen, die einen Stau nach dem anderen verursachten, langsam zum Flughafen Bangkok zurückquälten.

Song Le war Jin begegnet, als sie einundzwanzig war. Sie hatte während ihrer Offiziersausbildung am Ministerium für Staatssicherheit einen Englischkurs absolviert, und Jin war ihr Lehrer gewesen. Jin war anders gewesen als die Männer, die Song Le vorher gekannt hatte. Sie war die Tochter eines Lehrers und im rückständigen Chengdu in der Provinz Sichuan geboren und aufgewachsen, der weltgewandte Jin dagegen in Hongkong.

Erst nachdem sie sich ineinander verliebt hatten, hatte Jin ihr sein Familiengeheimnis offenbart und ihr verraten, dass sein Vater ein Gangster und seine Mutter eine Wahrsagerin und ziemlich tyrannisch war. Jin hatte ihr damals erzählt, dass sein Vater ihn überreden wollte, ins Familiengeschäft einzusteigen. Er hatte es aber abgelehnt. Aus diesem Grund hatte er Hongkong verlassen und die Stelle in Peking angenommen.

Nachdem er und Song Le sich verlobt hatten, hatte Jin zunächst in Chengdu den Segen von Song Les Vater erbeten, dann war er nach Hongkong gefahren, um seine eigenen Eltern zu fragen. Song Les Vater hatte bereitwillig sein Einverständnis gegeben. Der Monddrache jedoch hatte sich geweigert, seinen Sohn zu sehen, weil Jins Mutter jeder Verbindung mit einem Mädchen vom Festland ein böses Ende prophezeit hatte.

»Jin hätte auf sie hören sollen«, sagte Song Le mit belegter Stimme.

Stattdessen hatten sie geheiratet und einen Sohn bekommen. Als der Kleine vier Monate alt gewesen war, hatten sie beschlossen, ihn Song Les Vater zu zeigen. Sie waren im Zug von Peking aus in die Provinz Sichuan gefahren, eine Reise von mehreren Tagen. Jin hatte ihnen ein Schlafwagenabteil gemietet. Mitten in der Nacht – Song Le lag in ihrer Koje und stillte ihren Sohn – war plötzlich ein Kreischen zu hören gewesen, als protestierten die Räder gegen einen Defekt in den Gleisen.

»Alles ging fürchterlich schnell, Blitze, Kreischen und Schläge wie Donner in rascher Folge«, erzählte Song Le leise. »Ich hielt mein Baby fest im Arm, schrie immer wieder nach Jin, doch dann flog ich durch die Luft. Mehr weiß ich nicht.«

Die Agentin saß lange Zeit da und schaute auf die sich hin und her bewegenden Scheibenwischer im prasselnden Regen, bis Monarch endlich fragte: »Was ist dann passiert?«

»Acht Tage später bin ich in einem Krankenhaus in Chengdu aufgewacht«, sagte sie leise. »Mein Vater saß an meinem Bett, und als ich seine Miene sah, da wusste ich sofort, dass …«

Sie seufzte. »Der Zug war entgleist. Dreiundzwanzig Waggons waren eine steile Böschung hinuntergestürzt. Siebenundfünfzig Personen starben, darunter auch mein Mann und mein kleiner Sohn. Ihre Körper waren bereits verbrannt worden, als ich aus dem Koma erwachte. Die Asche meines Mannes und meines Kindes war zur Hälfte an Jins Vater gegangen. Die andere Hälfte hatte mein Vater erhalten.«

Monarch wurde übel angesichts des schrecklichen Verlustes, den Song Le erlitten hatte. »Es tut mir leid. Das ist kaum zu ertragen.«

Song Le nickte dumpf. »Mein Verstand wollte es nicht akzeptieren. Ich lag immer nur da, zuerst im Krankenhaus, dann im Haus meines Vaters, und wollte sterben vor Trauer.«

Als Monarch fragte, wie sie überlebt habe, zuckte sie die Schultern und erzählte ihm, dass sechs Wochen nach dem Unfall ein hochrangiger Offizier des MSS-Geheimdienstes gekommen sei, um ihr offiziell sein Beileid auszudrücken. Außerdem habe er ihr eine Stellung als Agentin im Außeneinsatz angeboten.

»Er sagte, meine Pflichten würden investigativer Natur und gefährlich sein, zuweilen auch lebensgefährlich«, erzählte Song Le. »Da ich ohnehin innerlich tot war, akzeptierte ich sein Angebot. Ist es nicht merkwürdig? Zwei Türen schlagen zu, und eine andere tut sich auf?«

Monarch musste plötzlich daran denken, wie er als Jugendlicher Schwester Rachels Waisenhaus verlassen hatte, um in Miami der Armee beizutreten, und was dieser Entschluss alles nach sich gezogen hatte. Endlich erreichten sie den Flughafen. Es war drei Uhr morgens, noch 28 Stunden bis zur Hinrichtung der Geiseln, als Monarch Song Le eine Frage stellte, die ihm schon eine ganze Weile auf der Seele brannte.

»Ist es tatsächlich purer Zufall, dass man ausgerechnet dich mit diesem Fall betraut hat? Schließlich ist der Vater deines verstorbenen Mannes darin verwickelt. Oder steckt noch etwas anderes dahinter?«

Sie überlegte eine Weile. »Ich weiß nicht«, sagte sie schließlich.

»Mit welcher Begründung hat man dir den Fall übertragen?«

Sie dachte nach und antwortete dann: »Mein Vorgesetzter meinte, jemand an höherer Stelle sei mit meiner Arbeit sehr zufrieden und habe deshalb erwirkt, dass ich mit den Ermittlungen betraut werde.«

»Das erklärt es immer noch nicht.«

»Ich weiß«, sagte sie, plötzlich wieder knallhart. »Aber ich werde es herausfinden, noch bevor dieser Tag zu Ende ist, das verspreche ich dir.«

## 38

### *Samstag, 3. November, 20.00 Uhr, Ortszeit Ostküste USA*

### *Sonntag, 4. November, 7.00 Uhr, Ortszeit westliches Indonesien*

Schaudernd hörte Agnes Lawton, wie sich knarzend die Tür zu ihrer Hütte öffnete, und merkte auf. Ein widerwärtiger Geruch stieg ihr in die Nase. Dann schlug sie ihre entsetzlich geschwollenen Augen auf und sah verschwommen die Silhouette eines Mannes.

»Willkommen zu letzte Tag deines Lebens«, sagte Captain Ramelan. »Höchste Zeit, dass du dich auf Begegnung mit Allah vorbereitest. Er wird dich für dein gottloses Treiben bestrafen.«

Die amerikanische Außenministerin hörte und begriff jedes Wort. Sie merkte, dass ihre Kleider völlig durchnässt waren und dass sie trotz der Hitze fröstelte. Während sie langsam wacher wurde, bemerkte sie einen leichten Schmerz im Nackenbereich, der in die Schädelbasis ausstrahlte und dort ein Pochen auslöste, das noch kein richtiges Kopfweh und auch nicht ganz unangenehm war. Es war das dritte Mal, dass sie in den vergangenen 24 Stunden dieses seltsame Pochen gespürt hatte.

Das erste Mal war der tröstliche Schmerz langsam gekommen, und obwohl ihr die surrenden Mücken schon die sechste Nacht in Folge zugesetzt hatten, war sie bald müde und zufrieden geworden. Sie war in einen tiefen Schlaf gesunken, tiefer als je zuvor. Es war ein Gefühl gewesen, als läge sie in einen Kokon gehüllt und nicht auf einem Bambusfußboden irgendwo im Dschungel, an Händen und Knöcheln gefesselt, und in der Gewalt des fanatischen Ramelan.

Der Captain spukte durch die Albträume, die sie nach diesem Tiefschlaf heimgesucht hatten. In diesen düsteren Traumbildern hatte Ramelan sie auf dem Scheiterhaufen verbrannt, und sie war halluzinierend und in sengendem Fieber erwacht. Unter Schweißausbrüchen hatte sich schließlich das Fieber gesenkt. Danach hatte sie gezittert vor Kälte.

Der zweite Schub war schneller gekommen – der wunderbare Schmerz, der Tiefschlaf, die Albträume, das Fieber, der Schweiß und das Frösteln. Da sich dieser Zyklus nun ein drittes Mal ankündigte, und zwar unmittelbar nach ihrem letzten Fieberschub, wurde ihr klar, was mit ihr los war.

»Ich bin krank«, sagte sie zu Captain Ramelan. »Malaria.«

Der Terrorist zuckte die Schultern. »Ist Allahs Wille. Der Inder hat empfindlichen Magen, der Chinese schwaches Herz. Alles der Wille Allahs.«

Es stimmte. Tarrant Wali hatte sich in der Nacht übergeben – vermutlich die Ursache des Gestanks – und lag nun zusammengekrümmt wie ein kranker Hund. Er sah aus tiefliegenden dunklen Augen zu ihnen herüber. Fung saß an die Wand gelehnt da, aschfahl im Gesicht.

Wie sehr sie körperlich abgebaut hatten. Und das in kürzester Zeit.

»Bitte«, sagte sie, und ihre geschwollene Zunge fühlte sich doppelt so groß an wie sonst. »Wasser.«

Ramelan zögerte, holte dann aber den Krug und füllte ihre Blechtasse mit Wasser. Die Außenministerin hielt das Gefäß in den gefesselten Händen und trank es in gierigen Schlucken bis auf den letzten Tropfen leer. Dann bat sie den Captain stumm um mehr.

Dreimal trank sie die Tasse leer, und Ramelan goss nach. Nachdem er eine volle Tasse neben sie gestellt hatte – offenbar hatte er jetzt die rapide Verschlechterung ihres Zustands bemerkt –, versorgte er auch Fung und Wali mit Wasser, wobei Letzterer kaum fähig war, den Kopf zu heben. Traurigkeit befiel sie. Diese Männer hatten Familien. Hatten auch sie etwas zu bereuen, so wie sie?

»Jemand wird euch zu essen bringen«, verkündete Ramelan und riss sie damit aus den trübsinnigen Gedanken. Er wandte sich zum Gehen.

»Mein Land wird nicht zahlen«, rief sie ihrem Entführer hinterher.

Er blieb in der offenen Tür stehen, und ihr Blick erhaschte andere Hütten, einige davon auf Pfählen. Er schaute sich zu ihr um und sagte: »Wir haben nicht damit gerechnet.«

Damit ließ er sie allein. Agnes Lawton starrte hinter ihm her, spürte erneut das sanfte Pochen an der Schädelbasis, das sich wie eine Art Drogenrausch anfühlte, und kämpfte gegen die Todesangst, die jetzt in ihr aufwallte.

# 39

## Sonntag, 4. November, 1.00 Uhr, Ortszeit Ostküste USA

## Sonntag, 4. November 13.00 Uhr, Ortszeit Hongkong

Monarch hörte das Läuten einer Glocke und schlug benommen die Augen auf. Song Le schlief an seiner Schulter. Er sah sich übernächtigt um und erkannte das plüschige Innere der Gulfstream, die Barnett für sie arrangiert hatte. Er erinnerte sich an den Sturm, der über Bangkok hinweggefegt war, und wie man für vier quälend lange Stunden sämtliche Flüge storniert hatte.

Während des Wartens hatte er immer wieder mit dem Gedanken gespielt, mit Dr. Hopkins oder dem Präsidenten zu sprechen und den Triadenführer Long Chan-Juan bis zu ihrer Ankunft in Hongkong unter Beobachtung stellen zu lassen. Doch immer wieder hatte ihn die Morsebotschaft, die Agnes Lawton mit den Augenlidern übermittelt hatte, davon abgehalten.

Nein, beschloss er, als sich der Firmenjet über den Spielkasinos von Macao in die Kurve legte und vor Hongkong zum Landeanflug ansetzte. Ich halte Funkstille.

Monarch warf einen Blick auf seine Uhr und sah, dass ihm nur noch knapp achtzehn Stunden blieben. Während er sich noch fragte, wie sich wohl der Goldpreis entwickelt hatte, wurde surrend das Fahrgestell ausgefahren. Song Le schrak auf, bemerkte, in welcher Position sie geschlafen hatte, und richtete sich verlegen auf.

»Keine Sorge«, sagte Monarch. »Niemand wird erfahren, dass du einen räudigen imperialistischen Hund als Kissen benutzt hast.«

Sie musste lächeln. Ihr Haar war auf eine Seite gerutscht, und er sah die lange Narbe, die er bereits kannte. Er dachte an den schweren Schicksalsschlag, der sie getroffen hatte, und sann erneut über ihre Verbindung zum Monddrachen nach. Wie groß war die Wahrscheinlichkeit, dass dies alles purer Zufall war? Und falls sich mehr dahinter verbarg, worin bestand die Motivation? Und wer hielt die Fäden in der Hand?

Der Regen prasselte gegen das Fenster, als sie durch stahlgraue Wolken tauchten, und Windstöße rüttelten und schüttelten den Jet. Unter der Wolkenschicht kam dunkles Wasser zum Vorschein, Dutzende bewaldeter und in Nebel gehüllter Inseln, dazu die verschwommene Skyline von Hongkong.

Ein Gedanke kam ihm. Was, wenn Archie ihn absichtlich belogen hatte? Oder wenn er schon nicht mehr klar bei Verstand gewesen war und –

Nach einer unsanften Landung rollte der Flieger zum Terminal für Privatjets. Sie passierten die Einreisekontrolle, holten sich die Reisetasche mit den Schutzwesten und begaben sich in Richtung Zoll. »Warte hier«, sagte Song Le.

Die Agentin ging auf einen Mann in Militäruniform zu, der sie zunächst skeptisch musterte. Nachdem sie sich ausgewiesen hatte, nahm er sofort Haltung an. Sie verschwanden durch eine Tür, während Monarch die Gelegenheit nutzte, um Barnett anzurufen. Diese meldete sich beim ersten Klingeln.

»Wo bist du?«

»Endlich in Hongkong. Wie geht es Tats und Chávez?«

»Zerschlagen, aber stabil«, antwortete sie. »Die Thais sind schier ausgeflippt angesichts unserer Forderung, die beiden nach Amerika zu überführen. Doch der Botschafter schaltete sich persönlich ein und erklärte dem König und seinem Premierminister, dass die Aktion in Pattaya ausschließlich dazu diente, den Aufenthaltsort der drei entführten Politiker ausfindig zu machen.«

»Wo sind sie jetzt?«

»Tats und Chávez? In einem Ambulanzflug nach Okinawa. Sie müssen beide operiert werden. Fowler ist hier in der Botschaft und schläft. Ansonsten nur diese eine Neuigkeit: Die NSA hat auch die übrigen Nummern in Tengkus Kontaktliste überprüft. Eine davon ist definitiv aus Hongkong. Wie kann ich euch helfen?«

»Bleib auf Abruf«, sagte Monarch, der Song Le aus der Zollkontrolle kommen sah. »Ich muss los.«

Er legte auf. Die chinesische Agentin trug eine Plastiktüte aus dem Duty-free.

»Alles klar«, rief sie und steuerte auf den Ausgang zu.

»Warst du shoppen?«, fragte er, als er sie eingeholt hatte.

»Hab mir was ausgeborgt«, entgegnete sie kurzangebunden. »Zwei QSZ-92 und sechs volle Magazine.«

»Ich wusste gar nicht, dass du gern shoppen gehst«, zog Monarch sie auf.

Der Anflug eines Lächelns huschte über ihr Gesicht, bevor sie sagte: »Hast du allen Ernstes geglaubt, ich würde meinem Schwiegervater unbewaffnet gegenübertreten?«

»Das wäre wohl nicht sehr höflich«, witzelte Monarch.

Sie passierten den Ausgang ohne Zwischenfall. Draußen drängten sich die Menschen und hielten Schilder mit den Namen diverser Reisender in die Höhe. Song Le und Monarch zogen sich Bargeld aus einem Geldautomaten, gingen in die Toilette und legten die Schutzwesten an.

»Weißt du in etwa, wo er wohnt?«, fragte Monarch, als er mit Song Le auf den Ausgang des Terminals zu eilte.

»Ich weiß sogar ganz genau, wo er wohnt.«

»Ich dachte, du wärst dem Mann nie begegnet?«

»Bin ich auch nicht. Aber ich hab vor ein paar Jahren schon einmal vor seinem Haus gestanden. Beziehungsweise in seiner Straße.«

»Du hast nicht geklopft? Oder geklingelt?«

»Mir wurde plötzlich bewusst, dass sie sich schon zu Jins Lebzeiten nichts aus mir gemacht hatten. Warum sollten sie mich kennenlernen wollen, nachdem er tot war? Ich sah keinen Sinn darin, mich demütigen zu lassen, also ging ich wieder weg.«

Vor dem Terminal war es bedrückend schwül. Autos hupten. Busse schnauften. Leute rauchten und brüllten. Sie nahmen sich ein Taxi. Song Le nannte dem Fahrer aus dem Gedächtnis heraus die Adresse. Es war die Kreuzung zweier Straßen auf der Insel Hongkong.

Sie brauchten fast vierzig Minuten, um die Brücken und kleinen Inseln zwischen dem Flughafen, der Halbinsel Kowloon und Hongkong zu überqueren, und bogen schließlich auf die Western Harbor Crossing. Fähren und Boote kreuzten im brütend heißen Victoria Harbor unter ihnen.

Auf der Insel bogen sie nach links in die Connaught Road und erreichten bald das Stadtzentrum Hongkong Central, eine geballte Mischung aus eleganten Modeboutiquen, Banktürmen und Fußgängerüberführungen, außerdem Dreh- und Angelpunkt des öffentlichen Verkehrswesens mit Bussen, U-Bahn-Linien und Anlegestellen für Fährschiffe. Monarch bemerkte immer wieder Gruppen sehr kleiner asiatischer Frauen, die redeten, lachten und Einkaufstaschen trugen. Sie schienen überall zu sein.

»Wer sind die?«, fragte er den Taxifahrer. »Diese vielen kleinen Frauen? Das sind doch keine Chinesinnen.«

»Die sind von den Philippinen und aus Indonesien«, sagte der Taxifahrer in geringschätzigem Ton. »Hausangestellte. Heute ist Sonntag. Da haben sie frei.«

»Es sind Tausende«, stellte Monarch fest.

»Zehntausende«, sagte Song Le missbilligend. »Viele Familien hier stellen sie ein, weil sie nicht viel kosten. Die Menschen in Hongkong behandeln sie wie Hunde. Einige von ihnen werden fast wie Sklavinnen gehalten.«

»Vielleicht haben sie's nicht anders verdient«, gab der Taxifahrer zurück. »Vor hundert Jahren war es umgekehrt, da wurden wir Chinesen auf den Philippinen ausgebeutet.«

»Das macht es auch nicht besser«, entgegnete Song Le. »In Festlandchina wäre das nicht möglich.«

»Stimmt«, sagte der Taxifahrer ironisch. »In Festlandchina ist jeder frei, deshalb wollt ihr ja alle nach Hongkong kommen.«

Song Le stand kurz davor, mit ihm zu streiten, ließ es dann aber sein. Den Rest des Weges fuhren sie schweigend auf der Straße, die sich in Serpentinen den steilen Hügel über Hongkong Central hinaufwand, wo viele Dutzend Wohntürme aufragten. Der Fahrer bremste schließlich unweit des Altadena House in der Barker Road.

»Halten Sie nicht hier«, bat Song Le. »Lassen Sie uns da vorne raus.«

»Soll ich warten?«, fragte der Fahrer, nachdem er an der gewünschten Stelle angehalten hatte.

»Keine schlechte Idee«, fand Monarch und gab ihm fünfzig Hongkong-Dollar.

»Ich warte, solange Sie wollen!«, versprach der Fahrer.

Nachdem Monarch aus dem Taxi gestiegen war, sagte er mit einem skeptischen Blick auf den pinkfarbenen Wohnblock in der Nähe: »Hier wohnt also ein mächtiger Verbrecherboss?«

Song Le schüttelte den Kopf. Sie wies auf die Hecke und warnte: »Sei vorsichtig, als ich das letzte Mal hier war, haben hier bewaffnete Sicherheitsleute patrouilliert.«

Monarch näherte sich der Hecke und spähte durch die dichte Vegetation. Dahinter führte eine steil abfallende

Böschung auf eine andere Straße. Auf der gegenüberliegenden Straßenseite, mit einem atemberaubenden Ausblick auf Kowloon, stand im Schatten von Orchideenbäumen eine große, hellgraue Villa.

Unter dem Portikus saß ein Chinese in Regenjacke. Außer ihm sah Monarch niemand. Er ging zurück zu Song Le und sagte: »Hast du einen Plan?«

»Du lässt mich entscheiden?«

»Dein Land.«

»Na ja, irgendwie schon«, überlegte Song Le. Nach einer Weile meinte sie: »Warum gehen wir nicht einfach hin und klingeln? Angeblich hat das bei James Bond immer funktioniert.«

Monarch legte den Kopf schräg. In den letzten Tagen war sie in seiner Wertschätzung enorm gestiegen.

»Sicher«, stimmte er zu. »Warum nicht?«

»Wir müssen da lang«, sagte sie und deutete nach links. »Weiter vorn führt die Straße in einer Schleife wieder zurück.«

Sie gingen am Altadena House vorbei, nach dem die Barker Road, wie Song Le es gesagt hatte, eine Haarnadelkurve vollführte. In der Kurve hastete eine kleine Filipina an ihnen vorbei den Hügel hinauf. Sie hatte die Hand vor den Mund gelegt und sah sie nur flüchtig an. Trotzdem waren Monarch nicht nur ihre schönen großen Augen aufgefallen, sondern auch die Gaumenspalte, die ihn an einen seiner Freunde in Buenos Aires erinnerte. Auch er pflegte stets die Hand vor den Mund zu legen.

Nachdem sie den halben Weg zur Villa des Monddrachens zurückgelegt hatten, blieb Monarch plötzlich stehen. »Das gefällt mir nicht.«

»Was?«, sagte Song Le.

»Du hast von bewaffneten Sicherheitsleuten gesprochen«, antwortete er. »Ich würde gern wissen, wie viele es sind, bevor wir reingehen.«

Er machte kehrt und trottete den Hügel wieder hinauf, auf die Kurve zu. Song Le lief ihm hinterher. »Wohin gehst du?«, rief sie.

»Ich will die kleine Filipina finden«, sagte Monarch. »Vermutlich ist sie das Hausmädchen des Monddrachen.«

Monarch ging um die Kurve, weiter den Hügel hinauf, und hielt nach der kleinen Frau Ausschau, die so hastig an ihnen vorbeigelaufen war. Auf der Barker Street war sie nicht. Da schaute er zufällig zum Wohnblock hinauf und sah sie in ein Taxi steigen.

»Da oben ist sie!«, rief er Song Le zu, die sich bemühte, ihn einzuholen.

Monarch rannte zum Taxi zurück, das brav gewartet hatte. Das Taxi mit der Angestellten fuhr in östlicher Richtung, das ihre stand mit der Front nach Westen. Er riss die hintere Tür auf, sprang hinein und sagte: »Schnell, wenden Sie und folgen Sie dem Taxi, das gleich dort aus der Einfahrt kommt.«

Der Taxifahrer runzelte die Stirn.

»Wird's bald!«, brüllte Monarch.

Der Fahrer legte den Gang ein und wendete mit quietschenden Reifen auf der schmalen Straße. Dabei verfehlte er nur knapp die Einzäunung über der Villa des Monddrachen und hätte beinahe Song Le überfahren, die im letzten Augenblick beiseitesprang. Das Taxi kam schlingernd zum Stehen, als der Wagen mit der Angestellten aus dem Wohngelände in östliche Richtung fuhr. Monarch stieß die Tür auf, und die Chinesin schwang sich in den Wagen.

»Weiter!«, rief Monarch.

Sie jagten dem Taxi der Angestellten hinterher, aber die Straße war so kurvig, dass sie es zweimal aus den Augen verloren, bevor sie die Kreuzung mit der Peak Road erreichten.

»Welche Richtung?«, fragte der Fahrer.

»Dorthin!«, sagte Monarch und deutete auf die Rücklichter, die sich hügelabwärts entfernten.

Sie schnitten durch den Verkehr, entgingen mehrmals nur knapp einem Zusammenstoß, und beschleunigten die steile, windgepeitschte, nasse Straße hinunter. Zweimal geriet der Wagen ins Schleudern, doch das andere Taxi blieb stets in Sichtweite. Sie folgten ihm weiter, als es nach links abbog, auf die Wan Chai Gap Road. Auf der Luard Street in Richtung Victoria Harbor holten sie allmählich auf. Ein Bus kreuzte vor ihnen die Hennessy Road, und so fielen sie einen ganzen Block zurück, als das Taxi der Filipina nach rechts in die Jaffe Street abbog und verschwand. Als sie schließlich an derselben Stelle nach rechts abbogen, war das Taxi nur eine Straße vor ihnen und gerade im Begriff, wieder wegzufahren, ohne den Fahrgast.

»Halten Sie an«, kommandierte er.

»Nein«, sagte Song Le. »Sie –«

»Sie ist ausgestiegen«, schnitt Monarch ihr das Wort ab. »Sie muss hier irgendwo sein.«

Einige Bars säumten die Straße, Stände mit asiatischem Fastfood, dazu Clubs mit unbeleuchteten Neonschildern. Die Straße hatte etwas Schäbiges, schrie geradezu nach Laster und krimineller Aktivität. Doch durch welche der Türen war die Angestellte verschwunden?

»Ich weiß, wo sie ist!«, verkündete der Fahrer.

Monarch sah ihn an, angenehm überrascht.

»Wie heißen Sie?«

»Kit«, antwortete er.

»Na schön, Kit, wo ist sie?«

»Da drin«, sagte der Fahrer selbstgefällig und wies auf ein großes, schmales unbeleuchtetes Neonschild. »Neptune Club Disco« stand darauf zu lesen.

»Nachmittags um drei an einem Sonntag?«, fragte Song Le skeptisch. »Der Club öffnet doch erst am Abend.«

»Nein, nein«, sagte Kit mit erhobenem Zeigefinger. »Sonntags haben die Hausangestellten ihren freien Tag. Sie feiern gern, kommen hierher, trinken, tanzen, reißen Männer auf.«

Monarch steckte ihm einen weiteren 50-Dollar-Schein zu, bat ihn zu warten und stieg aus. Song Le folgte ihm. Aus der Tür des Clubs dröhnte laute Musik.

»Was willst du ihr sagen?«, fragte Song Le, während sie darauf zugingen.

»Zuerst müssen wir sie finden«, sagte Monarch. Schon auf der Treppe war zu spüren, wie die Tanzrhythmen das ganze Gebäude erschütterten. Aus dem Inneren hörte man Frauen kreischen und lachen.

»Habt ihr eben eine kleine Filipina hereinkommen sehen?«, fragte Monarch die beiden Türsteher, die auf Hockern vor dem Clubeingang saßen.

»Scheiße, Mann, von der Sorte gibt's da unten mindestens fünfhundert«, sagte der eine. »Und in einer Stunde sind es schon siebenhundert.«

Song Le deutete auf ihre Oberlippe, und der zweite Türsteher hatte begriffen. »Ja, Mann, Lippi ist auch da. Sie wartet schon auf dich.«

*Arschloch*, dachte Monarch, während er Anstalten machte, die Treppe hinunterzugehen. Türsteher eins hielt ihn zurück. »Eintritt pro Kopf zehn Hongkong-Kröten«, sagte er.

Er gab dem Mann einen Zwanziger. Der Türsteher schien mächtig amüsiert, dass Song Le ihn begleitete. »Hast du auch 'ne Schwäche für kleine Hausmädchen?«, fragte er.

Sie spuckte ihm in chinesischem Slang eine Bemerkung hin, die Monarch nicht verstand, und schob sich an ihm vorbei und eine lange Treppenflucht hinunter, auf die blitzenden Lichter und die dröhnende Musik zu. Monarch folgte ihr und betrat eine völlig fremde Welt.

An einer Seite des Saals drängten sich kleine philippinische und indonesische Frauen in mehreren Reihen um eine verrauchte Bar. Singend, trinkend, lachend und schreiend feierten die Mädchen, ganz so, wie viele Soldaten der Special Forces Dampf abzulassen pflegten: exzessiv und mit genügend Alkohol, um die hässlichen Erinnerungen zu betäuben.

Hier und da ragten Männer jeden Alters und jeder Nationalität – nur keine Chinesen – aus der Menge und spendierten den Mädchen Tequila, Bier und Cocktails. Was immer sie wollten. Als Gegenleistung scharten sich die kleinen Frauen um ihre Wohltäter, umarmten sie, stupsten sie an und feierten sie wie Könige.

Monarch blickte sich suchend um. »Ich sehe sie nicht.«

»Ich auch nicht«, sagte Song Le. »Das Ganze ist übrigens grotesk.«

»Das kann man wohl sagen«, stimmte Monarch zu und ging durch eine Gasse kleiner Frauen, die ihn an den Armen berührten und ihm zulächelten, der Musik hinterher.

»Ladys«, sagte er, ohne stehenzubleiben. »Ihr macht mich ja ganz verlegen.«

Am hinteren Ende der Bar befand sich ein höhlenartiger Raum, in dem eine Live-Band spielte. Hier rasteten die Mädchen regelrecht aus. Zu Hunderten bevölkerten sie die Tanzfläche, wo sie alleine tanzten, mit Freundinnen oder in Meuten, die sich auf jeden Mann stürzten, der mutig genug war, sich in das Epizentrum zu wagen.

Die Band stimmte eine Version von Labelles *Lady Marmalade* an, und die Mädchen flippten aus. Die Fäuste über dem Kopf, sangen die kleinen Ladys, als wären sie Piraten beim Saufgelage nach einem geglückten Raubzug. Das bunte Licht wich dem Stroboskop, das die entfesselte Energie noch weiter anheizte.

»Hier drin finden wir sie nie!«, rief Song Le.

»Du suchst dort drüben, ich geh hier entlang, und in zehn Minuten treffen wir uns wieder hier.«

Die Chinesin, wie eine Riesin unter Liliputanerinnen, machte sich auf. Durch das zuckende Licht schaute Monarch über ein Meer aus Frauen, von dem er hoffte, es möge sich vor ihm teilen wie die Wogen vor Moses.

Stattdessen wogten die Mädchen lächelnd auf ihn zu, begrabschten ihn, sangen *»Voulez-vous coucher avec moi ce soir?«* und bettelten, er solle ihnen Drinks spendieren. Er schaffte es irgendwie, noch vollständig angezogen die Bar zu erreichen, und ließ den Blick über die Menge schweifen, auf der Suche nach dem Mädchen mit der Gaumenspalte. Doch die schummrige Beleuchtung erschwerte ihm die Suche zusätzlich, selbst als das Stroboskop aussetzte und wieder von der roten, blauen und gelben Discobeleuchtung abgelöst wurde.

Als Monarch endlich der Überzeugung war, alle Mädchen in dieser hinteren Ecke des Clubs gesehen zu haben, ging er über die Tanzfläche zurück, auf die große Bar zu. Er hatte es fast geschafft, als ihn ein Strudel kleiner Filipinas in seine Mitte zog. Bevor er wusste, wie ihm geschah, wurde er herumgewirbelt, geschubst und schließlich in das Epizentrum gezerrt, auf die Bühne und auf die Band zu. Ein Mädchen fing an, sich an seinem Bein zu reiben. Andere kehrten ihm ihre Hinterteile zu und begannen sich aus allen Richtungen an ihn zu drücken. Dabei lachten und kreischten sie vor Vergnügen angesichts seiner verdutzten Miene.

»Warum bist du so ein Macho?«, brüllte eines der Mädchen.

»Küss mich«, verlangte ein anderes.

Monarch wusste sich nicht mehr zu helfen. Während er wie wild nach einem Fluchtweg Ausschau hielt, entdeckte er Song Le, die am Treffpunkt schon auf ihn wartete und lachend beobachtete, was die Mädchen mit ihm anstellten. Es war das erste Mal, dass er sie hatte lachen sehen. Er zuckte hilflos mit den Schultern und hob die Arme.

»Jetzt gehört er uns!«, kreischte eines der Mädchen. Die anderen stimmten ein und sangen im Chor: »Jetzt gehört er uns!«

»Wirklich, Ladys, ich fühle mich geschmeichelt«, begann Monarch. »Aber ich –«

Da entdeckte er sie. Sie lehnte an der Wand nicht weit von Song Le und der großen Bar. Die Angestellte des Monddrachen beobachtete, was ihre Kolleginnen mit ihm anstellten. In der einen Hand hielt sie einen Cocktail, mit der anderen verdeckte sie ihren Mund. Er sah sofort, dass sie seine missliche Lage ausgesprochen amüsant fand.

Er sah sie unverwandt an. »Hilfe!«, rief er in gespielter Verzweiflung.

Eine Sekunde lang schien das Hausmädchen des Gangsterbosses nicht zu glauben, dass tatsächlich sie gemeint war. Dann glaubte sie es doch, senkte kurz den Blick und sah wieder zu ihm hin.

»Bitte!«, formte er mit den Lippen.

Sie zögerte kurz und nahm dann die Hand vom Mund, so dass die Gaumenspalte sichtbar wurde. Offenbar rechnete sie damit, dass er sich sofort von ihr abwenden würde.

Stattdessen grinste Monarch und rief noch einmal: »Hilfe!«

Da lächelte das Mädchen, hob die linke Hand und deutete auf den Ringfinger. Als Monarch endlich begriffen hatte, war das Lied zu Ende, und die Band wechselte von Disco nach Techno.

Er richtete sich an die Frauen, die um ihn her tobten, deutete auf seine Linke und rief: »Ich bin verheiratet und liebe meine Frau.«

Lange Gesichter um ihn herum. Das Geschubse hörte nach und nach auf. Das Mädchen, das sich an seinem Bein gerieben hatte, ließ von ihm ab, blieb aber misstrauisch: »Wo ist dein Ring?«, wollte sie wissen.

»Den trage ich nicht während der Arbeit«, erklärte er. »Tut mir leid.«

Traurig wandten sich die Mädchen ab und hielten nach anderer Beute Ausschau. Monarch nutzte die Gelegenheit, um sich einen Weg durch die Menge zu bahnen, auf die Hausangestellte des Monddrachen zu. Doch sie war weg.

Er eilte auf Song Le zu, die schon auf ihn wartete und ihm mitteilte: »Sie ist eben an mir vorbeigegangen.«

Monarch sagte: »Überlass das mir.«

»Sicher?«

»Absolut.«

Die Chinesin nickte, und er ging an ihr vorbei an die Bar, die hell erleuchtet war. Er bemerkte sie, als ein Barkeeper gerade einen Drink vor sie hinstellte. Das Mädchen sah ihn, lächelte, senkte verlegen den Blick, nahm ihr Glas und begann heftig am Strohhalm zu saugen, als er sich ihr näherte. Monarch glitt auf den Hocker neben ihr und legte seine große Hand auf ihre Schulter. Der Blick, den sie ihm zuwarf, war fast ehrfürchtig.

»Danke, dass du mich gerettet hast«, sagte Monarch.

Das Mädchen kicherte: »Wenn die herausgefunden hätten, dass du bist Single, sie hätten dich in Stücke gerissen.«

»Wie heißt du?«

Sie duckte sich ein wenig und sagte: »Anna.«

»Hat dir schon mal jemand gesagt, dass du sehr schöne Augen hast, Anna?«

Anstatt sich geschmeichelt zu zeigen, wurde ihr Blick hart, und sie deutete auf ihre Lippenspalte. »Sagst du das deswegen?«

»Nein«, antwortete Monarch. »Ich sage es, weil es stimmt. Und deine Lippe ist mir egal. Ein guter Freund von mir hatte das auch.«

Jetzt lächelte Anna. »Wirklich?«

»Hand aufs Herz.«

»Und wie heißt du?«, fragte sie und sog an ihrem Strohhalm.

»Robin.«

Sie trank ihr Glas leer und sagte: »Gibst du mir einen aus, Robin?«

»Aber gern. Was möchtest du?«

»Einen Seven and Seven?«

Monarch wandte sich an den Barmann. »Einen Seven and Seven und eine Coke.«

Das schien die Angestellte des Monddrachen umzuhauen. »Eine Coke?«

»Ich trinke nie im Dienst«, erklärte Monarch.

Ein wenig verwundert nahm sie ihr Glas und sog am Strohhalm, bevor sie sagte: »Ich hab dich hier noch nie gesehen.«

»Bin noch nicht lang in der Stadt«, entgegnete Monarch. »Du arbeitest hier in Hongkong?«

Annas Miene verfinsterte sich, und sie nahm einen langen Zug, ehe sie antwortete: »Seit sieben Jahren.«

»Sind deine Arbeitgeber in Ordnung?«

Anna versteifte sich und sagte: »Manche sind gut, manche nicht so gut. Die Geschichte aller Hausmädchen hier.«

»Warum bleibst du?«

Das Mädchen sah ihn an, als wäre er nicht ganz bei Trost, und antwortete: »Wegen meiner Familie. Mutter, Vater, Schwester, Bruder.«

»Dann bist du nicht verheiratet?«

»Früher mal«, sagte sie. »Du kannst nicht so lange weg sein und glauben, dein Mann lernt keine andere kennen.«

»Das tut mir leid.«

Sie zuckte die Schultern, nahm einen Schluck und sagte: »Ich habe gutes Leben im Vergleich zu viele andere.«

Monarch, der etwas Abgründiges in dem Mädchen spürte, beschloss, sich auf die eine Sache zu konzentrieren, die es am meisten zu belasten schien.

»Du kannst dir deine Lippe operieren lassen«, schlug er vor. »Plastische Chirurgie.«

Wieder wurde sie hart. »Ich dachte, dir ist es egal.«

»Mir schon, dir aber nicht.«

Anna sah ihn finster an, blickte beiseite und sagte: »Gib mir noch einen aus, und dann lass mich in Ruhe, Robin.«

»Hey«, sagte Monarch sanft. »Du hast mich missverstanden.«

Sie starrte auf ihren Schoß: »Ich weiß, dass man es operieren kann. Aber das kostet mehr Geld, als ich je verdienen werde. Also, ich denke nicht daran. Das sind Träume für andere Leute.«

»Es muss kein Traum sein«, sagte Monarch.

»Ach, nicht?«, fuhr sie ihn an. »Hast du eine Sperrstunde, Robin?«

Er blinzelte. »Eine Sperrstunde? Äh, nein.«

Anna sah zu ihm auf, Tränen in den Augen. »Ich aber«, sagte sie. »Ich bin 32 Jahre alt und muss spätestens um halb zehn zu Hause sein, und das an meinem freien Tag. Sonst ich werde gefeuert, und meine Familie zerbricht. Das ist mein Leben. Und deswegen ich träume nicht von einer Operation.«

Monarch dachte an Schwester Rachel und fragte sich, was sie an seiner Stelle sagen würde. Und dann kam ihm ein Gedanke.

»Du darfst sehr wohl an eine Operation glauben«, beteuerte er.

Sie wurde wütend: »Ich sage doch –«

»Ich gebe dir das Geld, das du dafür brauchst«, versprach Monarch. »Du sollst so viel Geld haben, dass du nie mehr als Hausmädchen arbeiten musst.«

Das Mädchen wandte ihm langsam den Blick zu, reichlich verdattert. Doch dann sagte sie wie versteinert: »Du brauchst mir nichts zu versprechen, wenn du mit mir schlafen willst. Gib mir einfach noch einen aus.«

»Ich will nicht mit dir schlafen, außerdem hattest du genug zu trinken«, versetzte Monarch. »Und ich mache keine Witze. Wenn du mir hilfst, sorge ich dafür, dass all deine Träume in Erfüllung gehen, versprochen.«

Tränen stiegen ihr in die Augen. »Du lügst. Das ist grausam.«

Er nahm ihr Kinn in die Hand. »Ich lüge nicht. Ich bin einer von den Guten. Hilf mir, und alles wird gut.«

Sie war sichtlich verwirrt. »Wie kann jemand wie ich jemandem wie dir helfen?«

»Zum Beispiel, indem du mir etwas über Long Chan-Juan erzählst«, erwiderte er.

Da bekam Anna es mit der Angst zu tun. Sie wich zurück. »Woher weißt du, für wen ich arbeite?«

»Ich hab dich aus seinem Haus kommen sehen«, antwortete Monarch. »Du bist auf der Barker Road an uns vorbeigelaufen, bevor du dir ein Taxi genommen hast.«

Das beunruhigte sie noch mehr. »Du solltest dich nicht für Mr Long interessieren.«

»Warum nicht? Hältst du ihn für gefährlich?«

»Ich weiß, dass er gefährlich ist«, entgegnete sie. »Und er hat viele gefährliche Männer, die arbeiten für ihn.«

»Ich hab davon gehört«, sagte Monarch. »Darf ich dir ein Geheimnis verraten?«

Sie sah misstrauisch drein, nickte aber.

Er beugte sich zu ihr vor und flüsterte: »Ich arbeite für den Präsidenten der Vereinigten Staaten.«

Da wurde sie stutzig, und dann schob sie ihn von sich.

Mit spöttischem Lachen sagte sie: »Jetzt weiß ich, dass du lügst. Das hast du dir doch alles ausgedacht.«

Monarch warf einen Blick über die Bar, entdeckte Song Le und winkte sie herüber. Die Agentin kam. Anna musterte sie unsicher, als hätte sie Song Le schon irgendwo gesehen, und fragte: »Wer bist du?«

Song Le warf Monarch einen fragenden Blick zu. »Erzähl ihr, für wen du arbeitest«, bat er.

»Ministerium für Staatssicherheit, Peking.«

»Ja, klar«, sagte Anna. »Und Robin arbeitet für den Präsidenten der Vereinigten Staaten.«

»Nur hin und wieder, soweit ich weiß«, versetzte Song Le und lächelte.

Die Hand des Mädchens flog an ihren Mund. »Im Ernst?«

»O ja«, beteuerte Monarch. »Kannst du uns helfen, Anna? Einige Leute sind ernsthaft in Gefahr. Wichtige Leute.«

»Was kann ich tun?«

Monarch und Song Le erklärten, was sie sich ausgedacht hatten. Annas Miene verfinsterte sich zusehends. »Er wird mich töten«, sagte sie, als sie zu Ende gesprochen hatten. »Und wenn nicht er, dann seine Frau.«

»Das lassen wir nicht zu«, versprach Monarch. »Bitte hilf uns.«

Inmitten der rauen Ausgelassenheit, die ringsum herrschte, träumte sich das Hausmädchen des Monddrachen für einige Augenblicke an einen Ort, den sie sich immer versagt hatte.

Schließlich stieg sie vom Barhocker und sagte: »Wir gehen besser gleich. Sonst ich überlege es mir anders.«

# 40

## Sonntag, 4. November, 5.45 Uhr, Ortszeit Ostküste USA

## Sonntag, 4. November, 17.45 Uhr, Ortszeit Hongkong

Dreizehn Stunden und fünfzehn Minuten vor der angedrohten Hinrichtung der drei Diplomaten standen Monarch und Song Le erneut auf der Barker Road und beobachteten, wie Anna vor der Villa des Monddrachen aus einem Taxi stieg. Der Regen hatte endlich aufgehört, und eine leichte Brise strich raschelnd durch das Laub der Büsche auf dem Abhang unter ihnen.

Anna nickte dem Wachmann vor dem Haus im Vorübergehen zu. Der stocherte in seinen Zähnen herum und hob kaum den Kopf. Sie war ein Niemand in seinen Augen.

Umso wertvoller war das Hausmädchen des Monddrachen für Monarch und Song Le. Sie hatte ihnen erzählt, dass normalerweise sechs Sicherheitsleute Long Chan-Juans Haus bewachten, dass aber Tuul, dem der Triadenführer am meisten vertraute, schon am Vortag weggefahren war. Long hatte sich auf sein Wochenendhaus auf Lamma Island begeben, etwa eine Stunde mit der Fähre entfernt. Er würde nicht vor neun Uhr abends zurückkommen, seine Frau erst am darauffolgenden Morgen.

Anna tippte einen Zahlencode in die Alarmanlage neben dem Eingang, trat ins Haus und schloss die Tür hinter sich.

»Wie schnell können die Leute vom MSS hier sein?«, fragte Monarch Song Le.

»In zwanzig Minuten«, sagte sie.

»Wir wollen uns erst einmal umsehen, bevor sie das ganze Haus auf den Kopf stellen.«

Song Le war einverstanden, und sie fassten einen schnellen Plan.

Die beiden trennten sich: Monarch ging rasch auf die Haarnadelkurve zu. Doch statt ihr bis zur Villa zu folgen, tauchte er ins dichte Buschwerk, das den Hügel überzog. Das nasse Laub raschelte im Wind, tropfte ihn voll und dämpfte seine geschickten, katzengleichen Schritte den Abhang hinunter. Als er auf gleicher Höhe mit dem Haus des Monddrachen war, hielt er geradewegs darauf zu. Dabei blieb er immer wieder stehen und spähte durch das Dickicht in den Garten, der sich terrassenförmig den Hügel hinabzog.

Als Monarch nur noch zehn Meter von den Terrassen entfernt war, entdeckte er den zweiten Wachmann. Er saß rauchend unter einem Vordach an einer hinteren Ecke des Hauses, ein guter Platz, weil er hier zwei Hausseiten gleichzeitig im Blick hatte. Der dritte Wachmann befand sich Anna zufolge auf der entgegengesetzten Seite des Hauses, wo er ebenfalls Zigaretten rauchte.

Monarch beschmierte sich das Gesicht mit schwarzer Erde, lief geduckt weiter und warf sich dann flach auf den Boden. Er streckte sich nach einem der Blumenbeete und griff sich eine Handvoll Kieselsteine. Er studierte die lichten Stellen in der Vegetation unter sich und entdeckte einen seichten Entwässerungsgraben. Er robbte darauf zu, legte sich hinein und häufte welkes Laub über seine Beine und den Oberkörper.

Während Monarch die Pistole, die Song Le ihm gegeben hatte, in der Linken hielt, schleuderte er einige Kieselsteine gegen den knorrigen Baumstumpf etwa zwei Meter unter ihm. Das Geräusch schreckte den Wachmann auf, der die Zigarette ausdrückte, seine Waffe zog und durch den Garten dem Geräusch nachging.

Als er den Gürtel aus Buschwerk erreichte, riskierte Monarch eine letzte Bewegung und schleuderte die restlichen Steine gegen den Baumstamm. Der Wachmann zögerte kurz und wagte sich dann mit der Waffe voran in die Büsche.

Monarch wartete, bis der Sicherheitsmann des Monddrachen an ihm vorbei war, und versetzte ihm dann mit dem rechten Fuß einen Tritt in die Kniekehle. Der Mann schrie auf vor Schmerz, und Monarch stürzte sich von hinten auf ihn. Mit der einen Hand packte er die Schusshand des Mannes, während er ihm den anderen Arm um die Kehle legte. Mit einer ruckartigen Bewegung erhöhte er den Druck in beiden Griffen. Er spürte, wie der Mann sich wehren, schreien wollte, dann aber zusammenbrach und seine Waffe in den Dreck fallen ließ. Monarch schubste den schlaffen Körper des Mannes in den Graben und zog ihm den Pistolengriff über den Schädel.

Dann holte er das iPhone aus der Tasche und schickte Song Le ein »Okay«.

Zehn Sekunden später textete sie zurück: »Erledigt.«

Nun gab es nur noch den Mann vor der Eingangstür. Weil er von der Straße aus zu sehen war, beschlossen sie, auf volles Risiko zu gehen, ihn dort sitzen zu lassen und das Haus durch die Hintertür zu betreten.

Es dämmerte bereits. Monarch verließ voller Laub und Dreck das Gebüsch. Er schlich um die Ecke und sah Song Le schon an der Tür stehen. Anna neben ihr wirkte extrem nervös. Beim Anblick von Monarchs schmutzigen Schuhen bekam sie es mit der Angst.

»Lass die hier«, sagte sie. »Sonst Madame Long wird misstrauisch.«

Monarch und Song Le schlüpften beide aus den Schuhen und betraten einen Vorratsraum. Anna hatte ihnen gesagt, dass ihre Arbeitgeber weder die entführten Politiker noch die Sons of Prophecy je erwähnt hätten. Allerdings habe der Triadenführer neuerdings äußerst reizbar gewirkt und einen Großteil seiner Zeit eingeschlossen in seinem Arbeitszimmer verbracht.

»Zeig es uns«, bat Song Le.

»Es ist immer abgesperrt«, erwiderte Anna.

»Kein Problem«, sagte Monarch.

Nach kurzem Zögern führte Anna sie durch den Vorratsraum in ihr erbärmlich kleines Kellerzimmer – ein schmales Bett, eine kleine Kommode, kein Fenster –, und von dort die Treppe hinauf in die Küche. Sie gingen weiter in ein Foyer, in dem ein Wandbrunnen dramatisch sprudelte und der Fußboden aus poliertem Schiefer bestand. Es duftete nach Jasmin und Sandelholz, als sie einen großen formellen Wohnbereich betraten, der mit erlesenen Seidentapeten, orientalischen Antiquitäten, alten Vasen und Teppichen geschmückt war. Beim Anblick der Jadekunst, die in einer Glasvitrine zur Schau gestellt war, regte sich der Dieb in Monarch, aber er widerstand der Versuchung und ging weiter.

»Scheint Vorteile zu haben, wenn man der Monddrache ist«, stellte er fest, als Anna einen kurzen Flur betrat und vor einer Stahltür stehen blieb, die mit zwei Sicherheitsschlössern geschützt war.

Monarch holte sein Werkzeug aus der Tasche, prüfte die Schlösser und war überrascht. »Shenzhen Yli«, stellte er fest. »Mit der Sorte hatte ich noch nie zu tun.«

»Sie funktionieren teils mechanisch, teils elektronisch«, erklärte Song Le. »Lass mich mal ran.«

»Nur zu«, sagte Monarch und gab ihr sein Werkzeug.

Die Agentin ging vor der Tür in die Knie und machte sich an den Schlössern zu schaffen. Schließlich sagte sie: »Der Schlüssel aktiviert die Elektronik, die wiederum –«

Ein dumpfes Klacken war zu hören, als der erste Bolzen nachgab. Zwanzig Sekunden später war auch der zweite Bolzen geknackt, und sie schob die Tür auf.

»Was du so alles kannst«, meinte Monarch.

»Wenn du wüsstest.«

Anna stand händeringend dabei. »Was kann ich tun?«

»Geh eine Tasse Tee trinken«, schlug Song Le vor.

»Ein Whiskey wär mir lieber«, gab das Mädchen zu.

»Dann lass dich nicht stören«, entgegnete Monarch und betrat das Büro.

Song Le folgte ihm und schloss die Tür hinter sich. »Wo fangen wir an?«

»Ich nehme mir die Computer vor, du probierst es bei den Festplatten«, sagte Monarch und rückte sich den Schreibtischstuhl zurecht. Er warf einen Blick auf seine schmutzige Kleidung, zuckte die Achseln und nahm vor dem Laptop Platz.

Während Song Le Schubladen und Schränke öffnete, rief er Barnett in der amerikanischen Botschaft in Bangkok an. Sie meldete sich beim ersten Klingeln und sagte ihm, dass Chávez' Abzugsfinger die Operation intakt überstanden habe. Tats liege noch im OP.

Monarch schilderte ihr seinen Standort und die Situation. »Irgendwelche Vorschläge?«

»Hast du dein Ladegerät bei dir?«, fragte Barnett.

Als er bejahte, forderte sie ihn auf, das USB-Kabel aus dem Netzteil zu ziehen und damit sein Handy mit dem Computer des Monddrachen zu verbinden.

»Alles klar«, meldete Monarch, als das erledigt war.

»Gut, dann fahr den Rechner hoch«, sagte sie.

Monarch startete den Rechner und hörte, wie er hochfuhr. Nach einigen Sekunden übernahm Barnetts Laptop, und der Bildschirm begann zu blinken. Sobald das Blinken aufhörte, konnte er mit der Suche beginnen.

Während des Wartens sah er auf die Uhr. Zehn vor sieben. Falls der Monddrache zu seinem Wort stand, blieben ihnen nur noch zwei Stunden bis zu seiner Rückkehr.

Song Le war unterdessen mit einem dicken Stoß Akten auf ihrem Schoß beschäftigt.

»Und?«

Sie blickte verwirrt auf und sagte: »Lauter Pläne für Spielkasinos auf dem Festland, Shanghai, Peking, überall.«

»Ich dachte, Glücksspiele wären auf dem Festland verboten.«

»Sind sie ja auch. Aber die Details ... Long geht offensichtlich davon aus, dass es in der Politik einen Richtungswechsel geben wird, und zwar schon bald. Und falls dem tatsächlich so ist, verdient er Milliarden – viele, viele Milliarden.«

»Warum sollte sich jemand, der schon bald Milliarden macht, mit Terroristen verbünden?«, fragte Monarch.

»Ich weiß es nicht«, sagte Song Le, legte die Pläne beiseite und sah sich um. Ihr Blick fiel auf die Anrichte. Sie streckte die Hand nach einem gerahmten Foto, das mit der Bildseite nach unten auf dem Schränkchen lag. Als sie es umdrehte, musste sie einen Aufschrei unterdrücken.

»Was ist?«, fragte Monarch.

Mit glänzenden Augen zeigte sie Monarch das Foto, auf dem sie mit einem Baby im Arm zu sehen war. An ihrer Seite stand ein gutaussehender junger Mann, der stolz den Arm um sie gelegt hatte.

»Das ist Jin?«, fragte Monarch sanft.

»Und mein Junge«, sagte sie mit erstickter Stimme. »Ich habe meinen Abzug schon vor Jahren weggeworfen, weil ich den Anblick nicht ertragen konnte –«

Da flog die Tür auf, und das Mädchen Anna, bleich vor Entsetzen, presste hervor: »Er ist da! Gerade eben ist sein Wagen vorgefahren!«

»Mist«, fluchte Monarch. »Ist dieser Tuul auch bei ihm?«

Den Tränen nah, sagte Anna: »Nein, aber alle anderen.«

Der Laptop hörte auf zu blinken. Monarch wies Barnett an, die komplette Festplatte zu kopieren, bevor er weitere Schritte unternahm.

»Geh einfach und tu so, als wäre nichts geschehen«, sagte er zu Anna. »Sag ihnen, du wärst eben erst nach Hause gekommen.«

Das Mädchen zögerte. Irgendwo im Haus wurde eine Tür zugeschlagen.

»Na los«, drängte Song Le die Filipina und legte das Foto wieder an seinen Platz.

Anna wäre am liebsten im Boden versunken, nickte aber und hastete davon. Song Le zog die Pistole aus dem Hosenbund und schlich zur Tür.

Monarch murmelte in sein Handy: »Lass deine Zauberkraft wirken.«

»Bin dabei«, antwortete Barnett.

Monarch ging auf Song Le zu, die Anstalten machte, die Schlösser wieder zu verriegeln. Er hörte gedämpfte Stimmen, legte seine Hand auf die der Agentin, um sie daran zu hindern, und schob dann die Tür einen Spaltbreit auf.

»Warum bist du schon zu Hause, Mädchen?«, hörten sie eine Frau fragen.

Nach kurzer Pause erwiderte Anna: »Ich fühle mich nicht wohl, Madame. Ich bin erst vor ein paar Minuten gekommen.«

»Hast du getrunken?«

»Nein, Madame.«

»Du lügst, ich kann es riechen«, entgegnete Madame Long giftig. »Und ich möchte wetten, dass du den Schweiß und den Samen eines Mannes an dir kleben hast. Und was ist das? Da ist Schmutz auf dem Boden und –«

»Ich fühl mich gar nicht gut, Anna«, hörten sie ein Kind sagen.

Monarch warf einen Blick auf Song Le und sah, dass auch sie stutzte. Anna hatte kein Kind erwähnt.

»Er hat Bauchweh«, erklang die Stimme eines Mannes. »Allerdings hat er auch heute in Lamma sechs süße Klößchen verdrückt.«

»Das ist zu viel«, pflichtete Anna ihm bei.

»Sieh zu, dass er den Schlafanzug anzieht und zu Bett geht«, befahl Madame Long. »Und dann geh dich waschen und wisch den Boden!«

»Jawohl, Madame«, sagte das Mädchen kleinlaut. »Na komm, geh mit Anna.«

»Ich will noch nicht ins Bett«, beschwerte sich der Junge.

»Du kannst doch in deinen Büchern lesen«, meinte Anna, wobei sich ihre Stimme entfernte. »Oder ein Computerspiel spielen.«

»Sie hat schon wieder getrunken«, verkündete Madame Long auf Kantonesisch. »Sie war bestimmt wieder in dieser Disco und hat weiß der Teufel was getrieben. Vermutlich hat sie es in den Büschen und im Dreck gemacht.«

»Ist mir egal«, kam es von einem Mann, der vermutlich der Monddrache war.

»Ach ja?«, rief Longs Frau, als hätte er sie beschimpft. »Ich habe sie gewarnt, aber sie hat sich mir widersetzt. Jetzt will ich, dass diese Hure mein Haus verlässt.«

»Morgen«, insistierte ihr Mann. »Im Augenblick brauche ich –«

»Ja, ja«, unterbrach ihn Madame Long gereizt. »Die Schildkröte. Ist das alles, was ich für dich bin, Mann? Ein Werkzeug? Ein Mittel zum Zweck?«

»Nein, Liebes, ganz und gar nicht«, beschwichtigte sie der Triadenführer, nun wieder auf Englisch. »Du bedeutest mir sehr viel mehr. Es ist nur so, dass ich die nahe Zukunft unbedingt besser begreifen muss.«

Eine Weile war es still, dann sagte Madame Long kühl: »Wie du möchtest.«

*Schildkröte?*, dachte Monarch verwirrt.

Er lauschte, wie sich ihre Schritte entfernten und sich am hinteren Ende des Hauses eine Tür öffnete und wieder schloss, warf dann einen Blick auf Song Le, die beunruhigt schien, und flüsterte: »Ich denke, wir sollten uns möglichst bald mit deinem Schwiegervater unterhalten.«

Die chinesische Agentin schien aus einem Zustand der Verwirrung zu erwachen. Sie zog ihr Handy aus der Tasche und sah ihn fragend an. Monarch nickte. Es war an der Zeit. Bald würden sie Verstärkung brauchen. Song Le tippte eine Nachricht ein und schickte sie ab. Monarch zückte die Pistole, die sie ihm gegeben hatte, und schlich hinaus.

Er glitt den Flur entlang bis vor den großen Wohnbereich, während sich ihm gegenüber Song Le an der Wand entlangtastete. Er blieb stehen und lauschte, hörte Anna und den Jungen irgendwo im Haus, nicht aber den Monddrachen und erst recht nicht sein zänkisches Weib. Nachdem er sich dessen vergewissert hatte, bewegte sich Monarch quer durch den Raum auf die einzige geschlossene Tür zu.

Mit der linken Hand griff er nach dem Knauf und war erleichtert, dass er sich drehen ließ. Er schob die Tür auf und sah den Mahagonifußboden in einem Flur, der auf eine große Suite zuführte. Direkt vor ihm befand sich ein Badezimmer, zu seiner Linken ein überladenes Schlafzimmer und zu seiner Rechten eine Ankleide.

»Was möchtest du wissen?«, hörte Monarch Madame Long fragen. Die Stimme kam aus einem Raum hinter der Ankleide, dessen Tür offen stand. »Frag das Buch, ob ich mein Schicksal erfüllen werde«, sagte der Monddrache, während Monarch sich leise heranpirschte.

Song Le war dicht hinter ihm, als Monarch die Tür weiter öffnete. Beide sahen den Triadenführer, der seine Frau dabei beobachtete, wie sie drei Münzen über den Bauch eines alten Schildkrötenpanzers warf. »Nicht nötig, Monddrache«, sagte Monarch, »Ich kenne die Antwort schon, und leider sieht es gar nicht gut für dich aus.«

Long Chan-Juan erschrak, erblickte Monarch und Song Le und stand einige Sekunden da wie vom Donner gerührt. Die Reaktion seiner Frau wechselte von Überraschung und Angst zu loderndem Hass, als sie Song Le erkannte.

»Was willst *du* hier in meinem Haus?«, zischte Madame Long.

»Du kennst mich also«, sagte Song Le in nicht minder barschem Ton.

Die Frau des Monddrachen blickte wild zur Tür. »Hinaus! Du hast kein Recht, hier zu sein. Kein Recht –«

»Ich habe jedes Recht der Welt«, gab Song Le zurück. »Ich bin vom Ministerium für Staatssicherheit beauftragt worden, Außenminister Fung aufzuspüren. Ich gehe, wohin es mir passt. Für mich gibt es keine verschlossenen Türen. Nicht einmal die eure.«

Damit hatte Madame Long nicht gerechnet, und einen Moment lang blieb ihr der Mund offen stehen. Dann warf sie, befremdet, einen Blick auf ihren Mann, als sei er ihr gänzlich unbekannt.

»Sie lügt«, beteuerte Long. »Das hier hat nichts zu tun mit –«

»Und ob es etwas damit zu tun hat«, unterbrach ihn Monarch. »Sie sind Bestandteil einer terroristischen Verschwörung. Archie Latham sagte, Sie hätten ihn dafür bezahlt, Söldner für das Projekt anzuheuern. Er gab uns Ihren Namen. Und dieser Hehler in Kuala Lumpur, dieser Tengku? Auf seinem Telefon waren die Daten eines Prepaid-Handys gespeichert, die von einer Funkzelle hier in dieser Gegend gesendet wurden. Meiner Meinung nach gehen Hunderte Fälle von Entführung, Mord und Verschwörung in mindestens sechs Ländern auf Ihr Konto. Sie sagen uns jetzt auf der Stelle, wo die Diplomaten sind, ansonsten –«

»Großmutter? Wer schreit denn hier so?«

Es war die Stimme des kleinen Jungen.

Er stand im Schlafanzug in der Tür und rieb sich die Augen. Als er Monarch und Song Le bemerkte, bekam er es mit der Angst, erst recht, als er entdeckte, dass sie bewaffnet waren.

»Geh zu Anna«, sagte die Frau des Monddrachen verzweifelt.

»Nein, Großmutter, ich will nicht zu Anna«, quengelte der Junge. »Wer sind die Leute? Was ist –«

Das Gesicht zerfurcht vor Rührung, keuchte Song Le: »Lo-Lo?«

Der Junge wich erschrocken einen Schritt zurück.

»Lo-Lo«, wiederholte die Agentin und senkte die Waffe, während sie den Jungen ungläubig anstarrte, als befinde sie sich in einem unmöglichen Traum.

Lo-Lo sah seine Großeltern fragend an. »Wer ist das? Woher kennt sie meinen Namen?«

»Sie ist niemand!«, schrie Madame Long.

Song Le begann zu zittern und wimmerte: »Lo-Lo, ich bin deine –«

Monarch war von dieser Wendung dermaßen aus dem Konzept geworfen, dass seine Konzentration für einen Sekundenbruchteil nachließ und er die Bewegung erst wahrnahm, als es zu spät war. Tuul, der mongolische Leibwächter des Monddrachen, stand plötzlich in der Tür und richtete seine Pistole auf Monarch und Song Le.

»Die Waffen weg, oder ihr seid tot!«, bellte er.

Monarch sah sofort ein, dass Widerstand in diesem Fall glatter Selbstmord wäre, und ließ die Pistole fallen. Sie landete auf dem Teppich zu seinen Füßen. Song Le tat es ihm gleich, schien sich jedoch nichts daraus zu machen. »Lo-Lo?«, sagte sie. »Ich bin –«

»Eine Geisteskranke, die versucht, deinen Großeltern weh zu tun«, fiel Madame Long ihr ins Wort. »Es tut uns so leid, dass du das mitansehen musst, Lo-Lo. Tuul und Großvater werden sich um die beiden kümmern.«

»Du widerliche Hexe!«, kreischte Song Le und machte Anstalten, sich auf sie zu stürzen.

Der Leibwächter ging blitzschnell dazwischen. Er machte drei Schritte auf sie zu und versetzte ihr mit dem Gewehrkolben einen harten Schlag zwischen die Schulterblätter. Nach Luft schnappend, stürzte sie zu Boden.

Monarch machte Anstalten, sich nach seiner Waffe zu bücken, doch Tuul wirbelte herum und richtete so schnell seine Pistole auf ihn, dass Monarch in der Bewegung erstarrte.

»An die Wand und hinsetzen!«, befahl der Mongole. »Wird's bald!«

Beide gehorchten.

Der Monddrache klatschte in die Hände und lachte, an seinen Enkel gewandt: »Hast du gesehen, Lo-Lo? Niemand kommt einem Mann in die Quere, der Taifune herbeirufen kann!«

Bevor Monarch sich über den Sinn des Gesagten Gedanken machen konnte, stöhnte Song Le: »Er ist mein Sohn.«

»Er ist nichts dergleichen«, entgegnete Madame Long barsch.

»Er ist unser Enkel«, sagte der Triadenführer. »Die Zukunft.«

»Anna!«, rief die Ehefrau des Monddrachen in scharfem Ton.

Die Filipina kam sofort, als hätte sie im Flur gehorcht. Sie zitterte am ganzen Leib, und Monarch verstand, dass sie panische Angst hatte, ihre Arbeitgeber könnten sie für eine Komplizin halten.

Doch Madame Longs Befehl lautete nur: »Nimm Lo-Lo mit auf sein Zimmer. Mach schon!«

»Komm mit, Lo-Lo«, sagte Anna mit bebender Stimme. »Anna liest dir was vor –«

»Nein«, erwiderte der Junge, mit einem verwirrten Blick auf Song Le. »Meine Mutter ist tot.«

»Ich bin nicht tot«, flüsterte Song Le, die noch immer am Boden lag.

»Ich sage dir doch, die Frau ist geisteskrank«, beteuerte Madame Long. »Jetzt geh!«

Das Mädchen nahm den Jungen bei der Hand. Widerwillig folgte er ihr aus dem Zimmer und fragte: »Was passiert mit den Dieben, Anna? Kommt jetzt die Polizei?«

»Niemand kommt«, sagte der Monddrache zu Monarch, während er auf ihn zu ging und seine Pistole aufhob.

»Sie wollen zwei Geheimagenten ermorden?«, fragte Monarch, um zu prüfen, wie die Frau des Triadenführers reagieren würde.

Long wandte sich an seine Frau: »Keine Sorge. Tuul wird sie den Behörden übergeben.«

»Nein, wird er nicht«, sagte Monarch an Madame Long gerichtet. »Übrigens wissen einige Leute, dass wir hier sind. Ihr Mann kommt also nicht ungeschoren davon. Schließlich hat er dafür gesorgt, dass Politiker entführt und mehrere Schiffe überfallen wurden.«

Madame Long sah ihren Mann forschend an.

»Er ist genauso geisteskrank wie die da«, sagte Long und wandte sich an Tuul. »Sieh zu, dass unsere Gäste nirgendwohin gehen, und liefere sie dann der Polizei aus.«

Der Mongole holte sich Song Les Pistole, steckte sie in seinen Gürtel und verließ den Raum. Der Monddrache hielt Monarchs Pistole weiter auf sie gerichtet.

»Was haben Sie mit den Sons of Prophecy zu schaffen?«, fragte Monarch.

»Ich sagte es bereits, nicht das Geringste«, entgegnete der Monddrache kalt. »Und diesen Latham kenne ich auch nicht. Und die Telefondaten? Purer Zufall.«

Song Le hatte sich inzwischen auf die Seite gerollt.

»Stell dich neben deinen Freund«, befahl Madame Long.

»Aber mein Sohn«, sagte die Agentin und blickte benommen auf ihre Schwiegermutter. »Wie konntet ihr …?«

»Ihn dir wegnehmen?«, ergänzte die Frau des Triadenführers ironisch. »Nachdem *du* mir *meinen* Sohn weggenommen hattest? Es war ganz leicht. Du lagst im Koma, unser Sohn war tot und der Kleine unser rechtmäßiger Besitz. Auch die Behörden sahen das ein. Mr Long hat gute Beziehungen in Peking. Die haben das Nötige veranlasst.«

Song Le sah völlig fertig aus, als sie sagte: »Ich habe euren Sohn geliebt. Und Jin liebte mich.«

»Lügnerin«, schnaubte Madame Long verächtlich. »Du hast ihn verführt, ihn verdreht …«

Tuul kam zurück. In der einen Hand hatte er die Pistole, in der anderen eine Rolle Gewebeband. »Auf den Bauch legen und Hände hinter den Kopf!«, befahl er barsch.

Monarch gehorchte, versuchte dabei aber seine Körpermitte gespannt zu halten wie eine Feder, in der Hoffnung, den Mann überwältigen und den Spieß umdrehen zu können. Tuul aber stellte Monarch den Fuß zwischen die Schulterblätter und presste die Spannung aus ihm heraus, ehe er geschickt seine Handgelenke fesselte. Als er fertig war, verfuhr er genauso mit Song Le, trat einen Schritt zurück und bewunderte seine Arbeit.

»Der Van?«, fragte der Monddrache.

»Ist auf dem Weg«, antwortete Tuul. »Wir liefern sie

direkt bei unseren Freunden im Polizeipräsidium Hongkong ab.«

Der Triadenführer schien die Sache mittlerweile zu genießen. Er legte Monarchs Pistole auf den Rand des Holzgestells, das den alten Schildkrötenpanzer trug. Dann wandte er sich an seine Frau und sagte: »Sollen wir ihretwegen nicht das Buch befragen?«

Madame Long schien hin und her gerissen.

»Na los«, drängte sie der Monddrache. »Du weißt doch, das Universum ist auf unserer Seite.«

Widerstrebend nahm seine Frau die drei Münzen und warf sie die vorgeschriebenen sechs Male über den Panzer, wobei sie jedes Ergebnis in ihrem Notizblock festhielt. Als sie sämtliche Zahlen in Trigramme und Hexagramme umgewandelt hatte, ertastete sie mit zitternden Fingern die Einkerbungen im Bauchpanzer der Schildkröte.

»Wie lautet das Orakel?«, fragte der Monddrache.

Seine Frau sagte eine Zeitlang nichts. Dann schluckte sie und brachte hervor: »Hexagramm 24, ›Fu‹ oder ›Die Wiederkehr‹.«

»Und das bedeutet?«, fragte ihr Mann.

»›Donner inmitten der Erde … Nach einer Zeit des Zerfalls kommt die Wiederkehr‹«, rezitierte Madame Long aus dem Gedächtnis. »›Wenn das, was oben ist, gespalten wird, tritt es von unten wieder ein.‹«

Monarch begriff nicht ganz, was vor sich ging. Er verstand, dass Longs Frau das *Buch der Wandlungen* zu lesen vermochte, welche Nuance aber den Monddrachen so in Rage versetzte, war ihm offenbar entgangen.

»Das Buch muss sich irren!«, rief Long. »Der Zerfall ist endgültig!«

»Und ob er das ist!«, rief Anna, außer sich vor Wut. »Lassen Sie die beiden gehen! Sofort!«

Aller Augen richteten sich nun auf die kleine Filipina,

die mit einer schallgedämpften Sig-Sauer-Pistole in der Tür stand.

Nach anfänglichem Schrecken fing Tuul an zu lachen, ging auf sie zu und sagte: »Gib schon her, Anna. Woher hast du die? Du tust dir noch weh –«

Der Leibwächter des Monddrachen war nur noch einen knappen Meter von der verängstigten Hausangestellten entfernt, als die Pistole losging und die Kugel ihn mitten in der Brust traf. Tuul war sofort tot, hielt sich aber noch ein paar Sekunden auf den Beinen, ehe er nach hinten taumelte und auf den Teppich stürzte. »Du dummes Miststück!«, rief Madame Long. »Was hast du bloß angestellt?«

Song Le kämpfte unterdessen mit dem Gewebeband und riss es sich vom Kopf. Monarch tat dasselbe.

Der Monddrache wollte nach Monarchs Pistole greifen, die auf dem Gestell der Schildkröte lag, doch Anna schrie: »Finger weg, oder ich schieße noch einmal!«

Die Filipina hatte offensichtlich den Verstand verloren, aber Long und seine Frau bildeten sich anscheinend immer noch ein, die Oberhand zu haben.

»Du willst mich töten, Anna?«, fragte der Triadenführer in eisigem Ton. »Weißt du nicht, wer ich bin?«

»Nach allem, was wir für dich getan haben, willst du uns umbringen?«, fragte Madame Long. »Du hattest genug zu essen, ein Dach über dem Kopf, Geld für deine Familie.«

Anna starrte Madame Long wütend an und schrie: »Nein, töten kann ich euch dafür nicht. Aber ich werde euch ruinieren, für immer!«

Sie richtete die Waffe auf Madame Long, die zurückwich und sagte: »Du undankbares kleines –. Was tust du? Nein, nicht!«

Anna lächelte, zielte links an Madame Long vorbei und drückte ab, immer und immer wieder.

Acht Projektile trafen den siebenhundert Jahre alten Schildkrötenpanzer, der so trocken und brüchig war, dass große Teile davon zu Splittern zerplatzten, die sich auf dem Parkettfußboden verteilten.

# 41

Anna drückte immer weiter den Abzug, auch als das Magazin schon längst leer war.

Madame Long hatte sich während der Schüsse die Hände schützend vors Gesicht gehalten, nachdem sie von losen Splittern getroffen worden war. Jetzt nahm sie die Hände herunter, und das Blut rann ihr über die perfekte Porzellanhaut. Fassungslos starrte die Wahrsagerin auf die Trümmer ihres Lebens und Vermächtnisses. Sie sank auf die Knie, zerschnitt sich die Haut an den Scherben und beklagte heulend und kreischend ihren Verlust.

Der Monddrache stand ein paar Meter hinter seiner Frau und starrte mit offenem Mund ins Leere, als sei er ein Boot im Taifun, dessen Ankerkette durchtrennt worden war.

Monarchs Aufmerksamkeit galt allerdings einem anderen Problem. Nach wie vor befanden sich drei geladene Waffen im Raum: Song Les Pistole im Gürtel des toten Leibwächters, Tuuls Waffe, nur einen Meter von seiner Leiche entfernt, und seine eigene, irgendwo in den Trümmern des Schildkrötenpanzers.

Song Le versuchte unterdessen, mit einer Panzerscherbe ihre Fesseln zu durchschneiden. Auch Monarch griff sich eine Scherbe, als Madame Long, rachsüchtig und rasend vor Zorn auf blutenden Händen und Knien auf die Trümmer zu kroch.

»Anna!«, schrie Monarch. »Pass –«

Die Frau des Monddrachen bekam Monarchs Pistole zu fassen. Als sie aufstand, lief ihr das Blut über die Hände und Schienbeine. Purer Hass loderte in ihren Augen, als sie die Waffe auf das Hausmädchen richtete. Anna stand noch immer am selben Fleck, jetzt unbewaffnet, und funkelte ihre Arbeitgeberin trotzig an.

Mittlerweile hatte Song Le ihre Handfesseln durchtrennt. Sie ließ die Scherbe fallen und beugte sich über Tuuls Leiche. Gewebeband, an dem Haare klebten, hing ihr in Streifen von den Handgelenken, als sie sich ihre Waffe zurückholte.

Die beiden Schüsse folgten dicht aufeinander.

Madame Long schoss aus fünf Metern Entfernung auf Anna, Song Le aus nur knapp zwei Metern Entfernung auf die Frau des Monddrachen. Zu Monarchs Entsetzen schleuderte der erste Schuss die kleine Filipina mit Wucht gegen die Wand, wo sie zusammensackte. Madame Long wurde unterhalb des Brustkastens getroffen. Sie bäumte sich auf wie eine Tänzerin im Spitzentanz und stürzte dann auf das Gestell aus Kampferholz, das über sieben Jahrhunderte den kostbaren Familienbesitz getragen hatte.

»Nein!«, schrie der Monddrache, als würde ein Fluch gebannt, der ihn gefesselt hatte, und warf sich neben seiner sterbenden Frau zu Boden. »Nein!«

Song Le war jetzt auf den Beinen. Sie machte einen Satz auf die Waffe zu, mit der Madame Long auf Anna geschossen hatte.

Monarch starrte wie versteinert auf das Hausmädchen, das auf dem Bauch lag, einen größer werdenden dunklen Fleck seitlich auf der Bluse. Es befiel ihn tiefste Verzweiflung, doch gleich darauf sah er, dass sie sich bewegte.

»Sie atmet noch!«, rief er und griff sich eine Scherbe, um seine Fesseln zu durchschneiden. Im selben Moment bemerkte er eine schnelle Bewegung in der Tür und sah den Wachmann, der vor dem Haus sitzend geraucht hatte.

»Song –!«

Der schallgedämpfte Schuss traf die chinesische Agentin in die Seite und warf sie um. Sie prallte gegen die Wand, fiel zu Boden und blieb reglos liegen. Monarch war zu keiner Reaktion fähig. Wie aus weiter Ferne hörte er, wie der Wachmann auf den Monddrachen einbrüllte. Binnen Sekunden verwandelte sich Longs Trauer in blinde Wut. Der Triadenführer ließ seine Frau los, sah zu Monarch hinüber, und während er sich aufrappelte, schrie er: »Her mit der Waffe! Ich bring ihn eigenhändig um!«

Der Wachmann besah sich das Blutbad, die leblosen Körper von Madame Long, Tuul und Song Le. Der Triadenführer schnappte sich seine Waffe, kam auf Monarch zu und sagte: »Ich hasse Diebe. Sie sind wie Ratten und anderes Ungeziefer. Man muss sie vernichten.«

Monarch, plötzlich sicher, dass er sterben würde, bat: »Sagen Sie mir nur noch eins, bevor Sie abdrücken.«

»Ich schulde dir gar nichts«, zischte der Monddrache.

»Wo ist Agnes Lawton?«

Der Triadenführer schien eine Art sadistische Freude zu empfinden, als er Monarch den Pistolenlauf gegen die Schläfe drückte und flüsterte: »Karimatastraße. Der Dschungel und die Mangrovensümpfe westlich von Pulau Sumadra. Dieses Geheimnis kannst du mit ins Grab nehmen.«

Da fing Lo-Lo an zu schluchzen: »Nein! Nein!«

Der Monddrache warf einen Blick über die Schulter und sah seinen Enkel ins Zimmer stolpern. Er hielt etwas an seine Brust gedrückt.

»Lo-Lo, hinaus mit dir!«, rief Long. »Du sollst deine Großmutter nicht so sehen!«

»Nein, Großvater!«, schrie Lo-Lo und zeigte ihm das Bild, das Song Le in Longs Büro gesehen hatte. »Du hast gesagt, meine Mutter ist tot!«

Dies schien den Triadenführer mehr zu schockieren als der zerstörte Schildkrötenpanzer und der Anblick seiner leblosen Frau. »Lo-Lo, du verstehst das nicht –«

Der Junge warf ihm das Foto hin, rannte an der Leiche seiner Großmutter vorbei und ging neben Song Le in die Knie. Dabei schluchzte er immer wieder unter Tränen: »Bitte sei nicht tot. Bitte, Mutter, sei nicht tot.«

Während der Monddrache und sein Bodyguard durch den Jungen abgelenkt waren, nutzte Monarch seine Chance und trat dem Monddrachen mit voller Kraft gegen das rechte Schienbein. Er hörte ein lautes Knacken und spürte, wie der Knochen sich verschob. Der Triadenführer bäumte sich brüllend auf. Und während er zusammenbrach, drückte er den Abzug. Die Kugel blies ein Loch in den Boden unmittelbar neben Monarchs Kopf.

Während der Monddrache sich vor Schmerzen wand, entriss ihm Monarch mit gefesselten Händen die Pistole, schleuderte sie in die Luft, fing sie wieder auf und erschoss den letzten Bodyguard, bevor dieser einen Schritt tun konnte.

Zitternd von dem heftigen Adrenalinstoß der letzten Minuten rappelte Monarch sich auf und riss sich mit den Zähnen das Gewebeband von den Handgelenken. Annas Augen waren offen, aber glasig, und sie atmete schwer.

Monarch ging zu ihr. »Ich bring dich in ein Krankenhaus.«

»Hilf zuerst Lo-Lo«, sagte Anna mit heiserer Stimme. »Bitte?«

Er drehte sich um und ging am Monddrachen vorbei, der sich im Schmerzdelirium befand und unkontrolliert zitterte. Offenbar stand er unter Schock. Sein Enkel hingegen kauerte über seiner Mutter und streichelte ihr mitfühlend über den Rücken. Dabei wimmerte er unentwegt: »Bitte, sei nicht tot. Bitte sei nicht –«

Monarch musste daran denken, wie seine eigene Mutter sterbend auf der Straße gelegen hatte, und empfand tiefes Mitleid für den Jungen. Er wollte ihn gerade trösten, als Song Le die Augen aufschlug.

»Ich bin nicht tot, Lo-Lo«, flüsterte sie. »Ich kann ja gar nicht tot sein.«

*

Die Kugel hatte Song Les Schutzweste etwa 20 Zentimeter unterhalb der linken Achsel getroffen. Die Wucht hatte sie zur Seite geschleudert, sie hatte sich den Kopf angeschlagen und das Bewusstsein verloren. Jetzt hatte sie eine böse Beule am Kopf, war aber bereits nach wenigen Minuten imstande, sich aufzusetzen.

Während Song Le Lo-Lo an sich drückte, starrte sie triumphierend auf den Monddrachen. Im selben Moment strömten Mitarbeiter der chinesischen Staatssicherheit, Beamte der Polizei Hongkongs und Rettungssanitäter ins Haus, die Song Le mit ihrer SMS gerufen hatte.

Der Monddrache hatte durch den komplizierten Bruch eine Menge Blut verloren und war vor Schmerz ganz wirr im Kopf, als die Rettungssanitäter Anstalten machten, ihn vor Anna zu verarzten.

Monarch schaltete sich ein und sagte: »Legt dem Arschloch einen Druckverband an und lasst ihn liegen. Helft zuerst ihr. Das Mädchen ist die Heldin.«

Sie zögerten, als empfänden sie es als Zumutung, eine philippinische Hausangestellte vor einem chinesischen Staatsbürger zu verarzten, doch unter Monarchs drohendem Blick gaben sie nach und folgten seiner Anweisung. Sie beugten sich über Anna und stellten fest, dass ihre linke untere Bauchseite durchschossen war. Während einer der Helfer sich anschickte, ihre Blutung zu stillen, legte ihr der andere eine Infusionsnadel an, hängte einen Beutel mit Elektrolytlösung daran und verabreichte ihr eine Dosis Morphium. Anna warf Monarch einen mitleiderregenden Blick zu und verlor das Bewusstsein. Er stand dabei, wie man sie in den Krankenwagen hob, und teilte den Sanitätern mit, dass die Regierung der Vereinigten Staaten für die beste medizinische Versorgung in der ganzen Stadt aufkommen werde.

»Saint John's Hospital«, sagte der eine, und der andere nickte.

Sie fuhren mit eingeschalteter Sirene und Blaulicht davon.

Erst jetzt sah Monarch auf die Uhr. Es war 20.34 Uhr, Ortszeit Hongkong. Er hatte nur noch knappe zehneinhalb Stunden, um Agnes Lawton zu retten. Er tippte Barnetts Nummer ein und fragte: »Kannst du Team 6 der SEALs kontaktieren, ohne Washington einzuschalten?«

»Nein«, sagte sie, als wäre die Frage absurd. »Was ist denn passiert?«

»Ich weiß, wo sie ist«, antwortete er. »Und ich brauche jede Hilfe, die ich kriegen kann.«

»Ich muss Hopkins Bescheid geben.«

»Gut, aber sag ihm, er soll niemandem verraten, was wir wissen.«

»Warum?«

»Wegen der Morsezeichen, die sie uns während der letzten beiden Videoaufnahmen zugezwinkert hat«, sagte er und legte auf.

Zwei weitere Rettungssanitäter kamen aus der Tür und schoben den Monddrachen mit gefesselten Handgelenken im Rollstuhl zur Trage. Er brabbelte im Delirium etwas über das *Buch der Wandlungen* und die Träume, die er in den Straßen von Kowloon gestohlen hatte. Monarch wartete, bis auch der Monddrache im Krankenwagen verstaut war. Er fragte sich, was das MMS im Haus finden würde und worauf Long tatsächlich aus war. Es musste mehr dahinterstecken, viel mehr. Er war sich vollkommen sicher, dass die Chinesen Mittel und Wege finden würden, um die ganze Wahrheit aus ihm herauszuholen.

Einige Minuten später kam Song Le aus dem Haus, gestützt von einem Polizeibeamten. Lo-Lo, traumatisiert wie es jeder Sechsjährige nach den Erlebnissen der letzten Stunde wäre, hielt ihre Hand fest in der seinen.

»Sie wollen meinen Kopf röntgen«, sagte Song Le ruhig.

»Ich habe die SEALs angefordert«, erwiderte Monarch leise. »Dein Schwiegervater hat mir verraten, wo die Diplomaten festgehalten werden.«

»Wo?«, fragte sie.

»Kann ich dir nicht sagen«, entgegnete er, und als sie die Stirn runzelte, fügte er hinzu: »Ich kann dich mitnehmen, und würde es auch tun, aber ich vermute, dass Long eine Menge Verbündete in hohen Positionen hat. Deshalb darf ich nicht mal dich einweihen.«

»Das heißt, wenn ich dich nicht begleite, werde ich keine Antwort bekommen.«

»Zumindest vorerst nicht.«

Sie sah auf ihren Sohn hinunter, dem Tränen in die Augen stiegen. »Geh nicht weg«, bat Lo-Lo. »Bitte, Mutter, lass mich nicht allein.«

Song Le wandte sich wieder Monarch zu: »Jetzt bist du auf dich allein gestellt.«

Lächelnd sagte er: »Ich glaube, du wirst eine großartige Mutter.«

Nach kurzem Zögern drückte ihm Song Le einen Kuss auf die Wange und antwortete errötend: »Und du bist ein toller Dieb.« Dann machte sie kehrt und ging auf den dritten Krankenwagen zu, der gerade vorfuhr.

Sein Telefon klingelte.

»Die SEALs fliegen in einer Stunde los«, sagte Barnett. »Fahr zum Shek Kong Airfield. Die Chinesen lassen eine F-18 Super Hornet landen, die dich an Bord der *U.S.S. George Washington* bringt. Dort schließt du dich den SEALs an.«

»Wo ist das Schiff?«

»Im Südchinesischen Meer. Seit der Entführung unserer Außenministerin haben dort auf Anweisung des Präsidenten Flugzeugträger Stellung bezogen, zur Machtdemonstration.«

»Wie hat Hopkins meinen Wunsch aufgenommen?«

»Er macht sich Sorgen. Sand habe in den vergangenen 24 Stunden zunehmend deprimiert gewirkt, sagte er. Aber er hält dicht.«

»Hat dir schon mal jemand gesagt, dass du die Beste bist?«, fragte er.

»Was hat sie gezwinkert? Agnes Lawton?«

Monarch verriet es ihr.

»Herr Jesus«, flüsterte sie. »Und wer?«

»Das weiß ich noch nicht.«

»Jetzt geh die Welt retten, wir kümmern uns später darum.«

Monarch fuhr in einem Streifenwagen der Hongkonger Polizei zum Flughafen Kowloon. Die chinesischen Soldaten am Tor standen verdutzt dabei, wie ihr Kommandant Monarch willkommen hieß. Die F-18 landete um 21.47 Uhr Ortszeit, neun Stunden und dreizehn Minuten vor dem Ablauf des Ultimatums.

»Wie weit?«, fragte Monarch den Piloten der Navy, während er sich auf den Platz des Navigationsoffiziers setzte und zusah, wie chinesische Soldaten einen Militärjet der USA auftankten.

»1214 Meilen Südsüdost«, antwortete der Pilot. »Sie nimmt Kurs auf die Javasee.«

»Was ist unsere Höchstgeschwindigkeit?«

»Elfhundert«, antwortete er. »In einer guten Stunde sind Sie an Deck.«

»Und die Leute von Team 6?«

»Die landen kurz vor Ihnen.«

Monarch nickte, setzte den Helm auf und zog sich die Sauerstoffmaske über den Mund. Sechs Minuten nach zehn hoben sie ab. Er döste, als sie die Reiseflughöhe erreichten, und sein Unterbewusstsein verdaute die Szenen der letzten 24 Stunden.

Latham, der ihn mit einer Minibombe bewarf. Tatupu, der von hinten angeschossen wurde. Chávez' verletzte Hand. Latham, der ihm im Sterben den Namen des Monddrachen preisgab. Philippinische Hausmädchen, die sich im Neptune Club über ihn lustig machten. Song Les Miene, als ihr dämmerte, dass der kleine Junge ihr Sohn war. Anna, die Tuul erschoss und Long und seiner Frau damit drohte, sie zu vernichten. Der Schildkrötenpanzer, der zu Bruch ging. Das schwerverletzte Hausmädchen. Madame Long über dem Gestell aus Kampferholz. Der Monddrache und sein gebrochenes Schienbein. Lo-Los Wimmern, bevor seine Mutter die Augen aufschlug. All diese Eindrücke flackerten in ihm auf, bis sein Verstand sie endlich losließ und er in Dunkelheit und Schlaf versank.

Monarch hörte den Piloten nicht, der ihn eine Stunde später auf die Landung vorbereiten wollte, und wachte erst wieder auf, als sich der Jet in das Fangseil einklinkte und auf dem massiven Flugzeugträger kreischend zum Stehen kam. Er schaute sich benommen um und war verunsichert, da er nicht sofort wusste, wo er war. Massiver Hunger meldete sich, schließlich hatte er seit fast fünfzehn Stunden nichts mehr gegessen.

Die Kanzel öffnete sich, und tropische Hitze umgab ihn. Er nahm Helm und Maske ab, dankte dem Piloten und stieg die Leiter hinunter. Er roch Kerosin.

»Der verdammte Robin Monarch«, rief jemand hinter ihm.

Noch immer leicht neben der Spur, erkannte er die Stimme nicht gleich. Aber den schlanken, muskulösen, schwarzen Burschen mit dem dichten kurzen Bart erkannte er sofort.

»Der verdammte Deon Owens«, gab Monarch zurück, als hätte er den Soldaten erst tags zuvor gesehen. Dabei hatten sie sich vor sechs Jahren zuletzt getroffen. »Du bist im Team 6? Das wusste ich ja gar nicht.«

»Na ja, wir gehen nicht damit hausieren«, entgegnete Owens.

Monarch schüttelte ihm die Hand: »Gut zu wissen, dass du auch dabei bist.«

»Ganz oben«, präzisierte der SEAL. »Ich leite das Kommando.«

»Commander Owens«, sagte Monarch. »Ich bin nur hier, um euch zu helfen.«

»Versprochen?«

»Was soll das heißen?«

»Du bist berüchtigt für deine Alleingänge, mein Freund.«

»Schockierend, was die Leute so alles über mich sagen.«

Owens musterte ihn kurz und sagte dann: »Ich wollte dich dabeihaben, auch wenn mir eine innere Stimme sagt, dass das eine miese Idee ist.«

»Sieh mal an, und ich dachte, *ich* hätte *euch* mit ins Boot geholt«, wunderte sich Monarch.

»Du warst bisher allein unterwegs?«

»Ein bisschen Unterstützung hatte ich schon.«

Owens musterte ihn erneut, lachte dann und schüttelte den Kopf. »Lass uns nach unten gehen. Das Team wartet.«

Sie stiegen durch eine Luke und dann über mehrere Treppen bis zu dem weitläufigen Frachtraum hinunter, in dem die Jets standen, die gerade nicht im Einsatz waren. Während sie die Halle durchquerten, sagte Owens: »Es gibt Gerüchte über Archie Latham.«

»Er steckte bis über beide Ohren in der Sache mit drin«, stimmte Monarch zu.

»Steckte?«

»Er ist gestern gestorben.«

»O Mann«, sagte Owens. »Warum hat er sich mit Terroristen eingelassen?«

»Die Wurzel allen Übels.«

Dies schien dem Kommandanten einzuleuchten, denn er sinnierte: »Wenn man das alles nicht mehr für Gott und Vaterland macht, sondern nur noch für die Kohle, kriegt man ein Problem. Man verliert die Perspektive.«

»Und die Seele, es sei denn, das Geld geht an einen guten Zweck.«

Durch eine weitere Luke gelangten sie auf einen kurzen Flur und dann in einen Einsatzbesprechungsraum. Er war wie ein Klassenzimmer mit kleinen Schreibtischen ausgestattet und angefüllt mit taffen Jungs in Zivil. Obschon Monarch keinen von ihnen kannte, wusste er doch auf den ersten Blick über sie Bescheid. Sie stammten aus allen Schichten und waren Männer nach seinem Geschmack: aufs Beste geschult, aber keine Roboter, zum planvollen Handeln erzogen, aber auch zur Improvisation ermuntert. Bis zum letzten Mann musterten sie ihn misstrauisch.

»Leute«, sagte Owens mit lauter Stimme. »Dies hier ist Robin Monarch, Deckname ›Rogue‹. Er wird uns bei der Rettungsaktion zur Seite stehen.«

Den Elitesoldaten schien die Vorstellung ganz und gar nicht zu gefallen. Monarch nahm es nicht persönlich. Mitglieder von Spezialeinheiten müssen in besonders stressigen Situationen aufeinander zählen können. Owens ging auch darauf ein.

»Ich will euch nicht mit der vollständigen Liste seiner Verdienste langweilen, nur so viel: Er war Elitesoldat in Afghanistan und hat im Alleingang den Schlachtplan der Irakis gestohlen, bevor wir dort einmarschiert sind. Ich sag es nicht gern, aber Robin gehört zu den Besten. Ich erwarte von euch, dass ihr ihn wie euresgleichen behandelt.«

Die Soldaten nickten anerkennend. Owens war es offenbar gelungen, ihre Zweifel zu zerstreuen. Kyle Thomas, ein Riese mit schütterem roten Bart, sagte: »Es heißt, du bist ein Dieb.«

»Stimmt«, bestätigte Monarch.

»Du langst mir aber nicht in die Hosentasche, oder?«

»Kommt darauf an, was drin ist«, versetzte Monarch und hatte die Lacher auf seiner Seite.

Es klopfte, und Captain Harris Boone kam mit einem Laptop herein. Er war Mitte vierzig und ein Offizier des Marinenachrichtendienstes. Er trug als Einziger Uniform und wirkte leicht nervös, als er sagte: »Wir haben soeben die Drohnen-Daten erhalten.«

Captain Boone tippte einen Befehl in seinen Computer. Auf einem Bildschirm an der Wand erschienen mehrere Videos von Infrarot- und Wärmebildkameras. Er ließ sie schneller laufen und sagte: »Wir haben in den vergangenen Stunden vier Drohnen über das Gebiet fliegen lassen. Der Dschungel dort ist sehr dicht, aber ich glaube, wir haben sie ausgemacht.«

Der Nachrichtenoffizier gab einen weiteren Befehl ein.

Die Darstellung eines der Feeds vergrößerte sich, zeigte ein Wärmebild in Rot-, Orange- und Gelbtönen. Boone blendete eine Karte darüber. Zusammen ergab sich das Bild von zwanzig Gebäuden mit Wellblech- oder Strohdächern. Sie waren eingeschossig, viele auf Pfählen, und standen am nördlichen Ufer des Flusses Pulau Indah, der durch Dschungeldickicht und Mangrovensümpfe auf die Karimatastraße von Indonesien zu strömte, ungefähr 240 Seemeilen von der Stelle entfernt, wo die *Niamey* überfallen worden war. Auch am gegenüberliegenden Flussufer standen etwa ein Dutzend strohgedeckte Hütten. Die Struktur der Anlage war chaotisch, fand Monarch, erinnerte an die Bauweise der Slums, eine Baracke neben der anderen, hastig und planlos errichtet, nur zur Befriedigung der Grundbedürfnisse.

An beiden Ufern waren Boote zu sehen, einige die Böschung hinaufgezogen, andere im Wasser angepflockt. Doch keines davon war hochseetauglich. Das hatte nichts zu bedeuten. Sie konnten die großen Boote auch in tieferem Wasser vertäut haben, wusste Monarch und konzentrierte sich wieder auf die Feeds.

Mehrere Lagerfeuer brannten zwischen den Gebäuden. Zwei der Bauten, am nördlichen Flussufer gelegen und am weitesten vom Wasser entfernt, glühten, als würden sie eine große innere Wärmequelle bergen. Und bei genauerem Hinsehen waren auf den Wärmebildern Körper zu erkennen, die in einigen der Gebäude lagen oder sich in Ufernähe bewegten.

»Wann genau sind die Aufnahmen entstanden?«, fragte Monarch und ließ den Blick über den Bildschirm schweifen. Er nahm alles in sich auf, prägte sich jede Einzelheit gut ein.

»Vor zwanzig Minuten«, antwortete der Nachrichtenoffizier.

Monarch trat an den Bildschirm und deutete auf das Gebäude, das die meiste Wärme abstrahlte, dann auf ein kleineres, das in den Fluss hineinzuragen schien. Vier Leute standen davor, drei weitere befanden sich im Inneren.

»Das sind unsere Geiseln«, sagte er. »Das müssen sie sein.«

Commander Owens stimmte zu: »Ergibt Sinn.«

In den folgenden zwei Stunden, fast bis ein Uhr nachts, heckten sie einen Angriffsplan aus. Monarch fand es bemerkenswert, wie die SEALs funktionierten. Vier Mitglieder des Teams gingen anhand der Drohnenbilder sofort daran, auf dem Boden des weitläufigen Frachtraums mit Klebeband ein reduziertes Schema der kleinen Siedlung zu erstellen.

Zur selben Zeit regte Owens seine Männer zu einem

Brainstorming an. Sie sollten Strategien zur Befreiung der Außenministerin erarbeiten. Monarch hörte schweigend zu, fasste die verschiedenen Vorschläge zusammen und sagte dann: »Das sind alles gute Ideen, und eine präzise Umsetzung könnte eventuell auch zum Erfolg führen.«

»Eventuell?«, fragte Owens. »Hast du denn einen besseren Plan?«

»Wenn ihr die Erfolgschancen steigern wollt, dann müsst ihr weniger wie SEALs denken und mehr wie Kriminelle.«

# TEIL V

## Tag der Hinrichtung

# 42

## Sonntag, 4. November, 17.55 Uhr, Ortszeit Ostküste USA

## Montag, 5. November, 5.55 Uhr, Ortszeit Mittelindonesien

65 Minuten vor ihrer Hinrichtung erwachte Agnes Lawton in geschwächtem Zustand. Sie hörte Männerstimmen, ein mit englischen Brocken durchsetztes Kauderwelsch. Einige der Stimmen klangen beunruhigt, und sie glaubte zu verstehen, dass sich etliche der Söhne der Prophezeiung über Nacht aus dem Staub gemacht hatten.

»Dann wir tun es ohne sie.« Ramelans trotzige Stimme. »Sie wollen gehen? Sie können gehen! Wir haben sie vorher nicht gebraucht, wir brauchen sie jetzt auch nicht. Wir bringen es zu Ende. Wir erfüllen Prophezeiung.«

Die Tür zur Hütte flog auf, und Ramelan kam herein. In der einen Hand hielt er eine Machete, in der anderen eine Taschenlampe.

Er leuchtete in die Gesichter der Geiseln. »Eure Länder haben euch im Stich gelassen«, sagte er. »Sie nehmen uns nicht ernst. Sie haben das Lösegeld nicht gezahlt. Sie haben keine politischen Gefangenen freigelassen. Wir haben keine andere Wahl. Allah erwartet euch in einer Stunde.«

Er nahm Haltung an und präsentierte dabei die Machete wie ein Soldat das Gewehr. Krank und schwach wie sie war, würde Agnes Lawton nicht kuschen vor diesem Mann. Diese Genugtuung sollte er nicht erhalten.

»Wasser«, bat sie. »Essen.«

»Bitte«, bekräftigte Wali.

»Nicht mehr nötig!«, blaffte Ramelan. »Wer will als Erster sterben?«

»Ich gehe als Erste«, krächzte Agnes Lawton, bevor ihre Leidensgenossen antworten konnten.

»Das war klar«, sagte er mit eisigem Grinsen und ging.

Die Außenministerin lag im Dunkeln, spürte ihr verschwollenes Gesicht und fühlte sich schwächer, als sie es je für möglich gehalten hätte. Vier Malariaschübe hatte sie bereits durchlebt, und mit jedem Fieberanfall hatte sie sich ausgezehrter und fragiler gefühlt.

Doch trotz ihres entkräfteten Zustands hatte sie sich ihren starken Willen und den scharfen Verstand bewahrt. Es war Sonntagabend in den Vereinigten Staaten, 36 Stunden vor Öffnung der Wahllokale. Konnte dies der wahre Grund für die Hinrichtungen sein? Waren sie Teil des Komplotts, vor dem die NSA gewarnt hatte? Sollten sie die Welt vor den Wahlen erschüttern? Wer würde davon profitieren? *Eine Menge Leute*, dachte Agnes Lawton, *mächtige Leute, die mit dem derzeitigen politischen Wind nicht einverstanden waren*. Doch würden sie wirklich dieser geisteskranken Strategie folgen? Die Risiken waren unglaublich, von den Anforderungen in Sachen Logistik und Geheimhaltung ganz zu schweigen.

Und wenn die Sons of Prophecy doch echt waren, was dann? Wenn sie tatsächlich religiöse Fanatiker waren, die sich mit allen Mitteln einen Namen machen wollten? Fanden sie auf diesem Weg neue Rekruten? All diese unbeantworteten Fragen purzelten wild durcheinander. Am Ende blieben nur zwei davon übrig: Bin ich bereit zu sterben? Bin ich stark genug, mit Würde abzutreten?

Agnes Lawton rollte auf den Rücken und entdeckte ein Stück Nachthimmel, der sich zur Morgendämmerung hin lichtete. Sie hörte Stimmen, Vogelgesang und andere Geräusche in dieser letzten Stunde ihres Lebens.

»Mrs Lawton?«, sagte der chinesische Außenminister schwach.

»Ich bin hier, Mr Fung«, stieß sie hervor.

»Ich wollte nur sagen, dass es mir eine Ehre war, mit Ihnen zu arbeiten.«

»Dem kann ich nur zustimmen«, bekräftigte Wali. »Sie waren mutig. Nein, Sie *sind* mutig.«

»Wir waren und sind alle drei sehr mutig«, sagte die Außenministerin. »Und es war in der Tat eine Ehre, meine Herren. Ich werde diesen Leuten nicht die Genugtuung geben, Angst zu zeigen.«

»Ich auch nicht«, entgegnete der chinesische Außenminister.

»Niemals«, beteuerte Wali.

Insekten umschwirrten sie. Als unter ihr das Wasser gegen den Steg schlug, begann Agnes Lawton sich auf den Tod vorzubereiten. Sie weigerte sich, an die Machete zu denken, die Ramelan bei sich trug. Stattdessen betete sie zu Gott, er möge ihren Mann, ihre Kinder und Enkel behüten und trösten und ihrem Tod, bei aller Tragik, einen tieferen Sinn verleihen, wie ihrem Leben.

*

## *Suez, Ägypten*

Am anderen Ende der Welt fuhr Ibrahim Hafiz aus dem Schlaf. Er lag in einer Koje auf der *Rose of the South*, jenem mächtigen Containerschiff, das er quer in den Suezkanal gestellt hatte. Das Schiff hatte zwar Schaden genommen, war aber nicht gesunken. Jetzt stöhnte, knarzte und ächzte der Frachter mit den Gezeiten. Es war jedoch ein anderes Geräusch, das Hafiz geweckt hatte. Es waren die Schritte von Abu Ismailia und seinen Männern, die schwere Lasten die Stufen hinaufschleppten.

Er richtete sich auf und sah auf die Uhr. Einer seiner fernen Brüder im Netzwerk der Sons of Prophecy würde in weniger als einer Stunde ein weiteres Mal zuschlagen: Drei führende Politiker aus den Satansländern sollten hingerichtet werden. Er wollte sie sterben sehen. Elektrik und Kommunikationssystem des Schiffes funktionierten noch. Die Maschinen ebenso. Und so hatten die Terroristen die Folgen ihrer edlen Tat live auf den Sendern Al Jazeera und CNN mitverfolgt.

Hafiz nahm an, dass Abu Ismailia und seine Männer sich schon in der Messe eingefunden hatten. Er setzte sich auf, schaltete das Licht ein, zog sich an und dachte dabei, wie glücklich er sich doch schätzen durfte. Nur zwei Monate nachdem er seinen geliebten Job verloren hatte, waren die Söhne der Prophezeiung auf ihn zugekommen. Allah in Seiner Güte schenkte ihm die Gelegenheit, sich zu rächen und gleichzeitig einen Schlag für die Freiheit der einzig wahren Religion zu führen.

Hafiz verließ seine Kabine und schleppte sich in die Messe des Schiffes. Zu seiner Überraschung war sie leer. Da sie alle in den vergangenen Tagen hier die Nachrichten verfolgt hatten, hatte er die Männer auch heute hier vermutet.

Hafiz schleppte sich weiter und fand Abu Ismailia und die Übrigen im Ruderhaus, wo sie auf dem Boden saßen. Grelles Licht schien durch die Fenster. Die Ägypter hatten Scheinwerfer aufgestellt. Die Terroristen trugen erneut die schwarzen Neoprenanzüge, in denen sie das Schiff gekapert hatten. Sie waren auch wieder bis an die Zähne bewaffnet.

»Was ist los?«, fragte Hafiz nervös Abu Ismailia. »Greifen sie an? Ist es Zeit für unser Opfer?«

Bis jetzt hatte das ägyptische Militär nur ein einziges Mal versucht, das Schiff zu entern, und zwar kurz nachdem die Sons of Prophecy es quer über den Kanal gelegt hatten. Abu Ismailia und seine Männer hatten das Feuer auf die Soldaten eröffnet und sie zum Rückzug gezwungen. Gleich darauf hatten sie die Fahne der *SOP* gehisst. Seit diesem Zeitpunkt hatte man von staatlicher Seite zwar mehrmals versucht, sie über Funk zu kontaktieren, aber weiter nichts unternommen. Allerdings waren amerikanische Spezialeinheiten eingetroffen, wie es hieß.

»Es würde mich nicht wundern, wenn sie jetzt angreifen«, sagte Abu Ismailia und sah auf die Uhr. »Sie glauben, wir warten auf die Hinrichtungen und sind abgelenkt.«

Hafiz erkannte, dass er die kommenden Stunden vermutlich nicht überleben würde. Es war sein Schicksal, und er würde mit Freuden in den Tod gehen.

»Was kann ich tun?«, fragte er. »Ich kann mit einer Waffe umgehen.«

Abu Ismailia lächelte. »Wenn die Zeit gekommen ist, Bruder.«

Etwas Großes, sehr Großes explodierte nicht weit vom Schiff entfernt. Die Scheinwerfer flackerten und gingen aus. Abu Ismailia und seine Männer sagten nichts, regten sich nicht.

»Was tun wir jetzt?«, fragte Hafiz verzweifelt.

»Wir lauschen«, sagte Abu Ismailia nur.

Hafiz versuchte zu lauschen, doch seine Neugier schlug bald in Besorgnis um. Er musste wissen, was vor sich ging. Der verkrüppelte Schiffslotse rappelte sich auf und spähte aus dem Fenster.

»Die Lichter«, erklärte er. »Im Umkreis von Kilometern ist alles dunkel. Offenbar ist die Stromversorgung ausgefallen.«

Sirenen fingen an zu heulen.

»Ja, weil wir sie gesprengt haben«, sagte Abu Ismailia, als man in derselben Richtung, aus der die gewaltige Explosion gekommen war, Maschinengewehrfeuer hörte.

Der Anführer der *SOP* war aufgestanden und nur noch einen Meter von Hafiz entfernt. Die anderen Männer erhoben sich ebenfalls und griffen nach ihrer Ausrüstung.

»Warum?«, fragte Hafiz. »Was ist –?«

Ein roter Laserstrahl durchschnitt die Dunkelheit und fand die Stirn des Lotsen.

»Höchste Zeit, dass wir von Bord gehen, und höchste Zeit, dass du verschwindest«, sagte Abu Ismailia.

Bevor Hafiz noch ein Wort sagen konnte, fiel ein schallgedämpfter Schuss und setzte seinen Racheträumen ein jähes Ende.

Abu Ismailia ging neben Hafiz' Leiche in die Hocke, drückte dem toten Lotsen eine Waffe in die Hand und legte eine Maschinenpistole neben ihn auf den Boden. »Ohne den Trottel«, sagte er, »hätten wir die Sache nicht durchziehen können.«

Die anderen knurrten zustimmend. Dann verließen Abu Ismailia und seine Männer die Brücke und stiegen hinunter auf das Deck. Ohne auf das Knarzen und Ächzen des Schiffes zu achten, gingen sie auf die Steuerbordseite, von der aus sie die Einfahrt in den Kanal überblicken konnten.

In der Dunkelheit hörten sie Gebrüll, sahen Leuchtfeuer und hörten Schüsse. Überall heulten Sirenen. Im Trockendock sprangen Generatoren an, glühten schon schwach die Natriumdampflampen. Doch es würde noch Stunden, wenn nicht Tage dauern, bis die Gegend wieder Strom bezog.

Einer nach dem anderen sprang von der Reling, fiel zehn Stockwerke tief und tauchte in das warme, tiefe Wasser. Abu Ismailia sprang als Letzter, und zwar so, wie er es vor langer Zeit gelernt hatte: Er hielt sich die Nase zu, schützte seine Hoden und klemmte die Knöchel aneinander.

Der harte Aufschlag durchzuckte seine Knie und Hüften. Er tauchte fast vier Meter tief, bis sein Schwung gebremst war und er wieder an die Oberfläche stieg.

Er reckte den Kopf aus dem Wasser, holte tief Luft und pfiff leise nach seinen Männern. Einer nach dem anderen gab Antwort. Sie fanden sich wieder zusammen und schwammen gemeinsam den Kanal hinauf, dem Treffpunkt entgegen.

# 43

## Sonntag, 4. November, 18.28 Uhr, Ortszeit Ostküste USA

## Montag, 5. November, 6.28 Uhr, Ortszeit Mittelindonesien

Monarch tauchte zwischen den Wurzeln auf, die aus dem steilen Flussufer an der südlichen Küste von Borneo ragten. Er trug eine schwarze Tauchermaske, eine Art Kampfanzug, ebenfalls schwarz, Handschuhe, ein Headset sowie eine kugelsichere Einsatzweste, an der eine Glock 21, sechs volle Magazine, zwei Blendgranaten, zwei Sprenggranaten und ein handliches, etwa 35 Zentimeter langes Beil befestigt waren. Wie es aussah, schworen die Elitesoldaten, wann immer es brenzlig wurde, auf solche Beile.

Er befand sich etwa sechzig Meter flussabwärts von der Siedlung, in der sie die Geiseln vermuteten, und sah sie im Halbdunkel der Morgendämmerung zum ersten Mal: mehrere Holzhütten, mit Wellblech oder Stroh gedeckt, einige davon auf Bambuspfählen über dem Wasser. Viele Kochfeuer brannten an beiden Flussufern, und es roch nach Rauch und gegrilltem Fleisch. Musik plärrte gegen ein Kurzwellenradio an, aus dem bellend und blubbernd die Nachrichten zu hören waren – neueste Meldungen über die Krisen im Suez- und im Panamakanal. Zu beiden Seiten des Flusses waren flache Einbaumkanus mit Außenbordmotoren angepflockt. Zwei größere Boote, schnittig und hochseetüchtig, die nicht auf den Aufnahmen der Drohne zu sehen gewesen waren, schaukelten in der Mitte des Kanals und wiesen mit dem Bug flussabwärts in Richtung Meer, als bereite jemand eine Flucht vor.

Commander Owens und der stämmige, rotbärtige Kyle Thomas tauchten neben Monarch auf. Sie trugen die gleichen Westen und hatten sich wasserdichte Rucksäcke auf den Rücken geschnallt. Beide sahen sich rasch um.

»Wie Kurtz' Reich in Kambodscha«, flüsterte Owens.

»Ist das nicht am Ende des Films mit Napalm abgefackelt worden?«, entgegnete Monarch.

»Die Vorstellung gefällt mir«, meinte Thomas.

Monarch sah auf die Uhr und sagte: »Planänderung. Nehmt euch zuerst die Schiffe im Kanal vor. Zeitpunkt Nullsechs-fünfzig.«

Thomas nickte und glitt wieder unter die Wasseroberfläche.

Commander Owens klopfte an Monarchs Headset und flüsterte: »Benutz dein Headset. Schont Leben und Gehör.«

Das Headset, ein weiteres bevorzugtes Gerät der Elitesoldaten, war ein Atlantic Dominator, nach IP67 zertifiziert und somit wasserdicht. Es enthielt Knochenschallleiter und abtrennbare In-Ohr-Kopfhörer, die den Lärm von Gewehrfeuer aus nächster Nähe eindämmen sollten. Er aktivierte es.

Owens schien nun in Monarchs Kopf zu flüstern: »Ich geb dir Feuerschutz.«

Monarch tauchte tiefer ins trübe Wasser und schwamm zwischen das Schilf und die exponierten Wurzeln der Mangroven. Er packte sie und hangelte sich weiter. Den schwarzen Schnorchel, den er bei sich hatte, steckte er nur etwa alle zehn Meter auf, um Luft zu holen. Und er atmete gleichmäßig in die Vegetation, so dass die Blasen, die an die Oberfläche stiegen, vom Ufer aus nicht zu sehen waren.

Unter einem der Pfahlbauten tauchte er auf. Das Wasser dort war überraschend tief. Seine Füße fanden keinen Grund. Der aus vertäutem Bambusrohr bestehende Boden der Hütte war nur einen halben Meter über seinem Kopf. Ein Außenbordmotor spuckte und surrte. Am anderen Ufer sah Monarch im heller werdenden Licht zwei Männer, die Netze in einen der Einbäume luden.

Owens tauchte auf. Monarch deutete auf einen der Pfähle, die die Hütte über ihnen trug. Der Kommandant bewegte sich darauf zu. Monarch sah auf die Uhr. Noch sieben Minuten und dreißig Sekunden. Er musste sich beeilen.

Nachdem er tief Luft geholt hatte, tauchte er unter und schwamm, als ginge es um sein Leben. Er erreichte den zweiten Pfahlbau, tauchte auf und holte ein Päckchen Plastiksprengstoff aus seiner Weste, an dem eine kleine wasserdichte Batterie samt Zeitzünder befestigt war. Er heftete das Päckchen mit Isolierband an einen der Pfähle.

Monarch schwamm weiter. Der Fluss wurde seichter, war bald nur noch einen Meter tief, und Monarch lief Gefahr, entdeckt zu werden und sich einen Schuss in den Rücken einzufangen. Als er ein viertes Mal ohne Zwischenfall zum Luftholen auftauchte, hörte er ein Boot, das mit hustendem, spuckendem Außenbordmotor flussabwärts das Dorf verließ. In der Ferne hörte man Donnergrollen. Das Wasser war jetzt kaum noch hüfthoch. Trotz der tief hängenden Wolken war es doch hell genug, dass man Monarch vom anderen Ufer aus hätte entdecken können.

Er sah auf die Uhr. 6.55 Uhr.

Noch fünf Minuten.

Monarch hörte einen Generator laufen, dann Schritte, die sich näherten. Über ihm öffnete sich knarzend eine Tür. Ketten schleiften über den Boden, ehe ein Mann sagte: »Gleich wird die Welt erfahren, wie mächtig die Sons of Prophecy sind.«

»Ich will Abschied von meiner Familie nehmen, Ramelan«, bat Agnes Lawton mit schwacher Stimme. »Das müssen Sie mir zubilligen.«

»Steh auf, Frau«, sagte der Mann grob. »Wir müssen gar nichts.«

Drei Minuten vierzig. Noch mehr Schritte über ihm.

»Das könnt ihr nicht tun!«, rief Fung.

»Lassen Sie die Frau hier!«, sagte Wali. »Nehmen Sie mich!«

»Sie hat sich freiwillig gemeldet.«

Schritte. Wieder öffnete sich die Tür. Jubel kam auf. Offensichtlich hatten sich Ramelans Anhänger draußen versammelt, um die Außenministerin auf ihrem Todesmarsch zu sehen. Männer priesen Allah für seine Größe. Andere machten ihrem Zorn gegen die USA, China und Indien Luft.

Zwei Minuten fünfzig. Monarch spürte ein Knistern in seinen Wangen- und Kieferknochen, als mehrere Elitesoldaten leise ihre Positionen durchgaben. Sie waren im Begriff, die Ansiedlungen zu beiden Seiten des Flusses zu umstellen.

»Rogue hier«, sagte er leise. »Sie führen Agnes Lawton zur Hinrichtung. Zeitzünder überbrücken!«

»Ich geh auf Fernzündung«, erwiderte Thompson. »Kommt sofort, Rogue.«

Monarch hätte die Hütte über sich am liebsten angegriffen, wusste aber, dass er in Deckung bleiben musste. Er duckte sich und schützte sein Gesicht, als eine vernichtende Explosion die Treibstofftanks auf einem der hochseetüchtigen Boote im Kanal zerriss und es in tausend Stücke sprengte. Trümmer flogen in alle Richtungen, gefolgt von einer zweiten Explosion, als auch das andere Boot in Flammen aufging.

Monarch riss das Beil heraus und hackte ein Loch in den Bambusboden. Schüsse fielen aus allen Richtungen. Die schwarze, eloxierte Schneide der Streitaxt war handgeschmiedet, unglaublich scharf und grausam effektiv. Sie schlug große Löcher in den Boden, als wäre er aus Papier. Mit fünf Hieben hatte er ein Loch herausgehauen, das groß genug für ihn war. Der chinesische und der indische Außenminister starrten ihn entsetzt an.

»Bleiben Sie unten, dann geschieht Ihnen nichts«, sagte er auf Englisch und noch einmal auf Chinesisch.

Ohne die Antwort abzuwarten, ging er zur Tür, steckte die Streitaxt wieder ein und griff sich stattdessen eine Granate und die Glock. »Die beiden Männer sind am Leben«, sagte er.

»Verstanden«, bestätigte Owens.

»Ich suche nach Lawton.«

»Ich bin auf deiner linken Flanke.«

Draußen wurde unentwegt geschossen, und man hörte das Gebrüll der Männer, die im Chaos eingeschlossen waren.

Monarch aber erreichte im Chaos stets seine Höchstform. Er riss die Hüttentür auf und erfasste die Szene mit einem Blick. Fünfzehn oder zwanzig Männer rannten herum, auf der Suche nach Deckung oder nach einer Waffe, um das Dorf gegen die Angreifer zu verteidigen. Ganz in der Nähe bemerkte er drei, die Kalaschnikows trugen. Er erschoss den Ersten aus zweieinhalb, den Zweiten aus sieben und den Dritten aus zwölf Metern Entfernung, bevor einer von ihnen das Feuer erwidern konnte.

Er schleuderte die Granate in das Getümmel und warf sich mit dem Gesicht nach unten auf den Boden. Die Explosion löste noch mehr Geschrei aus. Monarch sprang wieder auf und rannte geduckt und im Zickzackkurs auf die größere, ein wenig abseits gelegene Hütte zu, die auf den Drohnen-Feeds so viel Wärme verstrahlt hatte.

Aus dem Augenwinkel, etwa 35 Meter zu seiner Linken, sah Monarch Commander Owens, der eine zweite Granate zündete, woraufhin sich beide erneut in den

Schmutz warfen. Die Explosion erledigte weitere vier von Ramelans Männern. Doch andere hatten sich neu gruppiert und erwiderten das Feuer, als Monarch und Owens sich aufrichteten und auf die Betonbauten zu rannten, wo sie Agnes Lawton vermuteten.

Wenn die Sons of Prophecy die Hinrichtung der Politikerin live übertragen wollten, benötigten sie Strom, und dazu wiederum brauchten sie einen Generator. Monarch vermutete ihn in einem der beiden Gebäude, Agnes Lawton im anderen. Als ihm der Geruch von Diesel in die Nase stieg, war klar, dass der Generator in der kleineren Hütte stand, ganz in seiner Nähe. Die Außenministerin musste sich wohl in der Hütte auf Owens' Seite befinden.

Owens war fast dort angekommen, als hinter ihm Schüsse krachten. Er wurde getroffen, geriet ins Stolpern und hechtete hinter einen leeren 200-Liter-Öltank.

»Die haben mich am Arsch erwischt, mein rechtes Bein ist taub«, knurrte er. »Renn weiter!«

Monarch, der jetzt eher intuitiv als nach Plan handelte, hatte nur noch ein Ziel vor Augen, wollte alles versuchen, um Agnes Lawton zu retten. Die schwere Holztür zu dem Betonbau war verschlossen und hatte keine Klinke. Demnach war sie irgendwie von innen verriegelt. Er hielt Abstand zur Tür und umrundete den Betonblock, während von allen Seiten Schüsse fielen. Er steckte die Glock ins Halfter und griff sich stattdessen eine der Blendgranaten und die Streitaxt.

Da hörte er im Inneren Ramelan brüllen. »Die wollten, dass ich dich freilasse! Aber wir müssen Prophezeiung erfüllen und dich opfern. Ich bin Sohn von Prophezeiung! Niemand wird mich aufhalten!«

»Volle Deckung!«, rief ein Elitesoldat über Headset.

Eine heftige Explosion erschütterte das andere Flussufer. Eine zehn Meter hohe Stichflamme stieg auf, als die Treibstoffvorräte der Siedlung in die Luft flogen. Die

Druckwelle traf Monarch und erschütterte das Gebäude. Er sank in die Knie und bemerkte, dass es auf Gasbetonblöcken stand. Monarch sah eine Chance und ergriff sie, indem er den Stift der Blendgranate zog und sie tief unter die Hütte schleuderte.

Er rannte auf demselben Weg zurück, den er gekommen war, bevor sie explodierte. Ein gleißendes metallisches Licht blitzte unter dem Gebäude auf und verursachte einen Knall, dessen Druckwelle ihn fast umwarf. Während er das Beil in die Linke nahm, zog er mit der Rechten die Pistole. Er lief um die Hütte herum und geriet in ein Feuergefecht, das sich die vorrückenden SEALs mit den letzten der Fanatiker lieferten.

Ohne im mindesten auf die eigene Sicherheit zu achten, rannte Monarch auf die Eingangstür zu.

»Hilfe!«, hörte er im Inneren Agnes Lawton schreien. »Ich bin hier!«

Monarch hieb mit der Streitaxt wie von Sinnen auf die Stelle ein, wo die Tür an den Rahmen stieß. Holz splitterte. Beim dritten Schlag traf die Schneide auf Gasbeton. Er warf sich mit der gesunden Schulter gegen die Tür, die krachend nachgab.

Er stürmte in die Trümmer eines provisorischen Fernsehstudios. Zwei Kameras auf Stativen waren zu Boden gestürzt. Überall lagen Glassplitter, die von den Scheinwerfern stammten, die bei der Explosion der Blendgranate umgefallen und zu Bruch gegangen waren. Agnes Lawton saß völlig verängstigt am hinteren Ende des Raums auf einen Stuhl gefesselt und reckte den Hals nach Ramelan.

Der Fanatiker, den die Explosion sichtlich verwirrt hatte, trat dennoch wankend hinter die Politikerin, eine Machete in der Faust. Monarch richtete die Waffe auf ihn und drückte ab, um ihn zu töten.

Doch nichts geschah. Die Waffe klemmte, ging nicht los. Er warf einen Blick auf die Glock und bemerkte, dass das Auswurffenster des Schlittens offen stand. Eine leere Patronenhülse hatte sich mit der nachfolgenden Kugel verkeilt. Was war passiert? Seit wann konnte eine Glock versagen? Er stutzte nur eine Sekunde, doch sie genügte, um Ramelan wieder zu ermutigen.

Grinsend und zitternd vor Glück, als sehe er die Prophezeiung bereits erfüllt, packte der fanatische Pirat die Machete mit beiden Fäusten, bog seinen Körper weit nach hinten, um auszuholen und Agnes Lawton mit einem einzigen, mächtigen Hieb den Kopf abzuschlagen. Doch bevor es dazu kam, ließ Monarch die Glock fallen, nahm das Beil in die rechte Hand und schleuderte es wie einen Tomahawk.

Ramelans Machete fuhr auf Agnes Lawtons Nacken nieder. Doch wenige Zentimeter bevor sie durch die Haut und das Rückgrat schneiden konnte, traf den Piraten der Griff von Monarchs Streitaxt im Gesicht und stieß ihn aus dem Gleichgewicht. Seine Machete verlor die Kraft und das Ziel, traf die Diplomatin mit dem verbliebenen Schwung an der Seite des Kopfes und säbelte ihr tief ins Fleisch, so dass ihr ein blutiger Hautlappen über das Ohr hing.

Als Ramelan die Wunde sah, reagierte er wie ein Wolf im Blutrausch. Er bäumte sich auf, um ein zweites Mal zuzuschlagen und seine Mission zu beenden.

Monarch war schneller. Er trat schützend über Agnes Lawton und verpasste dem Fanatiker einen Faustschlag gegen die Innenseite des rechten Ellenbogens. Das Gelenk knickte ein, und die Machete klatschte harmlos gegen Monarchs linken Unterarm.

»Nein!«, brüllte Ramelan und wich zurück, um sich den Raum zu verschaffen, den er brauchte, um erneut auszuholen.

Doch wieder kam ihm Monarch zuvor. Er warf Agnes Lawton samt Stuhl zu Boden, sprang über sie hinweg, um der zurückweichenden Energie zu folgen, und tat in diesem gewalttätigen Moment, was ihn Erfahrung und Training gelehrt hatten.

Er verpasste Ramelan einen Aufwärtshaken gegen das Kinn, so dass sein Kopf ruckartig nach hinten flog und sich sein Gewicht auf die Fersen verlagerte. Doch der Schlag war nicht hart genug gewesen, um den Kampf zu beenden. Monarch holte daher aus, um seinem Gegner einen kräftigen Fausthieb von oben auf den Nasenrücken zu verpassen, doch auch Ramelan besaß Nahkampferfahrung. Er wich nach hinten aus, entspannte sich, packte die Machete mit beiden Händen, brachte sie in die Horizontale und parierte Monarchs Faust mit der scharfen Schneide.

Monarchs Knöchel hielten nur Zentimeter von der Schneide entfernt inne. Ramelan zielte damit auf Monarchs Gesicht, verfehlte es, zwang Monarch aber in die Defensive. Jetzt war es Monarch, der zurückwich und versuchte, sich Raum zu verschaffen. Dabei stieß er gegen Lawtons Stuhl und stolperte rückwärts.

Ramelans Linke ließ die Schneide der Machete los. Er zog sie Monarch übers Gesicht und ritzte seine rechte Wange. Monarch spürte heißes Blut. Der Fanatiker kam nun von der anderen Seite und schlug zu, diesmal von unten nach oben und schräg, als wollte er ihn von der linken Hüfte bis zur rechten Schulter aufschlitzen.

Die Machete schnitt durch Monarchs Kleidung, verfing sich aber in der Schutzweste, ehe sie lebenswichtige Organe erreichen konnte. Instinktiv trat Monarch ein wenig zur Seite, duckte sich und warf sich wieder auf Ramelan.

Der Fanatiker wiederholte seinen Handstreich. Er packte die Machete mit beiden Händen, an Griff und Spitze, und richtete sie horizontal aus, um den Angriff mit der Schneide zu parieren. Doch Monarch täuschte oben an und packte den Mann dann an den Handgelenken.

Die Männer rangen miteinander, wobei ein jeder versuchte, die Machete gegen den anderen zu stoßen. Monarch war mindestens zwanzig Kilo schwerer als der Indonesier, doch Ramelan war überraschend kräftig und von vulkanischem Hass getrieben. Der Fanatiker rammte Monarch sein Knie in den rechten Oberschenkel, dass es sich anfühlte wie ein Stromstoß. Der Muskel verfiel in Zuckungen, und das Bein wurde schwammig.

Ramelan spürte die plötzliche Schwäche und rammte Monarch das Knie noch einmal in dieselbe Stelle, um dessen Bein außer Gefecht zu setzen, ehe er zum tödlichen Schlag ausholte. Monarch starrte dem Fanatiker in die Augen und erkannte, wie verzweifelt Ramelan ihm die Kehle durchschneiden wollte.

»Heute nicht«, stieß Monarch zwischen zusammengebissenen Zähnen hervor.

Er verlagerte sein Gewicht auf das unversehrte Bein und wich nach hinten aus. Die Gegenbewegung löste zwar nicht Ramelans Griff um die Machete, aber sie brachte ihn aus dem Gleichgewicht, so dass Monarch ihn gegen die Wand schleudern konnte.

Der Fanatiker setzte zum Gegenschlag an, kehrte die scharfe Schneide erneut gegen Monarch. Doch der hatte ebenfalls ein paar schlaue Tricks auf Lager. Er ließ die Schneide ganz nah an sich herankommen, ehe er die Daumen von Ramelans Handgelenken nahm und sie auf dessen Handrücken presste, etwa fünf Zentimeter unterhalb der Ringfinger. Dann verdrehte er mit ganzer Kraft die Handgelenke des Fanatikers nach innen. Auch mit diesem Manöver vermochte er dessen Griff um die Machete nicht zu lösen. Doch es war egal.

Während Ramelan sich mühte, Monarchs Hände abzuschütteln, hoben sich seine Ellbogen. Der Fanatiker versuchte, ihm einen weiteren Knieschlag zu verpassen, stellte sich dabei auf die Zehenspitzen, bis sich die scharfe Schneide der Machete drehte und gegen ihn selbst richtete.

Ramelan rastete nun völlig aus. Er rammte Monarch sein Knie immer und immer wieder in die Oberschenkel und die Hüften, bis die Schneide der Machete seine Kehle erreichte, die Haut durchdrang und auf Knorpel traf. Die Kniestöße hörten auf, doch Ramelan starrte Monarch weiterhin böse an.

»Du wirst es nicht beenden«, sagte er heiser und spuckte aus. »Ich wurde prophezeit. Die Frau des Monddrachen hat es gesehen.«

»Dann muss sie auch mich gesehen haben«, erwiderte Monarch und wuchtete sein Gewicht nach vorn.

Zehn Zentimeter der frisch geschliffenen Machetenschneide kappten Ramelans Luftröhre. Die letzten 25 Zentimeter gingen tiefer, durchtrennten die Schlagader, den Halsmuskel und trafen schließlich auf Knochen. Der Fanatiker stürzte ihm vor die Füße, während sein Kopf, an der Wirbelsäule baumelnd, nach hinten klappte.

Über und über mit dem Blut des Terroristen bespritzt und keuchend vor Erschöpfung, lehnte sich Monarch kurz gegen die Wand, bevor er sich zu Agnes Lawton umdrehte.

Noch immer mit den Handgelenken an den Stuhl gefesselt, lag die Außenministerin reglos auf dem Boden, das Gesicht nach unten gekehrt.

Monarch starrte auf sie hinunter und spürte, wie sein Magen in einen Abgrund stürzte. Nach all den Gefahren, die er auf sich genommen hatte, nach all den verlorenen Menschenleben hatte er am Ende versagt. Die Rettung war so nah gewesen, direkt vor seiner Nase, und er hatte versagt. Versagt. Er sank schwer neben sie, ihm war speiübel, und er hätte heulen mögen angesichts der Ungerechtigkeit, dass ausgerechnet dieser Geisteskranke –

Er starrte auf ihren blutigen Schädel. Ein fast handtellergroßes Stück ihrer Kopfhaut und ihres rechten Ohrs waren abgetrennt. Stecknadelkopfgroße Blutstropfen traten noch immer aus den durchtrennten Gefäßen.

Monarch hielt die Luft an. Er tastete nach dem Headset, das während seines tödlichen Handgemenges mit Ramelan verrutscht war. Er hörte die Stimmen der SEALs und erkannte, dass keine Schüsse mehr fielen.

»Owens, hier spricht Rogue«, rief Monarch.

»Ich höre dich.«

»Sie ist hier drin! Ich brauch einen Notarzt. Sofort!«

Keine 30 Sekunden vergingen, ehe der rotbärtige Ryan Thomas in die Hütte gerannt kam.

»Sie lebt«, erklärte Monarch. »Atmet eigenständig. Puls stabil. Aber ich hab mich nicht getraut, sie zu bewegen.«

»Gut so«, sagte Thomas und durchwühlte seinen Rucksack. Er warf einen Blick durch den Raum. »Du hast wieder mal ganze Arbeit geleistet, was?«

»Ich hätte verflucht nochmal Hilfe gebrauchen können.«

»Wir waren festgenagelt«, verteidigte sich Owens, der hinkend durch die Tür kam, auf einen seiner Männer gestützt. Er hatte sich einen Schuss in die rechte Arschbacke eingefangen. Der Schock hatte sein rechtes Bein einige Minuten lahmgelegt, doch dann war das Gefühl zurückgekommen, und es war, als würde ihm jemand einen heißen Schürhaken durch den Körper rammen. Die Tatsache, dass er überhaupt auf den Beinen war, belegte, wie viel er wegstecken konnte.

Doch als Owens die Außenministerin sah, die auf dem Boden lag, wo Thomas sie verarztete, sagte er: »Agnes Lawton, du bist mir vielleicht ein zähes altes Huhn.«

Monarch lächelte und nickte: »Störrisch und streitlustig.«

»Das hab ich gehört!«, flüsterte da schwach und vorwurfsvoll Agnes Lawton.

Monarch blickte überrascht zu ihr hinunter. Ihre Augen waren offen. Sie sah zu ihm auf: »Störrisch, das lass ich mir noch gefallen. Aber alt und streitlustig?«

»Nicht bewegen, Frau Ministerin«, sagte Thomas. »Sie haben eine böse Schnittwunde, und außerdem einen tüchtigen Schlag auf den Kopf abgekriegt.«

»Und wer sind Sie?«, fragte sie, weil sie ihn nicht sehen konnte.

»Chief Petty Officer Kyle Thomas, SEAL Team 6«, antwortete er, während er behutsam die Wunde mit Gaze betupfte, die er in einem Antiseptikum getränkt hatte.

»Und Sie?«

»Robin. Robin Monarch.«

»Auch bei den SEALs?«

»Nein, ich bin freischaffender Dieb«, antwortete er.

Sie sah verblüfft drein, wiederholte seinen Namen und sagte: »Aber Sie waren doch mal ein Ranger. Was war es doch gleich, das Sie gestohlen haben –?«

»Das ist lange her«, versetzte Monarch und war froh, dass sie offenbar klar denken konnte. Vielleicht hatte der Schlag sie außer Gefecht gesetzt, er hatte ihr aber keine Gehirnerschütterung verpasst.

»Frau Außenministerin, ich bin Commander Owens«, stellte Owens sich vor und humpelte zu ihr hinüber. »Gut, Sie lebendig zu sehen.«

»Danke, Commander«, antwortete sie. »Kann ich etwas zu trinken haben? Wo sind Fung und Wali?«

»Beide in Sicherheit«, sagte Monarch.

Sie seufzte und nickte dankbar. Dann schloss sie einen Moment lang die Augen. Diese Frau verfügte offenbar über große Energiereserven, dachte Monarch, der staunend sah, wie sie von Minute zu Minute kräftiger wurde.

»Ministerin Lawton«, fragte Owens. »Wen soll ich zuerst verständigen?«

»Meinen Mann. Meine Jungs. Meine Enkel. Den Präsidenten. Die ganze Welt!« Sie begann zu weinen. »Ich bin dem Tod noch einmal von der Schippe gesprungen. Jetzt hab ich die Chance, ein besserer Mensch zu werden.«

»Nur eine Sekunde«, sagte Monarch und ging neben ihr in die Hocke. »Wissen Sie noch, was Sie während der Videoaufnahmen im Morsecode gezwinkert haben?«

Sie schloss die Augen und nickte.

»Wir haben es gesehen«, sagte Monarch. »Und aus diesem Grund habe ich meinen Kontakt mit Washington auf ein Minimum beschränkt.«

»Ja?«

Owens fragte: »Moment, wie war das? Was haben Sie gezwinkert?«

Die Außenministerin sagte es ihnen.

Beide SEALs, die es gewohnt waren, sich der Gefahr auszusetzen, starrten sie mit offenen Mündern an. »Ist das wahr?«, versicherte sich Commander Owens.

Sie versuchte sich aufzurappeln. »Ich hatte lange Zeit zum Nachdenken. Es ist die einzige Erklärung für –«

»Halten Sie still«, sagte Thomas, der den hängenden Hautlappen wieder an seinen Platz gehoben hatte und mit Gaze dort festdrückte. »Und möglichst nicht bewegen, während ich die Wunde behandle. Sie haben womöglich einen Knacks in der Schädeldecke oder ein verletztes Rückgrat.«

»Hab ich nicht«, widersprach sie.

»Das kann man nicht wissen.«

»Ich weiß es wohl«, entgegnete sie, während sie zum Beweis den Kopf hob und hin und her bewegte. »Sehen Sie.«

»Das hätte auch schlecht ausgehen können«, sagte Thomas ungehalten.

»Ist es aber nicht«, erwiderte Agnes Lawton. »Und jetzt helfen Sie mir bitte hoch. Ich kann es nicht ertragen, mit Leuten zu sprechen, während ich auf dem Boden liege und alles um mich her voller Blut ist.«

Thomas sah Monarch an. »Hilfst du mir?«

Er drückte den Hautlappen fest an Lawtons Kopf, dann hoben Monarch und er sie mit vereinten Kräften vom Boden auf. Owens stellte ihr den Stuhl zurecht, und sie setzten sie darauf ab. Einen Moment lang wurde sie von Schwindel erfasst, der aber schnell wieder verflog. Thomas machte sich daran, ihr den Kopf zu verbinden.

»Was meinen Sie?«, fragte Owens Agnes Lawton. »Soll ich verschweigen, dass wir Sie gefunden haben?«

Sie zögerte. Die Vorstellung schien ihr Qualen zu bereiten.

»Ein, zwei Leute in Washington können wir meinetwegen einweihen«, sagte Monarch. »Die übrigen sollten vorerst nicht erfahren, dass Sie es geschafft haben.«

Die Außenministerin dachte darüber nach und fragte schließlich: »Man soll also glauben, ich sei tot?«

»Noch besser«, lächelte Monarch und deutete dabei auf ihren Kopfverband. »Hirntot.«

# 44

## Montag, 5. November, 10.40 Uhr, Ortszeit Ostküste USA

Monarch, der sich nach dem langen Überschallflug wie gerädert fühlte und auch so aussah, saß mit kolossalen Kopfschmerzen in einem Sessel im Büro der Stabschefin des Weißen Hauses. Er hatte Pillen geschluckt und einen dreifachen Espresso getrunken, um wach zu bleiben.

Die Stabschefin des Präsidenten, Cynthia Blayless, saß ihm gegenüber an ihrem Schreibtisch und war mächtig genervt, weil Monarch sich strikt weigerte, auch nur eine ihrer Fragen zu beantworten, ehe er mit Sand gesprochen hatte.

»Nun gut«, sagte Blayless spitz. »Das Rauchen aufzugeben wäre das Einzige, was mir den Tag noch mehr vermiesen könnte, und so masochistisch bin ich nicht.«

Damit stand sie auf, griff sich ihre Handtasche und trat hinaus auf die Veranda. Der strahlend blaue Himmel an diesem sonnigen Herbsttag entsprach so gar nicht dem Ernst der Lage. Von seinem Platz aus sah Monarch die Fahnen auf Halbmast wehen. Er hatte auch drei Fernsehschirme im Blick, die in die Wände des Büros eingelassen waren und auf Fox, MSNBC und CNN eingestellt waren.

Die Nachrichten beschrieben ein Volk in Aufruhr und Trauer, nachdem durchgesickert war, dass die amerikanische Außenministerin während des Rettungsversuchs, bei dem der indische und der chinesische Außenminister befreit werden konnten, eine schwere Kopfverletzung davongetragen hatte.

Internetnutzer auf der ganzen Welt hatten die Website

der SOP aufgerufen und Agnes Lawton auf dem Hinrichtungsstuhl gesehen, während Ramelan hinter ihr die Machete geschwungen hatte. Man hatte noch die Explosionen und Schüsse des Rettungskommandos gehört, dann war die Übertragung unterbrochen worden. Stundenlang hatte niemand gewusst, was genau passiert war, und so hatte man noch gehofft, die Außenministerin möge unbeschadet davongekommen sein.

Diese Hoffnung war von der Nachricht zerschlagen worden, dass Agnes Lawton sich an Bord eines Ambulanzflugzeugs befand und an einer Herz-Lungen-Maschine hing, während Fung und Wali in einem Krankenhaus in Singapur bereits auf dem Wege der Besserung waren. Der Präsident traf sich zu einer Besprechung mit seinen Beratern, würde gegen Mittag eine Erklärung abgeben und dann zum Luftwaffenstützpunkt Andrews fahren, um Lawton in Empfang zu nehmen.

Zur gleichen Zeit hatten China, Indien, Hongkong, Thailand, Ägypten und Panama Hunderte Ermittler damit beauftragt, nach Indizien zu suchen, mit deren Hilfe man der Terroristen habhaft werden konnte. Nachdem Bombenanschläge rund um die Mündung des Suezkanals die gesamte Stromversorgung unterbrochen hatten, enterten ägyptische Soldaten das Containerschiff, das die Schifffahrtsstraße blockierte. Sie stießen auf keinen Widerstand und entdeckten vier Leichen an Bord. Alle vier, einschließlich des Kanallotsen Ibrahim Hafiz, galten als religiöse Eiferer, sogar nach ägyptischen Maßstäben. Hafiz war unlängst seine Stellung losgeworden, nachdem er versucht hatte, Kollegen für den Dschihad anzuwerben. Es ließ sich nicht aufklären, ob die Männer Selbstmord begangen hatten oder von unbekannten Kräften erschossen und zurückgelassen worden waren. In Panama brachte ein Einsatzkommando im Morgengrauen ähnliche Ergebnisse. Nachdem die Streitkräfte das Schiff geentert hatten, fanden sie an Bord die Leichen dreier bekannter Anarchisten.

»Bis dato wurde kein Mitglied der SOP lebend gefasst«, sagte der Berichterstatter von Fox. »Die Terrororganisation bleibt vorerst im Dunkeln, eine mächtige Bedrohung rund um den Globus.«

Das stimmte nicht ganz, *ein* Mitglied war sehr wohl lebend gefasst worden, dachte Monarch. Nur würden die Chinesen, was den Monddrachen anbelangte, wahrscheinlich erst an die Öffentlichkeit gehen, wenn er ein umfassendes Geständnis abgelegt hatte.

Er sah zu Blayless hinaus, die noch immer im Säulengang stand und rauchte, und wandte sich wieder den Nachrichten zu. Der Dow Jones, der S&P 500 und der NASDAQ hatten an diesem Montagmorgen einen neuen Tiefpunkt erreicht, so dass der Handel bereits 34 Minuten nach Öffnung der Börse ausgesetzt worden war.

Was die Politik anbelangte, so galt die Wahl noch vor dem Urnengang als entschieden. Einer kurzfristigen Meinungsumfrage zufolge äußerten sich 75 Prozent der Wähler kritisch über die Art und Weise, wie die Regierung Sand der terroristischen Bedrohung begegnet war. Dies sei, so die Experten, zweifellos der letzte Sargnagel für den Kandidaten Vaught.

Ein Klopfen an der Tür unterbrach Monarchs Konzentration. Dr. Hopkins schaute herein, nickte ihm zu und sagte: »Der Präsident möchte Sie jetzt sehen, Robin.«

Die Flügeltür zur Veranda ging auf, und in der warmen Luft, die mit der Stabschefin ins Zimmer wehte, lag ein leichter Geruch nach Zigaretten. Blayless schob ein Pfefferminzbonbon in den Mund und sagte: »Sollen wir?«

Monarch wartete, bis sie an ihm vorbeigegangen war, und stand auf. Er strich sich Krawatte und Sakko glatt, fuhr mit der Hand über seine schmerzenden Verletzungen und folgte dann ihr und dem CIA-Chef hinaus auf den

Flur. Einige Schritte weiter klopfte sie an die Tür zum Oval Office und öffnete sie.

Während er eintrat, ließ Monarch den Blick im Zimmer schweifen und sah dieselben Regierungsbeamten darin versammelt wie bei seinem letzten Besuch. Der Präsident saß an seinem Schreibtisch. Ausgezehrt, fahl und in den wenigen Tagen um Jahre gealtert, beugte er sich über den Tisch und machte Notizen. Elise Peck, die nationale Sicherheitsberaterin, saß auf der Sofakante und hatte die Arme über Kreuz auf die Schenkel gelegt. Admiral Shipman stand am Kamin, ein Kaffeegedeck in der Hand, und mimte den stoischen Krieger, indem er Monarch mit einem bohrenden Blick bedachte.

Vaught hatte nicht weit von ihm im Ohrensessel Platz genommen. Seine Haltung suggerierte, dass er an einem Magengeschwür oder an Nierensteinen litt. Monarch war überrascht, ihn am Vortag der Wahlen hier zu sehen, doch Vaught glaubte offenbar, dass seine Chancen auf das Amt des Präsidenten ohnehin gleich null waren.

An der Seite des Vizepräsidenten richtete Bill Lawton, der Ehemann der Außenministerin, den Blick kummervoll ins Leere. Er musste den schlimmsten Albtraum seines Lebens bestehen. Der Minister für Innere Sicherheit Ricky Lee Jameson betrat das Oval Office mit grimmiger Miene durch eine Nebentür. Die Frau hinter ihm – Monarch erkannte in ihr die Justizministerin Patricia Black – war mit der Situation noch nicht vertraut.

Der Präsident erhob sich. Er schien seit Tagen nicht geschlafen zu haben. »Monarch«, sagte er und schüttelte ihm die Hand. »Ich bin Ihnen sehr dankbar für Ihre –«

»Dankbar!«, brüllte Lawton, puterrot im Gesicht. »Er hat versagt. Er hat mir versprochen, sie zu retten. Er hat es versprochen!«

»Bill!«, wies ihn der Präsident zurecht. »Dieser Mann hat wiederholt sein Leben aufs Spiel gesetzt, um Ihre Frau zu retten. Wir sollten uns zumindest seine Version der Ereignisse anhören.«

Lawtons Kiefer mahlten, ehe er nickte und den Kopf hängen ließ. »Es tut mir leid … Mr Monarch … Ich hatte so sehr gehofft … dass es nicht so endet.«

»Schon gut, Sir«, entgegnete Monarch sanft. »Wir alle beten für Agnes.«

Alle Anwesenden nickten.

»Robin«, sagte Präsident Sand. »Jetzt sind Sie an der Reihe.«

Aller Augen waren kalt auf ihn gerichtet, und Monarch wusste, er musste vorsichtig sein. Er würde die Ereignisse so akkurat wie möglich schildern und es dann jedem selbst überlassen, eigene Schlussfolgerungen zu ziehen. Kurz und prägnant erzählte er zunächst von dem Motorradüberfall gleich nach seiner Ankunft auf den Philippinen.

»Woher wussten die Leute, dass sie Sie attackieren sollten?«, fragte Admiral Shipman.

»Gute Frage«, sagte Monarch, »auf die ich leider keine gute Antwort weiß.«

Stattdessen beschrieb er, wie Song Le, Bashir und er auf der *Niamey* nach Spuren gesucht hatten und wie man sie verhaftet und nach Saigon verfrachtet hatte. Er schilderte den Hinterhalt in der Apocalypse Now Bar und seine Reise nach Bangkok, wo er sich mit Archie Latham getroffen hatte.

»Latham wollte uns vermutlich auf eine falsche Fährte locken, indem er uns den malaiischen Piraten Mahdi nannte«, sagte Monarch. »Aber unbeabsichtigt führte uns die Spur zuerst nach Kuala Lumpur, zu Tengku, einem indonesischen Hehler und Waffenhändler, und dann wieder zurück zu Latham.«

Er nannte die letzten Worte des Söldneragenten und wie Song Le sie mit Long Chan-Juan in Verbindung gebracht hatte, dem Monddrachen, ein mächtiger Triadenführer und der Vater ihres verstorbenen Ehemannes.

»Moment«, unterbrach die nationale Sicherheitsberaterin verwirrt. »War das Zufall oder hatte dieser Triadenführer alles geplant?«

»Das ist mir auch noch nicht ganz klar«, antwortete Monarch. »Song Le wollte herausfinden, warum ausgerechnet sie mit dem Fall beauftragt worden war, und uns dann Bescheid geben. Ich weiß sicher, dass die Chinesen den Monddrachen gerade einem Verhör unterziehen.«

Er beschrieb den Überfall auf Ramelans Versteck und seine Bemühungen, Agnes Lawton zu retten. »Sir, als ich Ihre Frau fand«, sagte Monarch zu Bill Lawton, »da blutete sie heftig aus einer Kopfwunde und ... nun ja ...«

Tränen traten Lawton in die Augen, und er senkte den Blick. »War sie überhaupt noch bei Bewusstsein? Hat sie begriffen, was vor sich ging?«

»Bevor sie den Schlag abbekommen hatte, war sie wach und wusste sehr wohl, was geschah«, sagte Monarch. »Sie wehrte sich und war sehr tapfer.«

Lawton nickte benommen und fragte dann mit bebender Stimme: »Was für eine Rolle spielt eigentlich dieser Long? Gehörte er zu den Sons of Prophecy? War er ihr Anführer? Oder nahm er von ihnen Befehle entgegen?«

»Sobald uns die Chinesen informieren, wissen wir mehr«, wiederholte Monarch. »Aber wenn ich mich nicht irre, war dieser Monddrache im Kern der Verschwörung, zumindest was die Ereignisse in Asien anbelangt.«

»Einspruch«, meldete sich der Minister für Innere Sicherheit zu Wort und hob die Hand. »Ist dieser Triadenführer ein Moslem?«

»Nein.«

»Warum sollte sich ein asiatischer Gangsterboss mit einer Gruppe islamistischer Terroristen verbünden?«, fragte die nationale Sicherheitsberaterin.

»Ich glaube kaum, dass Long sich mit einer bereits bekannten Terrorgruppe zusammengetan hätte«, sagte Monarch und verstummte.

»Was soll das heißen?«, fragte der Vizepräsident. »Geht's etwas genauer?«

Monarch wandte sich an Sand und sagte: »Ich glaube, diesen Teil können andere Leute besser erklären, Mr President. Mit Ihrer Erlaubnis?«

Sand nickte und sah zu Justizministerin Black hinüber, die vor die Flügeltür zum Säulengang trat und sie öffnete. Flankiert von uniformierten Marineinfanteristen kam Gloria Barnett herein. Sie schob einen Rollstuhl vor sich her. Darin saß vornübergebeugt eine Gestalt, die am Tropf hing. Doch weder der schwarze Schal, den sie über dem Kopfverband trug, noch das entsetzlich verschwollene Gesicht konnten ihre Identität verbergen.

Den Anwesenden im Oval Office stockte der Atem.

»Agnes!«, rief Bill Lawton, sprang auf und eilte an die Seite seiner Frau. »O Gott, man sagte mir, du wärst hirntot!«

»Das haben wir so nicht gesagt, Bill«, widersprach der Präsident. »Höchstens angedeutet.«

Lawton hob verwirrt den Kopf und sah den Präsidenten an, als wollte er ihm eins auf die Nase geben. »Was für ein makabrer Scherz soll das denn sein?«

Auch die anderen Regierungsbeamten taten murrend ihren Unmut kund.

Agnes Lawton tätschelte ihrem Mann die Hand, ehe sie den übrigen Anwesenden zunickte und mit schwacher Stimme sagte: »Er war notwendig, fürchte ich.«

Ehe ihr Mann noch etwas sagen konnte, nahm Agnes Lawton den Schal ab und entblößte den dicken, weißen Verband um ihren Kopf. »Ich sehe aus wie Prinzessin Leia, findet ihr nicht?«, fragte sie in einem Versuch, die angespannte Stimmung ein wenig aufzulockern.

Stattdessen prasselten Fragen und Ausrufe auf sie ein, die von Vaught auf den Punkt gebracht wurden, der brüllte: »Was um Himmels willen geht hier vor? Ich will Antworten. Sofort!«

Die Außenministerin und der Präsident sahen einander an. Er nickte.

Agnes Lawton sagte: »Als Mr Monarch mir die verschlungenen Wege beschrieb, die ihn zum Monddrachen und schließlich zu mir geführt hatten, beschlich mich sofort das Gefühl, dass hier irgendetwas nicht stimmte.«

»Und was?«, fragte Jameson.

»Die Vorstellung, dass ein kriminelles Genie wie dieser Monddrache fanatische Terroristen unterstützte, deren Ziel es war, die Welt mit einer Reihe von Anschlägen ins Chaos zu stürzen«, erklärte Monarch.

»Aber haben Sie nicht eben erzählt, dass dieser Triadenführer im Kern der Verschwörung gewesen sei?«, fragte mit vorwurfsvoller Stimme die nationale Sicherheitsberaterin.

Bevor Monarch darauf antworten konnte, sagte Agnes Lawton: »Ich habe meine Entführer von einem Mann sprechen hören, den sie ›Schlange des Mondes‹ nannten. Seine Ehefrau, sagten sie, sei in der Lage, die Zukunft vorherzusagen. Deshalb glaube ich, dass Long Chan-Juan zwar tatsächlich der Verschwörung angehörte, dass aber die Terroranschläge, die in Indien, China und den USA angeblich radikale religiöse Veränderungen herbeiführen sollten, in Wirklichkeit einem anderen Zweck dienten.«

»Genau«, sagte Monarch. »Nehmen wir an, es gibt überhaupt keine Terrorgruppe? Nehmen wir an –«

»Herr im Himmel!«, rief der Vizepräsident. »Die Sons of Prophecy haben in Delhi eine U-Bahn-Haltestelle in die Luft gejagt, sie haben PLA-Einheiten in China attackiert und zwei der weltweit wichtigsten Schifffahrtswege blockiert. Wie würden Sie ihre Aktivitäten sonst nennen?

Außerdem hat man an jedem Anschlagsort die Leichen von Terroristen gefunden.«

Die nationale Sicherheitsberaterin meldete sich zu Wort: »Und die jüngsten Gerüchte deuten klar darauf hin, dass die SOP als Dachorganisation für unterschiedliche Terrorzellen fungieren und diese zu einer weltweiten Bewegung einen.«

»Das mag schon sein«, erwiderte Agnes Lawton. »Aber vergessen Sie nicht, dass sämtliche Terroristen, die an den Anschlagsorten gefunden wurden, praktischerweise tot waren. Warum? Und das Gerede, das die NSA derzeit aus dem Internet fischt? Vielleicht basiert es ja auf gezielter Fehlinformation? Vielleicht sollte es dem Monddrachen dabei helfen, das Schreckensbild eines globalen Terrornetzwerks zu kreieren und damit seine wahren Ziele zu vertuschen.«

»Die da wären?«, fragte General Shipman und klang äußerst skeptisch.

Die Außenministerin wandte sich Gloria Barnett zu, die die Besprechung bis jetzt schweigend mitverfolgt hatte. »Gloria?«

»Ja, Frau Außenministerin«, sagte Barnett und warf einen selbstbewussten Blick in die Runde.

»Wer ist diese Frau?«, fragte die Stabschefin.

»Sie heißt Gloria Barnett und ist eine der klügsten Personen, die ich seit Jahren kennengelernt habe«, antwortete die Außenministerin.

Barnett wurde rot, und Monarch musste unwillkürlich lächeln, als er die Reaktionen der übrigen Anwesenden beobachtete. Offensichtlich war jeder im Raum insgeheim der Überzeugung gewesen, er selbst sei der klügste Mensch, dem die Außenministerin seit Jahren begegnet war.

»Verdammt nochmal«, sagte der Vizepräsident. »Nennen Sie mir *einen* guten Grund, warum wir nicht von simplen Terroranschlägen ausgehen sollten?«

»Einige hundert Milliarden Dollar«, entgegnete Barnett. »Song Le hat Unterlagen gefunden, die eindeutig beweisen, dass Long Chan-Juan einen gigantischen Schritt in die Glücksspielindustrie auf dem chinesischen Festland vorbereitet hat, wo es bis dato noch keine legalen Kasinos gibt. Alle Kasinos in der Region sind derzeit auf die Sonderverwaltungszone Macao beschränkt. Was, wenn der Monddrache nun plante, die Chinesen zu einer Gesetzesänderung zu bewegen, die es ihm als erstem und somit führendem Geschäftsmann erlaubte, das Glücksspiel nach Festlandchina zu bringen?«

Monarch sah überall skeptische Gesichter. Barnett beeilte sich, in ihren Erläuterungen fortzufahren: »Die Chinesen lieben das Glücksspiel. Es liegt ihnen im Blut. Sie geben allein in Macao vierzig Milliarden jährlich dafür aus, obwohl dort strenge Einfuhrbestimmungen für Devisen vom Festland herrschen. Denken Sie nur, was passieren würde, wenn sich plötzlich eine Milliarde Chinesen legal dem Glücksspiel widmen könnten. Die potentiellen Gewinne wären absolut überwältigend. Wie gesagt, es handelt sich dabei gut und gern um etliche hundert Milliarden Dollar im Jahr. Derjenige, der dort als Erster zum Zug käme, wäre bald einer der reichsten Männer der Welt, wenn nicht der reichste überhaupt.«

»Ich höre eine Menge Mutmaßungen und sehr wenig Fakten, Mr President«, beschwerte sich Jameson. »Wie um alles in der Welt lassen diese Anschläge darauf schließen, dass China sich dem Glücksspiel öffnen könnte? Harte Fakten, wenn ich bitten darf.«

»Dafür ist es noch zu früh, Ricky«, sagte Agnes Lawton und hob beschwichtigend die Hände, bevor noch mehr Einwände auf sie einprasselten. »Aber überlegen Sie sich das Szenario und betrachten Sie es aus der Perspektive Pekings. Plötzlich gibt es da eine globale Terrororganisation, die frech genug ist, eine U-Bahn-Station in Delhi zu bombardieren, internationale Wasserstraßen zu blockieren, den chinesischen Außenminister zu kidnappen und auf chinesischem Boden einen PLA-Konvoi zu attackieren. Wie würde Peking logischerweise reagieren? Ich meine, im Hinblick auf die nationale Sicherheit.«

Eine Weile blieb es still, dann sagte die nationale Sicherheitsberaterin Peck: »China würde sofort die Militärausgaben erhöhen.«

Admiral Shipman nickte zustimmend. »Sie würden ihre Armee aufstocken, um für den Fall einer offenen Rebellion ihre Macht zu erhalten.«

Erfreut über ihre Antworten fragte die Außenministerin: »Um wie viel würden sie die Ausgaben erhöhen?«

»50 Prozent«, erwiderte der Generalstabschef. »Vielleicht auch 75.«

»Genau mein Gedanke, Admiral«, erwiderte sie. Jetzt fügen Sie dem noch die Tatsache hinzu, dass ungeachtet fortdauernder Dementi seitens Peking dort zweifellos eine gigantische Immobilienblase entstanden ist. Diese Geisterstadt, in der die SOP den PLA-Konvoi angegriffen haben, ist dafür der beste Beweis. Sobald die Blase platzt, fehlen in Peking die nötigen Mittel für eine substantielle Aufstockung des Militärs.«

Die Außenministerin hielt kurz inne und sagte dann: »Es sei denn, man erlaubt das Glücksspiel auch auf dem Festland und beteiligt Peking tüchtig an den Einnahmen. Plötzlich hätte die chinesische Armee ausreichend Geld zur Verfügung, um der Bedrohung durch die Sons of Prophecy oder durch andere Terroristen zu begegnen, die den Angriff auf die PLA in der Mongolei als einen Beweis für interne Schwäche werten könnten.«

Eine Zeitlang blieb es still, dann fragte der Vizepräsident: »Aber wie Ricky gerade sagte, wo sind die Fakten? Gibt es abgesehen von den Unterlagen, die die chinesische Agentin angeblich im Büro des Triadenführers gefunden hat, irgendeine Verknüpfung zwischen dem Monddrachen und dem Glücksspiel? Er ist ein Gangsterboss, ich weiß, aber gibt es konkrete Beweise? Und verfügt er über genügend Beziehungen in Peking, um einen solch gravierenden Wandel herbeizuführen?«

»Ich komme gleich darauf zurück, Ricky, versprochen«, entgegnete die Außenministerin. »Doch zuvor möchte ich drei weitere triftige Gründe nennen, die dafür sprechen, dass die SOP-Bewegung nichts anderes ist als ein grausames Täuschungsmanöver des Monddrachen, der damit eigene Zwecke verfolgte. Grund eins: Kurz bevor Monarch und die SEALs uns befreiten, wurde ich Zeuge einer Auseinandersetzung, in deren Verlauf Ramelan sich über ein Dutzend seiner Männer beklagte, die sich in der Nacht heimlich davongemacht hatten. Angeblich hatte ihm jemand die Anweisung erteilt, uns laufen zu lassen und dann ebenfalls das Weite zu suchen.«

»Aber wir haben es doch gesehen, Agnes«, sagte ihr Ehemann. »Der Mann war im Begriff, dich zu töten.«

»Ramelan passte die Anweisung nicht«, antwortete sie. »Er war ein Fanatiker durch und durch und diente daher wohl der Tarnung. Wer weiß? Vielleicht hatte jemand den Auftrag, ihn umzubringen, und hat es nicht getan, woraufhin er versuchte, uns nach Plan hinzurichten.«

»Und wer hätte Ramelan töten sollen?«, fragte Blayless.

Monarch antwortete: »Vermutlich einer von Lathams Elitesöldnern. Wir gehen davon aus, dass die Söldner die Anschläge und Entführungen gemeinsam mit ausgewählten Extremisten geplant haben, die sie anschließend beseitigen konnten. Auf diese Weise schufen sie die Illusion einer gewaltigen und bestens organisierten und trainierten Terrorgruppe.«

»Alles nur Spekulation«, sagte der Vizepräsident. »Fadenscheinig.«

»Das finde ich nicht, Ken«, widersprach die Außenministerin. »Du solltest dir zwei weitere Fakten anhören. Irgendjemand muss gewusst haben, dass wir uns zu Gesprächen an Bord der *Niamey* trafen. Sonst hätte uns Ramelan nicht finden können. Und irgendjemand muss auch den Leuten der Clark Air Base verraten haben, dass Monarch ankommen würde.«

»Was wollen Sie damit sagen?«, sagte Blayless mit ärgerlicher Miene.

»Genau dasselbe wie die Morsebotschaft, die uns die Außenministerin in den SOP-Videos zugezwinkert hat«, erläuterte Dr. Hopkins und ging einige Schritte auf sie zu.

»Zwinkern im Morsecode?«, fragte Admiral Shipman beeindruckt. »Wie lautete die Botschaft, Agnes?«

»Verräter im Weißen Haus«, erwiderte sie.

Schockiertes Schweigen.

»Wir alle wussten über Monarch Bescheid, bis auf die Justizministerin«, sagte Jameson und wies dabei auf Patricia Black, die die ganze Zeit über still gewesen war.

»Und keiner von uns wusste von deinem Treffen auf dem Schiff, Agnes«, ergänzte Elise Peck. »Wir waren alle entsetzt, als wir von der Entführung hörten.«

»Das will ich auch gar nicht anzweifeln«, sagte Agnes Lawton. »Trotzdem glauben wir, dass jemand im Umfeld des Präsidenten in Kontakt mit dem Monddrachen stand.«

Wieder herrschte betretenes Schweigen. Schließlich fragte der Vizepräsident ungehalten: »Na los, wer zum Teufel ist es?«

»Sie können sich freuen, Ken, denn es ist einer der stärksten Befürworter von Senator Burkhardt«, sagte die Außenministerin, ehe ihr die Stimme versagte. Von Gram und Elend überwältigt schluchzte sie: »Es war Bill, mein Mann.«

# 45

Der Vorwurf traf Bill Lawton wie eine Ohrfeige. Wie eine Schildkröte, die angestupst wird, zog er den Kopf ein, die Miene schreckverzerrt. »Was? Was sagst du da, Agnes?«

Die Außenministerin hörte auf zu schluchzen, sah ihrem Mann in die Augen und sagte: »Du als Einziger konntest wissen, dass ich auf dem Schiff sein würde. Ich weiß nicht, wie du's erfahren hast. Doch du bist der Einzige, der auch über Monarch Bescheid wusste.«

Lawtons Entsetzen wich ehrlicher Sorge, und er musterte die Frau, mit der er seit fast dreißig Jahren verheiratet war. »Das also ist die Grundlage, auf der du mich beschuldigst? Woher willst du wissen, dass nicht jemand …« Er sah den Präsidenten an. »Mit Verlaub, Sir, aber ich glaube, meine Frau sollte von einem Neurochirurgen untersucht werden. Das alles ist –«

Die Tür ging auf. Fred Riggs, der Chef des FBI, trat mit ernster Miene ein. Lawton starrte ihn an und wandte sich ungläubig an den Präsidenten. »Das ist doch wohl nicht Ihr …« Er warf seiner Frau einen entsetzten Blick zu und sagte: »Agnes? Du weißt, dass das nicht stimmt. Warum sollte ich ein solches Risiko eingehen und dreißig Jahre –«

»Dreißig Jahre Ehe?«, fiel sie ihm ins Wort. »Dreißig Jahre deines Lebens? Ich vermute, eine Milliarde Dollar oder was immer dir der Monddrache dafür geboten hat, war es dir einfach wert. Das ist ja das Traurige.«

»Wie bitte?« Lawton blickte in die Runde, als sei er in einen absurden Film geraten. »Ich weiß nicht, wovon sie da spricht. Ich hatte keine Ahnung von dem Schiff, erst als mich der Präsident davon in Kenntnis setzte. Ich kenne keinen Monddrachen. Sie hören auf jemanden, dem man vor knapp 24 Stunden beinah den Kopf abgeschlagen hätte. Das ist doch krank!«

»Die Außenministerin ist nicht verrückt, Mr Lawton«, sagte die Justizministerin. »Sie hat uns zwingende Beweismittel vorgelegt.«

»Zwingende Beweismittel?«, schnaubte Lawton. »Ja, wofür denn? Das ist doch Blödsinn!«

Die Justizministerin nickte Gloria Barnett zu, die sagte: »In den letzten zehn Stunden bin ich die Dateien durchgegangen, die wir im Arbeitszimmer des Monddrachen erbeutet haben. Er schien Sicherungskopien seiner Festplatten dort und in seiner Import-Export-Firma in Kowloon angelegt zu haben. In diesen Dateien konnte ich sechzig verschiedene Unternehmen identifizieren und zurückverfolgen, an denen der Monddrache beteiligt war.«

»Stand mein Name dabei?«, wollte Lawton wissen.

»Nein, das nicht gerade«, gab Barnett zu.

»Dann erkläre ich diese Diskussion für beendet«, sagte Lawton, der allmählich in Zorn geriet.

»Eines der Unternehmen heißt Changes Limited«, insistierte Barnett. »Changes ist eine Firma in Hongkong, die als stille Teilhaberin in dem Kasino- und Hotelkomplex Xanadu, der unlängst in Macao seine Pforten öffnete, eine umfangreiche Investition getätigt hat. Ein weiterer größerer Investor bei Xanadu war, unter anderen, die Firma Proud Tower in Nevada, eine Tarnfirma im Besitz einer anderen Tarnfirma. Schließlich fand ich heraus, dass die Unternehmen Mr Carson Richtel gehörten, dem Kasino-Magnaten in Vegas. Nach Aussage Ihrer Frau, Mr Lawton, haben Sie und Mr Richtel in den vergangenen zehn Jahren etliche Geschäfte getätigt, nicht wahr?«

»Ich durfte Carson dabei helfen, genau wie zig anderen Klienten, sich im Dschungel der Washingtoner Bürokratie zurechtzufinden«, sagte Lawton. »Das ist alles.«

Er sah seine Frau wütend an. »Agnes, ich weiß rein gar nichts von dieser Investition in Macao. Frag Richtel. Er wird dir dasselbe sagen.«

»Du bist der Einzige, der in Frage kommt«, wiederholte sie traurig.

Lawton stand einen Augenblick betreten da. Dann hob er die Hände und sagte: »Na schön. Von jetzt an sage ich kein Wort mehr. Ich will mit meinem Anwalt sprechen. Wir sehen uns vor Gericht. Und glauben Sie mir, sobald ich rehabilitiert bin, werde ich Sie alle verklagen, auch dich, Agnes!«

Er ging auf Riggs zu, den Leiter des FBI, und sagte: »Handschellen sind nicht nötig. Und ich hätte gern eine Zigarette, bevor Sie mich abführen.«

Riggs zuckte die Schultern: »Sicher, Bill. Das lässt sich einrichten.«

Sie gingen ohne ein weiteres Wort.

Der Präsident und viele im Raum sahen zum ersten Mal unschlüssig drein. »Bist du dir auch ganz sicher, Agnes?«, fragte Sand.

»So sicher, wie eine Ehefrau nur sein kann«, entgegnete sie unter Tränen. »Sie finden bestimmt noch mehr Beweise. Und wer weiß, was dieser Monddrache aussagen wird.«

»Ich weiß, warum er es getan hat«, sagte der Vizepräsident mit ehrfürchtiger Stimme und sah plötzlich wie verwandelt aus. »Bill Lawton war einer von Sandy Burkhardts größten Geldbeschaffern, ein bezahlter Berater. Er hat es nicht wegen des Geldes getan. Er wollte seinem Kandidaten zum Wahlsieg verhelfen! Die Strategie war genial. Verursache eine globale Krise, hänge sie der Regierung an, also mir, und nimm sie als Beweis für unsere

Handlungsunfähigkeit. Lawton hat Sie, Mr President, sogar dazu gebracht, ihn mit ins Boot zu nehmen. Auf diese Weise war er immer auf dem neuesten Stand. Genial. Und durch und durch verdorben.«

Vaught wartete die Antwort nicht ab, sondern eilte auf die Tür zu, durch die Riggs und Lawton verschwunden waren.

»Wohin gehst du, Ken?«, fragte Sand.

»In den Pressesaal«, sagte er. »Ich hab eine Geschichte zu erzählen.«

»Du sollst nicht darüber sprechen, bevor wir –«, begann der Präsident.

»Leck mich, Bobby«, rief Vaught ihm im Hinausgehen zu. »Du wirst mich nicht davon abhalten, mit dem, was ich weiß, meinen Wahlkampf zu retten. Sonst schrei ich vom Balkon des Weißen Hauses, dass man versucht, die Öffentlichkeit hinters Licht zu führen. Dann kommt es zur größten Verfassungskrise, die das Land je erlebt hat.«

Er schlug die Tür hinter sich zu.

Die Stabschefin sagte: »Sir? Secret Service?«

Sand schüttelte resigniert den Kopf. »Gott steh unserem Land bei, wenn dieser selbstsüchtige Hurensohn wegen dieser Geschichte ans Ruder kommt!«

»Mr President?«, fragte Admiral Shipman. »Was sollen wir jetzt tun?«

Der Präsident setzte sich wieder auf seinen Stuhl am Roosevelt-Schreibtisch: »Ich möchte, dass Sie zu gegebener Zeit die Wahrheit sagen, Admiral. Erzählen Sie, was passiert ist, was gesprochen wurde, wie ich mich verhalten habe. Sie alle. Soll die Geschichtsschreibung über die Angelegenheit urteilen.«

»Sie werden gut abschneiden, Bob«, sagte die Außenministerin. »Sie können nicht für die Handlungen meines Mannes verurteilt werden, was auch immer ihn dazu getrieben hat. Wir werden es bald wissen.«

Der Präsident drehte sich zu Monarch um, der in den letzten Minuten zum stillen Beobachter geworden war. »Ich danke Ihnen, auch im Namen der Nation.«

Monarch nahm das Lob lächelnd entgegen, sagte aber dann: »Ich habe meinen Teil des Vertrags erfüllt.«

Sand stutzte, ehe er einlenkte: »O ja, natürlich. Wie viel war es gleich?«

»Sechzehn Millionen.«

»Sie haben sechzehn Millionen Dollar für meine Rettung gezahlt?«, fragte Lawton beeindruckt.

»Sie sind jeden Penny wert«, sagte der Präsident, wandte sich an seine Stabschefin und an CIA-Chef Hopkins. »Wir haben doch eine schwarze Kasse für solche Fälle, oder nicht?«

»Sogar mehrere, Sir«, präzisierte Hopkins. »Überweisung oder Scheck?«

»Überweisung«, entschied Monarch. »Aber jetzt muss ich dringend schlafen, Mr President.«

»Natürlich«, sagte der Präsident und schüttelte zuerst ihm, dann Barnett die Hand.

Monarch und Barnett verabschiedeten sich von Agnes Lawton, die ihnen versicherte, dass sie zurechtkäme. Der Präsident hatte dafür gesorgt, dass die Marine One die Ministerin zum Bethesda Naval Hospital transportierte, wo man sie gründlich untersuchen würde.

»Derselbe Vogel, mit dem ich vor ein paar Tagen hergekommen bin«, sagte Monarch. »Wirklich bequem.«

Sie verließen das Weiße Haus mit Dr. Hopkins, der sie über eine Reihe unterirdischer Flure und Treppen zu einer Garage führte, die sich unter dem Eisenhower Executive Office Building befand. Bill Lawton stand dort vor einem schwarzen Wagen mit FBI-Chef Riggs und mehreren Männern, vermutlich Agenten. Lawton rauchte und starrte zu Monarch und Barnett herüber.

Monarch erwiderte den Blick und stutzte, als Lawtons Gesicht sich plötzlich verzerrte. Der Ehemann der Außenministerin kippte vornüber, als hätte ihm jemand einen Bauchschuss verpasst. Er ließ die Zigarette fallen, stürzte zu Boden und verfiel in heftige Zuckungen.

Mit dieser Wendung hatte Monarch nicht gerechnet, und er sah verblüfft zu, wie sie sich bemühten, Lawton am Leben zu halten. Doch erst als Lawton kein Lebenszeichen mehr von sich gab, ging ihm ein Licht auf.

Er wandte sich Dr. Hopkins zu und sagte: »An Ihrer Stelle würde ich mit den Chinesen Kontakt aufnehmen.«

## 46

### *Dienstag, 6.15 Uhr, Ortszeit Hongkong*

Der Monddrache lag in einem Bett, das von piependen Monitoren umgeben war. Er hatte keine Ahnung, wie spät es war, kannte nicht einmal das Datum. Doch er wusste genau, wo er sich befand, seit ein Militärarzt sein Bein versorgt hatte: in einer Zelle im zweiten Untergeschoss eines 28 Stockwerke hohen Gebäudes in der Lung Wui Road unweit des Victoria Harbor.

Der Triadenführer war im Laufe seines Lebens schon Hunderte, wenn nicht Tausende Male an dem Gebäude vorbeigefahren. Vor der Rückgabe Hongkongs war es das Prince of Wales Building gewesen. Heute beherbergte es die Garnison der PLA, der chinesischen Volksbefreiungsarmee.

Während er mit seinem schmerzenden Bein dahindämmerte, fragte sich Long Chan-Juan, wie lange es wohl dauern würde, bis sie kommen und ihn einem Verhör unterziehen würden. Wäre er ihnen gewachsen?, fragte er sich. Wäre er in der Lage herauszufinden, was sie wussten und was nicht? Durfte er mit mildernden Umständen rechnen? Er hatte nach einem Anwalt verlangt, aber sie hatten seinen Wunsch ignoriert, ihn einen Verräter gescholten und in diesen kleinen schwarzen Raum verbannt.

Verrat. Gab es für einen, der sich des Landesverrats schuldig gemacht hatte, überhaupt so etwas wie mildernde Umstände? Der Triadenführer bezweifelte es. Besonders wenn der Vorwurf sich auf seine Aktivitäten im

Bereich des organisierten Verbrechens und die große Anzahl von Menschenleben bezog, die das Komplott gekostet hatte. Andererseits, was er über die Sons of Prophecy wusste, gab ihm vielleicht die Chance, sein Leben in einer gemütlichen Zelle zu beschließen, statt am Galgen zu enden oder als Ziel eines Erschießungskommandos oder auch hier, allein und verlassen in der Dunkelheit.

Die Gedanken des Triadenführers schweiften von quälenden Schicksalsfragen zu Bildern aus der kalten Realität: Seine Frau lag tot auf den Trümmern des Schildkrötenpanzers. Lo-Lo wandte sich von ihm ab. Obwohl der Tod seiner Frau und der zerstörte Schildkrötenpanzer ihn zutiefst erschüttert hatten, war es vor allem diese letzte Erinnerung an seinen Enkel, der die Hände seiner Mutter festhielt, die ihm schier das Herz brach. Er hatte den Jungen mehr geliebt als sein Leben, und jetzt war Lo-Lo fort. Für immer.

Da wurde es plötzlich hell. Während er schützend den Arm vor die Augen hielt, sah Long Chan-Juan einen Mann in einer PLA-Uniform, ohne Insignien und Rangabzeichen, der ihn mitfühlend betrachtete.

»Wir verlegen Sie.«

»Wohin?«, fragte der Triadenführer. »Ich will einen Anwalt sprechen. Ich habe Rechte.«

»Nicht in diesem Gebäude«, sagte der Mann nur.

Er trat hinter das Kopfende des Bettes, löste die Blockierung der Räder und schob das Bett aus dem Zimmer. »Wohin bringen Sie mich?«, wollte der Monddrache wissen.

»Eine Dusche, klingt das gut?«

Eine Dusche klang herrlich. Vielleicht hatte er am Ende doch noch Glück. Er sagte: »Können Sie mir etwas gegen die Schmerzen geben?«

Der Mann blinzelte, nickte, und fasste in seine Jackentasche. Er reichte dem Monddrachen mehrere Kapseln, dazu eine Flasche warmes Wasser. Dieser steckte die Kapseln in den Mund und schluckte sie hinunter.

»Wie soll ich Sie nennen?«, fragte der Triadenführer und reckte den Hals nach dem Mann, der ihn den Flur entlangschob.

»Mein Name ist nicht wichtig.«

»Sind Sie von der Volksbefreiungsarmee? Oder der Staatssicherheit?«

»Betrachten Sie mich als Ihren Pfleger«, sagte der Mann und schob Longs Bett in eine Art Umkleideraum, mit einer Gemeinschaftsdusche am hinteren Ende.

Pfleger? Was hatte das zu bedeuten? Vielleicht sah es ja wirklich ganz gut für ihn aus. Vielleicht hatten sie erkannt, was seine Absicht gewesen war, nämlich China so heftig aufzurütteln, dass seine Machthaber auf dem Festland Glücksspiele zuließen. Vielleicht fanden die in Peking seine Idee, dieses höhere Militärbudget, gar nicht so schlecht und wollten sicherstellen, dass es ihm gutging.

Der Pfleger schiente Longs Unterschenkel, reichte ihm Krücken und half ihm auf die Beine. Long schwankte ein wenig.

»Schaffen Sie das allein?«

Der Triadenführer nickte. »Ja. Ich glaube schon.«

»Ziehen Sie an dieser Leine, wenn Sie fertig sind«, sagte der Pfleger. »Dann versuchen wir, etwas Ordentliches zum Essen für Sie aufzutreiben.«

Der Pfleger legte Handtücher und einen sauberen Krankenhauskittel auf eine Bank neben der Dusche und verließ das Zimmer mit den Worten: »Einen zweiten Ausgang gibt es nicht. Ich warte draußen.«

Der Triadenführer nickte, sah dem Pfleger hinterher und hörte, wie er den Riegel vorschob. Während er seinen Kittel auszog, dachte er: eine Dusche, ordentliches Essen, Schmerzmittel – die scheinen sich noch wichtige Informationen von mir zu erwarten.

Long hatte tatsächlich eine Information für sie. So ein As in der Hinterhand war immer die beste Strategie. Der Monddrache spürte seine Zuversicht wachsen, als er in die eiskalte Dusche stieg. Das Wasser war schockierend kalt, jedoch erfrischend, und er fühlte sich gestärkt, als er endlich herauskam, sich abtrocknete und in den frischen Kittel schlüpfte.

Er zog an der Leine. Die Tür ging auf, der Pfleger kam, wechselte die Laken und half ihm wieder ins Bett. Es ging weiter, aber Long war nicht neugierig auf das Ziel. Die Medikamente dämpften allmählich die Schmerzen und das klare Denken. Sie rollten in einen hübschen Raum mit blanken Holzdielen, weißen Wänden und sanfter Beleuchtung. Im Zentrum des Zimmers stand ein Tisch, auf dem mehrere zugedeckte Teller mit Essen standen.

Der Pfleger reichte ihm einen Teller mit Safranreis, Pekingente und mehreren bemerkenswert leckeren Klößen, die einen mit würzigem Schweinefleisch, die anderen mit Garnelen gefüllt. Long war überrascht. Die Garnisonsverpflegung war ebenso schmackhaft wie das Essen in den Restaurants in Kowloon oder Hongkong, die er kannte.

»Danke«, sagte er, als der Pfleger den leeren Teller fortnahm.

»Gut, nicht wahr?«

»Bemerkenswert gut.«

»Tee?«

»Ja, bitte.«

Der Pfleger verließ mit den leeren Tellern den Raum. Der Monddrache fühlte sich rundum wohl. Sein Magen war angenehm satt, sein Hirn angenehm träge. Er verschwendete keinen Gedanken an sein Bein, als er sich an ein Ereignis in seiner Kindheit erinnerte. Er war nicht älter als sechs gewesen, in Lo-Los Alter, als in seiner Familie die Verzweiflung Dauergast war. Oft hatte er sich aus dem Fenster der elenden Einzimmerwohnung gelehnt, in der sie lebten, und auf die Phantasiestraßen Kowloons hinuntergeblickt. Damals hatte er sich geschworen, jede Phantasie zu stehlen, irgendwann alles zu besitzen –

Die Tür flog auf, aber es war nicht der Pfleger, der das Tablett mit dem Tee hereintrug.

Song Le stellte das Tablett auf den Tisch und trat neben ihn. Sie hatte noch immer einen leichten Verband im Gesicht. Scheinbar ohne jede Wut, ohne jede Bosheit fragte sie ihn: »Wie geht es dir, Schwiegervater?«

Der Monddrache wusste nichts weiter zu sagen als: »Es ging mir schon besser.«

»Du wunderst dich, warum ich hier bin?«, fragte sie.

Er nickte.

»Professionelle Höflichkeit«, sagte sie. »Ich bat um die Erlaubnis, dich zu sprechen, bevor ich nach Peking abreise.«

Er dachte darüber nach und erklärte dann: »Meine Frau hat dich gehasst. Sie gab dir die Schuld an Jins Tod. Sie überzeugte mich davon, dass es für Lo-Lo das Beste sei, wenn wir ihn dir fortnähmen.«

Song Le hängte einen dünnen weißen Teebeutel in eine Kanne mit heißem Wasser. »Ich muss gestehen, dass du ihn gut erzogen hast, Long Chan-Juan«, sagte sie und setzte den Deckel auf die Kanne. »Lo-Lo ist klug und höflich. Er sagt, dass er dich noch immer liebhat, und fragt sich, ob er dich jemals wiedersehen wird.«

Dem Monddrachen traten Tränen in die Augen. Er wusste nicht, was er sagen sollte. Er senkte den Kopf, um vor ihr seine Rührung zu verbergen. »Sag ihm, dass ich ihn auch liebhabe und dass ich mir nichts mehr wünsche, als auf den Felsen von Lamma Island mit ihm angeln zu gehen.«

Song Le goss Tee aus der Kanne in zwei Porzellantassen. Eine hielt sie ihm hin. Long wischte sich mit dem Ärmel die Tränen fort, sah die Tasse, erinnerte sich an ein düsteres Ereignis aus der jüngsten Vergangenheit und beäugte voller Misstrauen den Tee.

»Glaubst du etwa, er sei vergiftet?«, fragte die chinesische Agentin.

»Der Gedanke ist mir gekommen.«

»Keine Sorge.«

Er zuckte die Schultern, machte aber keine Anstalten, die Tasse anzunehmen. Sie nahm einen Schluck und reichte ihm die andere Tasse. Er überlegte und schüttelte den Kopf. »Nein, vielen Dank.«

Sie nippte an der zweiten Tasse, betrachtete ihn mit neutraler Miene und sagte: »Ich versuche nur, dir zu helfen.«

»Warum solltest du mir helfen?«

»Es ist mein Beruf. Bist du bereit, über die SOP zu sprechen? Mir alles zu sagen?«

»Was kriege ich dafür?«

»Irgendeine Gegenleistung, vermute ich.«

Er dachte nach und nickte schließlich. »Ich müsste die Konditionen erfahren. Aber ich weiß etwas, das für Peking interessant sein könnte.«

»Wir hatten so etwas vermutet, daher auch die Sonderbehandlung«, sagte Song Le und stand auf, um auf ihren Schwiegervater herabblicken zu können. Der betrachtete sie wie ein Kartenspieler, der ein gutes Blatt in Händen hielt.

»Etwas sehr Interessantes«, versprach er. »Du wirst die gesamte Verschwörung begreifen.«

»Das ist der springende Punkt, Long Chan-Juan. Kräfte, die weitaus mächtiger sind als du, wollen um jeden Preis verhindern, dass irgendjemand das alles begreift.«

Die Zuversicht des Monddrachen bekam Risse. »Aber … aber ich weiß doch, was Sache ist.«

Mit wenig Mitleid sagte sie: »Und deshalb musst du sterben.«

»Nein«, erwiderte er zu schnell. »Ich kann –«

»Es ist zu spät«, sagte sie tonlos. »Das Wasser, das du getrunken hast, und die Schmerzpillen. Die Blutdrucksenker und Betäubungsmittel, die darin enthalten waren, reichen aus, um einen Herzinfarkt oder Schlaganfall zu verursachen.« Sie sah auf die Uhr. »Es dürfte nicht mehr lange dauern. Nur noch wenige Minuten.«

Der Triadenführer spürte, wie sein Herz gegen die Schmerzmittel ankämpfte. War das, was er spürte, echt? Oder nur eine Reaktion auf ihre Worte?

»Du lügst«, brachte er hervor. »Du versuchst nur, mich zum Reden zu bringen, und ich sagte doch schon, dass ich reden würde.«

Eiskalt lächelte sie: »Du hättest wissen müssen, dass dein amerikanischer Freund keine halben Sachen mag, keine losen Enden, die ihm womöglich um die Ohren fliegen.«

»Mein amerikanischer Freund?«, fragte er, und dann begriff er plötzlich. Da schoss ihm das Blut in die Wangen, bis sie prickelten und stachen, als sei er beim Schwimmen an eine Qualle geraten.

Sein Magen wurde plötzlich bleischwer, wogegen sein Herzschlag vom gemächlichen Trott zum gestreckten Galopp beschleunigte. Er spürte ein Ziehen im linken Arm, das immer weitere Kreise zog. *Herzinfarkt!*, dachte er und geriet in Panik. Er griff sich an die Brust, die zu bersten drohte.

Der Monddrache starrte zu seiner Schwiegertochter hinauf, hob die rechte Hand und krächzte: »Bitte mach, dass das aufhört. Hilf mir. Lo-Lo zuliebe.«

»Auf keinen Fall«, sagte Song Le und beobachtete einige Minuten lang mit grimmiger Genugtuung, wie der Vater ihres verstorbenen Mannes den letzten Atemzug tat und starb.

# 47

## Dienstag, 6. November, 17.00 Uhr, Ortszeit Ostküste USA

Monarch saß in einer Bar im Flughafen Dulles, ein kaltes Sam Adams in Händen, und würde in Kürze den Flieger nach San Diego besteigen, wo John Tatupu und Chanel Chávez sich im Balboa Naval Hospital von ihren Verletzungen erholten. Er hatte mit ihnen telefoniert, und beide hatten beteuert, es ginge ihnen gut, er brauche nicht eigens herzukommen, nur der Scheck zähle, weiter nichts. Er hatte sie ignoriert und einen Flug gebucht.

Er bestellte noch ein Bier und sah sich die Nachrichten an. Die Reporter überschlugen sich fast bei dem Versuch, die Ereignisse der vergangenen 28 Stunden zu erklären. Die spontane Ansprache von Vizepräsident Vaught am Tag zuvor hatte Bill Lawtons Verstrickung in ein merkwürdiges Komplott enthüllt: Angeblich hatte er der Entführung seiner eigenen Frau zugestimmt, um die Wahlen zugunsten seines Kandidaten, Senator Burkhardt, herumzureißen. Vaught warf der Partei seines Gegners Korruption an höchster Stelle vor. Er beschuldigte den Senator persönlich der »Anstiftung zum Landesverrat«. Und als Lawtons Tod bekannt wurde, beschuldigte der Vizepräsident Senator Burkhardt, er habe an der mörderischen Vertuschungsaktion mitgewirkt.

Das Weiße Haus und das Justizministerium unterstützten viele von Vaughts Behauptungen. Die Nachrichten durchzuckten das Land wie ein Stromschlag und fegten mit der Gewalt eines mächtigen Hurrikans über die politische Landschaft. Die Anhänger Senator Burkhardts hatten sofort protestiert und den Vorwurf als bösartige Verleumdung abgetan. Doch der Schaden war unwiderruflich.

Buchstäblich jede Nachrichtensendung, die Monarch an diesem Morgen gesehen hatte, prognostizierte, dass der Vizepräsident nicht nur von den Toten auferstanden, sondern im Begriff sei, die Wahl mit deutlichem Vorsprung zu gewinnen.

»Du weißt wirklich, wie man einen Shitstorm lostritt«, sagte Gloria Barnett, die neben ihm auf einen Barhocker stieg.

»Du kannst das auch ganz gut«, entgegnete er lächelnd und stieß seine Flasche an die ihre. »Schick siehst du aus.«

Sie blickte auf ihren schwarzen Hosenanzug hinunter, die hochhackigen Schuhe und die blaugrüne Bluse, die ihre Augenfarbe unterstrich. »Ja, wie ein großer, schriller Vogel.«

»Ach was«, meinte Monarch. »Wieder nach Chiang Mai?«

»Erst nach San Diego«, sagte sie. »Buenos Aires?«

»Wahrscheinlich erst in ein paar Wochen«, erwiderte er. »Von San Diego aus geht's zurück nach Hongkong. Ich will mich vergewissern, ob das Hausmädchen Anna auch gut versorgt wird. Außerdem muss ich mich darum kümmern, dass ihre Lippenspalte operiert wird.«

»Und Song Le? Triffst du dich mit ihr?«

Er schüttelte den Kopf. »Sie wollte ihren Vater besuchen. Er ist offenbar schon alt, und sie will ihm seinen Enkel vorstellen. Von Hongkong aus fliege ich weiter nach Delhi. Ich will mir den Ort ansehen, wo sie die Bomben gezündet haben. Außerdem will ich Bashir besuchen, den indischen Agenten.«

»Warum?«

»Bash ist in Ordnung«, sagte er. »Und echt gut. Ich

könnte mir vorstellen, ihn anzuheuern, wenn es nötig wird. Und der Anschlagsort? Das weiß ich auch nicht so recht. Wenn ich die Geisterstadt in China besuchen könnte, würde ich es tun, aber ich glaube kaum, dass die mich reinlassen, nicht mal mit Song Les Hilfe. Ich will einfach alles mit eigenen Augen sehen, vielleicht wird mir dann einiges klarer.«

»Bestell mir einen Lemon Martini, ich muss mal für kleine Mädchen.«

Barnett glitt vom Hocker, und als er ihr hinterherschaute, erinnerte sie ihn tatsächlich an einen großen, schrillen Stelzvogel auf der Jagd nach Fischen. Er bestellte ihr einen Martini und sich noch ein Bier und dachte an Buenos Aires. Er liebte diese Stadt, in der er seinen Beruf gelernt hatte. Wenn er dorthin zurückkehrte, wäre es fast Sommer. Er würde alte Freunde wiedersehen. Im Hogar de Esperanza, Schwester Rachels Waisenhaus im Vorgebirge, würden Blumen blühen. Er dachte an das gute, anständige Gesicht von Schwester Rachel, an ihren Schrecken und ihre Freude, wenn er ihr diesen Scheck überreichen würde, der größer war als alle vorherigen.

Mit dem dritten Bier jedoch kamen ihm eher düstere Gedanken in den Sinn. Da war Archie Latham, der im Wasser vor Pattaya starb. Da war Ramelans Kopf, fast vom Rumpf getrennt. Er dachte an all die anderen Männer, die in den vergangenen zehn Tagen um ihn herum gestorben waren. Niedergeschlagen dachte er: Mach dir nichts vor, Monarch, du bezeichnest dich selbst als Dieb, aber manchmal bist du nichts weiter als ein Killer.

Er fragte sich, ob Gott die Tatsache, dass er den Großteil seines Geldes Schwester Rachel und Menschen wie Anna schenkte, irgendwie milder stimmte. Er hatte seine Zweifel, und das bekümmerte ihn. Obwohl er regelmäßig log, betrog, klaute oder mordete, um sich durchzusetzen, hielt sich Monarch tief im Innern dennoch für einen edlen Menschen mit bemerkenswerten Fähigkeiten, der für Gerechtigkeit sorgen und Gutes tun wollte. Aber log er sich nicht in die eigene Tasche?

Barnett stieg wieder auf den Hocker und flüsterte ihm ins Ohr: »Dr. Hopkins hat eben angerufen. Der Monddrache ist tot. Er starb an einem Herzinfarkt, in der Obhut der Volksbefreiungsarmee. Und Lawtons Zigarette? Sie war mit Zyanid gespickt. Riggs ist der Vorfall offenbar ziemlich peinlich. Er hatte die Zigarette selbst geprüft, bevor er zuließ, dass Lawton sie anzündete.«

Monarch merkte auf. »Dann haben beide Selbstmord begangen?«

»Die Chinesen behaupten, dass Longs Herzinfarkt echt gewesen sei. Er hatte schon früher Herzprobleme und hohen Blutdruck. Und die Beinoperation war kompliziert.«

Eine Stimme rief über Lautsprecher ihren Flug auf. Er schob das Bier weg, während Barnett ihren Drink hinunterkippte, und warf 40 Dollar auf den Tresen.

»Die Herzinfarkt-Geschichte glaube ich keine Minute«, sagte Monarch, als sie auf das Tor zu eilten. »Jemand macht hier klar Schiff.«

»Die SOP?«

»Ich weiß es nicht. Irgendwie habe ich das ungute Gefühl, dass hier irgendeine höhere Macht am Werk ist, irgendein Puppenspieler, der die Strippen zieht und dessen Gründe …«

»Was?«, fragte sie.

Er antwortete nicht, schwieg, bis sie ihre Plätze in der ersten Klasse eingenommen hatten.

»Was hast du vorhin überlegt?«, fragte Barnett leise.

Monarch zuckte die Schultern. »Ist eigentlich egal, oder? So viele offene Fragen. Unser Auftrag war einfach: Findet die Außenministerin und rettet sie. Das haben wir getan. Der Job ist erledigt, und wir wurden bezahlt. Jetzt mache ich Urlaub und verschenke mein Geld. Du lässt dich energetisch behandeln und reitest auf Elefanten. Ende der Geschichte.«

»Wir haben es sauer verdient, Robin«, sagte Barnett. »Über kurz oder lang werden die herausfinden, was hinter den Sons of Prophecy steckt, schließlich ermitteln fünf Länder.«

»Schon möglich«, erwiderte Monarch und schloss die Augen. »Aber einiges wird im Dunkeln bleiben, ganz sicher.«

## 48

## *Dienstag, 6. November, 20.45 Uhr, Ortszeit Louisiana*

Inmitten einer Schar von Gästen verfolgte Beauregard Marsh Clancy im Ballsaal seines Hauses auf sechs großen Wandbildschirmen die Wahlergebnisse. Er und seine Frau hatten die Südstaatenvilla, außerhalb von New Orleans gelegen, sorgsam und teuer renovieren lassen. Clancy, ein großer Mann mit großem Appetit, der sich trotz seiner 59 Jahre ein jungenhaftes Aussehen bewahrt hatte, zuckte die Schultern und leerte den letzten Rest Maker's Mark Bourbon aus dem schweren Kristallglas, das er in Händen hielt.

»Du wirkst gar nicht so verärgert, Big Beau«, sagte seine Frau Louisa und lenkte ihn von den Bildschirmen ab, wo ABC verkündete, dass man die Wahlergebnisse durchgebe, sobald in etwa einer Stunde die Wahllokale an der Westküste schließen würden. Die Moderatoren wollten die Möglichkeit nicht ausschließen, dass Senator Burkhardt noch eine reale Chance hatte, doch nach der Reaktion der Experten zu urteilen, die den Senator unterstützten, war die Sache gelaufen. Jetzt wartete man nur noch das offizielle Ergebnis ab.

»Beau?«

Clancy blickte seinc geliebte Frau an, eine dunkeläugige Schönheit aus Shreveport, die zwanzig Jahre jünger wirkte, als sie tatsächlich war. Sie sah umwerfend aus in ihrem eng anliegenden grauen Kleid. Dabei hatte sie ihm fünf Kinder geschenkt und war bereits dreifache Großmutter. Zuweilen fragte er sich, ob Louisa womöglich ein

Gemälde von sich auf dem Speicher versteckt hatte, das ihr wahres Alter verriet.

»Lässt sich nun mal nicht ändern, Süße«, sagte er und zuckte wieder mit den Schultern. »Man kann nicht einfach mit den Türen knallen und schmollen, wenn es mal nicht nach den eigenen Vorstellungen geht. Wir machen weiter wie gehabt. Wir fangen einfach von vorne an, wie nach Katrina.«

Sie seufzte und warf einen Blick in die Runde. »Also schön, dann halten wir Totenwache.«

»Gut, aber wie die Iren«, sagte er und versuchte, beschwingt zu wirken. »Sag den Kellnern, sie sollen den Leuten noch einen Drink anbieten und ihnen ein Taxi bestellen, falls sie –«

Clancy verstummte, als sein Handy in der Hosentasche vibrierte. Er zog es heraus und warf einen Blick auf die Nummer. »Ich muss rangehen.«

»Wirklich, Beau?«

»Es ist Agnes Lawton«, entgegnete er. »Soll ich sie ignorieren?«

»Nein, nein«, sagte sie mitfühlend. »Nur nicht hier drin.«

Clancy wandte sich ab und meldete sich beim vierten Summen. »Agnes. Wie kann ich dir helfen?«

»Beau?«, fragte sie.

»Warte mal, ich such mir eine ruhige Ecke, ja?«

»Sicher«, sagte sie, und er dachte, er hätte ein verhaltenes Schluchzen gehört.

Nachdem Clancy die Eingangshalle vor dem Ballsaal durchquert hatte, stieg er eine ausladende Wendeltreppe hinauf in den ersten Stock. Er ging in sein Büro, schloss die Tür und setzte sich in seinen Lieblingsledersessel.

»Agnes«, fing er an. »Das alles muss schrecklich für dich sein.«

»Tut mir leid, wenn ich störe, ich wollte mich nur bei

dir bedanken, Beau. Du und Louisa, ihr gehört zu den wenigen alten Freunden, die mir ihr Beileid ausgedrückt haben.«

»Was hätten wir denn sonst tun sollen?«, erwiderte er. »Louisa und ich würden doch einer alten Freundin nach fünfundzwanzig Jahren nicht den Rücken kehren, nur weil etwas geschehen ist, das nicht in ihrer Hand lag?«

Mit zitternder Stimme sagte die Außenministerin: »Er war nicht der Mann, den ich kannte, Beau. Ich kann es einfach nicht ...«

»Ich auch nicht«, sagte Clancy mitfühlend. »Ich habe keine Stunde geschlafen, seit ich die Nachricht erhalten habe. Bill Lawton ein Verräter? Einfach undenkbar. Und dass er dich einer solchen Gefahr aussetzen konnte? Entsetzlich.«

»Kennst du Carson Richtel?«, fragte sie.

»Ich weiß, wer er ist, aber ich bin ihm nie begegnet. Andererseits gehe ich nicht ins Kasino. Grundsätzlich nicht.«

»Hat Bill ihn je erwähnt?«

»Richtel?«, entgegnete er. »Nicht, dass ich wüsste. Warum?«

»Sieht aus, als wäre er der Verbindungsmann zu diesem Verbrecherboss in Hongkong. Das FBI durchsucht gerade Richtels Büro.«

Clancy bezwang ein Lächeln und sagte: »Die Welt ist doch verrückt geworden. Was können Louisa und ich für dich tun, Agnes? Sag es uns, wir sind für dich da.«

Nach kurzer Pause entgegnete die Außenministerin: »Bill Lawton war mein Ehemann, egal, was er getan hat.«

»Natürlich.«

»Und der Vater meiner Jungs.«

»Und der Großvater wie vieler Enkel?«

»Sechs bis jetzt«, sagte sie, und er hörte, dass sie weinte. »Ich muss ihn trotz allem in Ehren halten.«

»Du tust das Richtige«, befand Clancy.

»Würdest du bei einer privaten Gedenkfeier eventuell eine Rede halten, Beau?«

»Es wäre mir eine große Ehre, Agnes. Wann und wo?«

»Irgendwann nächste Woche, sobald sich die Wogen ein wenig geglättet haben.«

»Louisa und ich werden da sein«, versprach er.

Sie weinte einige Augenblicke und sagte dann: »Danke, Beau. Ich wusste, dass du zu uns halten würdest.«

»Ohne Zögern«, antwortete er. »Hast du jemanden, der dir beisteht?«

»Ich bin noch in Bethesda. Und die Jungs sind hier.«

»Richte ihnen mein Beileid aus.«

»Ich ruf dich an, sobald ich mehr weiß.«

»Jederzeit. Tag und Nacht. Das weißt du.«

»Danke dir, Beau.«

»Ist mir ein Vergnügen, Agnes«, sagte er und legte auf.

Clancy holte eine Zigarre aus dem Humidor und trat hinaus auf den Balkon. Er zündete die Zigarre an, paffte, lehnte sich über das schmiedeeiserne Geländer und blickte hinaus in die Nacht von Louisiana. Er hörte den gedämpften Lärm aus dem Ballsaal, dazu die Schreie der Eulen und das Geheul der Kojoten draußen im Wald unweit der Sümpfe. Er wusste, dass Louisa bald nach ihm schicken würde, aber er hatte noch ein paar lose Enden, die es aufzuräumen galt. Er holte ein Prepaid-Handy aus einer anderen Tasche und tippte eine Nummer ein, die er auswendig kannte.

»Riggs«, meldete sich der FBI-Chef.

»Beau.«

Pause. »Ich dachte, wir hätten eine Vereinbarung getroffen.«

»Haben wir auch«, entgegnete Clancy. »Ich wollte mich nur dafür bedanken, dass du unser Problem so brillant gelöst hast. Ich komme übrigens nächste Woche nach

Washington, um für Bill Lawton die Grabrede zu halten. Agnes zuliebe.«

Wieder Pause. »Du bist vielleicht ein eiskalter Hund.«

»Musst du gerade sagen.«

»Meinetwegen«, sagte Riggs und legte auf.

»Papa Beau?«, rief eine quäkende Kinderstimme hinter Clancy. »Big Mama sagt, du sollst nach unten kommen und dich um deine Gäste kümmern.«

Clancy drehte sich um und sah seinen neunjährigen Enkel, den Sohn seiner ältesten Tochter, in Sakko und gelockerter Krawatte. Er grinste und breitete die Arme aus. »Little Beau, wo hast du dich denn versteckt?«

»Ich war bei den anderen«, kicherte der Kleine und drückte seinen Großvater.

»Nun, wir wollen Big Mama nicht warten lassen«, sagte Clancy und drückte dem Jungen einen Kuss auf die Wange. Er wollte ihm nach draußen folgen, als sein Prepaid-Handy klingelte. Handys waren der Fluch seines Lebens, dachte er.

Doch dann erkannte er die Nummer des Anrufers. Er meldete sich: »Moment.«

Er wandte sich an seinen Enkel. »Sag Big Mama, ich bin gleich so weit. Versprochen.«

»Sie wird böse sein.«

»Damit ist zu rechnen«, sagte er augenzwinkernd.

Der Junge zögerte kurz, doch dann grinste er und rannte ins Büro seines Großvaters zurück. Clancy wartete, bis er die Tür schlagen hörte, und antwortete dann: »Wie kann ich Ihnen helfen?«

»Jetzt sind wir quitt«, erklang Song Les Stimme.

»Abgemacht ist abgemacht«, entgegnete Clancy. »Ich sagte doch, Sie würden überrascht sein, wie sich die Dinge entwickeln.«

Sie klang todernst, als sie fragte: »Wie lange wussten Sie's schon?«

»Das mit Ihrem Jungen?«, gab Clancy zurück. »Dreizehn, vierzehn Monate. Ich hatte wirklich gehofft, Sie würden mir, sobald Sie ihn finden, den Gefallen tun und unseren gemeinsamen Freund erledigen. Und genauso ist es nun auch. Das nenn ich Weitblick!«

»Ich will nie wieder etwas von Ihnen hören«, stellte sie fest.

»Alles klar«, sagte Clancy. »Und nun gehen Sie zu Ihrem Jungen. Machen Sie einen Mann aus ihm, auf den sein Vater stolz gewesen wäre. Jetzt haben Sie genug Geld. Ich denke, ich habe Sie mehr als angemessen entschädigt für Ihre Dienste.«

Nach kurzer Pause fragte Song Le: »Woher weiß ich, dass Sie nicht irgendwann der Meinung sind, ich wäre ein loses Ende?«

»Weil Sie keines sind«, erwiderte Clancy. »Wenn Sie mich erwähnen würden, wäre Ihr Schicksal besiegelt und Lo-Lo ein Waisenkind. Und das würden Sie niemals zulassen, hab ich recht?«

»Dann leben Sie wohl«, sagte sie und legte auf.

Clancy warf das Handy auf den Boden und zermalmte es mit dem Absatz seines handgenähten Cowboystiefels. Er würde am Morgen jemanden beauftragen, die Trümmer beiseitezuräumen. Nachdem Clancy die Zigarre ausgedrückt hatte, ging er zurück in sein Büro. Abgesehen von den Präsidentschaftswahlen, dachte er, hatten doch alle Bestandteile seines Plans geklappt wie am Schnürchen.

Beau Clancy war ein brillanter Investor und Wirtschaftsmagnat. Ihm gehörten Reedereien, Eisenbahngesellschaften, Stahlwerke und Ölfirmen. Vor zwei Wochen war er etwa 42 Milliarden Dollar schwer gewesen.

Er hatte ungefähr 63 Millionen ausgegeben, um die Anschläge in China, Indien, Panama und Ägypten zu finanzieren. Mit Hilfe eines breitgefächerten Systems finanzieller Kanäle und Drittfirmen hatte er in den Wochen vor den Anschlägen große Summen in Termingeschäfte investiert, wohl wissend, dass er damit an den Börsen Chaos und Angst auslösen würde, was jedem in die Hände spielte, der genügend Einblick hatte, um weitsichtige Entscheidungen zu treffen.

Weitsichtig? Abgesehen von den Wahlen hatte Clancy seiner Ansicht nach das Spiel fast perfekt gespielt. Er hatte bis zum Nachmittag, bis kurz vor Börsenschluss damit gewartet, an der Wall Street seine Wetten auf Kursschwäche zu platzieren, und den Tag mit einem Gewinn von fast elf Milliarden Dollar beschlossen. Er hatte die gesamte Summe in ein breites Aktienspektrum gesteckt. Wenn er richtig lag, und dem war fast immer so, dann würden sich in den folgenden Wochen die elf Milliarden Dollar zumindest verdoppeln, wenn nicht gar verdreifachen.

Er lächelte. Ein Gewinn von 33 Milliarden Dollar bei einer Investitionssumme von 63 Millionen? So wurden Geschäfte gemacht! In wenigen Monaten würde er die 100-Milliarden-Dollar-Grenze überschreiten. Und sollten die Chinesen reagieren, wie der Monddrache es prognostiziert hatte, würde er sein Geld vielleicht zum ersten Mal im Glücksspiel investieren.

Einen Moment lang dachte Clancy an Long Chan-Juan und seinen alten Kumpel Bill Lawton, den er seit seiner Zeit in Yale kannte. Lawton, seit Jahren Lobbyist, war ein wertvoller Kontaktmann in Washington gewesen, jemand, der über die Jahre viele heikle Aufgaben für ihn übernommen hatte. Wie für eine Menge Leute. Vor drei Jahren, bei einer Reise nach Macao mit dem Glücksspielmagnaten Carson Richtel, hatte sich Lawton mit Investoren des Kasinos Xanadu getroffen, auch mit dem Monddrachen, der eine schlaue Idee präsentiert hatte, wie sich das Glücksspiel in Asien vorantreiben ließe. Richtel hatte sie kurzerhand abgeschmettert.

Doch Lawton war von der Analyse begeistert gewesen, Clancy ebenso, den die Lage in den drei größten Wirtschaftssystemen der Welt zunehmend mit Besorgnis erfüllte. Long Chan-Juans Idee besagte, dass ein Einbruch des Immobilienmarktes, gekoppelt an eine interne Rebellion die chinesische Führung dazu bringen würde, das Glücksspiel auch in Festlandchina zuzulassen. Die Einkünfte würde man dazu verwenden, das Militär aufzustocken.

Der Milliardär hatte die Idee durchgespielt. Dann war ihm eingefallen, dass der Anschein von Realität oft ebenso mächtig war wie die Realität selbst. Warum konnte man nicht den Anschein einer Rebellion erwecken? Das Resultat wäre dasselbe. Aus dieser Einsicht erwuchs die Erkenntnis, dass er gigantische Profite einfahren könnte, wenn er die Kühnheit besäße, alles aufzubauschen, alles größer und bedrohlicher erscheinen zu lassen, als es in Wirklichkeit war.

Vor zwei Jahren hatte er spätabends, bei einer Flasche Maker's Mark, mit Bill Lawton über seinen Gedanken gesprochen, und sein alter Freund hatte ihn sofort begeistert unterstützt. Es war sogar Lawtons Idee gewesen, den Anschein einer Terrororganisation zu erschaffen.

»Das ist brillant«, hatte Clancy gesagt. »Ich gebe dir eine Milliarde Dollar, wenn du als Strohmann auftrittst und die Planung übernimmst.«

»Mach zwei daraus«, hatte Lawton erwidert und gelacht, als sei es ein Scherz.

»Gut, dann zwei.«

Lawton hatte das Glas abgestellt. »Du meinst es ernst?«

»Wir leben nur einmal. Warum nicht die Würfel rollen lassen und das große Spiel wagen? Oder willst du für den Rest deiner Tage im Schatten deiner Frau leben?«

Der Milliardär wusste genau, dass sein alter Collegekumpel Komplexe wegen Agnes' Erfolg hatte. Und tatsächlich, die Stichelei saß.

»Ich bin dabei«, hatte Lawton gesagt.

Sie hatten sich viele Male heimlich getroffen, um die Einzelheiten des Plans zu verfeinern. Clancy hatte Detektive beauftragt, die über den Monddrachen Erkundigungen einholten. Dabei hatte er die Geschichte mit Longs Enkel erfahren, der seiner Mutter Song Le auf grausame Weise weggenommen worden war. Clancy verachtete Long Chan-Juan deswegen. Ein Kind gehörte zu seiner Mutter. Das war nun einmal so. Doch um sich eines Mannes zu bedienen, brauchte man ihn nicht zu bewundern.

Lawton nutzte seine Kontakte nach Peking, um Song Le aufzuspüren, die als eine der tüchtigsten Agentinnen des Ministeriums für Staatssicherheit galt. Eines Nachts, in einem Restaurant in Shanghai, hatte Lawton seine Mittelsmänner geschickt, um Song Le, die dort beim Essen saß, anzusprechen. Sie hätten mächtige Männer in China und dem Rest der Welt zu vertreten, sagten sie zu ihr, die es gerne sähen, wenn Song Le für sie arbeite.

Sie hatte abgelehnt und bestritten, dass sie Geheimagentin war, bis die Männer angedeutet hatten, dass ihr Sohn eventuell noch am Leben sei. Als sie wissen wollte, wo, sagten sie ihr, dass jemand schon bald Kontakt zu ihr aufnehmen würde. Clancy hatte sie drei Nächte später anonym von einem Prepaid-Handy aus angerufen und ihr erzählt, dass ihr Sohn vermutlich am Leben sei. Wenn Song Le ihre Sache gut mache, werde sie eine ansehnliche Geldsumme erhalten und zudem alle Informationen über ihren vermeintlich toten Sohn.

Von diesem Moment an hatte Clancy, während er das riskante Spiel fortsetzte und dabei jeden möglichen Gegenzug in die Planung einbezog, die lästigen Arbeiten an Lawton delegiert. Eine Zeitlang schien die Aufgabe beängstigend, unmöglich. Doch nachdem der Monddrache Archie Latham gefunden hatte, war alles nur noch eine Abfolge von logistischen Herausforderungen gewesen, um die nötigen Männer und Waffen zu beschaffen. Die Zahlungen waren über Schwarzgeldkonten gelaufen.

Im September hatte Lawton dann Clancy von geheimen Gesprächen zwischen seiner Frau, dem chinesischen und dem indischen Außenminister erzählt, die noch vor der Wahl an Bord eines Schiffes stattfinden würden. Zunächst hatte Clancy ein dermaßen radikales Vorgehen als vermessen erachtet. Doch als er hörte, dass die Diplomaten ihre Besprechung an Bord der *Niamey* abhalten würden – eines seiner eigenen Schiffe –, konnte er nicht widerstehen. Außerdem hatte der Monddrache diesen fanatischen indonesischen Piraten namens Ramelan ins Spiel gebracht, der eine perfekte Marionette für Lathams Söldner abgeben würde.

Clancy und Lawton hatten über einen Internetlink den Funkverkehr während des Überfalls auf die *Niamey* mitverfolgt. Als er die Schüsse hörte, war Lawton beinah in Panik geraten, doch Clancy hatte ihn beruhigt, bis sie die Gewissheit hatten, dass Agnes Lawton und die anderen beiden sicher entführt worden waren.

Um nach der Geiselnahme Song Le ins Spiel zu bringen, musste Lawton lediglich drei Telefonate mit einem Kontaktmann in Peking führen, der die Vorgesetzten der Agentin kannte. Anschließend hatte Clancy sie angerufen und ihr nahegelegt, ihn ständig auf dem Laufenden zu halten. Das hatte sie getan und ihm regelmäßig Zwischenberichte aus Vietnam, Malaysia, Thailand und Hongkong geliefert.

Währenddessen kannte bis auf Lawton niemand seine Identität. Der Monddrache nannte ihn seinen »Südstaatenfreund«. Latham hatte keine Ahnung, wer Beau Clancy war. Dies galt auch für Tengku, den indonesischen Hehler. Nicht einer der 40 bezahlten Söldner, die Teil des Komplotts gewesen waren, wusste von seiner Existenz. Sogar Song Le hatte nur mit einer schleppenden Stimme im leeren Raum gesprochen.

Der Einzige, der alles wusste, war Lawton. Clancy war aufrichtig traurig. Bill war ein großartiger Freund, ein mächtiger Verbündeter und ein Mittelsmann von bemerkenswerter Intelligenz, Kreativität und Diskretion gewesen. Clancy trauerte um seinen alten Vertrauten. Ganz ehrlich. Er würde ihr Intrigenspiel vermissen. Doch was hätte er Bills Meinung nach tun sollen? Bill hätte es wissen müssen.

Clancy saß eine ganze Weile in seinem Büro und dachte über Bill nach, doch dann schob er ihn aus seinen Gedanken. Das Leben gehörte den Lebenden.

Der Milliardär wusste, dass er nach unten gehen sollte, um mit seinen Gästen über die Wahlniederlage zu trauern, doch da war eine Sache, die noch an ihm nagte, etwas beziehungsweise jemand, mit dem er einfach nicht gerechnet hatte.

Clancy setzte sich an den Computer und rief die immer größer werdende Datei über Robin Monarch auf. Er starrte auf ein Foto des Mannes, das ihn als Mitglied der Special Forces in Afghanistan zeigte. Er grübelte über diverse Details in Monarchs Biographie nach, über die Ermordung seiner Eltern, über sein Leben in einer Jugendgang in den Slums, seinen seltsamen Weg in die Armee der Vereinigten Staaten und seine Verdienste dort und bei der CIA.

Normalerweise hatte der Milliardär vor niemandem Angst. Er hielt sich für schlauer als alle anderen, vor allem, wenn es ums große Ganze ging und wie er es für seine Zwecke nutzen konnte.

Doch dieser Dieb, dachte er, der konnte zum Problem werden. Clancy hatte nichts Konkretes, worauf sich dieses Gefühl stützte, aber Monarch machte ihn eindeutig nervös. Er fragte sich kurz, ob er nicht einige Anrufe tätigen und Monarch erledigen lassen sollte, bevor er ihm lästig oder gar gefährlich werden konnte.

Es klopfte. Clancys Enkel, Little Beau, kam wieder herein und sagte: »Papa Beau, Big Mama sagt, sie wird wütender als ein Hornissennest im Gewitter, und du sollst mich ins Bett bringen und dann nach unten kommen.«

Der Milliardär grinste, schaltete den Computer aus und hob seinen Enkel in die Höhe. »Tja, dann müssen wir wohl«, seufzte er. »Es gibt nichts Schlimmeres als ein Hornissennest im Gewitter.«

»Doch, Big Mama«, sagte Little Beau, und sein Großvater lachte.

Während Clancy den Jungen, dessen Kopf auf seiner Schulter ruhte, in dessen Schlafzimmer trug, dachte er nur noch daran, wie sehr er Little Beau liebte, um alle anderen Gedanken loszuwerden. Doch als er seinen Enkel unter die Decke gesteckt, das Licht ausgeschaltet und die Tür zugemacht hatte, wurde er das Gefühl nicht los, dass der Dieb irgendwo da draußen war und neugierig herumschnüffelte.

*Das wird nicht gutgehen*, dachte Clancy und kam zu einem schnellen Entschluss. Die Welt wäre weitaus sicherer ohne Robin Monarch.

Er würde sich morgen darum kümmern.